욕구들

욕구들

여성은 왜 원하는가

Appetites: Why Women Want

캐럴라인 냅 지음
정지인 옮김

북하우스

차례

일러두기

1. 이 책은 Caroline Knapp, *Appetites : Why Women Want* (Berkeley, CA: Counterpoint, 2003)를 저본으로 삼았다.
2. 단행본 제목은 겹낫표(『 』), 기사·단편 제목은 홑낫표(「 」), 신문·잡지·영화·드라마 제목은 홑화살(〈 〉)로 표기했다.
3. 저자 주는 미주로, 옮긴이 주는 각주로 표기했다.

서문

게일 콜드웰 (작가, 문학평론가)

캐럴라인 냅과 나는 우리 둘 모두의 삶에서 소중하고 결정적인 시기였던 1996년 늦여름에 친구가 되었다. 돌이켜보면 우리의 친구 관계는 꼭 맞춤 제작한 것 같다. 둘 다 작가였고 독신이었으며 사랑하는 개를 몇 년째 키우고 있었다. 우리가 처음으로 함께한, 뉴잉글랜드의 숲을 누볐던 산책은 끝나고 보니 네 시간이나 지나 있었다. 가을이면 우리는 이미 모든 일을 우리의 산책을 중심으로 계획하고 있었다. 침묵과 깨달음을 함께 나누며 이리저리 거니는 오후, 우리가 사랑하는 개들이 밀어주고 보호해주는 친밀함으로 채운 시간. 이 평온한 초상을 판에 박힌 명절의 의무 때문에 방해받기 싫었던 우리는 추수감사절도 함께 보내기로 했다. 인적 없는 숲을 오랫동안 걷고, 저녁 식사로 하루를 마무리하기로 했다.

캐럴라인은 우리 집에서 요리를 해 먹자고 고집했다. 대부분의 사회적 협상에서 수줍어하면서도 외교적으로 행동하는 사람이 이 한 가지만큼은 절대 굽히지 않았다. 그렇게 되면 주로 내가 일을 떠맡게 되리라는 생각에(내가 아직 배워야 할 게 얼마나 많았는지를 보여주는 생각이다) 살짝 짜증이 났던 기억이 난다. 수요일 저녁, 우리 집에 도착한 캐럴라인은 딸기와 갓 구운 빵, 제라늄 꽃다발이 담긴 봉지들을 안고서 주방이 있는 2층으로 뛰어올라왔다. 장만 봐온 게 아니라, 연회를 치러도 될 만큼 많은 것을 배달시켰다. 그때 나는 어떤 암묵적 계약이 성립되었음을 깨달았다. 내가 불을 피우면 장작은 자기가 모아오겠다는 것이었다.

그해 추수감사절의 장면들은 지금도 떠올릴 때마다 깊은 기쁨을 안겨준다. 나머지 세상이 모두 분주하게 움직이고 있을 때 우리가 음미했던 숲속의 가을빛, 황혼이 밤으로 접어들도록 느긋하게 즐긴 만찬. 돌이켜보면 그날 나는 몇 가지 무의식적 시험을 통과하여, 삶이 주는 풍요가 걷잡을 수 없이 추락할 때 붙잡아줄 닻의 지위를 부여받았던 것 같다. 그해에 『드링킹, 그 치명적 유혹』이 출간되었으므로, 나는 캐럴라인이 공개한 과거에 겪었던 거식증 이야기, 그러니까 자신에게 하루에 한 번 허락했던 사과 한 알—이브의 씁쓸한 식사—과 작은 치즈 큐브의 인질로 보낸 세월을 알고 있었다. 그 뒤 몇 달을 보내면서는 캐럴라인에게 아직 남아 있는 불안들에 대해서도 알게 되었다. 대부분 친밀함의 결핍과 요구를 어떻게 관리해야 하는지, 충분한 건 무엇이고 지나친 건 무엇인지, 그 문제에 무력해지지 않으면서 접근하려면 어떻게 해야 하는지에 관한 불안이었다. 캐럴라인이 구상하고 우리가 함께 준비한 그날의 식사는, 우리에게 안식을 준 숲처럼 우리가 한 쌍이 되어 함께 구축한 안전함을 상징했다. 신뢰하는 사람에게 음식을 먹이고 먹여지는 기본적인 행위를 할 수 있었다는 점에서, 회복 중인 거식증 환자였던 캐럴라인에게 그날은 소박하면서도 심오한 의미를 안겨준 날이었다.

그 뒤에도 호된 시련은 더 있었고 일부는 그게 무슨 시험인지 우리가 깨닫기도 전에 통과하거나 탈락했지만, 그 추수감사절에 캐럴라인이 가지게 된 믿음은 우리의 우정이 발전할수록 점점 더 뚜렷해졌다. 어느 관계에서나 그렇듯 우리의 이야기에서 중심 요소는 신뢰였다. 폭 30센티미터짜리 스컬을 타고 조정하는 법을 배울 때 나는 캐럴라인을 신뢰해야 했고, 내가 산속 호수에서 물 위에 드러눕듯 떠 있는 법을 가르쳐줄 때 캐럴라인은 물을 무서워함에도 나를 신뢰해주었다. 마침내 우리는 각자의 어두운 그림자들과 새벽 세 시에 느끼는 공포들과 사랑하는 개를 보살피는 일까지 서로 믿고 맡길 수 있게 되었다. 2002년, 마흔두 살이었던 캐럴라인의 삶이 끝나갈 즈음, 나는 내게 중요한 모든 것을 캐럴라인에게 이미 다 털어놓은 상태였다.

독자들이 알고 있는 공개된 버전의 캐럴라인과 사적이고 개인적인 캐럴라인은 그리 다르지 않았다. 용감하고 웃기고 심리적으로 예리하고 표현력이 좋으며 다른 사람들이라면 두려워하며 달아났을 법한 감정적 솔직함의 길로 기꺼이 들어서는 사람. 나는 아홉 살이 더 많았고, 젊은 시절 대부분을 분노에 찬 반항으로 보냈다. 캐럴라인은 자신을 제외한 모두에게 인정받기 위해 열심히 노력한—본인은 필사적으로 매달린 거라고 말했겠지만—우등생이자 모범생이었다. 우리는 서로 다른 역사와 비슷한 슬픔을 갖고 있었다. 나는 수년에 걸쳐 드러내고 끝없이 분석한 이 상보성이 우리 둘에게 연민을 가르쳐주고 또 상대에 대한 깊은 통찰을 주었다고 생각한다. 인간으로 존재하기 위한 복잡한 문제들도 알고 보니 똑같았다. 절망과 갈망, 공포와 욕망, 존재를 파산시키지 않으면서 사랑하는 법 같은 이야기. 캐럴라인과 나는 항상 자신보다 서로에게 더 친절할 수 있었다. 캐럴라인과 관련해 가장 그리운 것 하나가 그 수용, 어쩌면 사랑의 본질일지도 모를, 저 영혼을 비추던 부드러운 거울이다.

이 책을 쓸 때 캐럴라인은 어마어마하게 고군분투했다. 무슨 말이냐면, 제대로 써내기 위해 자신을 모두 던져 넣어 심사숙고했다는 뜻이다. 20세기 말 미국 여자들의 가장 깊은 결여들과 흔히 그들을 기다리고 있는 함정들의 분위기를 제대

'하지 마' 세계에서의 욕구

옛날 옛적, 지구와 목성이 다른 만큼이나 르누아르의 세계와는 다른 세계에 살던 시절 내 몸무게는 37킬로그램이었다. 스물한 살이었고 키는 162센티미터였으며 허벅지가 무릎보다 가늘었다. 표준 체중이 54킬로그램 정도이니 17킬로그램을, 그러니까 몸의 3분의 1가량을 깎아낸 그 일은 헤라클레스의 과업에 비견할 어마어마한 노력이자 삶을 뒤바꿀 정도의 노력이었고, 엄밀히 생각해보면 여자들만 하는 노력이었다.

르누아르의 세계에서 여성의 욕구는 풍요롭고 왕성하고 강력한 것으로 그려지고, 여성 존재의 핵심은 쾌락에 깊이 맞추어진 감각적인 것으로 칭송된다. 나의 세계—의심할 여지 없이 지금도 존재하며, 집중의 강도는 저마다 다르지만 여전히 너무나 많은 여자들이 살고 있는 세계—에서 욕구는 아예 정반대의 의미를 지녔다. 육체는 위험하고 불온하고 그릇된 것으로 경험되었고, 육체의 갈망들은 낱낱이 구분되었으며, 각각의 갈망에는 상충하는 여러 의미가 부여되었고, 갈망 하나하나가 부담스러운 의미의 짐과 심란함을 짊어지고 있었다. 두 세계의 이런 차이를 당시의 나는 알지 못했다. 그때 르누아르의 그림을 보았다면 나는 '쯧쯧, 여자들이 뚱뚱하네' 하고 생각했을 것이고, 두려운 마음 혹은 경멸하는 마음으로, 어쩌면 두 감정을 모두 느끼며 고개를 돌려버렸을 것이다. 3년 동안 나는 매일 같은 것을 먹었다. 아침은 아무것도 바르지 않은 참깨 베이글 하나, 점심은 다농에서 나온 커피향 요거트 한 개, 저녁은 사과 한 알과 작은 치즈 큐브 하나였다. 그리고 나는 달렸다. 작대기 같은 몸으로 얼굴을 잔뜩 찡그린 채 몇 킬로미터씩. 늘, 심지어 여름에도 추위를 탔고 지독히 암울했으며 이 모든 일이 무엇을 의미하는지, 굶기 강박은 어디서 생겨나 이리도 나를 몰아대는지, 그 강박이 나에 관해 혹은 여자들 전반에 관해, 혹은 인간의 갈망이라는 더 큰 문제에 관해 무엇을 의미하는지 전혀 알지 못했다. 나는 그저 그렇게 행동하고 반응했다.

스물네 살이 된 20여 년 전, 체중이 41킬로그램 근처를 맴돌던 무렵 식사장애 전문 치료사와 상담을 시작했다. 그가 식욕이라는 주제를 거론하는 방식은 오랫동안 나를 어리둥절하게 했다. 나에게 식욕이라는 단어는 불안을 안기는 단어였던 반면 (나는 음식 하면 곧바로 살찜에 대한 통제 상실을 연상했다) 그는 그 단어로 더 폭넓은 정서를 건드렸다. 그의 말에는 르누아르가 연상되는 느낌이 배음背音처럼 깔렸고, 어쩐지 음식이라는 순전히 물리적인 대상이 아니라 열정과 관능과 정신적 갈망이라는 더 복잡한, 어쩌면 더 큰 만족을 주는 무언가를 묘사하는 것 같았다. 또 그는 이상한 문맥에서 식욕이라는 단어를 사용했다. 예를 들어 내게 기쁨에 관해 질문할 때나, 내가 삶에서 충분한 '재미'를 누리지 못하고 있는 건 아닌지 혼잣말하듯 걱정을 드러낼 때 그랬다. 상담 초기의 구체적인 기억은 많이 남아 있지 않지만, 그런 말 속에 일종의 열쇠가, 애초에 나를 그의 상담실로 이끌었던 여러 가지 괴로운 몸부림과 엉킴을 언젠가는 해석해주거나 적어도 새로운 틀로 재구성해줄 암호가 담겨 있었던 것 같다. 내게 기쁨을 주는 것은 무엇인가? 나를 완전히 끌어들이고 내 모든 감각을 깨우는 일은 무엇인가? 그의 관점에서는 이런 질문들, 그러니까 한 사람이 정말로 갈망하는 것은 무엇이며, 그에게 진정으로 충족된 느낌을 주는 것은 무엇인지와 같은 질문들이 식욕에 관한 핵심적 질문인 것 같았다. 그러나 고집 세고 완강한 환자였던 나는 여러 해 동안 그런 질문이 몹시 거슬렸고 그가 핵심을 밝혀내기는커녕 오히려 놓치고 있다고 생각했다.

올봄, 치료사와 나는 그간의 작업을 마무리하는 단계에 들어갔다. 내가 어떤 과정을 '수료'했거나 '치료'되었거나 갈등을 털어냈기 때문이 아니라, (우리의 희망 사항일 뿐인지도 모르지만) 마침내 요점을 이해했기 때문이다. 식욕은 내 모든 부수적 괴로움을 끌어다 걸어두는 걸이이며 (나 자신과 수많은 여자들의) 내면에 흐르는 모든 강이 생겨난 바다다. 물론 식욕/욕구 appetite란 단어는 우선 먹는 일에 관한 것이다. 먹는 일과 관련된 이 부분은 수많은 여자들의 삶을 결정하고, 나 역시 너무나 잘 아는 부분이지만, 다만 이 단어는 갈망과 동경과 필요로 이루어진 훨씬 폭넓은 범위도 아우른다. 욕구는 세계에 참여하고자 하는, 삶에서 풍요의 감각과 가능성을 느끼고자 하는, 쾌락을 경험하고자 하는 더욱 깊은 수위의 소망에 관한 것이다. 여자들에게는 이 소망이 종종 유난히 강렬하고 고통스러운 방식으로 펼쳐진다. 그 고통의 속내를 들여다보면 르누아르의 그림 속 여자들과 우리의 차이가 보인다. 거기에는 그들이 지니고 있다고 여겨지는 것들, 그러니까 기쁨, 육체 및 영혼과의 평화로운 관계, 넉넉함에 대한 우리의 지속적인, 그러나 흔히 제대로 표현되지 못하는 갈망이 있다.

나는 평생 식욕 문제와 씨름해왔다고 할 수 있지만 (나뿐 아니라 많은 여자들이 그렇다. 우리는 어려서부터 자신의 욕망들과 싸우도록 훈육되고, 세월이 흐르는 동안 사실상 모든 전선에 그 싸움을 위한 증원군이 파병된다) 나의 역사에서 결정적 순간을 딱 하나 찾아야 한다면, 어찌 보면 딱히 기억할 것도 없는 평범한 뭔가를 샀을 뿐, 그 외에는 전혀 기억할 거리도 없는 23년 전 11월의 어느 저녁을 지목할 것이다. 내가 산 건 바로 코티지치즈였다. 세상에는 삶을 완전히 바꿔놓는 일인데도 겉보기에 너무 평범하고 무해해 보여서 좀처럼 그런 일로 인지되지 않는 일들이 있다. 그날의 쇼핑도 그런 일 중 하나다. 나도 당시에는 전혀 특별한 일로 여기지 않았다. 나는 열아홉 살이었고, 로드아일랜드주 프로비던스에 있는 브라운대학 3학년생이었으며, 어렴풋이 불안하고 어렴풋이 우울했다. 그리고 그리 어렴풋하지 않게 배가 고팠다. 1979년 추수감사절 주말이었다. 집에 가서 가족을 만나고 이튿날 논문을 쓰러 학교로 돌아온 참이었다. 룸메이트와 친구들 대부분은 아직 돌아오지 않았는데, 혼자 식사를 하겠다고 무거운 발걸음을 억지로 옮겨 학교 식당까지 가고 싶은 마음은 없었다. 그래서 코트를 걸치고 길모퉁이 식료품점까지 걸어가 그것을 샀다. 작은 플라스틱 용기에 담긴 후드사 코티지치즈와 쌀 뻥튀기 한 봉지를.

코티지치즈는 신이 여자들을 고문하기 위해, 여자들의 열망을 더욱 간절하게 만들기 위해 특별히 개발한 음식임이 분명하다. 그것이 접시에 놓인 모습을 떠올려보라. 시들한 양상추 잎 한 장과 통조림 복숭아 반쪽 위에 올린 밋밋하고 물렁거리는 코티지치즈를. 그 작은 응유 덩어리의 축축하고 쌉쌀한 맛과 감촉을 생각해보라. 이제 그것을 진짜 치즈와 비교해보자. 속살이 부드럽게 흘러내리도록 구운 두꺼운 브리치즈나 진하면서도 실크처럼 부드럽게 발리는 크림치즈 같은 것과. 코티지치즈는 우리 문화권에서 자기부정의 가장 가시적인 상징 중 하나다. 마케팅이 솔직했다면 코티지치즈 포장 용기에 이런 경고 문구가 붙었을 것이다. "이 제품은 자기 징벌용이니 섭취 시 유의하시오."

당시의 나는 몰랐지만, 이는 중요하게 짚어야 하는 사안이다. 타고나기를 마른 체격인 나는 그때까지 체중에 딱히 신경 쓴 적이 없었다. 많은 여자들이 허벅지에 집착하리만큼 신경 쓰고 칼로리를 두고 안절부절못한다는 것은 알고 있었지만 그들은 나와는 다른 낯선 종 같았다. 지방에 맞서 싸우는 그들의 분투는 대체로 불필요하고 한결같이 따분한 일, 한마디로 나의 레이더에는 거의 감지되지 않는 일이었다. 게다가 나는 그때까지 코티지치즈를 별로 접해본 적도 없었다. 코티지치즈를 사본 적도 없었고 심지어 그걸 먹어본 적이 있었나 싶기도 하지만, 반쯤 무의식적인 수준에서 코티지치즈의 핵심적 진실, 즉 그것이 다이어트 식품이라는 진실은 알고 있었다. 게다가 그보다 더 무의식적인 수준에서 그것에 끌렸고 그걸 사야 한다는 불가항력을 느꼈다. 그러고는 그걸 기숙사 방에 있는 미니 냉장고에 넣어두고 사흘 내리 다른 것은 아무것도 먹지 않고 오직 그것만을, 코티지치즈와 쌀 뻥튀기만을 먹었다.

그랬더니 씨앗 하나가 움텄다. 이 씨앗은 어쩌면 오랫동안 거기 있었지만 그때까지 휴면 상태로 있었던 것인지도 모른다. 길도 하나 닦였다. 이 길은 궁극적으로 음식보다는 감정과 관련이 있었고, 허기보다는 허기를 충족시키는 데 필요한 마음가짐과 더욱 깊은 관련이 있었다. 그 마음가짐이란 우선 우리로 하여금 나는 원한다라고 말하게 이끌고, 그런 다음 더욱 중요하게, 나는 그럴 자격이 있다라고 말하게 이끄는 권리 의식, 행위 주체성, 주도성이다. 그날의 구매는 대수롭지 않게 보였을지 몰라도 사실은 하나의 전환점이었고, 한 여자가 한쪽 길에는 '텅 빔'이라고 표시되고 다른 쪽 길에는 '가득 참'이라고 표시된 두 갈래 길에서 한 길을 선택한 순간이었다. '가득 참'이란 것, 포만과 충만과 쾌락이란 것이 내가 손을 뻗어 잡을 수 있는 것이라는 믿음이 마음 깊이 없었던 나는 '텅 빔'의 길을 선택했다.

그리고 그 길에 아주 오래 머물렀다. 사흘간의 코티지치즈와 쌀 뻥튀기는 3년간의 거식증으로 이어졌고 다시 3년이 이어졌다. 그 세월 내내 따라다녔던 영양 공급과 쾌락을 둘러싼 투쟁은 나의 체중이 마침내 안정화된 후로도 오래도록 남아 음식의 영역을 뛰어넘은 다른 영역들에서, 연애 관계와 운동 문제나 물질적 탐닉 문제에서, 아니 사실상 갈망과 억제가 맞부딪칠 수 있는 거의 모든 영역에서 그 정도는 덜 극단적이더라도 계속해서 존재감을 드러냈다. 어느 만큼이 지나치게 많은 걸까? 어느 만큼이 충분한 거지? 나는 얼마나 굶주린 걸까? 아니 그보다 더 중요하게, 난 무엇에 굶주린 걸까? 이런 질문은 배고픔이 자기 존재를 알릴 때마다, 문을 두드리며 내 반응을 요구할 때마다, 다시 말해서 '항상', 시야 안으로 휙휙 날아드는 각다귀처럼 끝도 없이 나를 따라다니며 괴롭혔다.

여기서 중요한 질문은 왜—나는 왜 굶기를 선택했는가, 식욕이란 것이 왜 그토록 엄청나게 복잡한 문제가 되었는가—이며, 그 답은 대개 사람마다 특유하며 사적이다. 식사장애의 중심에는 언제나 가족이 있으며, 내 거식증의 중심에도 특유의 복잡성을 띤 가족이 있었다. 가족의 중심이었던 부모님은 총명하고 내성적이고 대체로 불행했으며, 두 사람의 결혼 생활은 (아버지 쪽의) 양가감정과 (어머니 쪽의) 좌절감으로 점철되었다. 자애롭고 너그럽지만 속을 전혀 알 수 없을 만큼 겉으로 내색하지 않는 성격들로, 애정 표현이 대체로 암호화되고 베일에 가려 있어서 나는 30대에 접어들고도 한참이 지나서야 그 표현의 의미를 해독할 수 있게 되었다. 그전까지 나는 자주 혼란스러웠고 홀로 뚝 떨어져 있는 느낌이었으며 확신을 가질 수 없어 불안했다. 부모님이 여름 캠프에 나를 데려다주고 가면 한 달 반 뒤 캠프가 끝났을 때 정말 다시 나를 데리러 올지 확신하지 못하는 그런 아이였다. 오빠와 쌍둥이 언니는 선천적으로 가족에 대해 나보다 안정적으로 소속감을 느끼는 것 같았다. 그것은 그들의 개인적 스타일이 가족의 스타일과 잘 맞아떨어진 결과였거나, 겉도는 느낌보다는 이해받는다는 느낌을 더 쉽게 느끼는 내적 성향의 결과였을 것이다. 나에겐 그런 게 없었다. 나는 어쩐지 부모님의 조용한 불행과 과묵함에 대한 책임이 나에게 있다고, 나 자신이 우리 모두가 숨 쉬는 공기에 어떤 식으로든 독을 퍼뜨리는 나쁜 아이라고 느꼈고, 아주 어려서부터 보상해야 한다는 강박에 쫓겼다. 가족 구성원으로 남아 있을 권리는 내가 노력해서 얻어내야 하는 것만 같았다. 나는 조용하고 수줍고 깔끔한 아이에 완벽주의자였다. 성적도 A만 받았다. 시키지 않아도 주방을 박박 닦았다. 분명 가족 역학과 뇌 화학의 지극히 복잡 미묘한 조합에서 생겨났을 내 가장 오래된 기억들은, 관계 맺기의 실패와 허함에 대한 감각, 이름 없고 어쩌면 이름 붙일 수 없는 무언가에 대한 갈망의 감각과 관련되어 있다.

어쩌면 그 감각은 내 생애 최초의 며칠, 몇 주 안에 시작되었을지도 모르겠다. 나는 2.12킬로그램으로 태어나 (쌍둥이 언니는 600그램 더 무거운 2.72킬로그램이었다) 곧 인큐베이터에 들어가 2주를 보냈는데, 그동안 기본적인 필요는 채워졌겠지만 아마 그 이상의 보살핌은 받지 못했을 것이다. 그 후 집에 와서 몇 주간은 부모님이 고용한 유모가 나를 보살피는 일을 도왔다. 집안에 전해지는 이야기에 따르면 이 유모는 언니는 건강하고 활력 있는 반면 나는 아프고 약한 존재라는 판단을 일찌감치 내렸던 모양이다. 다윈주의의 어떤 뒤틀린 논리를 신봉했던 게 분명한 이 유모는 내게는 묽게 탄 분유를 먹이고 언니에게는 더 진하게 탄 분유를 먹임으로써 본인의 확신을 행동에 옮겼다. 몇 주 뒤 이 사실을 알게 된 어머니는 그 자리에서 유모를 해고했고, 이후 그 사람을 '사디스트'라고 불렀다. 생애 초기의 이런 경험에 어느 정도 무게를 두어야 하는지는 모르겠지만, 어쨌든 이 이야기는 내게 아주 익숙한 울림을 준다. 허기의 가닥, 그리고 포만이라는 개념을 마음 놓고 믿지 못하는 마음의 가닥은 저 최초의 날들부터 이미 내 삶이라는 직물 속으로 물려들어왔던 것이다.

이야기를 이렇게 마무리하고 싶은 마음이 들기도 하고, 그러면 무척 편리하기도 할 것이다. 초기의 경험이 판을 깔았다, 집에서 제대로 먹여졌다는 느낌을 거의 받지 못한 아이가 결국 이후의 삶에서도 먹는 것에 관한 개념을 편안히 받아들이지 못하게 되었다, 하는 식으로 말이다. 그러나 속을 알 수 없는 부모와 자격 미달의 보조 양육자만으로 거식증에 걸린다면 인류 중 엄청나게 많은 수가 그 길을 갔을 것이다. 욕구와 관련된 모든 장애가 그러하듯이 굶는 행위는 너무도 다양한 갈등과 두려움에 대한 해결책으로서, 적어도 처음에는 해결책처럼 보이는 것으로서 시작된다. 굶기에는 정도에 어긋날 만큼 좋은 느낌, 옳은 느낌, 혹은 만족스러운 느낌을 주는 무언가가 있다. 열쇠가 제자리에 딱 맞아 들어가는 듯한 느낌이 있고, 어떤 괴로움을 가라앉혀주는 면이 있다. 굶기가 주는 이런 혜택들은 수치심, 혼란, 배고픔 등 굶기가 불러일으키는 부정적이거나 고통스러운 느낌을 모두 넘어설 만큼 강력하며 마치 악령이 유혹하는 손짓처럼 아주 매혹적이다. 나는 이것이 가족보다 더 큰 이유라고, 더욱 포괄적인 동시에 내 굶기의 구체적 시간과 장소를 감안할 때 더욱 맞아떨어지는 이유라고 생각한다.

코티지치즈 세계로의 진입은 어마어마한 전망과 어마어마한 불안의 맥락 속에서 벌어진 일이었다. 그것은 나 개인만이 아니라 여성 전반이 직면한 전망과 불안이었다. 아이비리그 대학 졸업을 1년 앞두고 있던 나는 전에는 생각도 할 수 없었던 기회의 풍경을 마주하고 있었다. 겨우 10년이나 20년 전만 해도 여자들은 절대 들어가지 못하게 잠가두었던 문들이 갑자기 활짝 열려 있었던 것이다. 그해 나는 애리조나주로 가서 남자 친구와 함께 살면 어떨까 고민하고 있었다. 의학 전문 대학원에 지원할까, 문학 박사 과정에 지원할까, 평화 봉사단에 들어갈까도 생각해보았다. 안 될 게 뭔가. 나는 내 나이 때 내 어머니는 꿈도 꿔보지 못했던 문제들, 이를테면 누구와 잘지, 어디서 누구와 살지, 나 자신의 미래를 어떤 식으로 빚어나갈지, 어떤 종류의 사람이 될지 같은 문제들을 놓고 고민하고 있었다. 이런 모든 자유는 복되고 멋진 것이었지만 내게는 또 그만큼 무섭고 억압적이고 심지어 (물론 당시에는 입 밖에 내어 표현할 수 없었지만) 약간은 부당한 것으로도 느껴졌다. 그런 자유가 실제로 존재한다는 사실이 여자로 살아간다는 것의 의미에 관해 내가 품고 있던 불분명하지만 뿌리 깊은 일련의 감정들과 모순되는 것 같았다고 할까.

이런 상황에서 내 세계로 들어온 코티지치즈와 쌀 뻥튀기는 첫 순간부터 기이할 정도로 매력적으로 느껴졌다. 내가 본격적으로 굶기 시작한 것은 한참 나중 일, 그러니까 그것들을 산 뒤 몇 년이 더 지나서지만, 곁다리로 이런저런 실험을 해보는 아마추어 과학자처럼 조금씩 가볍게 굶기를 시도하며 오랜 시간을 보냈다. 게다가 이 초기의 자제 놀이들은 내게 아주 유혹적인 효과를 발휘했다. 스스로 가하는 그 박탈에는 상쾌한 느낌을 주는 뭔가가 있었고 정화되는 느낌까지 들었다. 3학년이었던 그해 가을과 겨울에 체중이 좀 줄었지만, 내가 의도적으로 체중을 줄이고 있다는 사실은 아주 어렴풋하게만 의식했다. 기억나는 건 대체로 초연한 호기심, 더 알고 싶다는 끌림 같은 것이다. 저녁을 건너뛰면 어떻게 될까? 낮 동안 아무것도 안 먹고 커피만 마시면 어떨까? 그러면 어떤 느낌이 들지 궁금해.

어떤 느낌이 들었느냐 하면… 흥미로웠다. 그런 작은 의지력 시험들은 내가 갈망하는 듯한 것들, 이를테면 차분한 마음으로 나 자신을 강한 존재라고 느끼는 것, 나를 남다른 존재로 부각시켜줄 수단, 어떤 목표의 윤곽 같은 것들을 안겨주었다. 밤이면 친구들과 한 번씩 캠퍼스 근처에 있는 술집에 갔다. 웨이트리스들이 맥주와 함께 커다란 소쿠리에 담긴 버터 팝콘을 가져다주는 곳이었다. 나는 팝콘은 먹지 않겠다고, 단 한 알도 먹지 않겠다고 결심했고 은밀히 내린 그 결단에서 묘한 만족감을 느꼈다. 친구들은 소쿠리로 손을 뻗어 팝콘을 한 움큼씩

집어 먹고 웨이트리스에게 더 달라고 부탁했다. 나는 뒤로 기대앉아 담배를 피우면서 내가 그렇게 자제력을 발휘할 수 있다는 사실에 조금은 놀라고 조금은 뿌듯해했다.

나는 전보다 적게 먹고 전보다 더 말라갔다. 다들 이런 변화를 알아차렸다. 사람들은 "우와, 너 너무 말랐어!" 하고 말하거나 "우와, 너 살 빠졌구나!" 하고 말했다. 나는 잘 몰랐다는 듯 눈썹을 추켜세우고 어깨를 으쓱했다. "그런가?" 하지만 내 속에는 자그마한 자부심의 알갱이가 싹을 틔웠고, 내가 부러움이라고 이해한 그들의 그런 관심이 싹에 물을 주었다. 다른 사람들은 시도했다가 실패한 일을 나는 그리 힘들게 노력하지 않고도 해낼 수 있었던 것이다. 너무나 많은 여자들이 저울에 죽기 살기로 매달렸고, 자신의 가치를 저울의 판단에 맡겼다. 하지만 내게 그건 그저 게임일 뿐이었다.

거식증 환자들은 과장의 달인이다. 그들은 평균 여성보다 한 수 앞서가는 데서 만족을 느끼고, 보통 여성의 가장 지독한 공포를 내면화한 뒤 그 공포를 더 부풀리고 과시하며 다시 그 여성의 면전에 던진다. 그때까지 나는 음식에 몰두한 적이 한 번도 없었지만 음식이 다른 여자들의 삶에서 중대한 위치를 차지하고 있음은 보아서 잘 알고 있었다. 그리고 사이즈와 형태에 극도로 집중된 주의—엉덩이의 살진 곡선, 특정한 기준에 엄밀히 맞춰야 하는 청바지 핏—에는 더 복잡한 무언가가 연결되어 있음을 어렴풋하게나마 이해하고 있었다. 여성의 식욕이 정체성 및 가치와 갖는 관계라는 더 거대한 문제가 관련되어 있음을, 여자의 허기는 어쨌든 부적절한 것이며 심지어 그로테스크한 것일 수도 있다는 관념이 관련되어 있음을 말이다. 나는 여자들이 음식과 몸무게의 폭압에 얼마나 소리 없이 시달리는지, 선택의 상황에 직면할 때마다 얼마나 초조한 상태가 되는지 보았다. 갈망과 박탈을 저울질하는 그들의 불안하고 높은 목소리를, 끝없이 반복되는 주문呪文을 들었다. "아아, 안 돼. 정말 그러면 안 돼." 이 주문을 해독해보면, 어떤 거스를 수 없는 원칙이 여기에 작동하고 있는 것인지 명백해진다. 우리 모두 그 원칙을 받아들이고 살아간다. 그건 바로 사이즈가 중요하다는 것이고, 사이즈(식사량, 신체 사이즈, 욕망 자체의 크기)를 통제하는 게 중요하다는 것이다. 식욕을 억제하는 것은 가치 있는 야망이라 여겨진다. 비록 그것이 다른 모든 야망을 덮어버리고 심지어 당신을 미치게 만든다 해도. 나는 신경을 곤두세웠다. 2킬로그램을 뺐고 거기서 2킬로그램을 더 뺐다. 나는 메시지를 흡수하고 부풀렸으며 그런 다음 마땅한 보상을 ("넌 어떻게 그렇게 날씬한 상태를 유지하는 거야?") 받았다. 다른 여자들은 배고픔에 몸부림칠지 몰라도 나는 배고픔을 초월할 수 있었다.

굶기는 비할 데 없이 뒤틀린 방법이긴 했으나 어쨌든 곧 세상에 나가 새로운 권리와 특권을 차지할 준비를 하고 있던, 그러나 아직 자아관이 제대로 정립되지 않은 겁먹은 젊은 여자의 불안을 처리해주었다. 거대하고 모호하고 압도적인 대상(일이나 사랑) 대신 작고 구체적이며 충분히 처리할 수 있는 대상(팝콘 한 알)에 초점을 맞추게 한 것이다. 또한 굶기는 새롭게 바뀐 풍경 속 내 위치에 대해 느끼기 시작한 불편함을 처리할 방법도 제공해주었다. 그러니까 내게 굶기는 갈망이라는 더 큰 문제에 대처하기 위한 일종의 심리적 흥정이었던 셈이다. 나는 적어도 이론상으로는 큰 존재가 되어도 된다(야심을 가져도 된다, 강력한 힘을 행사해도 된다, 경쟁에서 이겨도 된다)는 허가를 받았지만, 자신을 한 마리 굴뚝새처럼 작고 연약하고 전혀 위협적이지 않은 존재로 만듦으로써 그 불편함을 상쇄하려 했다. 또한 굶기는 역시 과장된 방식으로, 여성 전반에 대한, 특히 여성의 신체에 대한 엄청나게 많은 (그 일부는 내 가족에게서 물려받았지만 거의 대부분은 문화가 뒷받침한) 감정들과 여성의 신체는 선천적으로 어떤 부끄러운 결함을 내포하고 있으며 끊임없이 감시하고 통제해야 한다는 생각을 순순히 받아들인 결과였다. 물론 굶기는 애초에 내가 대학에 들어갈 때부터 품고 있던 동경과 허함과 슬픔 등 온갖 오래된 감정들에도 대처할 수 있게 해주었다. 내 모든 갈망을 한 장소에 몰아넣고 다이아몬드처럼 응축한 것이다. 시간이 지나면서 음식은 (한편으로는 내가 얼마나 많이 원하는지, 다른 한편으로는 내가 결코 충분히 얻지 못할 것을 얼마나 확신하는지에 대한) 무시무시하고도 막강한 상징이 되었고, 따라서 나의 음식 거부는 내가 마련할 수 있는 가장 주체적인 해결책이 되었다. 난 너무 배가 고파, 이 허기는 결코 충족되지 않을 거야. 어떤 사람이 세계를 이해하는 기준이 이러하다면 (당시의 나는 그랬던 것 같다) 굶기는 합리적인 일이 되고 음식 통제는 그 배고픔과 충족될 수 없음의 간극을 표현하는 동시에 거부하는 방법이 된다. 당신의 필요들이 당신을 압도하는가? 당신 자신이나 다른 사람들이 그 필요를 충족해주리라는 믿음을 가질 수 없는가? 심지어 자신이 필요로 하는 것이 무엇인지도 모르겠는가? 그렇다면 아무것도 필요로 하지 말라. 표류하고 있는 듯 혼란스러웠고 자신에 대한 확신이 너무나도 부족했던 그 시기에 굶기는 하나의 분명한 목표를, 두각을 나타내고 통제력을 발휘할 수단을, 내가 잘할 수 있는 일을 제시해주었다.

나는 굶는 걸 정말, 정말 잘했다. 시간이 지날수록 내 몸집은 점점 더 작아지고 더 작아지고 더 작아졌다. 생리도 끊겼다. 친구의 열두 살 난 남동생의 작아진 청바지를 물려받아 입기 시작했다. 허기 때문에 말 그대로 아팠다. 배가 고파 위가 욱신거렸고 밤에 자려고 누우면 갈비뼈가 옆구리를 찔렀다. 나는 이런 변화—내 뼈들이, 심지어 작은 손가락뼈까지 얼마나 표 나게 두드러지는지, 배가 안쪽으로 얼마나 단단하고 팽팽한 C 자를 그리며 들어가는지—를 꼼꼼히 챙겨 살폈고, 각각의 변화는 내게 도저히 피할 수 없는 일이라는 느낌과 함께 설명할 수 없는 만족감까지 주었다. 나는 내가 느끼는 것을 말로 표현할 순 없었으나 몸으로 보여줄 순 있었다. 내면세계를, 이름도 없고 충족되지도 않는 그 모든 압도적인 허기와 혼란과 갈망을, 뼈라는 재료로 조형해낸 것이다.

이제 나는 먹는다. 이 말 자체는 승리의 진술이지만, 음식과의 더 평화로운 관계—이는 당연히 내 몸과 나 자신, 나를 괴롭히는 것들과의 더 평화로운 관계를 의미한다—를 향해 나아가는 길은 빙빙 둘러가는 기나긴 길이었고 (그렇지 않으면 좋았겠지만) 동행자들로 가득한 길이었다. 정도의 차이는 있겠지만 나를 굶기로 내몰았던 것과 정확히 똑같은 두려움과 감정, 압박에 시달려보지 않은 여자가 있을까. 르누아르가 표현한, 무엇에도 속박되지 않는 기쁜 마음으로 인간 갈망의 전 범위를 경험한 여자가 있으리라고는 더더욱 생각하기 어렵다. 많은 여자에게 갈망을 충족하고 대상을 취하고 육체적 쾌락을 만끽하는 일은 쉬운 일이 아니며, 나와 음식의 괴로운 관계는 긴 연속체 상에서 한 극단일 뿐이고, 수많은 장소 중 한 곳일 뿐이다.

음식, 섹스, 쇼핑. 당신의 독이 무엇인지 불러보라. 욕구, 특히 여자들이 경험하는 욕구는 으스스할 정도로 변신에 능하고 외적인 것들에 요령 좋게 찰싹 달라붙는다. 한 전투가 다음 전투로 이어지고, 어떤 약속이 거짓임이 드러나면 또 다른 약속이 빛을 발하며 지평선 위로 솟아올라 별처럼 신호를 보낸다. 내 말 들어봐. 이 다이어트를 하면, 이 남자를 만나면, 당신의 몸과 집을 위해 이 물건을 사면 그 문제가 해결될 거야. 이는 제니 크레이그, 대니얼 스틸, 마사 스튜어트*가 각각 해석한 성배들이다. 내 경우엔 굶기가 음주로 이어졌는데, 그러자 (내가 통제력이 대단히 강하고 꽤 우월한 사람이라는 느낌과 안전하다는 느낌을 주었던) 식욕 거부가 점차 더욱 전면적인 자기 존재에 대한 거부로 넘어갔고, 술이 음식을 밀어내고 내가 특별히 선택한 물질의 자리를 차지했다. 다른 여자들이 각자 선택한 물질이 무엇인지는 내 경우처럼 구체적으로 지목할 수 없을지도 모른다. 그래도 대개는 그에 못지않게 강한 악력으로 그들을 움켜쥐고 있고 욕구라는 더 폭넓은 주제와도 똑같이 연결되어 있다. 남자들과의 강박적인 관계, 통제되지 않는 쇼핑과 빚, 삶 전체를 좌지우지할 정도의 외모에 대한 집착, 온갖 종류의 '이즘'들. 이 모든 것이 허함과 관련되어 있고 내면의 공백을 잘못된 방향에서 메우려는 노력과 관계있으며 모두 똑같은 어두운 감정에서 비롯된다. 많은 여자들이 공유하고 있는 그 감정은, 갈망은 그 자체로 어쩐지 부당하거나 잘못된 것 같다는 느낌, 원하는 대로 마음껏 누릴 권리는 대가를 지불하거나 스스로 노력해 얻어내야만 한다는 생각, 욕구를 채우려면 희생을 치러야

* 제니 크레이그는 다이어트 기업인 제니크레이그사의 창업주이고, 대니얼 스틸은 엄청난 다작과 판매고로 기네스북에도 오른 로맨스 소설 작가이며, 마사 스튜어트는 요리, 원예, 수예, 실내장식 등 다방면의 살림 비법을 전해주는 사업가, 작가, 방송인이다.

한다는 생각이다. 너무 많이 먹거나, 너무 많이 원하거나, 너무 섹스나 야망이나 갈망에 치우쳐 행동하면 분명 그 청구서가 날아들고, 거기에는 대개 분노에 찬 자기 비난의 야유가 따라붙는다. 넌 돼지야, 게으름뱅이야, 형편없는 인간이야. 욕망 대 박탈, 탐닉 대 자제, 돌봄 대 자기부정. 이런 것들이 특히 여성의 드라마 무대에 반드시 등장하는 주인공이다.

이 무대는 물론 지극히 인간적이지만—욕구를 만족시키고자 하는 욕망 대 욕구가 우리를 압도하고 좌지우지하고 길을 잃게 만들지도 모른다는 두려움, 이 둘의 충돌은 아담과 이브 이야기만큼 오래되었다—그 무대를 가로지르는 여성의 여정은 유독 고통스럽고 당황스러운 방식으로 경험되고 표현될 수 있다. 이는 여자들이 태어나 자라는 동안 줄곧 주입받은 관념 때문이다. 그것은 여성의 욕구는 처음부터 제한되고 축소되어 있으며, 여성의 갈망은 억제해야 하고 갈망을 만족시키는 일은 가장 엄밀하게 한정되고 사회적으로 용인된 방식으로만 허락해야 한다는 관념이다. "죽지 않을 만큼만 먹어라." 성인이 된 후 거의 대부분의 시간을 체중 문제와 씨름해온 36세의 방송 프로듀서는 목숨을 유지하는 수준 이상으로 먹는 것은 탐욕적이고 위험하며 여자답지 못하고 잘못된 일이라고 믿었던 어머니가 숟가락으로 떠먹이듯 주입한 저런 훈계를 듣고 자랐다. "그렇게 똑똑한 척하지 마라. 안 어울린다." 52세의 과학자는 아직도 이 말과 관련된 악몽을 꾼다. 양친 모두가 그렇게 말했고 역시 비슷한 경고를 담고 있다. 참한(이 말 대신 '바람직한'이나 '자격 있는'도 쓸 수 있다) 여자는 지식에 대한 욕구가 일정 한도를 넘지 않고 지력에도 야망에도 한계를 두어야 한다는 경고다. "그러니까 네가 기어이 하이힐을 신었단 말이지." 42세의 건축가는 거의 20년 전 막 대학원을 마치고 자신의 새로운 전문가 정체성에 무척 만족하던 시기에 어머니를 마중하러 공항에 갔다가 들었던 이 말을 아직도 기억하고 있다. 경멸과 실망이 뒤섞인 이 말은 20년이 지난 지금까지도 여전히 따갑게 꽂힌다. "그 말에 내포된 의미는 내가 섹시해 보이려고 하이힐을 신었지만 섹시해 보이는 데 실패했다는 게 아니었어요. 내가 실제로 섹시해 보였고, 그래서 역겹다는 뜻이었죠." 모두 '하지 마'의 세계에서 나온 얘기들이다. 이런 메시지들은 훨씬 더 간접적으로 전달될 수도 있고 헷갈리거나 모순적일 수도 있지만, 당신이 20세기 후반에 성년이 된 여자라면 어떤 형태로든 분명 그 말을 들었을 것이다. 너무 많이 먹지 마. 너무 커지지 마. 너무 멀리 가지 마. 너무 높이 올라가지 마. 너무 많이 원하지 마. 하지 마, 하지 마, 하지 마.

이런 명령들이 존재한다는 사실은 전혀 새삼스럽지 않지만, 문제는 그것들이 누적되면서 여자들의 삶에 미치는 영향이 대개 파편화된 렌즈를 통해서만, 한 번에 한 가지 병폐만 따로 떼어 검토되는 경향이 있다는 것이다. 식사장애에 관한 책들이 꽂힌 자기계발서 서가는 연애 관계 문제를 다룬 책들과 따로 떨어져 있고, 강박적 쇼핑에 관한 책들은 여성의 섹슈얼리티를 다룬 책들과 따로 있으며, 문화와 미디어를 다룬 책들은 여성의 심리를 다룬 책들과 떨어져 있다. 당신에게 해당하는 것을, 당신을 괴롭히는 악마를 꼽아보라. 한 진영에는 너무 많이 사랑하는 여자들이 있고 또 다른 진영에는 너무 많이 먹는 여자들이 있으며 또 다른 곳에는 너무 많이 쇼핑하는 여자들이 있다. 사실 세 진영은 서로 그리 다른 곳들이 아니다. 욕구의 문제—구체적으로 말해 너무 깊이 파묻혀 있던 여성의 욕구가 새로운 경로의 출구를 찾을 때 일어나는 일에 관한 문제—라는 가닥이 모든 진영을 하나로 묶는다. 어떤 여자의 코티지치즈가 다른 여자에게는 한도가 초과된 마스터 카드이고, 한 여자의 영혼을 파괴하는 연애는 또 다른 여자의 광적인 폭식이다. 방법은 다르더라도 이 모든 행동의 핵심 성분을 추려보면 여자들 특유의 불안, 죄책감, 수치심, 슬픔의 혼합물을, 그러니까 뿌리 깊은—또한 흔히 뿌리 깊이 오해된—갈망들이 되직하게 엉겨 있는 심적 혼합물을 발견하게 될 가능성이 크다.

내 거식증은, 너무나 많은 여자들이 자신의 욕구를 가지고 늘 하는 행동을 (그 행동이 완연한 질병으로까지 전개되는지 여부는 차치하고) 예술의 형태로까지 끌어올린 것일 뿐이다. 체중 재기, 치수 재기, 계산하기, 감시하기. 꾹 참았다 과하게 보상하기. 한 영역에서 욕구를 제어하고 다른 영역에서 욕구를 방기하기. 여성의 욕구는 죄책감에 눌려서, 대상을 향해 곧바로 나아가기보다 오히려 대상을 피해 빙 둘러가는 방식으로 움직인다. 오늘날 나와 음식의 관계는 아마 그 어느 때보다 정상적이겠지만, 여전히 나는 끊임없이 밀고 당기는 허기의 힘을 가물가물하게나마 의식한다. 억제하는 목소리와 갈망하는 목소리 사이의 이 고질적인 줄다리기는 무슨 경계경보가 발령된 상태처럼 어떤 대상을 취하는 일이 달린 모든 영역에서 기어이 존재감을 드러내고야 만다. 내가 아는 어떤 이는 매일매일 운동량을 기준으로 먹는 양을 엄격하게 조절한다. 그날 3킬로미터를 달렸으면 저녁을 두 그릇 먹는다. 5킬로미터를 뛰었으면 디저트까지 먹는다. 운동을 조금도 하지 않았으면 두 번째 그릇도, 디저트도 없다. 본인도 이것이 비이성적인 일이란 걸 알고 있고 ("미친 짓이죠. 누가 점수를 매기고 있다고.") 언제 왜 이런 체계를 만들어냈는지도 기억하지 못하며 그 기준이 순전히 자의적이라는 사실을 자각하고 있지만, 그래도 너무 오랫동안 매일 그 규칙을 엄수하며 살아온 탓에 이제 다르게 사는 건 상상도 할 수 없다고 여긴다. 수년간 자기 분야에서 인정받기를 갈망해온 한 경제학자는 어느 큰 상의 후보로 선정된 다음 날, 정신을 차리고 보니 거울에 비친 자기 모습을 이글거리는 눈으로 노려보고 있었다. 헬스장에서 스테퍼를 맹렬히 밟으며 운동하고 있었고, 얼굴은 잔뜩 찡그린 표정으로 오그라들어 있었다. 이 망할 가식덩어리. 넌 대체 네가 뭐라고 생각하는 거야? "그런 건 어디서 오는 걸까요?" 하고 자문하듯 말했지만 답은 하지 못했다. "좋은 일을 있는 그대로 받아들이기가 왜 이렇게 어려운 거죠?" 섹스에 대한 욕구, 아름다운 것들에 대한 욕구, 육체적 쾌락에 대한 욕구, 이 모든 것은 사람을 어리벙벙하게 만들 수 있고 그 때문에 여자들은 일상의 가장 평범한 결정 앞에서도 헷갈려한다. 당신이 한 그릇 더 먹는 건 배가 고파서인가, 아니면 슬퍼서인가? 운동을 평소보다 30분 더 하는 건 건강과 안녕을 위한 필요성을 의식해서인가, 아니면 또 한바탕 자기를 벌하고 있는 것인가? 사실은 필요하지도 않은 멋진 재킷에 600달러를 쓰는 것은 자신의 수고에 충분히 자격 있는 호사를 허락하는 것인가, 아니면 통제력 상실의 소용돌이에 휩쓸린 것인가? 만족과 과잉을, 자제와 탐닉을, 쾌락과 자기 파괴를 구분하는 선은 어디일까? 그리고 그 선들은, 특히 여자들에게 왜 그렇게 찾기 어려운 걸까?

욕구appetite라는 단어는 흔히 음식과 관련해 쓰이기는 하나 상당히 폭넓은 의미를 갖고 있다. 웹스터 사전에서는 이렇게 정의한다. (1) 자연스러운 욕망, (2) 만족 혹은 충족하고자 하는 선천적이거나 습관적인 욕망 혹은 성향, (3) 욕망의 대상. 나 역시 이처럼 폭넓은 관점을 취하여 우리가 취하는 대상들, 우리가 허하거나 초조하거나 자신이 부족하게 느껴질 때 하는 행위들, 우리에게 가득함과 만족, 완전함의 느낌을 주리라고 상상하는 실체와 행동을 욕구라고 지칭한다. 이런 의미에서 욕구는 꼭 생사가 달린 문제는 아니라는 점에서 '필요'나 '본능'과는 다르다. (음식이나 음료에 대한 충족되지 않은 필요는 충분한 시간이 지나면 사람을 죽일 수 있지만 초콜릿에 대한 충족되지 않은 욕구는 그러지 않을 것이며, 포식 동물 앞에서 도피 본능이 제구실을 하지 않는 것은 목숨을 앗아갈 수 있지만 파괴적인 연애 관계에서 그러지 않는 것은 사람을 비참하게 만들 뿐이다.) 욕구는 구체적이고 명확한 생존을 위한 필요와 그보다 더 일반적이고 포괄적인 단어인 욕망 사이 애매한 중간 지대에 자리한다. 욕구는 '드라이브' 기어가 들어간 욕망으로, 일반적인 바람보다는 더 활성화되어 있고 목표 지향적이며 늘 종착지를 염두에 두고 있다. 욕구는 이제 막 생겨난 어렴풋한 것에 구체성을 부여하고, 무형의 것에 형태를 부여한다. 내면에서 보글보글 피어오른 감정들이 구체적이고 외적인 것에 달라붙어, 손에 잡히지 않는 느낌(동경, 갈망, 허함)을 행위와 행동, 물질과 물건으로 바꿔놓는다. 이 음식, 저 구두, 저 연인… 물론 가장 명백한 욕구는 육체적인 것, 즉 음식과 섹스에 대한 욕구겠지만 나는 물건들에 대한 욕구, 야망, 그리고 (어쩌면 무엇보다) 자신에게 중요한 의미가 있는 사람들에게 인정받고 그들과 연결되고자 하는 욕구 역시 매우 핵심적이며 삶을 정의하는 욕구라고 생각한다. 이런 일들은 음식과 섹스와 더불어 우리를 앞으로 밀어주고 열망에 불을 붙이고 우리의 행동과 선택을 유도하고 또 자주 결정한다.

역사상 가장 빠른 속도를 자랑하는 세기의 전환기인 오늘날 한 여성이 지닌 욕구는 (적어도 이론상으로는) 오직 본인의 통제하에 있고 본인의 뜻대로 만끽하거나 충족할 수 있다. 이는 우리의 가장 강렬한 갈망들이 그 본질적 용도와 거의 전적으로 유리된 시대에 우리가 살고 있기 때문에 가능한 일이다. 성혁명 덕분에, 또 쉽게 접근할 수 있는 피임법들과 (당분간은) 가능한 낙태 덕분에 섹스에 관한 여성의 결정은 생식과 완전히 무관하지는 않더라도 관련성이 매우 미미해질 수 있다. 성욕은 생식과 분리되면서 규칙에서 더 자유로워지고 더 개인적인 일이 되었고 사회적으로나 물리적으로나 덜 위협적인 일이 되었지만 동시에 더 혼란스러운 일이 되었다. 삶을 결정하는 다른 영역의 욕구들도 마찬가지다. 남성에 대한 경제적 의존에서 최소한 어느 정도는 해방된 오늘날의 여성은 무엇을 얼마나 먹고 자신의 시간을 어떻게 쓰고 어떤 외양을 갖추고 어디에서 살고 어떤 대상을 소유할 것인지 등에 대해 전례 없는 통제력을 행사한다. 더욱 중요한 점은, 지난 80년간 미국에서 거의 중단 없이 삶의 특징을 규정해온 풍요 덕분에 그러한 결정들이 순전한 생존의 문제가 되는 일이 드물어졌다는 것이다. 심지어 경기 침체기에 해당하는 현재까지도 미국의 중산층 및 상위중산층 여성 대부분에게 다이어트와 물질적 삶, 생계, 연애 같은 문제는 기본적인 생명 유지보다는 개인적 열망 및 자기 정의와 더 관계가 깊다. 한마디로 한때 우리가 살아남는 데 필요했던 음식, 주거, 성적 파트너 관계가 이제는 충족감을 느끼기 위해 원하는 것들이 되었다.

그러나 충족은 그 자체로 까다로운 주제다. 그것이 까다로운 주된 이유는, 시각 중심적이고 상업적으로 탐욕적이며 재빠른 해결책과 즉각적 만족을 지향하는 우리 문화가 거의 모든 길목, 거의 모든 전선에서 충족에 대한 바람을 부채질하는 동시에 정의까지 하기 때문이다. 나는 원해, 나는 원해라고 속삭이는 내면의 목소리에게 소비문화는 당신은 그래도 돼, 그래도 괜찮아. 바로 여기, 당신이 손만 뻗으면 잡을 수 있는 곳에 그게 있잖아라는 유혹적인 말로 원하는 걸 가지라고 부추기고 안심시킨다. 게다가 그 부추김이 어찌나 집요한지 우리는 그 유혹이 얼마나 끈질기고 강력한지조차 거의 의식하지 못한다. 1915년에 미국인은 평균적으로 몇 주가 지나도록 광고를 한 건도 보지 않을 수 있었다. 오늘날에는 하루에 120억 건의 디스플레이 광고, 300만 건의 라디오 광고, 20만 건의 텔레비전 광고가 매일 전국에 범람하고[1] 우리 대부분은 매일 그중 약 3000건의 광고를 보거나 듣는데[2] 그 모든 광고가 욕구를 깔짝깔짝 건드려 일으키고, 만족을 약속하고, 마치 여자의 치맛자락을 물고 잡아당기는 테리어 강아지처럼 낑낑거리며 욕망을 끌어당기고 붙잡고 늘어진다. 물론 이는 양성 모두에게 똑같이 일어나는 일이지만, 현대 소비문화에서 여성은 욕망의 주체—스스로 대상을 욕망하도록 부추김당하는 사람—인 동시에 욕망의 주요 대상이며, 관능적이고 날씬하고 육체적으로 완벽한, 대대적으로 유포되는 이미지의 핵심 판매 도구라는 기묘한 입장에 처한다. 이리하여 여자들은 원하라는 말만이 아니라 무엇을 원해야 한다는 지시까지 듣는다. 그런데 이 무언의—제대로 된 욕망을 가지면 당신도 욕망의 대상이 될 것이라는—약속은 심각한 부조화의 느낌을 자아낼 수 있다. 이론상 우리는 자신의 욕구를 우리가 원하는 방식으로 만족시킬 수 있는 자유와 자원을 갖고 있지만, 어떤 욕구들을 품어야 하는지, 진정한 만족이란 어떻게 보이거나 느껴지는 것인지 스스로 결정할 자유는 상대적으로 희박하기 때문이다. 신시내티 의학대학에서 실시한 대규모 조사에서, 3만 명의 여성이 체중을 줄이는 것이 다른 무엇보다 이루고 싶은 목표라고 답했다.[3] 이 수치 하나만으로도 여성에게 식욕 문제가 얼마나 복잡다단한 문제인지를 짐작할 수 있다. 정말 그게 여자들의 가장 주된 목표일까? 욕구를 없애버리고 싶은 욕구가?

솔직히 나는 그 반대가 참이 아닐까 한다. 이 새 천 년의 초입에 많은 여성들의 마음속에 깔린 가장 주된 욕구는 아마 욕구에 대한 욕구일 것이다. 자신의 진짜 욕구가 무엇인지 있는 그대로 밝힐 수 있을 만큼 충분히 안전하고 안정되었다고 느끼고 싶고, 그 욕구를 만족시킬 충분한 자격과 힘을 갖추었다고 느끼고 싶은 갈망 말이다. 많은 여성들이 그 두 감정을 충분히 느끼지 못한다는 사실은 다이어트와 체중에 대한 집착을 보여주는 엄청난 수치에서만 알 수 있는 게 아니라, 균형과

넓은 시야와 우선순위의 문제들을 고민하느라 여자들로 하여금 한밤중에도 잠 못 이루게 하고 여자들의 신경을 갉아대는 감정들이 어떤 종류의 것인지에서도 드러난다. 여기에는 우선 이따금만 지각될지는 몰라도 많은 이들에게 익숙한 인식이 있는데, 그건 바로 우리가 욕구를 한껏 충족하는 일이 아니라 욕구를 억누르려 애쓰는 일에 너무 많은 시간을 쏟고 있다는 것이다. 또 많은 이들이 가짜 신들을 숭배하느라고, 다시 말해 결코 만족을 주지 않을 것만 같은 방식으로 만족을 추구하느라고 (5킬로그램을 줄이는 것으로 안 된다면 아마 저 직장이, 저 집이, 혹은 저 연인이 만족을 줄지도 몰라) 소중한 에너지를 낭비하고 있는 것 같다. 그리고 명확히 정의되지는 않았지만 좀처럼 떨쳐지지 않는 느낌이 또 하나 있는데, 전반적으로 이것이 살아가는 방식 치고는 너무 고통스러운 방식이라는 느낌, 이 방식이 우리를 필요 이상으로 더 불안하게 혹은 더 우울하게 만드는 것 같고, 어쩐지 기만하는 것 같다는 느낌이다. 마치 갈망에 대한, 우리를 먹여주고 채워주고 기쁘게 하는 것들을 원하는 일에 대한 우리의 권리 자체를 어디쯤에선가 도둑맞은 것처럼 말이다.

물론 여자들은 (남자들도 그렇지만) 밤에 잠 못 들고 식욕에 관해 걱정하는 게 낫다고 주장할 수도 있을 것이다. 20~74세의 미국인 중 절반 이상이 과체중이며 5분의 1은 비만(체질량지수가 30을 넘는다는 뜻)이다.[4] '국민 유행병'이라 불리는 비만은 당뇨병, 고혈압, 신경 질환과 관계있고 20년 후에는 비만 관련 질병의 치료 비용이 수천 억 달러에 이를 것으로 예측된다.[5]

그러나 비만과 식욕(구체적으로는 식욕을 억제하지 못하는 것)의 관계는 그리 분명하다고 할 수 없다. 많은 경우 병적 비만은 유전이 원인일 수 있다. 미국인의 허리둘레가 늘어나는 것은 자제력(혹은 자제력의 부재)과도 관련이 있지만 그에 못지않게 현대인의 생활 방식과도 깊은 관련이 있다. 식품 가공과 농업의 혁신으로 50년 전보다 식품의 가격은 낮아지고 양은 더 풍성해지고 칼로리 함량은 훨씬 높아진 데다 기술 발전(우리를 더 많이 앉아 지내게 만드는 노동 절감 기기들)은 전체 칼로리 소비량을 더욱 줄여왔다. 다시 말해 우리는 지방을 연료로 써서 결국 다시 지방에 연료를 공급하는 시대에 살고 있는 것이다. 비만은 계급 문제로도 보인다.[6] 가난한 도심 지역에서는 값싸고 지방·탄수화물 함량이 높은 패스트푸드를 자연에서 방목한 닭과 신선한 채소보다 훨씬 더 많이 더 쉽게 구할 수 있다. 게다가 의료, 운동 시설, 예방적 교육은 훨씬 접근하기 어려워, 가난할수록 비만해지거나 비만 관련 질병에 걸릴 위험이 당연히 더 크다.

그러나 식욕은 단지 먹는 일과 체중 증가에 관한 일만은 아니다. 어떤 의미에서 비만에 대한 국가적 염려의 표현은 탐닉과 자제, 특히 여성이 살면서 경험하는 탐닉과 자제라는 문제를 더 미묘하고 감정적인 관점에서 고려하지 못하도록 주의를 분산시킨다. 우리 문화가 체중, 특히 여성의 체중에 유독 열중하는 것은 여성의 육체에 대한 더 전반적인 열중과 깊은 관련이 있는데, 여성의 육체에 대한 열중이 모두 우호적이거나 배려하는 식인 것은 물론 아니다. 또한 여성 개개인이 체중에 골몰하는 일은 체중 외에 더 복잡다단한 불만의 원인들을 보이지 않게 가리는 역할을 할 때가 많다. 허리선의 상태를 고민하는 것이 영혼의 상태를 고민하는 것보다는 더 쉬운 법이니까. 더욱 중요한 점은 식욕을 좁은 틀에 집어넣으면, 그러니까 먹는 양과 칼로리와 지방의 문제로만 파악하면 여성의 갈망이 야기하는 더 폭넓고 다양한 감정들이 가려진다는 사실이다. 여자들이 저울로 (혹은 침실로 혹은 쇼핑몰로 혹은 직장으로) 옮겨놓는 문제들은 그들이 아름다움과 섹슈얼리티에 관한 문화적 명령에 어떻게 반응하는지, 자신을 얼마나 수용하는지 혹은 수용하지 않는지, 어느 정도의 쾌락을 누리는 것이 자신에게 허용된다고 느끼는지, 그들의 갈망이 어느 정도의 불안 혹은 죄책감 혹은 수치심을 일으키는지 같은 문제들이다. 다이어트와 신체 이미지에 대한 여성의 몰두만 보아도 짐작할 수 있듯 이런 문제들은 극심한 고통과 혼란을 초래할 수 있다.

그렇기는 하나 이것이 생사를 좌우하는 문제는 (대체로) 아니다. 내가 관심 깊게 지켜보는 이런 종류의 불편함은 어느 정도는 대단히 사치스러운 문제로 보일 수 있고, 실제로 허벅지나 옷장에 대해, 개인적 성취의 상대적 수준에 관해 염려할 수 있는 시간과 에너지와 자원을 가진 여자들이나 하는 예민한 잡담으로 보일 수 있다. 어느 선까지는 그러한 판단이 전적으로 옳다. 내가 이 책에서 묘사하고 내 말의 수신자로 삼은 여자들은 주로 백인이며 부유하고 고등교육을 받았으며 현대사에서 가장 큰 특권을 누리는 인구 집단 중 하나다. 나는 이 책에서 인종 문제가 식욕에 관한 여성의 감정에 어떤 영향을 미치는지를 논의하지는 않겠지만(아프리카계 미국인 여성이나 라틴계 여성의 신체 경험, 그리고 아름다움과 권력, 권리에 대해 그들이 가진 생각은 아마도 내가 파악할 수 있는 범위를 벗어난 힘들에 좌우될 것이다) 계급과 사회적 맥락이 결정적인 힘을 지니고 있음을 나는 분명히 알고 있다. 허기 문제와 씨름하는 나 자신의 분투는 같은 도시에서 최저 생계선 이하의 생활을 하는 독신모나 탈레반 치하에서 살아가는 아프가니스탄 여자, 아이를 등에 업고 전쟁으로 파괴된 고향에서 탈출해 무거운 걸음으로 산을 넘는 쿠르드 여자의 분투와는 완전히 다르다. 체중을 몇 킬로그램 줄이는 일에 관한 걱정은 생존에 대한 걱정과는 전혀 다른 일이다.

그러나 그렇게 '사치스러운' 형식을 띠고 있음에도 욕구를 둘러싼 분투는 중요하다. 일단은 그 분투가 여성의 권리와 자유에 관한 질문들, 그리고 현재 이 인구 집단이 누리고 있는 법적 권리 및 자유가 주어진다면 그와 함께 생겨날 거라고 과거 누군가는 예상했을 법한 심리적 특성들에 관한 질문들과 맞닿아 있기 때문이다. 욕구는 기본적 생명 유지 문제에서 분리되고 법적 제한에서 자유로워진 후 주로 내면과 관련된 현상이 되었고, 욕구를 만족시키는 역량은 물리적 틀이나 정치적 틀보다는 감정적 틀에 의해 규정되었으며, 그 결과 한 여성이 갈망과 만족에 대해 갖는 관계는 마치 거울처럼 그의 자아의식과 더 넓은 세상에서 그가 자리한 위치를 비춰 보인다. 갈망이라는 단어가 지닌 모든 의미에서, 여자는 자신에게 어느 정도의 갈망까지 허용하는가? 어느 정도까지 충족을 허용하는가? 진심으로 자신이 얼마나 자유롭다고 느끼거나 자제하고 있다고 느끼는가? 음식을 먹고, 쾌락을 경험하고, 대상을 취하고, 자격 있는 존재가 되는 것—이런 일들은 많은 여성에게 생사의 문제는 아닐지라도 기쁨과 괴로움의 표지임은 분명하며, 지난 40년에 걸친 사회 변화가 우리를 어디에 데려다놓았는지, 또 어디로 데려가고 있는지에 관해 많은 것을 드러내줄지도 모른다.

어떤 기준에서 보더라도 나는 이 욕구의 전선에서 누구 못지않게 자유롭고 권리가 있다고 느껴 마땅한 사람이다. 1970년대에 매사추세츠주 케임브리지라는 진보적인 도시에서 성년이 된 나는 같은 세대와 이후 세대의 많은 여자들이 그랬듯 여성을 위한 전쟁은 이미 승리로 끝났으며 그 전쟁에 쓰인 무기들은 '페미니즘적 변혁'이라고 표시된 위대한 선반에 따로 보관되어 있다는, 정치적으로 무지한 데다가 참으로 순진한 믿음을 갖고 사는 호사를 누렸다. 우리 세대 여자들은 여성운동과 성 혁명, 느슨해진 성 역할, 낙태부터 교육까지 모든 것에 대한 가능성을 상속받았고, 그 유산은 여성의 욕망을 대단하리만큼 폭발적으로 열어젖혔다. 우리는 다른 어느 시대, 다른 어느 집단의 여성들보다 자유재량으로 쓸 수 있는 기회와 자유를 더 많이 누렸고, 무엇이든 할 수 있고 무엇이든 될 수 있으며 우리가 적합하다고 여기는 방식으로 우리의 삶을 결정할 수 있었다. 그런데도 나는 스물한 살의 나이에 해골 같은 형상으로 깎여나간 나 자신의 모습을 목도했다. 그때 나의 존재 전체는 욕구의 부인을 지향하고 있었다. 그리고 마흔두 살인 지금도 여전히 욕망의 주변부에서 머뭇대고 있는 나를 느낀다. 종종 나와는 어마어마하게 떨어져 있는 것처럼 느껴지는 그 문들의 틈새를 엿보면서, 그 안으로 호기롭게 들어가도 괜찮을지 어떨지 나는 아직도 완전히 확신하지 못하고 있다.

내면세계와 외부 세계 사이의 암묵적 갈등을 내포하고 있는 이 이야기는 본질적으로 욕구에 관한 이야기다. 시험해본 적 없는 새로운 자유가 주어질 때 함께 솟아나는 불안에 관한 이야기이고, 여자가 성별과 여성성에 관한 깊고 견고하게 뿌리 박힌 오래된 규칙들을 시험할 때 솟아나는 죄책감에 관한 이야기다. 자아와 문화의 충돌에 관한 이야기이며, 여전히 여성의 권력에 대해 심히 양가적 태도를 취하는 세계, 욕구와 수치심을 똑같은 정도로 불러일으키고야 마는 세계 안에서 여성의 욕망을 속박하고 있던 고삐가 덜컥 풀어졌을 때 생기는 일에 관한 이야기다. 갈수록 더 시각에 치중하고 상업성이 짙어지는 세계, 여성의 형태가 무자비할 정도로 외현화되는 세계, 여성의 욕망에 관한 관념이 너무나 협소한 틀 안에 갇혀 있는 세계에서 한 여성이 자신의 몸과 자신의 욕망에 연결되어 있다고 느끼기가 얼마나 어려운지에 관한 이야기다. 전통적인 심리 구조와 사회구조가 얼마나 오래도록 멀쩡히 버티고 서 있을 수 있는지에 관한 이야기이고, 여전히 소녀들에게 자기부정의 씨앗이 뿌려지고 권장되는 방식에 관한 이야기이며, 40년에 걸친 법적·사회적 변화가 진정한 대안적 변화를 아직 일구어내지 못한 까닭에 우리가 행위 주체성과 주도권을 지니고 있다는 느낌이나, 자신의 욕구는 건전하고 합리적인 방식으로 만족시켜도 될 타당성과 자격을 지니고 있다는 확신이 부재한다는 이야기다.

여성이 욕구 문제와 힘겹게 씨름하고 있다는 증거는 어디서나 찾아볼 수 있다. 미국 여성 중 500만 명이 식사장애에 시달리고 있고[7] 여성의 80퍼센트가 여성이라서 하는 경험은 "너무 뚱뚱하다고 느끼는 것"이라고 대답했다.[8] 18~59세 여성 중 40퍼센트 이상이 섹스에 관심이 없거나 쾌감을 느끼지 못하는 것부터 오르가슴에 이르지 못하는 것까지 어떤 종류든 성 기능장애를 가지고 있다고 조사되었다.[9] 강박적 쇼핑 장애가 있다고 추정되는 수치는 전체 여성 인구에서는 2~8퍼센트, 대학 재학 연령대에서는 15~16퍼센트로 추정된다.[10] 여기에는 뭔가 문제가 있지만, 그것은 '낮은 자존감'처럼 단순한 문제가 결코 아니다. 여성의 많은 행동(체중과 외모에 대한 집착, 명백한 자기 파괴적 성향)은 하나같이 '낮은 자존감'으로 인한 병이라고 치부된 후 '낮은 자존감'의 폐품 더미에 던져지는 경향이 있다. 나는 항상 낮은 자존감이란 너무 빈약한 근거라고, 마치 넣어야 할 재료 중 열다섯 가지를 빼고 끓인 묽디묽은 수프 같다고 느꼈다. 자기 신체에 능동적으로 해를 입히거나 억지로 자신을 굴복 상태에 몰아넣는 여자, 자신에게 상처를 입히는 연애에 집착하고 매달리는 여자, 인사불성으로 쇼핑을 하고 빚더미에 올라앉는 여자를 고통에 몰아넣는 것은 초라한 자아상 같은 것보다 훨씬 더 심각한 문제다. '낮은 자존감'이라는 말은 좌절된 욕구에서 배어나오는 슬픔과 허함을 단 한 방울도 포착하지 못하며, 엉뚱한 대상으로 치환된 욕구에 동반되는 괴로움도, 욕망들이 그렇게 여러 방향의 잘못된 경로로 흘러가는 이유를 도저히 알 수 없어서, 어떤 다른 방식으로 살아야—또한 느껴야—할지 몰라서 겪는 고뇌도 좀처럼 포착하지 못한다.

다르게 살기 위한 나의 투쟁이 시작된 지 거의 20년이 지난 오늘날에도 내가 르누아르 그림 속 여자를 닮았다고는 말하지 못한다. 개인의 변화든 집단의 변화든 변화란 본성상 빙하처럼 느리디느린 속도로 이루어지며, 진보의 지도는 승리들이 아니라 작디작은 전진과 변화들로 그려진다. 나에게나 다른 많은 여성들에게나 욕구를 둘러싼 도전은 일생 계속되면서 인생을 결정할 것이다. 그러나 나도 그리 내키지는 않지만 한 가지 승리만큼은 자인할 수 있다. 그것은 내가 성배와 성배에 도달하려는 노력 둘 다를 재정의했다는 사실이다. 이 재정의 과정은 내면에서 일어나는 지극히 개인적인 일이며, 유난히 미끄러워 붙잡기 어려운 안녕이라는 개념과 밀접히 얽혀 있다.

저 옛날의 나에게 '좋은 하루'란 스물네 시간 동안 800칼로리 이하를 먹는 날을 의미했다. 그걸로 끝. 안녕은 그처럼 절대적인 접근 불가능성을 기준으로 판단되었다. 오늘날 내게 좋은 하루란 여러 가지를 의미할 수 있다. 집 근처 강에서 노를 저으며 하루를 시작한 날을 의미할 수도 있다. 조정은 나 자신이 유능하고 강하며 살아 있다고 느끼게 해주는 활동이다. 또는 하루치 일을 견실하게 해낸 날을 의미할 수도 있고, 친구와 웃으며 통화한 날, 좋은 음식으로 식사한 날, 혹은 밤에 내가 세상에서 가장 사랑하는 두 존재, 사람 한 명과 개 한 마리와 포옹한 채 시간을 보낸 날을 의미할 수도 있다. 이제 나에게 좋은 날이란 고립과 완벽주의와 자기 징벌과 관련된 내 최악의 충동들에 성공적으로 저항한 날을 의미하고, 그 대신 재미와 생산성과 연결성 사이에 적당한 균형을 찾아낸 날을 의미한다. 좋은 날들로 향하는 내 길을 찾기 위해, 더욱 힘을 북돋는 방식으로 안녕을 정의하기 위해 나는 점진적으로, 그리고 자주 고통을 참아가며 르누아르가 가리키는 방향으로 기어갔다. 충족될 자유를 향한 16년간의 느린 걸음이었다.

사람이 자신의 욕구를 마음껏 충족시킬 만큼, 세상에서 기쁨을 누리고 살아 있음을 마음껏 즐길 만큼 그 사람을 자유롭게 만드는 것은 무엇일까? 이 질문 안에 진정한 성배가, 한 여자의 갈망의 핵심이 들어 있다.

1장

케이크 더하기, 자존감 빼기

불안,

그리고

욕망의 수학

굶기의 미끼는, 그 불가해하면서도 유혹적인 낚싯바늘은, 위안이었다. 나를 인간의 갈망이라는 평범하면서도 온갖 위험이 가득한 세계에서 끄집어내어 그보다 더 높은 곳에, 고요함의 내밀한 왕국에 데려다놓는 듯한, 그 안전함과 억제가 주는 온화한 위안.

이런 초월적 위안의 감각이 즉각 생겨났던 것은 아니며, 그런 위안의 상태에는 그 어떤 행복한 느낌도, 심지어 오래 지속되는 느낌도 전혀 존재하지 않았다. 굶기는 고통스럽고 인정사정없는 경험이자 욱신거릴 정도로 따분한 경험이며, 삶 전체가 단 하나의 감각(육체적 허기)과 단 하나의 집착(음식)으로 졸아드는 일이다. 그러나 내 20대 중반에 걸쳐 지속되었던 그 시기를 돌이켜보면서 그토록 기괴한 집착이 지닌 수많은 의미와 의도를 이해해보려 노력할 때, 내게 가장 선명하게 기억나는 것은 바로 그 차분함, 대양처럼 광대하면서도 도저히 뭐라 이름 붙일 수 없던, 어떤 불안에서 풀려나는 것 같던 느낌이다. 나는 수년간 매일 같은 음식을, 정확히 같은 방식으로, 정확히 같은 시간에 먹었다. 음식에 관해 생각하고, 음식에 저항하고, 다른 사람들이 음식과 맺는 관계를 관찰하고, 내가 정해둔 티끌만 한 양의 음식에 탐닉하는 시간을 기대하는 이 모든 노력에 나는 엄청난 양의 에너지를 쏟았다. 이렇게 협소하고 구체적이며 강박적인 엄격함은 내게 비할 데 없이 안전하다는 느낌을 안겨주었다. 하나의 관심사, 하나의 감정뿐 나머지 모든 것은 배경 잡음에 지나지 않았다.

음식 중독, 강박적 쇼핑, 무분별한 섹스 등 욕구에 얽힌 장애는 여성 본인이 말로는 표현할 수 없는 것을 상징과 은유로써 표현해주는 일종의 기호학적 명쾌함을 지니고 있으며, 나도 거식증의 의미를 누구 못지않게 잘 해석할 수 있다. 거식증은 여성의 신체에 대해 우리 문화가 갖고 있는 수척하고 앙상한 몸의 이미지들에 대한 한 가지 반응으로, 그러한 이상에 순종하는 동시에 그것을 조롱하며, 섹슈얼리티의 모든 부수적 신호들, 즉 젖가슴과 엉덩이와 궁둥이를 제거하고 대신 그 자리에 현란한 캐리커처, 살과 뼈로 된 잔인한 만화를 남겨둔다. 거식증은 일종의 소리 없는 항거이며, 성인 여성의 몸을 입고 사는 경험에 대한 심한 불편함을 표현하는 단식투쟁이다. 거식증은 음식과 체중에 대한 집착을 거꾸로 뒤집고, 그 집착의 에너지를 음식의 준비와 제공과 소화가 아니라 음식 및 음식이 대표하는 모든 것, 즉 풍요와 풍성함과 돌봄을 회피하는 일로 돌림으로써 음식과 체중에 대한 여성의 전통적인 몰두를 무력화하는 한 방법이다. 거식증은 이러한 것이고, 거식증은 저러한 것이다… 그러한 상징적 표현에 관해서는 많은 책들이 쓰였고, 그 모든 책에는 진실이 담겨 있으며, 그 진실들은 기이하게도 위안을 준다. 그 진실들은 식사장애가 미국 여성의 셋째로 흔한 만성질병[1]인 이유와 젊은 여성 중 15퍼센트가 음식과 먹는 일에 매우 병적인 태도와 행동을 보이는[2] 이유, 식사장애의 발병률이 1950년대부터 5년마다 36퍼센트씩 증가한[3] 이유를 설명하고 그 수수께끼를 해독하는 데 도움이 된다. 또한 그 진실들은 어느 정도 희망도 준다. 자신에게 가하는 유난히 파괴적인 이 잔혹 행위를 이해할 수만 있다면 그 행위를 멈출 방법도 어쩌면 찾을 수 있을 거라는 희망을.

나 역시 위로가 되는 설명을 하고 싶은 유혹을 느낀다. 20년이란 세월이 주는 냉철한 초연함으로 과거를 돌아보며 여기서 문화 논평을 좀 하고 저기서 은유 분석을 좀 하는 식으로 명쾌한 비평을 제시하고도 싶다. 그러나 그런 식의 설명을 이어가다보면 그 사이에서 무언가가 배경으로 물러나게 되는데, 그것은 손에 잘 잡히지도 않고 완강하며 엄청나게 거대한 것이어서 말로 표현하기가 몹시 어렵다. 바로 그것이 거식증의 핵심, 거식증의 기저에 깔린 충동이다. 그것은 20년 전의 나를 거식증에 그렇게 큰 유혹을 느끼게 만들고 거식증이 실질적으로 효과가 있을 거라고 느끼게 한 감각이며, 또한 너무나 많은 여자들에게 식욕이라는 중심적 경험에 형태와 특성을 부여하는 감각이다. 그것은 우리가 허기의 식탁으로 가져가는 최초의 감정, 바로 불안이며 압도감이다.

여자의 허기를 둘러싼 마음의 동요에는 특유의 윙윙거리는 단조로운 소리가 난다. '하라' '하지 마라' '할 수 없다' '원한다'라는 낮게 깔리며 반복되는 소리. 이 소리는 너무 고질적이고 익숙해서 여자들의 상투적인 배경음악이 되어버렸고, 자신이 그 소리를 내는 일에 능동적으로 참여하고 있을 때조차 없는 소리처럼 무시해버리거나 아예 들리지 않게 걸러버리기 쉽다. 지난봄 여자들 몇 명이 우리 집 거실에 모여 식욕에 관한 이야기를 나눴다. 모두 근처 어느 학교의 교사와 행정 직원이었는데 그들은 하나같이 체중, 음식, 허기를 관리하는 이 모든 일이 자신에게는 아무 문제도 아니라고 단호하게 말했다. "나는 체중에 관해서는 별로 신경 쓰지 않아요." 한 사람이 말했다. "맞아요. 나도 그래요." 또 한 사람이 말했다. 나머지 한 사람은 이렇게 말했다. "나는 하루하루 뭘 먹을지 크게 고민하지 않아요. 기본적으로 그냥 먹고 싶은 걸 먹죠."

스물두 살부터 마흔한 살 사이의 쾌활하고 매력적인 이 사람들이 음식에 관한 문제에서 자신은 지극히 정상이라는 생각을 어찌나 확고히 고수하는지, 그들의 설명 저변에 미묘한 경고의 낌새가 깔려 있지 않았다면 나도 덩달아 그들의 말을 믿을 뻔했다. 그 경고는 규칙, 무릎반사만큼 깊이 배어 있는 태도, 정당한 보상에 대한 여성 특유의 감각과 관련되어 있으며, 바로 그 경고가 이 동요의 윙윙거림, 명령과 억제의 불안한 짤랑거림의 핵심에 자리 잡고 있다. 예컨대 체중에 "별로 신경 쓰지 않는다"고 단언했던 이는 헬스장에 다녀온 날에만 디저트를 먹거나 저녁을 한 그릇 더 먹을 수 있다고 했다. 운동을 안 한 날은 당연히 디저트도 안 먹는다. 그의 말에 동의했던 (맞아요, 나도 그래요) 이도 똑같은 태도를 보였다. "그렇죠." 그가 고개를 끄덕이며 말했다. "운동을 안 하면 음식이 역겨워지기 시작하고, 그러면 먹는 양을 줄이려고 노력해요." 또 한 사람은 자기는 "평범하게" 먹는다면서도 매번, 식사 때마다 예외 없이 최소한 한 입은 남기는 걸 규칙으로 삼고 있다고 했다. "기본적으로 그냥 먹고 싶은 걸 먹는다"던 이는 이렇게 덧붙였다. "그러니까 예를 들어 누군가 일터에 케이크를 가져오면 나는 작은 조각 하나만 먹는데, 겉에 발린 크림은 안 먹어요. 그리 대단한 일은 아니죠. 그냥 크림만 걷어내면 되니까요."

작은 케이크 조각 하나, 크림은 빼고. 헬스장에서 45분 운동하기. 이런 것이 바로 그 규칙들이며, 경계와 자제라는 주제의 변주들이다. 나는 여자들이 이 주제에 맞추어 춤을 추는 모습을 평생 보아왔고, 나 역시 본능적으로 거기 맞춰 춤을 춰왔으며, 아직도 그 춤을 추지 않으려면 애써 그 충동을 억눌러야 한다. 헬스클럽 탈의실에 들어가면 나는 즉각 주위 사람을 살펴보려는 충동을, 타인에 비추어 자신을 측정하려는 자동 반사적 충동을 느낀다. 저 사람은 허벅지가 멋지고, 이 사람은 체중이 늘었고, 누구는 날씬하고, 누구는 뚱뚱한데, 나는 그들과 비교해 어느 정도일까? 나는 대화의 토막들을 엿듣고, 무의식적으로 내뱉어져 자제를 추켜세우는 후한 칭찬의 한마디(자기 끝내주게 근사해. 살 빠졌나 봐?)나 비난하는 평가의 속삭임(저 여자 꼴이 엉망이네. 체중이 는 걸까?)이 들려오면 자동으로 고개를 돌려 누가 끝내주는지, 누가 엉망인지 확인하게 된다. 여자들 여럿이 모여 레스토랑에 갈 때면 섭취량과 자제력의 정도를 드러내고 비교하고 지적하는 그리 은밀하지도 않은 집단적 감시 활동은(자기는 뭐 먹을 거야? 겨우 그것만 먹겠다고? 샐러드만? 아이 참, 왜 그래) 부디 건너뛰고 무사히 점심을 주문할 수 있기를 기도한다. 그러한 행동에는 남과 비교해 자신을 평가하는 집요한 자의식이 숨어 있는 한편, 지켜야 할 규칙들이 있고 그걸 어길 때는 자신을 깎아내리고 양해를 구해야 한다는 암묵적 동의가 존재한다. 남들은 모두 샐러드를 주문할 때 치즈 버거를 주문하여 대열에서 이탈한 이가 이렇게 말한다. 난 진짜 돼지인가 봐.

안 돼, 하지 마, 에라, 모르겠다. 칼로리와 지방에 관한 이 지루한 수다와 징징거림, 표피에 대한 이 얄팍한 집착은 대부분 여자들의 허영이라는 말로 일축되고는 하지만, 내게는 이런 일들이 통렬하게 느껴지고, 은근하지만 고질적인 고통으로 여겨지며 꽤 많은 속내를 드러내주는 것으로 보인다. 성별에 관한 문화적 신화들 중 좀처럼 사라지지 않는 것 하나가 여자들은 수학을 못한다는 것이다. 여자들은 수학에 자신감이 없고 시공간 지각 능력이 변변찮으며 아무튼 숫자를 다루는 데 남자들만큼 뛰어나지 않다는 설 말이다. 이 이론은 세월이 흐르는 동안 널리 도전받아왔고, 여자들이 대수나 미적분을 처리하는 데 신경학적으로 부적합하다고 말할 근거는 매우 빈약하다. 그러나 나는 그와는 다른 근거에서 이 신화의 오류를 지적하고자 한다. 여자들은 실제로 수학에 아주 뛰어나다. 단지 그 수학이 그들만의 특수한 종류의 수학, 즉 욕망들을 서로 낱낱이 떼어내 분리하고 저울질하고 균형을 맞추고 흥정하고 평가하는 복잡 미묘하고 사적인 수학인 것뿐이다. 이 욕망의 수학은, 욕구는 잘 봐줘도 위험한 것이고 최악의 경우 용납할 수 없는 것이며 마음껏 만끽하려면 사거나 대가를 지불해야 한다는 기본 전제를 바탕에 깐, 자제와 감시의 체계다. 그리하여 다음과 같은 규칙과 경고가 생겨난다. 점심 메뉴판을 살펴보거나 치즈 버거를 주문하거나 크림 케이크를 그대로 먹기 전에 먼저, 마음의 계산기를 꺼내서 예산을 잘 살펴보라는 것.

왜 안 된다는 걸까? 얼마 전 레스토랑에서 디저트를 주문할지 말지 망설이는 이에게 나는 이 질문을 던졌다.

단박에 대답이 돌아왔다. "역겨운 느낌이 들 테니까."

왜 역겨울까?

"내가 뚱뚱하게 느껴질 테니까."

자신이 뚱뚱하게 느껴지면 어떤 일이 일어나기에?

"내가 뚱뚱하게 느껴지면 나 자신을 미워하게 돼. 내가 추하고 통제력 없는 사람처럼 느껴지고. 하나도 안 섹시하게 느껴지지. 사랑받을 수 없는 사람처럼 느껴져."

그럼 디저트를 안 먹고 버틴다면?

"박탈감은 약간 느끼겠지만 나 자신이 가상하다는 느낌도 들 거야."

그러니까 그만한 대가를 치를 가치가 있다는 뜻인가?

"그렇지."

한낱 케이크 한 조각을 두고 벌어지는 이런 거창한—500칼로리를 더하고 안녕과 매력과 자존감을 빼는—흥정의 배후에 자리한 감정들은 그러나 허영심이나 경박함 같은 것과는 거리가 멀다. 저 30초간의 대화에는 그 수학적 원칙들 전체가, 허기에 대한 한 여성의 가장 근본적인 접근법을 결정하는 방정식이 숨어 있다. 무엇보다 중요한 것은 육체—그 충동들, 그 필요들, 그 크기들—에 대한 통제다. 통제에 실패한다는 건 곧 아름다움을 잃을 위험이 있다는 뜻이고, 아름다움을 잃을 위험을 감수한다는 건 곧 욕망의 대상이 될 가능성을 잃을 위험이 있다는 뜻이며, 이는 곧 섹슈얼리티와 사랑과 자존감에 대한 자격을 잃을 위험이 있다는 뜻이다. 욕망들이 서로 충돌하고, 먹고 싶은 마음과 날씬해지고 싶은 마음이 서로 부딪치며, 마음껏 누리고 싶은 욕망과 절제해야 한다는 명령이 대립한다. 음식이 여자들을 초조하게 만드는 건 조금도 놀라운 일이 아니다. 이 방정식에서 식욕을 경험한다는 것은 곧 불안을 경험하는 것이고 그건 일종의 부담이며 위험이다. 허기에 굴복하는 일은 특정 조건하에서 허용될 수는 있지만, 대부분 그 허용은 대가를 치르고 얻어내야earn 하며, 그러려면 감시하고monitor 통제해야control 한다. 그리하여 $e=mc^2$.

굶기에 격렬하게 몰두하던 시절 나는 이러한 개인적 계산법과 여자들이 음식 주변에서 추는 불안한 춤을 보면서 뒤틀린 즐거움을 맛보았다. 매일 점심시간이면 나는 200칼로리짜리 요거트 통을 꼭 쥔 채 프로비던스 시내의 한 카페에 줄을 섰고, 기다리는 동안 다른 여자들이 심사숙고하는 모습을 지켜보았다. 머핀과 쿠키가 든 유리 진열장 앞에서 초조하게 동동거리는 여자의 눈에서 달달하고 쫀득한 뭔가를 바라는 갈망의 눈빛과 이어서 다급히 따라붙는 '안 돼'의 번득임을 감지했다. 대화의 토막들도 주워들었다. 여자들은 의견(저건 먹으면 안 돼. 저걸 먹으면 내 몸이 비대하게 느껴질 거야)과 꼬드김(아이, 그러지 말고 튀김도 먹어)과 합동 항복(자기가 먹으면 나도 먹을게)의 말을 주고받았다. 나는 그런 말을 들으려고 귀를 쫑긋 세웠고 관심을 기울였다. 누군가 항복할 때면 (에라 모르겠다, 그래, 감자 튀김이랑 양파튀김이랑 파이도 주세요) 항상 약간의 짜릿한 우월감을 느꼈다. 나는 항복하지 않았고—항복한다는 건 자제력 결여를, 꼴사납고 물러터진 여성의 탐욕을 의미한다고 생각했다—그렇게 단호하게 저항함으로써 그들이 (내가 보기에는) 불안해하는 동안 차분한 우월감을 느낄 수 있었다.

하지만 나도 그 불안을 잘 알았다. 지금도 그 불안을 잘 알고 있으며, 음식과 칼로리와 사이즈와 무게가 가장 약한 부분을 치고 들어올지도 모른다는 떨칠 수 없는 걱정이 얼마나 완강하고 절박하게 느껴질 수 있는지도 잘 안다. 마치 허기에 완전히 굴복하면 큰 상해라도 입게 될 것 같고 도저히 식욕을 멈출 수 없다는 사실이 증명될 것만 같은 기분. 내가 처음 코티지치즈를 산 날부터 나의 음식 섭취를 그래프에 표시해본다면 처음에는 극적인 모습이 전혀 보이지 않을 것이다. 3학년과 4학년에 걸쳐 섭취량이 살짝 줄었고, 엄격함의 강도는 점점 세졌지만 아직 그리 과한 정도는 아니었고, 음식과 체중을 둘러싼 그 초조한 윙윙 소리는 처음에는 의식의 가장자리에만 머물렀다. 4학년 때는 캠퍼스를 벗어나 남자 친구와 함께 살았고 공부를 어마어마하게 열심히 했으며 저녁에는 집에서 남자 친구와 함께 정상적인 저녁 식사를 했다. 하지만 아침으로 아무 맛도 첨가하지 않은 도넛 딱 한 개와 하루 종일 커피만 나 자신에게 허용했고 그 이상은 단 1칼로리도 더 허용하지 않았다. '허용'이라는 개념은 내게 새로운 것—그것은 규칙과 세칙의 도입을, 나의 내면에서 명령을 내리는 신임 독재자의 존재를 알렸다—이었지만, 나는 토를 달지 않았다. 그냥 도넛 한 개를 먹고 커피를 마시고 규칙을 준수했다. 나는 그 엄격함과 자제가 어떤 목적엔가 기여한다는 것을 어느 정도 의식했다. 엄격함과 자제는 내가 처음 의지를 품고 결단을 내릴 때 느꼈던 의기양양한 감정, 내가 어쩐지 평범한 필요를 초월해 있다는 자랑스러운 감정을 더욱 강화했다. 나는 하루 200칼로리만 먹으면서 논문을 써서 우수 논문상까지 받았다.

대학을 졸업하고 첫해인 그 이듬해부터 그래프가 불안정해지기 시작한다. 처음에는 천천히 오르락내리락하지만 이내 치솟았다가 고꾸라지는 변화가 더 급격해진다. 2킬로그램 증가, 2킬로그램 감소, 여기서 600칼로리, 저기서 6000칼로리. 다이어트하는 여자의 사적인 나스닥, 개인의 자기 고문 지수.

행복한 시절은 아니었다. 나는 어느 대학 보도부에서 일자리를 구했는데, 표면적으로는 글쓰기의 세계에 진입한 것이었지만 꽤 묵직한 실망을 맛보았다.(직책은 보조 편집자였으나 명칭만 거창했지 실상은 비서에 지나지 않았고, 첫날부터 거의 감각이 마비될 정도로 지루했다.) 남자 친구는 캘리포니아에 있는 대학원으로 떠났고, 나는 처음으로 혼자 살면서 장거리 연애가 초래하는 유난히 소모적인 유형의 간절함으로 그를 그리워했다. 나는 초조했고 외로웠으며 자기 회의로 가득했다. 식욕을 가지고 소소하게 해왔던 실험들이 심화 단계로 접어들었고, 음식과 나의 관계는 갈수록 엉망진창이 되어갔다. 오래 다이어트를 한 역사가 있는 사람이라면 이 단계를 잘 알 것이다. 필요한 것과 원하는 것 사이에 근본적인 단절이 생기기 시작하고, 먹는 일은 영양 공급과 육체적 만족과의 기본적 연관성을 점차 상실하며, 허기라는 개념 전체가 부담스럽고 혼란스러운 무게에 짓눌리는, 감정적으로 더욱 복잡한 국면으로 접어든 것이다. 이 시기에 나는 때때로 식생활에 매우 엄격해져서, 단호한 결심으로 하루 종일 커피만 마시고 밤이면 치즈와 크래커만 먹었다. 때로는 위로받기 위해서, 따분해서, 혹은 허해서 음식을 먹었는데, 이런 이유들은 모두 내게 두려움과 혼란을 안겼다. 밤에 엄청난 양의 샐러드를 만들어 견과류와 치즈큐브를 잔뜩 넣고 부드럽고 걸쭉한 드레싱을 듬뿍 뿌려서 먹었고, 커다란 사발에 담은 짭짤한 수프와 엄청나게 큰 참치 샌드위치, 식량 비축을 위한 살짝 광란적인 쇼핑을 했을 때 (사야 할까? 말아야 할까?) 동네 제과점에서 산 흉악하게 단 초코칩 쿠키를 먹었다. 술을 많이 마시기 시작한 것도 이 시기였는데, 술도 내 자제력을 약화시켰다. 퉁퉁 불은 느낌과 숙취를 느끼며 잠에서 깨곤 했고, 그러면 그날은 종일 아무것도, 또는 거의 아무것도 먹지 않는 것으로 보상하려 했다.

1년 동안 체중이 늘었다가 줄었다가 다시 늘었고, 이 일은 나에 대한 믿음을 무참히 꺾어놓았다. 마치 어떤 결정적인 신체적 완전성의 감각이 위험에 처한 것만 같았고, 한계와 균형에 대한 나의 감각이 마모되고 있는 것만 같았다. 스커트 허리선에 눌려 배가 튀어나오는 것을 느끼거나 허벅지와 허벅지가 맞닿아 쓸리는 것을 느끼면 강력하고 따끔한 경보를 감지했다. 못 살아. 너무 방심하고 있는 사이, 몸이 물렁물렁한 반죽처럼 변해가고 있었고, 나를 둘러싼 핵심적이고 어두운 뭔가가, 게으르고 게걸스럽고 만족을 모르는 제2의 자아가 튀어나오려 하고 있었다. 내가 일하던 곳에서는 직원들이 종종 사무실에 페이스트리를 가지고 왔다. 나는 어떤 때는 단호하게 그것들을 피하면서 쳐다보지도 않겠다고 결심했다. 또 어떤 때는 사무실 저편에 있는 페이스트리 상자를 경계하듯 쳐다보았고, 때때로 자리에서 일어나 그 탁자 주변을 맴돌며 새로운 자기 불신의 감정과 성가시게 휙휙 떠오르는 질문들을 의식했다. 내가 저 페이스트리를 딱 하나만 먹을 수 있을까? 하나가 세 개가 되고 네 개가 되고 여섯 개가 되지는 않을까? 정말 내가 대니시 페이스트리나 크루아상이 그렇게 먹고 싶은 걸까? 아니면 뭔가 다른 욕구를 만족시키려고 이러는 건가? 나는 도대체 얼마나 배가 고픈—얼마나 약탈적인, 얼마나 탐욕스러운, 얼마나 이기적인, 얼마나 곤궁한—걸까? 배고픈 여자의 춤—냉장고를 향해 앞으로 두 스텝 뒤로 한 스텝, 허기와 탐닉과 죄책감의 그 끝없는 순환—은 이제 더 이상 게임이 아니었다. 폭식과 자제 사이의 핵심적인 중간지대, 한때 내가 쉽게 가 닿을 수 있었던 그곳이 이제는 도달하기 어려운 곳이 되었고, 다시 거기에 가려면 어떻게 해야 하는지도 알 수 없었다.

물론 이것은 욕구의 음흉한 황금률 중 하나다. 허기에 간섭할수록 허기는 더욱더 금기가 되고 더욱더 혼란스러워진다는 것. 몸에게 먹을 걸 너무 적게 주었다가 너무 많이 주었다가 변덕스럽게 주었다가 하는 박탈과 과잉 보상의 광포한 순환이 시작되면, 육체적 허기의 감각 자체가 몸에서 분리되고 음식에는 다른 대안적 의미들이 가득 들어찬다. 갈망의 상징, 절제의 상징, 고문의 형식, 보상의 형식, 불안의 원천, 구제의 원천, 자기 가치의 척도. 이리하여 무언가 먹을 것을 원하는 단순한 허기의 경험이 무섭고 심란한 의미를 잔뜩 품게 된다. 이번에는 무슨 의미일까? 어디로 가려는 거지? 너 자신을 풀어주면 모든 걸 다 먹을 거야? 네가 멈출 수 없다는 게 결국 증명되고 말까? 쓰레기통에 달라붙은 굶주린 개처럼? 그해, 젊고 자신에 대한 확신이 없었으며 나아가야 할 방향을 찾으려 더듬거리고 있던 내게는 두려운 것들이 많았다. 대학이라는 울타리를 벗어나는 것도 무서웠고 직업의 세계로 들어가는 것도 무서웠으며 혼자 사는 것도 무서웠고, 미래는 거대한 물음표 모양으로 음험하게 다가오고 있었다. 하지만 내가 무엇보다 무서웠던 건 허기 자체, 갈수록 더 무한하고 도저히 채울 수 없을 것처럼 느껴지고 한계가 어디인지도 어떤 파괴를 초래할지도 알 수 없었던 허기 그 자체가 아니었나 싶다.

또한 나는 이 감정이 음식이라는 구체적인 문제를 훨씬 넘어서는 것이었다고 생각한다. 칼로리 섭취량과 신체 사이즈에 관한 불안은 나에게나 수많은 다른 여자들에게나 여성의 자존감과 힘과 정체성과 관련된 훨씬 더 거대한 감정의 태피스트리에서 그저 몇 가닥의 올들에 지나지 않는 것이었다고. 1970년대 후반에서 1980년대 초반에 해당하는 이 시기는 기록으로도 잘 남아 있듯 아름다움에 대한 문화의 집단적 정의에 변화가 일어나던 초기 단계, 아름다움이 갑작스럽고도 극적으로 너무나도 명백하게 날씬함과 연관되던 그 시기와 일치한다. 오늘날에는 이 정의가 전혀 새롭지 않다. 마른 몸매여야 한다는 내적, 외적 압박은 이제 너무 익숙하고 너무 널리 퍼져서 우리 대부분이 마치 공기로 숨 쉬는 것처럼 당연한 일로 받아들이고, 우리가 그런 정의를 의식하지 못했던 때가 언제인지 기억하지도 못한다. 평균적인 모델이나 배우나 미인 대회 참가자의 체중이 급락하기 전 (지난 25년 동안 그들의 체중은 여성 평균 체중보다 25퍼센트 더 낮아졌다) 그들의 모습이 얼마나 달라 보였는지도 기억하지 못하고[4], 식료품점 진열대에 저칼로리 제품과 '라이트' 제품이 가득하지 않았던 세상, 마네킹이 엑스스몰이 아니라 미디엄 사이즈를 입던 세상, 아름다움의 이미지들이 그리 극심하게 닿을 수 없는 곳에 있지 않았던 세상을 기억하지 못한다.

하지만 이 모든 일—점점 더 심해진 마름에 대한 강조, 미의 기준이 매릴린 먼로에서 케이트 모스로 이동한 것, 이와 더

불어 식사장애가 부상한 것—이 비교적 최근의 일이라는 사실, 즉 신체 사이즈를 줄이는 것과 자아 자체의 소형화에 대한 강조가 여자들이 삶의 다른 영역들에서 성취를 이뤄내기 전까지는 그렇게 열기를 띠지 않았다는 사실은 되새겨볼 가치가 있다. 1970년대 말, 내가 거식증에 휘말리기 시작한 무렵, 여자들에게는 교육과 피임, 낙태의 가능성이 열려 있었고, 삶의 대부분 영역에서 널리 차별에 대한 보호도 받고 있었다. 같은 시기에 의사들은 식욕을 억제하는 암페타민을 한 해에 100억 알씩 처방했고[5] 다이어트 기업 웨이트워처스의 지사가 49개 주에 생기고 회원 수가 300만 명에 달했으며[6] 다이어트 식품 업계가 식품 산업에서 가장 빠르게 성장하는 부문으로 다른 모든 범주를 가볍게 넘어서려던 시점이었다.[7]

수전 팔루디가 1991년에 출간한 책에서 예리하게 묘사했듯, 이렇게 나란히 전개된 두 가지 상황은 페미니즘의 강한 힘에 대한 반격이 미의 영역에서 표출된 양상이었다. 점점 더 많은 여자들이 세계 내에서 더 많은 자리를 차지할 권리를 요구하고 있던 때에, 남자들이 주도하며 동시에 전통적 권력 구조를 강력히 지지하고 있던 (그리고 여전히 그러한) 문화가 여자들에게 반대의 메시지를 날린 것은 놀라운 일이 아니다. 여자들이 정신적으로 더 큰 존재가 되자, 육체적으로는 더 작아지라는 말을 듣게 된 것이다. 한때 남자들이 장악했던 영역(각급 학교, 스포츠, 직장, 침실)에서 여자들이 적극적인 역할을 하기 시작하자, 여성을 어린애로 취급하고 수동적이고 연약하며 위협적이지 않은 존재로 묘사하는 여성성의 이미지들이 그들을 막아섰다. 로절린드 카워드가 『여성의 욕망』에서 썼듯이 "여성의 몸은 이 사회가 메시지를 쓰는 장소"[8]이며, 페미니즘에 대한 사회의 반응은 미국의 평균적 모델의 점점 줄어드는 실루엣에 점점 더 명료하게 새겨졌다. 너무 많이 갈망하지 마라, 너에게 주어진 한계선 밖으로 나가지 마라.

1970년대와 1980년대에는 그나마 속삭임으로 들리던 이 명령의 소리가 이제는 훨씬 더 커져서 으르렁거림이, 울부짖음이, 포효가 되었다. 매일 쏟아지는 광고의 폭격을 받는 미국인은 평균적으로 평생 약 3년의 시간을 텔레비전 광고를 보는 데 쓰고 있으니, 그 이미지의 홍수가 여성의 신체와 그들의 허기에 관해 어떤 말을 하는지는 특별히 꼼꼼하게 살펴보지 않아도 알 수 있다. 날씬함을 위한 선결 조건인 통제된 식욕은 아름다움, 욕망의 대상이 될 자격, 가치 있음을 함축한다. 통제되지 않은 식욕—뚱뚱한 여성—이 함축하는 바는 그 반대여서, 뚱뚱한 여자는 추하고 역겨우며 근본적으로 무가치하게 취급된다. 이런 인식이 얼마나 뿌리 깊은지는 뚱뚱함에 대한 문화적 태도를 보도한 〈뉴욕 타임스〉 기사를 보면 잘 알 수 있다. 성인 중 태아가 자라서 치료할 수 없을 정도의 비만이 될 것임을 미리 알게 된다면 낙태를 선택하겠다고 한 사람이 16퍼센트였다는 기사다.[9]

뚱뚱함에 대한 두려움과 불가분의 관계인 뚱뚱함에 대한 혐오는 집단의식 속에 너무나 깊이 박혀 있어서, 심지어 다른 문제에서는 스스로 여성에 대해 관용적이고 섬세하다고 생각하는 사람들에게조차 놀라울 정도로 깊은 불쾌함과 비열한 반응을 이끌어낼 수 있다. 보스턴에 있는 휠록칼리지의 사회학 교수이자 여성학 연구소장이며 미국에서 가장 앞서서 미디어 리터러시를 옹호하는 이들 중 한 사람인 게일 다인스는 전국을 순회하며 "섹시함인가 성차별인가: 미디어 속 여자들의 이미지"라는 제목의 슬라이드쇼 강연을 진행했다. 슬라이드쇼 발표의 앞 절반은 완벽한 날씬함의 이미지들로 구성됐다. 〈코스모폴리탄〉 표지에 실린 파란색 비키니 차림의 관능적인 브룩 실즈, 지방시 팬티스타킹 광고에 등장하는 극도로 가느다란 다리, 입김만 불어도 날아갈 듯 가녀린 케이트 모스. 그러다가 발표가 절반쯤 지났을 즈음 하와이 해변에 있는 한 여자의 사진이 실린 엽서가 화면에 떠오른다. 밝은 파란색 투피스 수영복을 입은 아주 뚱뚱한 여자의 뒷모습인데, 엉덩이는 거대하고 허벅지 살은 겹겹이 주름져 접혀 있다. 엽서에는 "하와이에서 고래처럼 풍만한 시간을 보내며"라는 글귀가 적혀 있다. 이 사진을 처음 봤을 때 내 안에서는 어떤 비판적이고 심술궂은 감정—연민과 뒤섞인 비판, 뒷걸음질치고 싶은 충동—이 울컥 치밀었고, 곧바로 그런 감정을 느낀 나 자신이 창피했다. 그것이 바로 다인스가 몰아내고자 하는 감정이었다. 다인스가 노스이스턴대학의 청중에게 슬라이드쇼를 보여주었을 때, 그 사진이 화면에 나타나자 몇 사람이 큰 소리로 웃기 시작했고 불편함이 뒤섞인 웃음소리가 공간 안에 메아리쳤다. 다인스는 슬라이드쇼를 멈추고 청중을 향해 돌아섰다. "지금 이 사진이 왜 웃기다고 생각하는 거죠?" 다인스가 따지듯 물었다. "설명해보세요. 여러분과 내게 있는 존엄할 권리가 저 여자한테는 없습니까? 몸무게가 좀 더 나간다고 해서 그 권리가 부인되는 겁니까?" 청중은 조용해졌고 다인스는 한숨을 쉬었다. 바로 이것이다. 폭소와 야유의 대상이 된 그 뚱뚱한 여자는 여자들에게 불안을 초래하는 핵심이 손에 잡힐 듯 구체적으로 구현된 사례이며, 여자가 허기를 억제하지 않고 방치하면 맞이하게 될 160킬로그램짜리 수치와 굴욕의 형상이다.

다인스를 비롯한 여러 사람은 이 서사의 핵심 주인공이자 영리하게도 아름다움으로 변장한 채 살금살금 숨어 다니며 여자들에게 뚱뚱함에 대한 불합리하고도 병적인 공포를 주입하는 냉소적인 악당으로 '문화'를 꼽을 것이다. 이 생각에는 분명 얼마간의 진실이 있다. 뚱뚱함과 날씬함의 이미지들과 명령들에 조금도 영향받지 않은 여자는 검은 난초만큼이나 희귀하니까. 그러나 나는 또한, 20년 전 나를 괴롭히기 시작했고 오늘날에도 여전히 너무나 많은 여자들을 괴롭히는 식욕을 둘러싼 힘겨운 싸움의 강도는, 물론 그 역시 극심한 것이기는 하지만 여성의 허기에 관한 문화적 불안을 말해주는 것은 물론,

개인적 불안의 깊은 저수지도 드러낸다고 생각한다. 뚱뚱함에 대한 공포는 단지 그 저수지의 물결치는 표면에 존재할 뿐이며, 대중 시장에 유포되는 이미지들은 단지 그 표면에 비친 그림자들일 뿐이다. 그 아래에 있는 진짜 이야기—각자 자기만의 경험을 품고 있는 여자들의 이야기—는 더욱 개인적이고 사적이다. 그것은 허기가 힘과 제대로 짝지어지지 않을 때, 허기에 대한 허락이 새롭고 낯선 것일 때, 여자에게 자유—자신이 적합하다고 여기는 바대로 자신을 정의할 자유, 자신의 필요와 소망을 돌볼 자유, 자신의 욕망들을 완전히 탐색할 자유—라는 미끼가 던져지지만 그 자유를 온전히 자기 것으로 뼛속 깊이 느끼지 못하거나 계속 유지할 수 있을 거라고 믿지 못할 때 일어나는 일에 관한 이야기다.

내 체중이 늘었다 줄었다 하기 시작한 그 첫해에 들어선 지 몇 달이 지난 일요일, 친구 몇 명과 브런치를 먹으러 갔다. 근처 호텔 레스토랑의 '원하는 만큼 먹을 수 있는' 뷔페였다. 원하는 만큼 먹을 수 있는 뷔페는 오늘날까지도 나를 공포에 질리게 하는데—내게 이 장소는 특히 미국적인 방식으로 가학적이고 그로테스크하게 느껴진다. 많은 양과 과잉에 대한 강조는 미국 문화의 특질에 깃든 도저히 만족시킬 수 없는 탐욕과 근시안을 반영하는 듯하다—그 공포가 시작된 것이 바로 그날 아침이었다. 몸서리쳐질 만큼 어마어마한 양! 고삐 풀린 폭식의 가능성! 뷔페 테이블의 길이가 족히 1킬로미터는 되는 것 같았다. 이쪽에는 주문 즉시 만들어주는 오믈렛과 베이컨과 소시지가 있었고, 또 이쪽에는 와플과 팬케이크와 크레페가, 저쪽에는 베이글과 머핀, 크루아상, 페이스트리가, 또 저쪽에는 각종 디저트와 케이크와 파이와 미니 수플레가 있었다. 만약 자기가 얼마나 배가 고픈지 혹은 부른지 잘 모르는 사람이라면, 육체적 포만의 신호를 보내주는 내적 메커니즘이 고장 난 사람이라면, 음식이 복잡한 상징적 의미를 잔뜩 품고 있거나 다른 갈망들의 대체물이 된 사람이라면, 이렇게 줄지어 선 음식들이 당신을 훅 무너뜨릴 수 있다. 나는 선택할 수가 없었다. 그런데 그보다 더 중요한 것은, 내가 적당하게 혹은 책임감 있게 선택할 수 있을 거라고, 배가 부르면 멈출 수 있을 거라고, 심지어 애초에 내가 원하는 게 무엇인지, 무엇이 나를 만족시킬지, 어느 정도가 나를 만족시킬지 안다고 할 만큼 내가 나 자신을 신뢰하지 못했다는 점이다. 그래서 나는 다 먹었다. 억누른 식욕은 언제나 의지력의 표면 바로 밑에서 사납게 날뛰고 있다. 그 시기에 자주 그랬듯 나의 억눌린 식욕은 그날도 나직이 달아오르다가 부글부글 끓어오르고 결국 끓어 넘쳤다. 나는 먹었다. 계란과 베이컨과 와플과 케이크를 먹었고, 나중에 배가 터질 듯 아플 것이고 차오르는 역겨움에 넌더리를 낼 것임을, 내가 반드시 뒷감당을 해야 한다는 것을, 이튿날은 종일 굶거나 10킬로미터를 달리거나 아니면 둘 다 할 거라는 걸 너무나 잘 알면서도 먹었다. 아무 즐거움도 느끼지 못하면서, 배가 아플 때까지 먹었다.

수년 후 나는 그날의 브런치를 은유적 관점에서, 풍요가 주는 밝은 전망과 끔찍한 공포라는 양가적 축복에 대한 고칼로리 고탄수화물 증거로 바라보게 되었다. 일반적으로 나와 같은 세대의 여자들은 성장하는 동안에 허기를 어떻게 이해해야 하는지에 대해 별로 배우지 못했고, 자신의 욕구를 평가하고 적절하게 반응하는 방법에 관한 논의도 거의 하지 못했으며, 뷔페처럼 펼쳐진 가능성들과 어떻게 협상해야 하는지에 대한 귀한 모범을 본 일도 극히 드물었고, 그 가능성들을 받아들여 포용하는 방법에 대한 모범은 더욱더 드물게 보았다. 너무 많이 먹는 것은 그때나 지금이나 일반적으로 금기이며, 자신의 몸과 체중에 대한 어머니의 염려는 훈계라는 외피에 싸여 딸에게 전해진다. 항상 양이 가장 적은 걸 골라. 데이트하러 가기 전에는 그 사람 앞에서 너무 많이 먹지 않도록 항상 미리 식사를 하고 가라. 그거 먹지 마. 금방 네 엉덩이로 갈 테니까. 성적 갈망은 침묵에 부쳐지는 게 그나마 가장 나은 경우이고, 최악의 경우에는 위험과 죄악이 부글부글 끓어오르는, 파멸의 위험을 지닌 가마솥으로 제시된다. 나와 같은 연령대 여자들의 기억 은행에는 험악하게 노려보는 어머니의 이미지, 신랄한 힐난의 메아리(그 옷 벗어! 매춘부 같아 보이잖아!), 약탈적인 남자아이들의 욕망에 관한 위협조의 잔소리 조각들이 잔뜩 들어 있다. 그리고 우리에게 야망의 세계는 여러 면에서 아직 파악되지 않은 미지의 영토였고, 이 세상은 대개 여자들이 그 세계에서 필요한 특성과 기술—강한 자아, 경쟁심, 지적 자신감—을 기르지 못하도록 적극적으로 내리눌렀고(자랑하지 마, 자만하지 마, 너무 똑똑하게 굴지 마) 모범은 거의 보여주지 않았다.

선택지들이 폭발적으로 열어젖혀진 세계에 이처럼 복잡하게 뒤엉킨 유산이 전해졌으니 모든 예스는 과거의 노와 충돌할 수밖에 없고 이 충돌에는 당연히 엄청난 혼란이 따른다. 욕구의 밑바닥에 깔린 질문들도 어마어마하다. 무엇이면 만족하겠는가? 당신이 필요로 하는 건 도대체 어느 만큼이고, 무엇인가? 진정한 열정은, 아름다움 혹은 날씬함이라는 외적 목표 뒤에 감춰진 진짜 허기는 무엇인가? 비교적 최근까지도 여자들은 이런 질문을 탐색해보라는 권고를 받은 적이 없었거나, 적어도 깊이 있고 일치되는 견해에 따라 사회가 지지하는 방식으로 권고받은 적은 없었다. 우리는 한 세대에 걸쳐 열어젖혀진 문들과 기존 사회구조의 몰락이 자극하고 장려한, 이른바 포스트 페미니즘적 욕구를 품게 되었지만, 이런 욕구를 갖는 일에 대해 항상 명백하고 확고한 지지나 허가를 받는 것도 아니고, 전통적으로 욕구에 늘 따라붙던 경각심과 경고가 완전히 제거된 것도 아니며, 욕구를 지지해줄 심층적 권리 의식도 아직 갖지 못했다.

자유는 권력과 같지 않다. 이걸 짚고 넘어가는 게 중요하다. 선택할 자유도 실질적인 경제적 힘과 정치적 힘의 중량이 어떤 식으로든 밑받침해주지 않으면 오히려 안정을 깨뜨리는 느낌, 지속되지 않을 것 같은 느낌, 얄팍하고 힘없는 느낌을 줄 수 있다. 그런 측면에서 여자들이 한 세대 전보다 더욱 큰 힘을 지니게 된 것은 분명하다. 우리는 공식적으로 제약이 훨씬 적고 훨씬 더 자립적이며 정치적으로 훨씬 더 강력해졌다. 적어도 그럴 수 있는 잠재력은 있다. 현재 미국에서는 4300만 명의 여자들이, 다시 말해 성인 여성 전체의 40퍼센트가 전통적인 부양의 도움 없이 독립적으로 살아가고 있다.[10] 여자들은 소비재 구매의 대부분—83퍼센트—을 담당하고[11] 전체 주택 구매의 5분의 1을 담당한다.[12] 우리는 전례 없는 정도의 법적 보호를 받고 있으며, 삶의 거의 모든 영역에서 성평등을 보장받고 있다. 우리는 앞선 그 어느 세대 여자들보다 더 잘 교육받고 있으며, 전일제 대학 등록자의 절반 이상을 차지한다.[13] 어떤 기준에서 보더라도 우리는 힘 있고 유능하며 강하다고 느끼는 게 마땅하고, 실제로 많은 여자들이 그렇게 느끼고 있을 것이다. 최소한 때때로, 일부 영역에서는 말이다.

그러나 여자들의 압도적 다수—80~89퍼센트로 추정된다[14]—가 매일 아침 자기혐오의 불안한 동요를 의식하며 잠에서 깨고, 스타킹을 끌어올릴 때 허벅지에서 느껴지는 감각과 바지와 스커트의 지퍼를 올릴 때 배와 엉덩이에서 느껴지는 감각에 집착한다는 것 역시 분명한 사실이다. 여자들이 자기 몸을 부정적으로 느끼는 비율은 남자들의 세 배다.[15] 여성의 80퍼센트가 다이어트를 한 경험이 있고[16] 어느 순간에나 여성의 절반이 적극적으로 다이어트를 하고 있으며[17] 자기 몸이 늘 불만스럽다고 답한 이들이 절반이다.[18] 이런 부정적인 태도는 문화가 매개한 현상이라는 것, (그 자체로는 전혀 새로운 일이 아닌) 외모에 대한 여성의 몰두에 특유의 형태를 부여하고 유독 날씬함에 가차 없이 집중하는 성격을 띠게 만든 것이 문화라는 사실은 의심할 여지가 없다. 그러나 외모 전반에 대한, 특히 체중에 대한 불안의 전례 없는 깊이와 넓이를 보여주는 그 엄청난 수치는 시각적 표상보다 더욱 복잡한 무엇이 작동하고 있음을, 권력과 유능함과 힘에 대한 우리의 집단적 의식이 아직 본능적 확신의 수준에 도달하지 못했음을 암시한다.

권리와 자격이 본능적이고 영속적이며 실질적인 수준에서 느껴지려면 그것은 자아를 넘어선 영역에 존재해야 하고, 더 폭넓은 차원에서 알려지고 인정되어야 한다. 바로 그 지점에서 여자들은 여전히 불리한 입장에 처해 있다. 지난 40년 동안 이뤄낸 그 모든 개선에도 불구하고 우리는 여전히 저 바깥세상을 거의 지배하지 못하고 있다. 의회는 여전히 남자들이 90퍼센트를 차지하고 있고 미국 최상위 기업 경영진의 98퍼센트가 남자다.[19] 오늘날 벤처 창업 투자금의 95퍼센트가 남자들의 은행 계좌로 흘러들어간다.[20] 미국에서 가장 많은 급여를 받는 최고경영자 200명은 전부 남자다.[21] 포춘 500대 기업의 리더 중 여자는 단 세 명이고[22] 이 수는 20년 동안 꿈쩍도 하지 않았다. 우리는 또한 남자들보다 덜 눈에 띈다. 우리 여자들의 삶과 의제와 관심사가 신문 1면 기사에서 다뤄지는 비율은 여전히 15퍼센트밖에 되지 않고, 막상 1면에 실릴 때는 대체로 우리가 범죄의 피해자나 범인일 때다.[23] 그리고 우리는 여전히 수익력도 더 작다. 남자가 1달러를 벌 때 여자들은 여전히 84센트를 벌고 있으며,[24] 아이를 낳기 위해 직장을 쉰 여자들은 심지어 직장에 복귀하고 6년이 지난 시점에도 그러지 않았던 이들에 비해 17퍼센트 더 적게 벌고,[25] 자녀가 있는 남자들은 가장 많은 돈을 버는 반면 자녀가 있는 여자들은 가장 적게 번다.[26]

나는 이 격차, 즉 한쪽에 있는 개인적 자유와 다른 쪽에 있는 정치적 힘 사이의 이 끈질긴 불균형이 욕망 뒤에 자리한 불안이라는 요인을 증폭시킨다고 생각한다. 이 격차는 여자들에게 뭔가 계산이 맞아떨어지지 않는다는 느낌을 남기고, 선택들이 편파적이며 단서들을 잔뜩 달고 있다는 느낌을 준다. 오늘날 여자는 신경외과 의사도 될 수 있고 천체물리학자도 될 수 있다. 자기 의지에 따라 결혼을 할 수도 있고 안 할 수도 있으며, 배우자와 헤어지고 짐을 꾸려 대륙의 반대쪽 끝으로 이사할 수도 있다. 하지만 그 선택들에서 한 걸음 더, 아니 두 걸음 더, 아니 열 걸음 더 나아갈 수도 있을까? 단순히 천체물리학자인 것이 아니라, 자신에게 음식과 섹스와 쾌락과 찬사에 대해 한 치의 의심도 없이 완전한 권리가 있다고 느끼는 강력하고 활기 넘치는 거물급 천체물리학자일 수 있을까? 나라의 반대쪽 끝으로 갈 수는 있지만, 그와 함께 여자란 원래 어떻게 보여야 하고 어떻게 행동해야 하며 어떤 존재여야 하는지에 관한 뿌리 깊은 모든 감정을 떨쳐내고 떠날 수 있을까? 외적인 자유들은 케케묵은 내면의 수많은 금기들과 여전히 충돌할 수 있고, 여자는 아직도 가장 권한이 미약한 인구 집단이라는, 희미할지는 몰라도 분명히 존재하는 인식과 충돌할 수 있다. 이런 충돌은 오늘날 욕구가 유독 큰 문제로 대두되는 이유를 어느 정도 설명해준다. 욕구들은 가능성과 제약, 힘과 무력함이라는 양극단 사이에서 끊임없이 밀고 당겨지는 대단히 모호한 맥락 속에, 본질적으로 불안정한 맥락 속에 존재하기 때문이다.

세상은 남성의 욕구에 봉사하는 방향으로 움직인다. 나의 성장기에도 그랬고 지금도 여전히 그렇다. 남성 욕망에 대한 우리 문화의 상투적 이미지는 그것이 현대의 소년들과 성인 남자들이 실제로 경험하는 바를 담고 있든 그렇지 않든 간에 (그러나 상투적 이미지가 존재하는 이유는 바로 그 속에 일말의 진실이 들어 있기 때문이다) 모두 편리하게 도와주고 지지해주는 것과 관련된다. 어머니들은 먹이고(먹어! 먹어!) 아버지들은 독단적 자기주장과 노골적 경쟁심의 모범을 보이며 교사들은 거침없는 허세를 북돋운다. 집에서나 직장에서나 남자들에게는 대개 조력자들이 있고 이들은 주로 여자들로 청소와 요리와 쇼핑과 타이핑과 파일 정리와 잔심부름을 해준다. 그리고 눈 돌리는 데마다 보이는 옥외 광고판과 잡지 표지와 광고에서 남자들은 제공의 이미지들, 즉 언제든 가질 수 있다고 말하는("날 가져요. 당신은 그럴 권리가 있어요. 난 당신을 만족시키기 위해 존재한답니다.") 가슴과 벌어진 입술과 뜨거운 눈빛의 이미지들에 둘러싸여 있다. 여자들의 삶에도 기회가 엄청나게 늘어났다고는 하나 여성의 욕구에 대해서는 그와 같은 노력이 존재하지 않으며, 저런 이미지들에 비할 수 있는 봉사와 제공의 이미지도 존재하지 않고, 다수의 타인들이 우리의 필요를 충족하거나 우리의 갈망을 만족시키기 위해 성심성의를 다해줄 거라는 기본적인 기대도 존재하지 않는다. 세상은 남자들의 자기중심적 추구에 익숙하고, 그들의 사정을 너그럽게 헤아려주며, 그들의 위반과 부적절함은 이해해주고 용서해준다. 뭐, 당신도 그 사람이 요리를 하거나 아이들을 돌볼 거라고 기대하지는 않잖아요. 그가 체중이 좀 는다고 누가 신경 쓸 것이며, 그가 남들을 통제하려 하거나 나르시시스트라고 한들 어떻겠어요. 그는 바쁜 사람이고, 업무들을 처리하고, 상황을 이끌어가고, 회사를 운영하고, 국가를 운영하는데 말이에요. 이렇게 줄줄 이어지는 이해의 말들이 여자들에게는 적용되지 않는다. 저 말들에서 주어의 성별을 바꿔서 말해보면 어색하고 인위적으로 들릴 것이다. 여기에 작동하는 이중 잣대의 예가 하나 필요하다면 빌과 힐러리 클린턴을 생각해보면 된다. 빌의 포동포동함과 맥도날드를 좋아하는 취향은 호감을 주는 특징으로 여겨지고, 그의 성욕은 비판 받긴 했지만 결국 대부분의 미국인들에게 용서받았거나 적어도 그의 업무 수행과는 무관한 일로 취급되었다. 힐러리는 그런 너그러움을 누리지 못하며, 그의 외모(헤어스타일, 옷, 다리)에는 가차 없는 관심이 집중되고, 그의 야망을 향해 쏟아지는 적개심은 독처럼 매섭다.

이 원칙에는 단 하나의 예외가 있다. 수많은 타인들이 여자들의 필요에 봉사하기 위해 말 그대로 앞으로 달려나오는 단 하나의 영역은 바로 쇼핑, 그것도 특히 고급 소비재 쇼핑이다. 이 현상은 그 자체로 다른 영역에서 그런 일이 얼마나 드문지, 전반적으로 여자들에게 욕구의 영역이란 것이 얼마나 제한되어 있는지를 한층 더 강조할 뿐이다. 우리가 아메리칸익스프레스 골드카드와 아르마니에 대한 욕구를 갖고 있을 때는 세계가 우리를 위해 움직이기를 원할 수 있고 심지어 그럴 거라 기대할 수도 있다. 하지만 외양과 소비재의 세계를 벗어나면, 육체적 허기와 이기적 추구의 표현이 그렇게 일관된 지지를 받는 일은 좀처럼 드물다. 지지보다는 위험의 가능성이 약한 독성을 띤 안개처럼 퍼져 있고, 각각의 욕구마다 반격의 가능성이 존재한다. 그것은 따귀이거나 질책일 수도 있고, 문은 열리지만 문 앞 깔개에 경고 문구가 잔뜩 찍혀 있는 장면일 수도 있다. 한 소설가가 자신의 소설을 극찬한 서평에 관해 내게 귓속말로 이야기했다. 자기는 그 말을 입 밖에 내는 것도 어렵다고. 가족에게 들어온 질책의 메아리가 너무 강력해서다. 얘, 네가 잘나서 그런 거라고 우쭐대지 마. 그가 어머니에게 들었던 말이다. 그 소설가는 수십 년이 걸려서야 그 말이 자기가 앞으로 나아가는 걸 얼마나 방해해왔는지 깨달았다. (이제 그는 이렇게 말한다. "그러면 누가 잘나서 그렇다는 거지? 나 아닌 다른 누가 잘난 덕이란 거야?") 명석하고 존경받는 한 과학자는 몇 년이나 꿈꿔온 프로젝트를 진행할 대규모 연구비를 따냈는데, 그 성취에 대해 온전하게 자부심을 느끼고 진심으로 기뻐하는 것을 막는 커다란 감정적 걸림돌에 관해 이야기했다. "나는 그 이야기를 큰 소리로 말할 수도 없었고, 아예 그 말을 입 밖에 낼 수도 없었어요. 남자들은 이런 걸 절대 이해하지 못할 거라고 생각해요." 13년 동안 고등학교에서 교편을 잡았고 지금은 교육학 박사 과정을 밟고 있는 한 교육자는 내게 이렇게 말했다. "나는 수년간, 나 자신의 열정을 따르면 뭔가 나쁜 일이 일어날 것 같은 느낌을 품고 있었어요." 본인도 그런 생각의 줄기에서 어떤 논리적 결론도 도출하지 못했다. 오히려 그 생각에는 여러 가지 뒤죽박죽된 걱정들만 표현되어 있었다. 그중에는 구체적인 걱정(일에 파묻힐까 봐, 개인 생활을 희생하게 될까 봐)도 있었지만 막연한 것이 더 많았다. 마치 갈망과 야망을 인정하는 것 자체가 위험한 일인 것처럼, 심지어 처벌받아야 할 위반이기라도 한 것처럼 말이다.

조용하지만 끈질긴 이런 불안, 모기의 잉잉거림처럼 성가신 내면화된 경고가 그렇게 오랫동안 그날 호텔 브런치의 기억이 들러붙어 있었던 이유를 설명해주는지도 모른다. 그날의 경험은 그 시절에 관한 무언가를 단적으로 보여주는 듯했다. 즉 한쪽의 광범위한 선택의 폭과 또 다른 쪽의 깊은 불확실함의 감각 사이에서 막 생겨나기 시작한 일련의 복잡한 갈등에 관한 무언가를, 그리고 이 자유는 불완전한 동시에 꽤 많은 단서들을 달고 있으며 위험들로 가득할 것 같다는 느낌을 잘 포착했던 것 같다. 아직 제대로 자아를 확립하지 못한 20대 초반의 나는 분명 그렇게 느꼈다. 마치 어떤 조리 도구도 숟가락도 없이, 그것들을 맛보거나 실험하거나 마음껏 즐기거나 나 자신의 메뉴를 개발해도 될 권리가 정말 나에게 있다는 실질적인 확신도 없이, 가능성들만 가득 쌓인 거대한 식탁 앞에 서 있는 것 같았다.

실제로 내가 그 식탁에 가져간 것은 그런 확신과는 정반대의 감각이었다. 내 내면에서 지글거리던 확신은, 욕구들은 위태로우며 갈망과 탐닉은 실망과 수치로 가는 관문이라는 것이었다. 나는 이 확신이 우리 집안에서 소리 없이 통용되던 일종의 규범 같은 것이었다고 생각한다. 내가 아주 어려서부터 우리 집은 큰 소리가 나지 않고 큰 소리가 나는 걸 억누르는 곳이었다. 거스를 수 없는 억제의 기운이 배어 있던 집안 분위기는 때로는 고상함처럼 때로는 우울함처럼 느껴졌는데, 둘 중 어느 쪽인지는 나도 확실히 모르겠다. 부모님이 허기의 표현을 적극적으로 억누른 적은 없었다. 내가 자라는 동안 욕정이나 폭식, 소유욕을 공공연히 금기시하는 일도, 종교적 금지 사항도, 도덕적 설교도 없었다. 그러나 명백하게 욕구를 포용하는 일도 없었고, 탐닉을 평범한 삶의 훌륭한 부분으로 보거나 심지어 바람직한 부분으로 보는 감각 또한 분명 없었다. 정신의학자인 아버지와 화가인 어머니는 대단히 비사교적이고 감정을 표현하지 않는 분들이었다. 서로 싸우진 않았지만 포옹하지도 않았다. 물질적 사치에도 딱히 관심이 없었다. 음식에 흥미를 느끼지도 않았고(나는 두 분이 과식하는 걸 본 기억이 없다) 지적인 욕구에는 명백히 가치를 두었지만—지식에 허기를 느끼는 것은 좋은 일이고, 직업적 야망을 품는 것도 좋은 일이며, 학교에서 좋은 성적을 받는 것은 아주 좋은 일이었다—쾌락의 세계는 어째선지 출입 금지 구역으로, 우리는 방문하지 않는 나라로 느껴졌다.

오히려 우리는 본질적인 희박함의 영역에 거주하는 것 같았다. 관능성과 강렬한 감정이 전혀 존재하지 않았던 건 아니지만 입마개가 채워진 채 마당에 묶여 있었다. 분노나 절망이나 열망이 간간이 새어나오기는 했지만—차 열쇠를 잃어버렸을 때 아버지의 갈 곳 없는 분노가 갑작스러운 포효로 터져나오거나, 어머니가 통화하러 들어가 걸어 잠근 침실 문 너머에서 억눌린 날카로운 소리가 어렴풋이 들려왔다—이런 표현들은 너무 드문드문하고 막연해서 심층적이고 명확한 해석으로 완성되지 않았고, 내게는 그저 부모님이 품고 있는 불만족의 아주 모호한 인상과 희미하게 새겨진 갈망의 인상, 그 모든 프라이버시와 자제된 표현 아래 관조하기엔 너무나 거칠고 광활한 충족되지 못한 필요의 바다가 있을 거라는 어렴풋한 느낌만 있었다. 저녁 식사 시간이면 부모님과 오빠와 언니와 나는 식탁에 둘러앉았지만 각자 개별적인 궤도 안에 있었고, 우리를 연결해주는 건 너무나도 흐릿하게 공유하는 슬픔의 기운뿐이었으며, 음식은 언제나 좀 부수적인 것, 식사 자체에 대한 하나의 각주처럼 느껴졌다. 음식은 아버지가 나눠주셨다. 아버지는 식탁의 상석에 자리 잡고 서서 접시의 절반도 차지 않을 만큼 적은 양을 나눠주었는데, 일부러 절제해서가 아니라 다른 생각에 열중하고 있었고 음식은 그만큼 중요한 것이 아니기 때문이었다. 여기에 담긴 메시지는 육체적 욕구가 저열한 것이거나 죄악이라는 뜻이 아니라, (제일 잘 봐주면) 요점이 아니며 (최악의 경우) 뚜껑을 단단히 봉해두는 것이 최선인 판도라의 상자라는 것이었다.

반면 나의 허기는 강력하고 충격적이고 주위와 어울리지 않는 느낌이 들었다. 나는 허기라는 단어가 지닌 갖가지 의미에서 오빠와 언니보다 허기를 더 많이 느끼는 아이였던 것 같다. 아기 때도 쌍둥이 언니보다 요구가 더 많고 더 자주 안아주기를 원하는 아기였다. 나중에는 절제된 우리 가족의 스타일과는 잘 맞지 않는 취향을 지닌 욕심 많은 아이로 자랐다. 내 기억에 한 가지라도 원하는 물건이 없던 때는 없었던 것 같다. 어린 시절에는 생일 파티에 신고 갈 에나멜 예식용 구두와 밝은 빨간색 코듀로이 바지, 화려하게 장식된 침실 가구를 원했다. 부모님은 해마다 겨울방학 때 외딴곳으로―푸에르토리코나 플로리다 걸프코스트의 인적 없고 도로와 멀리 떨어진 곳에 위치한 해변 별장을 빌렸다―우리를 데려갔는데, 다른 가족은 말없이 고독하게 휴식을 취하는 패턴(독서, 새 관찰, 느긋한 해변 산책)으로 쉽게 들어갔지만 나는 따분함에 씩씩대고 꿈틀대며 텔레비전과 난방이 되는 수영장, 룸서비스와 우아한 레스토랑이 있는 고급 호텔을 갈망했다. 나는 원하고 또 원했다. 나는 그 조용한 별장들에서 웃음소리가 나기를 원했고 우리 모두가 책에서 코를 들고 서로 이야기 나누기를, 그게 안 되면 고함이라도 지르기를 원했고, 애정을 원했다. 어렸을 때 여름이면 맨발로 뛰어다니다가 발에 무언가 날카로운 게 박히고는 했는데, 나는 이런 일이 생기는 걸 아주 좋아하게 되었다. 그건 어머니가 내 발을 따뜻한 물에 담갔다가 타월로 톡톡 두드려 발을 말린 다음 족집게로 박힌 조각을 빼내면서 다른 손으로 내 발을 붙잡고 있으리란 걸 의미했기 때문이다. 어머니는 평소에 잘 만져주는 사람이 아니었기 때문에 나는 그 느낌을, 내 발을 감싼 어머니 손의 압력과 내 피부에 대고 톡톡 두드려주는 타월의 부드러움을 무척 좋아했다.

그러나 원한다는 건 무서운 일이다. 특히 원함에 관해 본받을 모범이 없거나, 원하는 바에 따라 행동해도 된다는 허락이 없거나, 자신의 욕망이 타당하고 유효하고 만족시킬 수 있는 것이라는 의식이 없을 때는 더욱 그렇다. 이에 비해 원하지 않기는 훨씬 쉽다. 적어도 단기적으로는 그렇다. 나는 어설프게 굶기를 시도하기 훨씬 전부터, 코티지치즈를 얹은 쌀 뻥튀기를 처음으로 베어 물기 훨씬 전부터 이미 욕구를 억제하고, 욕구를 다른 걸로 위장하고, 욕구를 받아들여질 수 있는 형태와 형식으로 빚어내는 일에 관해 아주 많은 걸 알고 있었던 것 같다. 시간이 지나면서 나는 가족 휴가 중 칭얼거리거나 화를 터뜨리지 않게 되었고, 대신에 사춘기의 돌처럼 무감각한 침묵 속으로 물러났다. 의기소침하게 만드는 아버지의 머나먼 거리감과 자기만의 몰두를 견뎌낼 줄 알게 되었고, 우리가 한 방에 함께 있게 될 때 납처럼 무거운 정적이 내려앉을 것을 예상하게 되었다. 어머니가 만져주기를 기대하지 않게 되었다. 가치 있는 존재로 여겨지고 사랑받기 위한 가장 확실한 방법은 학교에서 우수한 성적을 내는 것임을, 나의 허기는 성적표에 A 마이너스, A 플러스라는 스탬프로 찍어 표시해야 하는 것임을 배웠다.

또한 나는 쾌락의 세계를 대할 때 은밀해야 한다는 것도 배웠다. 열네 살 무렵 언젠가 나는 친구네 집 안방 침실에 몰래 들어가 제법 길게 느껴진 몇 분 동안, 선반에 놓인 화장품과 로션이며 스킨을 이것저것 만져보았다. 친구의 어머니는 우아한 옷차림의 아름다운 여성으로 집 안을 두꺼운 동양풍 카펫과 정교한 골동품들로 호화롭게 꾸몄다. 침실엔 화려하고 달콤한 냄새가 나는 물건들이 흘러넘쳤는데 그것들은 모두 작은 유리병이나 얇은 관이나 완벽한 모양의 콤팩트에 들어 있었다. 나는 탐험에 나섰다. 여기서 뚜껑 하나를 열어보고 저기서 립스틱 하나를 열어보고 섬세하게 생긴 향수병도 열어 맡아보고 작은 통들에 담긴 아이섀도들도 하나하나 훑어보았다. 그러다가 문득, 당시의 나로서는 도저히 알 길 없는 이유로, 선반 제일 안쪽으로 손을 뻗어 작고 투명한 병의 클리니크 모이스처라이저—아주 비싸 보이고, 어딘가 과학 용어 같지만 사랑스럽게 들리는 단어로 표현된, 진정 효과를 가졌다는 연노랑색 액체—를 집어 청바지 주머니에 넣고는 집에 가져왔다. 그 작은 유리병은 나에게 온 세상을 상징했던 것 같다. 돌아보건대 그것은 여성성을 향한 다가감을, 친구들의 어머니에게서는 보이지만 내 어머니에게서는 거의 볼 수 없었던 탐닉하는 능력을, 외적인 위로뿐 아니라 내적인 위로까지 받고자 하는 나의 갈망을 상징했고, 또한 쾌락에는 은밀하고 용인되지 않는 무언가가 있다는, 그래서 그걸 가지려면 훔쳐야 한다는, 이제 막 깨어나기 시작했지만 그럼에도 강렬한 어떤 의식 또한 상징했다.

이 느낌은 점점 더 자라나게 된다. 탐닉에 대한 초기의 조심스러움은 청소년기를 거치며 더욱 동력을 모아가면서, 점차 허기 자체가 나약함과 탐욕의 신호라는, 혹은 실망을 부르는 초대장이라는 이해, 탐닉은 비밀스럽게 할 때 가장 잘 만족되는 것이라는 이해로 완성되었다. 그래서 나는 남몰래 쾌락을 낚아채는 버릇을 들이기 시작했다. 여기서 담배 몇 개비, 저기서 지폐 몇 장, 어머니가 서랍장에 몰래 조금씩 비축해두고 매일 작게 조각내어 떼어 먹던 허시 초콜릿 몇 조각. 나는 열세 살 무렵에 마스터베이션도 발견했다. 전율과 죄책감에 물든 그 쾌락에 관해 나는 그 누구와도, 가장 친한 친구들과도 이야기 나누지 않았다. 술도 그 무렵에 발견했다. 변화를 일으키는 힘을 지닌 이 탐닉은 억압을 씻어내고 사회적 호기심을 풀어놓았지만, 감시하는 부모의 눈길뿐 아니라 동년배들에게도 극도의 은밀함을 요구했다. 내가 음주에 대해 느낀 절박함은 남몰래 나 자신에게는 인정했던 것 같지만, 다른 사람들에게는 그 느낌에 관해 단 한 마디도 하지 않았다.

이름 붙이지 못한 허기는 무시무시한 허기가 되고 자기 불신의 근원이 된다. 이는 욕구가 지닌 또 하나의 황금률이다. 우리는 논의하거나 탐색할 수 없는 것은 두려워하게 되고, 금지된 것에는 끌리는 동시에 겁을 먹게 된다. 나는 시간이 지나면서 이러한 이해에 대해 은밀함으로만 반응하는 것이 아니라 점점 더 정교한 순화의 형식을 택하는 것으로도 반응했던 것 같다. 욕구를 지하로 몰아가 더 안전한 곳들로, 덜 두려운 경로로 빼돌린 것이다. 가족의 스타일과 다르다는 것은 고통스러운 일이었고, 가족들이 가치를 두지 않는 것들에 갈망을 느끼는 것은 그들과 나를 더욱 소원하게 만드는 무서운 일이었기에, 나는 인정에 굶주린 수많은 고분고분한 여자아이들이 배우는 것을, 그러니까 남들이 내게 원하는 것을 원하는 방법을 배웠다. 배경 속으로 녹아들기. 잘 살펴보기. 남들이 무얼 기대하는지 판단하고 그에 따라 반응하기.

이는 전혀 독특한 전략이 아니다. 10대 소녀들을 다룬 책들은 모두 (그중에서 캐럴 길리건의 책이 가장 대표적이다) 소녀들이 청소년기에 자기 자신을 잃어버리며, 그들의 자신감과 기개와 목소리가 연기처럼 사라져버리기 시작한다고 말해왔고, 이는 본질적으로 문화가 뒷받침하는 현상이며, 자신이 가장 근본적으로 가치를 두는 것(친밀한 관계와 연결)이 더 넓은 세상에서는 하찮고 사소하게 여겨진다는 사실을 소녀들이 점차 더 깊이 인식하게 된 결과라고 말해왔다. 길리건은 소녀들이 연결을 유지하기 위해 자신의 관점을 포기하고, 갈등을 피하며, 다른 사람들이 필요로 하고 원하는 것에 초점을 맞추며, 성장하면서 여성은 매력적이고 '참해야' 한다는 전통적인 명령을 학습하고 받아들이게 된다는 이론을 제시했다.[27] 시몬 드 보부아르는 동일한 역학을 좀 더 삭막한 단어로 묘사했다. 보부아르는 여자의 인생에서 청소년기는 남자들이 모든 힘을 갖고 있으며 자신의 힘은 복종하고 사랑받는 대상이 되는 데 동의함으로써만 얻을 수 있다는 걸 깨닫는 시기라고 지적하면서 이렇게 썼다. "소녀들은 존재하기를 멈추고 보기를 멈춘다."[28]

나는 이 생각에 진실이 들어 있다고 생각하지만, 한편으로 문화는 이미 억눌린 채 뜨겁게 이글대고 있던, 나 자신의 믿음, 판단, 바람을 불신하는 마음의 불씨에 부채질을 해서 불을 더 키운 것뿐이라고 생각한다. 이기적이고 자기 이익만 챙기며 공격적인 욕구들은 많은 소녀들에게 무서운 것으로 느껴지고, 특히 그런 특성들이 여자답지 않고 부적절하다는 믿음을 갖도록 길러진 소녀들에게는 더욱더 무섭다. 또한 수수께끼 같은 장막에 싸인 채 위험한 기미를 띠고 있는 욕구들, 당신을 식탁에 앉은 한 명의 외계인처럼, 오래 머물기에는 너무 무섭고 너무 외로운 행성의 궤도를 돌고 있는 외계인처럼 느껴지게 만드는 욕구들은 한층 더 무섭다.

그래서 나는 지상에 착륙했고, 나의 허기들을 더 반듯한 토양 위에 주차시켰다. 고등학교 때는 친구들이 입는 옷을 입고, 친구들이 듣는 음악을 듣고, 친구들이 매력적이라고 판단하는 남자아이들에게 욕망을 느꼈다. 대학 때 내가 전공—19세기 영국 역사와 문학—을 '선택'한 것은 그 주제에 지속적으로 매력을 느꼈기 때문이 아니라 그 과목의 교수 몇 명이 나에게 관심을 보였고 그럼으로써 나에게 익숙한 집중의 대상—욕심내야 할 인정과 만족시켜야 할 사람들—을 제공했기 때문이다. 나는 우수한 학생이었다. 언제나 그랬다. 부모의 사랑과 인정에 폭 감싸인 그 허기는 명확히 분류되고 분명히 보상되며 쉽게 행동으로 옮길 수 있었으니까. 그런 식으로 기대에 부응하는 일에 너무 익숙해진 나머지, 20대 초반에 넓게 펼쳐진 진짜 선택들(직업, 연애, 생활 방식) 앞에 도달하자 길을 잃고 만 것이다.

그러니까 어떤 의미에서 그 호텔 뷔페는 완벽한 은유였고, '무엇을 먹을 것인가'라는 구체적 질문은 더욱 커다랗고 더욱 벅찬 질문들—어떤 사람이 될 것인가? 무엇을 추구할 것인가? 누구와 자고, 어떻게 살 것인가? 무엇을 원할 것인가?—을 대신하는 것이었다. 당시 나는 정말로 감조차 잡을 수 없었다.

그런 질문들은 여자들을 단지 끈질기게 따라다니기만 하는 것이 아니다. 그 질문들은 몇 곱으로 증식하며, 그에 대한 잠재적 답들은 걷잡을 수 없이, 기가 질릴 정도로 다양하다. 성적 관용은 10년 전보다 더 관대해졌다. 여자는 이성애자일 수도 있고 레즈비언임을 드러내놓고 살 수도 있으며 양성애를 탐색할 수도 있다. 성별 장벽이 낮아진 직종도 더 많아져서 여자는 엔지니어가 될 수도 있고 구급 의료 대원이나 경찰이 될 수도 있다. 결혼과 자녀 양육이라는 전형적인 성인의 궤도도 예전만큼 분명하게 정해진 게 아니다. 생물학적 경계선들마저 더 유연해졌다. 적어도 이론상으로는 40대에 들어서고 한참이 지날 때까지도 출산을 연기할 수 있다.

스와스모어칼리지의 심리학 교수 배리 슈워츠는 "자유의 폭압"에 관한 글에서, 미국인이 삶에서 선택해야 할 것들의 양이

어마어마하게 억압적이고 압도적으로 느껴지는 정도에 이르렀다고 주장했다.[29] 선택의 급증은 (모퉁이만 돌면 언제나 더 좋은 뭔가가 있다는) 기대와 불안을 계속 끌어올리고 정신에 과부하를 건다. 경영학 연구도 이런 생각을 뒷받침한다. 소비자는 너무 많은 선택에 직면할 때 압도당하는 느낌, 마음대로 되지 않아 답답한 느낌, 우유부단함으로 마비될 것 같은 느낌을 받는다는 것이다. 그런데 이런 종류의 스트레스는 그보다 덜 일반적이고 더 사적인 영역에도 존재한다. 그것은 자신의 마음을 아는 것, 자신이 누구인지, 세상 어느 곳에 속해 있는지, 자신이 무엇을 느끼고 원하고 무엇에 이끌려 움직이는지를 아는 것—혹은 더 정확히 말해서, 알려고 노력하는 것 또는 제대로 모르는 것—에 대한 부담이다.

이는 그 자체만으로도 버거운 일이며, 그중 많은 선택들이 비교적 새로 생긴 것이어서 그 선택을 뒷받침하는 권리 의식이 그리 깊게 배어 있지 않을 때는 더욱 버거운 일이다. "여자들은 선택할 것이 무한하다." 뉴욕의 정신분석가이자 저자인 루이스 캐플런의 말이다. "그리고 이는 매우 무서운 일이다. 그것은 당신이 자기라는 존재의 부담을 짊어지고 있음을 의미한다. 누구와 결혼할지, 어떤 경력을 추구할지, 머리카락을 어떻게 자를지 아무도 당신에게 말해주지 않을 것이고, 그러니 당신이 의지할 사람은 당신 자신밖에 없다." 선택할 자유는 바꿔 말하면 실수할 자유, 더듬거리다 실패할 자유, 자신의 결점과 한계와 두려움과 비밀과 정면으로 대면할 자유, 자아의 파괴를 필연적으로 동반하는 끔찍한 불확실성을 견디며 살아갈 자유다.

나는 이것이 해소되지 않은 욕구 뒤에서 끊임없이 뛰고 있는 동요의 맥박이라고 생각한다. 일렁거리며 손을 뻗어오는 이런 불안은, 손에 잡히는 분명한 형태의 위안을 갈망하고 그런 위안에 다가가고 끝내 찾아 손에 넣는다. 저 케이크를 먹어. 그게 내면의 허함을 달래줄 테니까. 저 재킷을 사. 너에게 정체성의 망토를 씌워줄 거야. 그 남자에게 전화해. 네 삶을 정의하고 네 삶에 형태를 부여해줄 테니까. 그 끊임없는 동요의 가장 폭발적인 형태는 고음으로 쏟아지는 울먹임이다. 나를 주체할 수 없어. 내가 텅 빈 백지 같아. 내가 누구인지, 내게 필요한 게 뭔지 나 자신을 어떻게 돌봐야 하는지 모르겠어. 이 소리들은 어둠 속에서 더듬거리는, 절반만 형성된 자아의 속삭임이다. 이 소리들은 허기와 관련된 갈등과 결과를 붙들고 격렬히 씨름해온 사람들, 그 어둡고 형태 없는 영토를 겪어본 사람들에게서 특히 명료하게 들을 수 있다.

한때 쇼핑 중독이었던 이가 내게 들려준 이야기다. 소개팅을 15분 앞두고 뉴욕의 색스 피프스 애비뉴 백화점으로 황급히 달려 들어가 옷걸이들을 손으로 훑다가 돈도 없으면서 미끈한 검은색 옷을 사는 데 400달러나 쓰고, 입고 있던 옷은 가방에 쑤셔 넣고 "(바라건대) 내가 누구인지 말해줄 유니폼"을 입고 다급히 달려나왔다고 한다. 그건 말 그대로 정체성을 쇼핑한다는, 그야말로 불가능한 일이었지만, 그가 그 불가능성을 이해하고 다른 방식을 택하기까지는 여러 해가 걸렸다.

'익명의 과식자 모임'의 한 장기 회원은 과거에 자신을 먹으려는 욕구로 몰아갔던, 극심한 공포가 배어든 도저히 만족시킬 수 없던 식탐에 관해 이야기했다. 퇴근해서 집에 가는 길에 던킨도너츠의 먼치킨 한 통을 다 먹고 체중이 1년 사이에 55킬로그램이나 는 일에 관해, 자신을 정의한다는—자신의 욕구를 명확히 밝히고, 자신의 의견을 분명하게 말하고, 고통과 좌절과 실망을 참아내는—영원히 버거운 과제가 폭식이 초래한 마취된 것 같은 인사불성 상태에서 어떻게 말 그대로 끼이익 멈춰버렸는지에 관해, 음식을 마련하는 일에 온통 집중되었고 그런 다음 음식을 소비하는 동안 짧지만 강력하게 해소되던 그 모든 불안에 관해 이야기했다. 이 사람의 경우도 거기서 벗어나기까지 여러 해가 걸렸다. 그 시간은 엉켜 있던 육체적 허기와 감정적 허기를 구별하여 살살 풀어내는 법, 설탕과 라드에 의해 너무나 쉽게 흐릿해지는 갈망들의 정체를 식별해내는 법, 자기를 받아들이는 법을 배우는 과정이었다.

오랫동안 분별없는 성생활에 빠져 지낸 이는, 상태 나쁜 밤이면 어느 남자의 자동 응답기에 대고 네 시간 동안 계속 전화를 돌리게 만들고, 그의 집 앞에 차를 대고 차 안에 앉아 하룻밤을 꼬박 새게 만드는 성적 집착, 그 뒤에 자리한 혹독한 방향 상실감과 철저하게 뿌리 뽑힌 느낌을, 인생의 형태를 결정할 정도로 절박한 정의定義에 대한 욕구를 묘사했다. 또한 자신의 가치와 사랑스러움을 구성하는 모든 분자를 다른 사람의 성적 관심에 붙잡아매는 것이, "심지어 자신이 존재해도 된다고 느끼기 위해서는 다른 사람에게 꼭 달라붙어야 한다고 느끼는" 것이 어떤 일인지 묘사했다. 이제 결혼도 했고 일부일처제를 지키고 있으며, 그런 광란으로 몰아갔던 (확인, 수용, 사랑에 대한) 진짜 갈망들을 훨씬 더 잘 알게 된 지금은 자기 인생에서 그 시기가 "눈먼 공포의 8년"이었다고 회상했다.

이런 것이 바로 내가 말하는 굶기가 주는 기이한 위안, 굶기가 제공해주는 것만 같은 그 안전한 고치다. 눈먼 공포에 빠질 때면 굶기가 내게 유혹의 손짓을 보내왔고, 초기에 느낀 그 지배와 통제의 감각에 대한 기억은 가장 섬세한 위안을 약속해주는 것만 같았다. 체중이 늘었다 줄었다 하기를 반복한 지 8개월쯤 된 어느 날 아침, 나는 책상에 앉아 〈뉴욕 타임스 선데이 매거진〉에서 거식증에 걸린 여자아이에 관한 인물 탐구 기사를 읽었다. 그때까지 '거식증'이라는 단어도 '식사장애'라는 말도 들어본 적 없었던 나는 그 글을 뚫어지게 들여다보았다. 한달음에 끝까지 읽고 또 읽었다. 기사에 실린 소녀는 10대의 어린 나이였고 체중은 36킬로그램 이하로 줄어 있었다. 밤이 깊도록 윗몸일으키기를 수천 번 했고, 너무 해골처럼 변해서 팔과 배에 부드러운 솜털이 짙게 자라 있었다. 사라진 체지방의 절연 효과를 벌충하려 몸이 애쓰고 있다는 신호였다. 다른 건 자세히 기억나지 않지만, 너무 희한해서 그 후 여러 해 동안 나 자신도 정확히 뭔지 파악할 수 없었던 내 반응만은 기억한다. 그것은 그 아이에 대한 부러움이었다. 나는 그 추진력과 집중력과 의지력이 부러웠고, 그 가여운 소녀의 지독한 결단력에서 어떤 전략의 윤곽 같은 것을 보았던 것 같다. 하나의 불안(체중)을 여러 불안(남자, 가족, 일, 허기 자체)을 맡아주는 장소로 삼고, 극도로 야위고 수척해지는 것을 고통스럽고 혼란스러운 감정들을 피해가는 일종의 지름길이자 우회로로 삼으며, 너무나 다양하고 광범위한 모든 허기들을 한데 모아 그 핵심을, 처리해야 할 한 가지 욕구를, 단 하나의 욕구를 추려내는 전략이었다.

정확히 그것이 굶기가 이뤄내는 일이며, 무엇이 되었든 강박이 이뤄내는 일이다. 그 기사를 읽고 몇 달 후, 캘리포니아에 있던 남자 친구가 여름을 나와 함께 보내려고 돌아왔다. 그런데 그는 갑자기 계획을 바꿔서 그 기간 중 6주 동안 친구와 유럽을 여행하고, 그런 다음 가을에 학교로 돌아가기 전 2주를 나와 함께 보내겠다고 했다. 이러한 계획 변경은 내게 엄청난 타격을 입혔고, 그가 그렇게 떠난 일은 허기와 실망의 관계에 관해 내가 가지고 있던 오래된 두려움을, 내게 필요하다고 느끼는 무언가를 박탈당하는 고통을 다시금 휘저어 일깨워놓았던 것 같다. 그 일은 또한 내 안의 굶주린 아이를 들쑤셔놓고, 잊고 있던 아동기의 상처에 앉아 있던 딱지도 뜯어냈던 것 같다. 그러나 당시 나는 이런 것들에 관해 아무 말도 하지 않았다. 말하려 했다 하더라도 그 감정들을 정확히 말로 표현할 수는 없었을 것이다. 대신에 나는 프로비던스 기차역까지 그를 바래다주고 혼자 걸어서 일터까지 돌아오면서 이렇게 생각했다. 좋아, 그럼 난 이제부터 먹지 않겠어. 이 문장은 그대로 완성된 채 협상의 여지도 없이 내 머리에 떠올랐다. 그것은 하나의 해결책이었다. 나는 (필요에, 실망에, 불확실성에) 압도당했고, 이게 내가 반응할 방식이었다. 남자 친구가 유럽에서 돌아왔을 때, 나는 긴 머리를 모두 자르고 7킬로그램이 줄어 있었다.

거기서부터 그래프는 아래로, 아래로, 아래로 내려간다. 50킬로그램, 46킬로그램, 43킬로그램, 37킬로그램. 욕망의 수학에서 나는 가장 단순한 수식을 선택했다. 그냥 뺄셈만 하기로 한 것이다.

이 전략은 어느 정도 효과가 있었다. 굶고 있을 때, 폭식과 구토의 악순환에 빠져 있을 때, 또는 한 남자에게 성적으로 집착하고 있을 때는 그 외 다른 것을 생각하기가 어렵다. 더 폭넓은 기회가 있는 자기 인생이라는 큰 그림을 보는 것도 어렵고, 으스러뜨릴 듯 강렬한 그 단 하나의 열정에 그토록 집중하는 것 말고 자기가 그 외에 다른 무엇을 필요로 하거나 원하거나 두려워하는지 생각해보는 것도 지극히 어렵다. 나는 3년 반 동안 거의 예외 없이 매일 밤 내 방에 자리를 잡고 앉았다.

아무도 모르게, 공들이고 신중을 기해, 사과 한 알과 가로 세로 높이가 각각 손가락 한마디만 한 체다치즈를 작은 조각으로 썰었다. 열여섯 개의 사과 조각은 하나하나가 투명할 정도로 얇아서 전등을 향해 들어보면 빛이 통과하는 게 보일 정도였다. 그런 다음 나는 작은 사기 접시에 사과 조각을 줄지어 늘어놓고 그 위에 아주 작은 사각형의 치즈 조각을 하나씩 얹었다. 그러고는 그걸 하나씩 먹었다. 토끼처럼 오물거리며 아주 작은 귀퉁이를 조금씩, 조금씩 베어서 아주 천천히, 극도로 정밀하게 집중해 먹느라 그걸 다 먹는 데 두 시간이 걸렸다. 나는 이 의식을 온종일 계획하고, 더할 수 없는 집중력과 주의를 기울여 수행했다. 그 시절에는 생각하지 않았다. 내가 세상을 얼마나 무서워하는지, 내가 얼마나 망연자실한지, 얼마나 형체 없는 존재처럼 느껴지는지, 혹은 필요의 문을 완전히 꽝 닫아버리지 않았다면 내가 얼마나 많은 필요를 느꼈을지에 관해. 남자와 섹슈얼리티라는 무시무시한 세계에 관해 생각하지 않았고, 참여는 더더욱 하지 않았다. 나는 사과와 치즈 큐브 외에 그 무엇도 갈망하지 않았고, 다른 모든 욕망을 끊어냈고, 그와 함께 다른 모든 불안도 끊어냈다. 나는 배가 팽팽하게 당겨지는 느낌, 너무나 구체적이고 뚜렷해서 실제로 손에 쥘 수 있을 것만 같은, 허기로 욱신거리는 느낌 외에는 아무것도 느끼지 않았다.

그 시절에 내가 식욕을 '잃었다'고 말한다면 그건 헛소리다.

그와는 정반대로 나는 식욕으로 먹고 자고 숨 쉬었다. 항상 음식 생각을 했고, 포르노 더미를 앞에 둔 10대 소년처럼 음식 관련 잡지들과 레스토랑 리뷰를 열심히 읽었고, 색인 카드에 빵과 케이크, 초콜릿 디저트, 더할 나위 없이 풍성하게 속을 채워 넣은 파이들, 내가 갈망하지만 절대 나 자신에게 허용하지 않는 음식들의 조리법을 옮겨 적었다. 진실을 말하자면, 나는 대형 트럭 사이즈의—음식과 인간적 연결과 육체적 쾌락을 향해 돌진하고 끊임없이 열망하는—욕구들을 갖고 있었으나, 바로 그 욕구의 힘이 내가 상대해서 겨루기에는 너무 위협적이고 무시무시하게 여겨졌기에 세계를 더없이 엄격하게 흑과 백, 예스와 노의 장소로 나누었다. 나는 아무것도 먹지 않거나 모든 것을 먹고자 했고, 식욕을 제압하거나 식욕에 완전히 굴복하고자 했다.

강박관념은—가벼운 강박관념조차, 한 여자의 생각에 계속해서 끼어드는 흔하고 세속적이고 일상적인 강박관념(이 청바지를 입으면 엉덩이가 너무 커 보이지 않을까? 헬스장에 가야 할까?)조차—범상치 않은 왜곡의 힘을 지니고 있다. 강박관념은 욕망의 진행을 멈추고, 그것을 땅 밑으로 몰아넣고, 그 욕망의 형태를 뒤틀고 위장한 다음 완전히 다른 형태의 욕망으로, 너무나 진짜처럼 느껴진다는 점에서 몹시 음흉한 형태의 욕망으로 만들어 다시 세상으로 내보낸다. 가장 모호한 욕망조차 하나의 얼굴과 하나의 이름과 하나의 목적이라는 특정성을 갖춘 채 다른 욕망인 양 다시 나타날 수 있다. 다이어트를 하는 여자가 '나는 날씬해지고 싶어'라고 말할 때 사실 그는 무엇이든 다른 특성을 갖길 원하는 것일 수도 있고, 날씬함으로 대표되지만 그것으로 보장되지는 않는 가치 의식, 소속감, 사랑받는 존재라는 느낌을 원하는 것일 수도 있다. 나는 저 옷들을 원해, 난 그 관계가 필요해, 난 그저 5킬로그램만 빼면 돼. 이런 말들은 스스로 느끼고 천명한 소망들이 되고, 손에 잡히는 구체적 갈망, 욕구의 긴박한 초점이 된다. 이제 그 소망들은 전체 풍경을 장악하고 다른 모든 욕망들을 압도할 수 있고, 진짜 갈망과 그 갈망 뒤에 자리한 불안을, 게걸스러운 욕구에 대한 한 여자의 의식을, 혹은 그의 욕망이나 욕망에 대한 두려움을, 내면에 지니고 다니는 비통한 텅 빈 공간들을 모두 살살 구슬려 배경으로 치워버릴 수 있다. 그러면 그 모든 것은 분주한 나날의 반복되는 걱정 속에서 그냥 증발하거나, 연기처럼 빙글빙글 돌다 시야에서 사라진다.

이게 내가 원하는 거예요. 당시 치료사에게 그렇게 말했던 것을 기억한다. 그러니까 내 말은 이것, 이 앙상하게 뼈가 도드라진 몸, 이 강철 같은 보호막, 평범한 인간의 욕구에 대한 이 초월의 증거, 이것이 나의 소망이자 욕망이라는 것, 다른 것은 그 무엇도 나의 소망과 욕망이 아니라는 뜻이었다.

그런데 정확히 바로 이 점이 핵심이며, 이것이 욕망의 수학이 그토록 빠져나올 수 없는 강력한 힘을 발휘할 수 있는 이유다. 오늘날 한 여자에게 무엇을 원하라고 지시할 사람은 없을 것이다. 적어도 공식적으로는 말이다. 누가 여자들에게 총구를 들이대고 제니 크레이그나 웨이트 워처스를 향해 몰아가는 것도 아니고, 우리가 매일 밤 무지방 셔벗 대신 초콜릿 케이크를 먹는다고 해서 딱지를 떼거나 벌금을 부과하지도 않으며, 적극적인 성생활을 하거나 왕성한 식욕을 갖거나 머리 가득 야망과 꿈을 품는 것을 금지하는 규칙도 없고, 외적으로 부과되는 제재도 없다. 그러나 그렇게 규칙들이 없어지면서 진공이 생겨났고, 그 진공은 분명 많은 남자들을 두렵게 만들며, 아마 많은 여자들도 두렵게 할 것이다. 특히 이 세계 속에서 느끼는 안전에 대한 우리의 일반적인 감각, 즉 미국은 침범당하지 않으리라는 믿음과 끝없는 경제적 안정성에 대한 믿음이 너무나도 허술해진 오늘날에는 말이다. 욕망의 수학은 정확히 그 불안을 누그러뜨린다. 여자, 특히 근본적으로 권한을 박탈당했다고 느끼며 확신이 없는 여자는 새로운 규칙들을 만들고, 내적인 제약들로써 외적인 제약들을 대체하며, 안에서 밖을 조종하는 식으로 작동하는 지배 시스템을 설치한다. 이로써 자유의 폭정은 자아의 폭정으로 재설정된다.

어떤 의미에서 이는 일종의 심리적 장부 조작이다. 그 형식이 거식증처럼 극단적인 것이든 그리 심하지 않은 자동 반사적인 것이든 간에, 재고를 파악하고 예산을 점검하고 계산하고 조정하는 이 일은 하나의 목적에 기여한다. 바로 통제의 환상을, 논리와 질서의 환상을 제공하는 것이다. 마치 어떤 독립적인 제2의 인물—내면의 꼼꼼한 회계사—이 허기의 고삐를 틀어쥐고서 글자 그대로 입에 들어갈 콩알 수까지 하나하나 세고 있는 것처럼 말이다. 그리고 이 모든 계산은 의식에 상당한 불안을 초래할 수도 있지만—어젯밤에 먹은 것, 옷이 몸에 잘 맞는지, 헬스장에 가야 할지 말아야 할지 등 특정한 일들에 대한 걱정을 계속 안길 수 있지만—덜 구체적이고 더 위압적인 문제들이 다가오는 건 탁월하게 막아준다. 홍수처럼 몰려오는 선택들이 처리해낼 수 있는 작은 물방울로 줄어든다. 이름 붙일 수 없는 불안들이 구체적인 불안들로 대체된다. 우리에게 달라붙어 괴롭힐 무시무시한 사회적·개인적 질문들(세상 속에서 어떻게 존재할 것인가, 어느 정도의 공간을 차지할 것인가, 에너지를 어디에 쏟을 것인가, 자신을 위한 요구는 어느 정도 할 것인가)이 이 청바지의 맵시가 어떤지, 점심으로 무엇을 주문할지 같은 소형화된 새로운 틀에 담겨 작고 개별적인 질문들로, 구미에 맞는 한입 크기로 세분된다. 식욕(케이크의 크림, 지방 함량)에 대해 걱정하고 있을 때는 진짜 욕구(기쁨, 열정, 욕정, 갈망)에 대해 걱정할 수가 없다.

물론 욕망의 수학이 할 수 없는 일도 있으니, 바로 불안을 완전히 제거하는 것이다. 오히려 해도 된다느니 하면 안 된다느니 하며 신경을 긁어대는 목소리들로 우리를 항상 겁먹은 상태에 붙잡아둔다. 거창하고 실존적이며 과격한 방식이 아니라, 가볍고 고질적이며 일상적인 방식으로 그러는 것이지만, 이런 것 역시 근본적으로 우리를 좀먹고 우리의 기반을 약화한다. 이런 불안은 자기 불신의 저장고를 채우고, 그동안 진짜 허기들은 미지와 미답의 상태로 남아 있다. 그런 불안들은 한 여자에게 사회적으로 용인되는 (아름다움에 대한, 날씬함에 대한, 쇼핑에 대한) 욕구들은 명확히 정의하고 권장하는 반면 더욱 복잡한 내면의 욕구들은 흐릿하고 불명료한 상태로 뒷전에 밀어두는, 더욱 거대한 부조화의 시스템을 지탱한다.

얼마 전 체중을 4.5킬로그램 정도 줄인 한 친구는 그 일에 대해 칭찬하는 사람이 너무 많아 깜짝 놀랐다고 말했다. 자부심 강하고 야망이 큰 친구로, 자신이 인생에서 원하는 것이 무엇인지 알아내기 위해 열심히 노력해왔고, 몸과 마음이 다 건강한 아이를 키우고 있으며, 직업의 세계에서도 여러 차례 큰 도약을 이루어왔고, 최근에는 자신이 깊은 흥미를 느끼는 프로젝트에 관한 출판 계약도 성사시켰다. 그런데 "얼마나 많은 사람이 체중에 관해 이야기하는지 믿기 어려울 정도야. 책 계약 따위, 엄마로서 이룬 성취 따위는 안중에 없어. 모두 다 오로지 '우와! 살 빠졌네요!' 소리만 하는 거야. 마치 그게 내 인생 최고의 성취라도 되는 것처럼."

실제로 체중 감소가 자기 최고의 성취라고 혹은 최고의 성취일지도 모른다고 생각하는 사람이 있다면, 그 사람 내면의 그림은 한층 더 탁하고 흐릿할 것이다. 37세의 물리치료사 베벌리가 자신이 다이어트와 체중에 관한 걱정에서 진정으로 해방된다면 인생이 어떨지 생각해보다가 들려준 이야기도 바로 그런 점을 시사한다. 베벌리는 르누아르가 사랑할 만한 여자다. 부드러운 장밋빛 피부에 자연스럽고 숱 많은 고동색 머리칼을 뒤로 느슨하게 땋아 내리고 가슴과 엉덩이가 풍만한 베벌리에게서 르누아르라면 풍성함의 초상을 보았겠지만, 베벌리 본인은 지방만을 보았다. 다이어트 전쟁의 베테랑인 베벌리는 삶의 대부분을 음식과 씨름하며 보냈고, 9킬로그램이 늘었다가 9킬로그램이 다시 빠지는 과정을 셀 수 없이 반복했으며, 시중에 나와 있는 다이어트 방법은 시도해보지 않은 것이 없을 정도였다. "이따금 다이어트에 내 시간과 에너지가 얼마나 들어가는지 생각해볼 때가 있는데, 그럴 땐 정말 경악하게 돼요. 사람들이 일 중독자들에 대해 하는 말 있잖아요. 임종을 앞두고 '아아, 더 많은 시간 일했더라면 얼마나 좋았을까?' 하고 말하는 사람은 별로 없을 거라고요. 똑같아요. 나도 삶이 끝나갈 때 '아아, 다이어트에 더 많은 시간을 쏟았더라면 얼마나 좋을까?' 하고 생각하지는 않겠죠. 섬뜩해요. 왜냐하면 임종의 침대에서 나는 분명 그 많은 에너지를 빌어먹을 몸무게에 다 쏟아부은 나 자신을 책망하게 될 테니까요. 그 에너지를 인생을 사는 데 쏟지 않고서 말이죠."

그게 무슨 뜻이냐고, 그러니까 음식과 체중에 대한 걱정이 의식에서 삭제되어버린다면 '인생을 사는 것'이 어떤 모습이고 어떤 느낌일 것 같으냐고 묻자 베벌리는 말이 없어졌다. “모르겠어요.” 마침내 베벌리가 입을 열었다. “상상하기도 어렵네요. 아침에 잠에서 깨었는데 그 모든 생각이 전혀 떠오르지 않으면 어떤 느낌일지. 내 몸무게가 얼마나 나가는지, 내 엉덩이가 어떻게 보이는지, 나한테 맞는 옷과 맞지 않는 옷이 무엇인지 알지도 못하고 신경도 쓰지 않는다는 것이. 생각해보는 것만으로도 어쩐지 좀 압도당하는 느낌이에요. 그건 마치… 그렇게 되면 난 무슨 생각을 하게 될까요?”

바로 그거다. 식욕과 관련된 세세한 사항들—칼로리, 먹는 분량, 몸으로 들어가는 것 대비 소비되는 것, 구두, 헤어스타일, 강철 같은 복근—에 심히 치우친 불안한 집중은 욕망과 관련한 더 크고 더 공포스러운 질문들을 흐릿하고 초점에서 벗어난 상태로 유지해준다. 미국 여자들은 한 시간당 화장품에 약 100만 달러를 지출한다. 이 사실은 여성의 허영에 관해 무언가를 말하는 것일 수도 있고 아닐 수도 있지만, 여성의 에너지에 관해, 그 에너지가 어디에 초점을 맞추고 어디에 초점을 맞추지 않는지에 관해 무언가 말해주는 건 분명하다. 영혼보다는 몸에 관해 걱정하는 것이 더 쉽고, 문화가 여자들에게 제시하는 좁은 정체성의 틈새에 자신을 끼워 맞추는 것이 처음부터 새로운 정체성을 만들어내는 것보다 쉬우며, 사회적으로 승인된 욕망의 제단에서 예배하는 것이 모든 열정의 표현과 모든 욕구의 만족까지 고려해 자신만의 제단을 건설하는 것보다 쉽다. 다시 말해서, 음식과 쇼핑과 외모 같은 것에 엄청나게 골몰하는 것은 허기에 진심으로 초점을 맞추는 것—허기를 한껏 채워주고, 허기를 이해하고, 허기에 관한 결정을 내리는 일—이라기보다는 허기로부터 주의를 분산시키려는 어마어마한 노력이다.

더 날씬해지고, 더 예뻐지고, 옷을 더 잘 입고자 하는, 그러니까 다른 존재가 되려는 이 충동은 무엇일까? 이 다른 존재는, 그가 입고 있는 재킷 혹은 그가 먹지 않는 음식을 제쳐둔다면, 정확히 어떤 사람이며 어떻게 보이는 사람인가? 우리가 육체의 이미지에 관해 다시는 생각하지 않게 된다면 우리는 무엇을 행하고 무엇을 생각하고 무엇을 느끼게 될까? 이런 질문들이 스물한 살, 스물두 살, 스물세 살 때의 나 자신을, 뼈만 남은 몸으로 작은 접시 위에 몸을 웅크리고 작디작은 사각형으로 자른 사과와 치즈를 조금씩 오물오물 먹고 있던 그때의 나를 떠올릴 때 나를 괴롭히는 질문들이다. 나는 무엇을 느끼고 있었을까? 무엇을 느끼지 않으려고, 그토록 필사적으로 노력하고 있었던 걸까?

2장

어머니와의 관계

허기,

그리고

자유의 대가

얼마 전 누군가가 주말을 맞아 어머니를 만나고 온 이야기를 들려주었다. 이 모녀의 관계는 늘 우여곡절도 많고 복잡했으며 지금도 여전히 그렇지만, 그는 비교적 차분하게 그 시간을 넘겼다. 몇십 년간 심리 치료에서 배운 대로 주문을 외듯 조용히 1부터 10까지 세는 것이 냉정을 유지하는 데 도움이 되었단다. 그러나 이성과 성숙함의 귀감이라 할 만한 이 자의식 강한 여성은 공항으로 가던 도중 급격히 덮쳐온 충동을 이기지 못하고 렌터카를 세븐일레븐 주차장에 세운 뒤 매장에 들어가 물 한 병을 훔쳤다. 충동에 저항할 수 없었다고 했다. 그는 240밀리리터짜리 에비앙 생수 한 병을 낚아챈 뒤 창피하고 혼란스러운 마음으로 달아났다.

난 이 이야기가 정말 마음에 든다. 이 이야기는 식욕의 신비롭고 변화무쌍한 성질을, 그것이 어떤 감정에 부딪혀 새로운 충동으로 변신하고 겉보기에는 전혀 뜬금없어 보이는 무언가에 달라붙는 그 방식을 너무나 완벽하게 담아낸다. 그런데 여자가 훔친 것이 물이 아니라 우유 한 병이었다면, 아니 복숭아 이유식이었다면 한층 더 마음에 들었을 것 같다. 양파를 한 꺼풀 더 벗기고, 식욕 및 식욕이 촉발하는 복잡한 감정의 핵심을 향해 조금 더 깊이 파고들 때 우리가 들어서게 되는 곳은 바로 어머니와 딸의 왕국, 욕망의 감각들이 처음으로 빚어지고 형태를 갖추고 관찰되는 태고의 장소이기 때문이다. 이 영토에는 사랑이 있을 수 있고 깊은 동일시와 애착도 있을 수 있지만, 또 거기에는 아주 많은 양의 혼란이 있고 번민이 있으며 지속적이고 절박하게 고동치는 죄책감도 있다.

나의 어머니는 거식증에 어떻게 반응해야 하는지, 혹은 그 의미를 어떻게 이해해야 하는지 몰랐다. 그때까지 그 단어를 들어본 적도 없었고, 그것이 무엇을 의미하는지, 어떤 목적을 위한 건지 상상도 할 수 없었으며, 내가 점점 더 비쩍 말라가는 것을 알아차렸으면서도 아주 오랫동안 그에 관해 아무 말도 하지 않았다. 아마도 어머니는 이게 걱정을 해야 할 일인지 안 해도 될 일인지, 한다면 얼마나 걱정할 일인지도 몰랐을 것이다. 나 자신도 그 주제에 접근하는 방식에 대해 몹시 양가적인 감정을 느끼고 있었던 것 같다. 어머니가 알아차리길 간절히 원하면서도, 이 충동이 나를 얼마나 심각하게 장악하고 있는지 인정할 마음은 없었고, 대체로 두려웠다. 그리고 최소한이 거식증의 한 조각이 우리와 관련된 일임을 어느 정도 의식하고 있었다.

그중 간절한 바람을 담고 있던 부분이 몇 년 만에 터지고 말았다. 내 체중이 40킬로그램 밑으로 내려가 있던 시점이었다. 초봄 어느 주말 프로비던스에서 집으로 돌아가 있던 나는 더 따뜻한 옷으로 갈아입는다는 핑계로 어머니 앞에서 티셔츠를 벗고 가방에 손을 뻗어 양모 스웨터를 찾았다. 우리는 주방에 있었고 어머니는 오후의 차를 마시고 있었다. 나는 티셔츠 속에 받쳐 입은 캐미솔 하나만 입은 채로 가방을 뒤적거리며 잠시 더 미적댔다. 내 가슴과 어깨로 뼈가 얼마나 튀어나왔는지, 내 팔이 얼마나 해골처럼 변했는지 어머니가 보기를 원했고, 이 몰골이 내가 말로는 차마 전달할 엄두도 내지 못하는 뭔가를 어머니에게 말해주기를 원했다. 그건 물론 고통에 관한 것이었지만, 또한 더 가 닿기 어려운 감정들, 묻어둔 소망과 말하지 못한 두려움, 복잡하게 엉켜 있는 사랑과 분노에 관한 것이기도 했다. 당시 나는 그 감정이 얼마나 복잡한지 어렴풋이 인지하고 있었다. 뼈를 드러낸 채 거기 서서, 말로는 도저히 표현하지 못할 방식으로 내 몸의 모습이 어머니에게 상처 입히기를, 또한 절규하며 어머니를 불러내기를, 호소하고 흐느끼고 매달리기를, 그 모습이 따귀와 사과를 모두 전달할 수 있기를 바라던 것을 기억한다.

그 순간 어머니가 어떤 기분이었는지 나는 알지 못한다. 어머니는 아무 말도 하지 않았고, 무슨 말을 해야 하는지 알지 못했다.

나의 부모님은 냉정하거나 무정한 사람들이 아니다. 여러 측면에서 내가 아는 사람 중에 심리적으로 가장 세심한 사람들이며, 또 자식들에게 깊이 헌신하는 분들이다. 나는 상황이 나쁠 때면 언제든, 새벽 두 시든 어느 때든 어머니에게 전화를 걸어 울면서 남자 친구 문제를 하소연할 수 있었고 자주 그렇게 했다. 어머니와 아버지 모두 고통이나 우울이나 감정적 격동을 모르는 분들은 아니지만, 위기 상황이 아닌 한 쉽게 남들에게 손을 내밀어 알리지 않았고, 프라이버시에 대한 감각이 워낙 확고해서 주위 사람들이 자신을 보이지 않는 존재처럼 느끼게 만들 정도였다. 두 분 다 독선적이고 의지가 강한 모친이 장악하던 가정에서 자란 탓에 자식들에게 간섭하거나 질식당하는 느낌을 주거나 침해하지 않으려고 안간힘을 썼다. 하지만 아이들에게는 때로 질식당하는 느낌도 필요하다. 그날 저녁 식사 자리에서 나는 와인을 잔뜩 마시고 마침내 울음을 터뜨렸다. 나는 부모님에게 내게 "문제가 하나" 있다고, 그런데 그 문제에 대해 어떻게 해야 할지 모르겠다고 말했다. 내가 거식증에 걸린 것 같다고 했다. 기억나는 건 두 분의 눈빛뿐이다. 염려하는, 약간은 겁먹은, 그리고 몹시 막막한 눈빛. 그러자 두 분은 내가 답할 수 없는 많은 질문을 던졌다. 이유가 뭐니? 그러면 배는 안 고프니? 우리가 할 수 있는 일이 무엇이니? 부모님에게 이야기하니 마음이 조금 가벼워졌지만, 가장 일반적인 의미에서 두 분에게 걱정을 이끌어내기 시작했다는 점에서만 그랬다. 그날 오후 주방에서 내가 표현할 수 있기를 바랐던 것은 어느 하나 표현되지 않은 채로 남았다. 우리 중 누구도, 어머니와 나는 특히 더, 어디서부터 시작해야 할지 몰랐던 것 같다.

일주일 정도 지난 뒤 어머니가 우편으로 메모 한 장을 보내왔다. 작은 백지에 블록체로 커다랗게 쓴 단어 하나였다. "먹어." 나는 그 단어를 쳐다보며 생각했다. 하지만 먹을 수 없어요. 엄마는 아무것도 몰라요, 난 그냥 먹을 수가 없다고요.

먹어. 먹어, 먹어! 이건 이탈리아 엄마들이 하는 말, 풍요와 넉넉함의 단어다. 그들의 말은 이런 뜻이다. 내가 제공하는 이걸 받아, 이 음식을 먹어, 이 사랑을 받아, 마음껏 누려, 흡수해.

그 말은 내 어머니에게는 익숙하지 않은 것, 적어도 조금의 모호함도 없이 따사롭게 보살피는 방식으로 쓰는 것으로는 익숙하지 않은 단어였고, 그래서 나에게도 익숙하지 않았다. 글로 써놓으니 그 단어는 낯설고 기이하게도 위협적으로 보였는데, 근본적인 의미에서 실제로도 그랬다. 그건 단지 그 무렵 굶기가 내게 깊이 뿌리박힌 전략이자 존재 방식이 되어 있었기 때문만이 아니라, 진정으로 먹으려면—그 단어가 지닌 모든 의미에서 섭취하고 기쁘게 맛보고 함께 나누려면—내 쪽에서 중요한 변화를 감행해야 할 것이기 때문이었다. 어쩌면 그건 어떤 배신 혹은 상실을 수반하는 일일 수도 있었다. 또한 그렇게 변하려면 새로운 언어를, 내가 어머니와는 공유할 수 없을 거라고, 어쩌면 절대 공유하면 안 될 거라고 두려워하던 어떤 새로운 언어를 채택해야 할 것이었다.

같은 세대의 많은 여성들이 그랬듯이 나의 어머니는 일찌감치 매우 뚜렷한 욕망의 언어를 접했고, 그 언어의 문법은 여성성과 특정 이상들에 대한 순응을 바탕에 깔고 있었다. 어머니의 부모님은 러시아 유대인의 후손들로 1890년대와 1900년대 초에 미국으로 이주하여 매사추세츠주 보스턴 외곽의 브루클라인에서 살았다. 외할아버지는 자수성가한 사업가로 친절하고 온화하며 이지적인 분이었고 결국 큰 부자가 되었으며 가족 문제에서는 다소 수동적인 분이었다. 가족의 영역을 지배한 사람은 나의 외할머니로, 지적이고 외향적이며 자기 의견이 강하고, 상당한 매력과 새로 갖게 된 부가 주는 호사를 깊이 음미할 줄 아는 능력과 외양에 대한 지치지 않는 관심을 장착한 분이었다. 할머니는 집 안을 가장 고급스러운 물건들로 갖추고 흠잡을 데 없이 우아하게 유지했으며, 쇼핑과 고급 식당과 호화로운 파티를 사랑했다. 조부모님 댁에서 열리는 일요일 만찬(내가 어릴 때 매주 열리던 행사였다)에 가보면, 할머니는 샹들리에가 늘어진 다이닝룸 식탁의 상석에 앉아 우두 머리로서 자신의 역할을 만끽하고 있었다. 불완전함의 신호가 하나라도 눈에 띄면—팝오버 빵이 담긴 소쿠리가 비었거나, 로스트비프 접시가 비어간다거나, 치워야 할 그릇이 있다거나—자신의 의자 옆 플러시 카펫 밑에 감춰진 단추를 눌러 요리사를 호출했고, 그러면 마치 마술을 부린 듯 요리사가 나타나 소리 없이 할 일을 처리했다. 내가 호사스러움이나 고급스러운 물건에 대한 취향을 물려받았다면, 그 유전자는 분명 외할머니에게서 온 것이라고 확신한다.

나의 어머니는 그런 유전자를 물려받지 않았다. 할머니로서는 심히 유감스럽게도 어머니는 여성적인 것들에, 특히 외양에 큰 관심이 없었다. 어머니는 머리 회전이 빠르고 고통스러울 정도로 수줍은 성격에 책과 혼자 있는 걸 좋아하는 아이였는데, 자기 어머니의 물질주의적 성향이 억압적이라고 느끼면서도 자신이 저항하기 어려운 힘이라는 것도 알고 있었다. 내 어머니가 경험한바 어머니의 사랑이란 평가와 깊이 얽혀 있는 것이었고, 본인의 관심사—책, 예술, 자연 세계—는 자기 어머니가 업신여기거나 가혹하게 평가하는 영역에 속했다. 이는 글자 그대로도 심리적으로도 여러 가지 강력한 갈등을 불러왔다. 일부 갈등에서는 어머니가 이겼다. 열일곱 살 때 대학에 갔고, 그런 다음 파리로 건너가 미술을 공부했으며, 그런 다음 20대에는 혼자 살면서, 자신의 어머니가 어떻게 이해해야 하는지 도통 알지 못했고 거의 한 번도 칭찬한 적 없는 직업인

화가로서 경력을 닦아나갔다. 어떤 갈등에서는 어머니가 졌다. 20대 중반에 어머니는 제리라는 청년과 사랑에 빠져 거의 결혼할 뻔했다. 제리는 2차 세계대전 당시 입은 부상으로 눈에 띄게 다리를 저는 사람이었다. 할머니는 그 '결함'을 아무렇지 않게 넘기지 못했고 받아들이지 못했다. 어머니는 할머니의 비판과 반대를 넘어설 수 없었다. 결국 어머니는 할머니의 말을 따라 제리와 헤어졌다.

1955년, 당시로서는 꽤 많은 나이인 스물일곱 살에 아직 미혼이었던 어머니는 잘생기고 지적이며 극도로 내향적인 정신의학자에 사생활에서는 눈썹을 치켜올리게 할 만한 각종 이력을 지니고 있던 나의 아버지를 만났다. 어머니보다 열한 살 많은 아버지는 뉴욕주 업스테이트 지역의 앵글로색슨 백인 신교도 집안 출신으로 비유대인에 별거 중이었으며 세 자녀의 아버지였고 그중 한 명은 시각장애인에 중증 지적장애인이었다. 그해 여름, 아버지는 네바다주에서 6주를 보내며 이혼 과정을 마무리했고, 어머니에게 너무나도 아름답고 열정적인 구애의 편지들을 써 보냈다. 그 편지들은 지적인 대화로 가득하고(어머니는 아버지에게 멜빌을, 아버지는 어머니에게 조지프 콘래드를 소개했다) 어머니에 대한—어머니의 정신이 어떻게 작동하는지, 무엇이 어머니를 추동하고 어머니의 그림에 연료를 공급하는지 같은—호기심이 흘러넘쳤다. 아버지는 어머니가 아름답고 깊이 있다고 느꼈으며, 어머니의 집에서는 아주 오랫동안 무시되었던 측면들, 그러니까 어머니의 창조성과 감수성과 관념에 대한 열정을 알아보고 그 가치를 아는 사람 같았다. 두 사람은 이듬해 6월에 결혼했다. 외할머니는 그 결정을 미심쩍어했고 골을 냈지만, 굳이 말리지는 않았고, 브루클라인의 할머니 집에서 열린 결혼식은 매우 아름다웠다.

불한당 같은 정신의학자를 선택한 이 일은 어머니의 입장에서는 매우 급진적인 행동으로, 본인 어머니의 손아귀에서 벗어나기 위한 노력, 자신의 지성과 미학을 반영하는 욕망의 언어를 창조하기 위한 노력으로 어머니가 어디까지 나아갔는지를 보여준다. 하지만 나의 어머니가 구속과 제약의 세계에서 자신을 해방시켰다고 말하는 것은 정확한 말이 아닐 것이다. 나는 유년기부터 시시콜콜한 비판과 인색한 칭찬의 바다에서 쌓여온, 어머니 자신의 인정받지 못한 일들의 역사가 평생 어머니를 따라다니며 괴롭혔을 거라고 생각한다. 그래서 어머니는 자신에 대해 좀처럼 확신을 갖지 못했을 것이고, 갈망들에 대해서도 마치 경계를 넘어 낯선 땅으로 들어서는 일인 것처럼, 그 땅의 규칙이 무엇인지 혹은 거기서 자신이 얼마나 안전할지 알 수 없는 것처럼, 자신의 갈망들마저 스스로 경계하게 되었을 것이다.

또한 나는 그런 느낌이 시간이 지나는 동안 개인적 환경과 문화적 환경 양쪽의 뒷받침을 받으며 충분히 강화되는 단계도 거쳤을 거라고 생각한다. 1960년대 초까지 어머니는 아이 셋을 낳았다. 1957년에 오빠가 태어났고, 2년 뒤 쌍둥이 언니와 내가 태어났다. 어머니 자신의 인생은 기저귀와 젖병, 담요, 밤이 깊도록 날카롭게 울어대는 작고 새된 목소리들의 바다 속으로 서서히 잠겨들었다. 어머니의 캔버스들은 손에 닿지 않은 채 방치되어 시들어갔다. 어머니의 결혼 생활은 막상 닥치고 보니 꽤 힘들었고, 어머니가 희망했을 동반자 관계에는 미치지 못했으며, 아버지에게는 어머니가 예상했던 것보다 훨씬 더 무거운 짐들이 딸려 있었다. 결혼식 후 얼마 지나지 않아, 이 새로운 결합에 격노한 게 분명한 아버지의 전처가 당시 열 살이던 시각장애인 아들을 더 이상 보살필 수 없다고 선언하고는 그를 나의 부모님들과 살라고 보냈다. 폭탄처럼 다루기 힘들었던 그 아들은 거의 3년을 우리 집에서 지냈는데, 그를 돌보는 일은 거의 전적으로 어머니에게 맡겨졌다. 자신의 일에만 묻혀 지내며, 한 번도 식사를 준비하거나 진공청소기로 카펫을 청소한 적도 없었던 아버지는 돕겠다는 약속만 반복하고는 한 번도 돕지 않았다. 어머니가 초기에 느꼈던 낙관적인 감정—자신의 갈망들에 어울리는 세계에 들어섰다는 느낌—은 오랫동안 서서히 증발하는 과정에 들어갔다. 어머니는 지쳤고 좌절했고 조용히 격분했다. 그 무렵의 어머니를 생각해보려 하면, 자신도 이유를 알지 못할 깊은 심란함을 느끼고, 자신의 욕망과 원하는 것들에 대해서도 상충하는 감정들을 느끼며, 애초에 자신에게 욕망하고 원할 권리가 있는지조차 확신하지 못하고, 자신의 필요들을 부끄럽게 여기며, 심지어 그 필요들을 거의 인정조차 하지 못하는 젊은 여자를 떠올리게 된다. 어머니가 아버지에게 당신의 아이를 더 이상 돌볼 수 없다고 말할 수 있게 되기까지 어머니는 있는 용기를 모두 끌어모아야 했다.

이 시기는 미래가 밝고 희망찬 시절일 수도 있었을—어쩌면 마땅히 그런 시절이었어야 할—것이다. 어쨌든 때는 1960년대 초였고, 부모님이 결혼 생활을 시작한 곳인 케임브리지는 초기 페미니즘의 속삭임들이 들리기만 한 게 아니라 포용되기까지 했던 곳이었고, 특히 두 사람이 속해 있던 좌파 자유주의자 무리에서는 더욱 그랬으니 말이다.

그러나 어머니 세대에서 여성성을 정의했던 명령들—어머니의 어머니가 너무나도 열렬히 고수하고 지지했던 명령들—은 여전히 맹위를 떨치고 있었고, 나는 어머니가 그 시대의 많은 여성들이 그랬듯 중간에서 갈피를 잡지 못하는 상태였을 것이라고, 또 어머니도 마음 한편에서 어떤 규칙들은 너무나 당연한 것으로 의식하고 있었을 거라고 생각한다. 여자들(구체적으로 말해 아내들과 어머니들)은 뒤로 물러나 남들의 뜻을 따라야 하고, 다른 사람들의 필요를 충족시켜주고 그들이 무엇을 필요로 할지 예상해야 하며, 자기 존재의 정의를 가족을 통해서 찾아야 하고, 그리고—어쩌면 무엇보다—자신의 (사랑, 일, 성적 표현을 위한) 추구들을 다른 사람들을 보살피고 그들에게 반응하는 일로 전환해야 한다는 규칙 말이다.

페미니즘이 만들어낸 술렁임에도 불구하고 문화는 그런 규칙들을 확고히 지지했다. 어머니는 제도로서의 모성이 성인聖人의 수준까지 끌어올려진 시기에, 여성의 야망은 더도 말고 덜도 말고 가정생활을 일구고 유지하는 일을 통해 표출되어야 한다고 기대되던 시기에 결혼했다. 이런 이상들은 전혀 새로운 게 아니었지만—여성의 욕망은 수 세대에 걸쳐, 어떤 사회들에서는 수 세기에 걸쳐, 앞치마 끈에 묶이고 가정성이라는 망토에 가려 있었다—내 어머니의 청소년기와 청년기에 해당하는 2차 세계대전 이후 수년 동안 더욱 강력해지고 특유의 외양과 느낌을 부여받았으니, 어머니가 그런 것들에서 아무 영향도 받지 않았을 거라고는 상상하기 어렵다. 중산층이 교외로 빠져나간 일이 엄청난 수의 젊은 여자들을 말뚝 울타리 뒤에 감추고 그 과정에서 고립을 조장하며 그러한 흐름에 무대를 마련했다. 거기다 소비문화의 폭발적 성장이 분위기를 조성했다. 여성의 욕망에 대한 전통적 가정들이 처음으로 거대 시장에 활용되고 누구나 알아볼 수 있도록 강조되었으며, 텔레비전과 여성 잡지, 영화 대본, 광고를 통해 준 클리버*풍 인물형을 확산시켰다. 저 완벽한 식탁을, 저 미소 짓는 아이들

* June Cleaver. 1957년부터 1963년까지 방영된, 미국의 중산층 가정을 다룬 시트콤 〈비버는 해결사Leave It to Beaver〉의 주인공 아내이자 엄마.

을, 저 흡족해하는 남편을, 저 반짝이는 주방을 보라. 이런 이미지들, 완전무결함의 이상은 구체적 세목들을 꼭 집어 가리킴으로써 거기 담긴 메시지에 새로운 성격의 유혹과 긴급성을 부여했고, 또한 새로운 방식으로 그 메시지들을 서서히 퍼뜨렸다. 가사 노동의 그 모든 고된 일들—문질러 닦고 먼지를 털고 요리하고 양육하는 그 모든 기운 빠지고 단조로운 무보수 노동—은 완전히 지워버리고 오직 그 열매만을 보여주는 이미지들을 말이다. 〈하우스 뷰티풀〉 같은 잡지나 〈아버지가 제일 잘 알아Father Knows Best〉 같은 연속극에서는 맛난 성찬을 차리기 위해 혹은 욕실 타일을 반짝반짝 빛내기 위해 혹은 남편과 자녀들을 평온하게 해주기 위해 실제로 여자들이 해야 하는 고단하고 지루한 일들은 전혀 볼 수 없었고, 그 노동을 둘러싼 갈등의 증거나 그 뒤에 자리한, 연필처럼 가느다란 욕망이라는 개념에 대한 절망 역시 어디서도 찾아볼 수 없었다.

나의 아버지는 그런 그림을 지지하는 것처럼 보였다. 이론상으로는 아니었을지라도 실제로 그랬다. 가정의 영역은 어머니의 구역이었다. 언제나 그랬다. 아버지는 어머니의 일을 훌륭하게 생각하고 존중했지만, 어머니가 자신의 일을 추구할 시간과 공간을 제공하려는 노력은 거의 하지 않았다. 그보다 더 깊은 물밑에서 암암리에 진행되고 있던 일은, 초기에 그토록 정신을 못 차릴 만큼 열정을 불태웠던 아버지가 알고 보니 다소 비현실적인 방식으로, 그러니까 이상화된 여성성의 아이콘 같은 존재로서 어머니를 사랑했다는 점이다. 이때 아버지가 품은 이상적 여성상은 딱히 해리엇 넬슨이나 준 클리버를 닮지는 않았지만, 인간적 필요와 열정과 갈망의 전 범위를 모두 지닌 온전한 한 인간으로 존재할 여지도 주지 않았다. 두 분 사이에는 후에 아버지가 나에게 모호하게, 대단히 불편해하면서 "섹스 문제"라고 표현한 일이 있었고, 그것은 두 분이 모두—똑같이 모호하게—아버지의 "분리 문제"라고 칭한 일의 결과, 그러니까 아버지가 어린 시절에 숭배했으나 한편으로 압도당하는 느낌을 받기도 했던 자신의 어머니에 대한 감정과 나의 어머니에 대한 감정을 분리하지 못한 결과였다. 아버지에게는 성적인 사랑과 가족 간의 사랑이 서로 별개의 차원에 존재하는 것 같았다. 뻔뻔스러우며 술고래에 외향적인 첫 아내는 전자의 차원을 대표하는 동시에 모친에게서 느끼던 상류층 특유의 고압성에서 탈출하는 것을 의미했다. 나의 어머니는 일종의 귀환에 해당했다. 어머니는 가족의 우아하고 내성적이며 이지적인 중심, 건드릴 수 없는 무성無性의 존재였다. 결혼 생활 꽤 초기부터 아버지는 바람을 피웠다.

여러 해가 흐른 뒤, 내게는 이 모든 게 아귀가 맞아떨어져 보였다. 그것은 집에서 느껴지던 판도라의 상자 같은 느낌, 쉬쉬하면서 덮어두는 표면 바로 아래 어둡고 위험한 감정들이 도사리고 있는 것 같던 느낌을 설명해주었다. 두 분 다 늘 표현을 자제했지만 각자의 몰두에 희미한 신랄함이 배어 나왔고 좌절감에는 날이 서 있었던 것, 사실 그 뒤에는 막대한 실망과 격분이 감춰져 있을 거라는 의심까지도 맞아떨어졌다. 그러나 당시 어린아이였던 나는 그러한 격동에 대해서 아무것도 몰랐고 내가 알았던 것은 단지 뭐라 꼭 집어 말하기는 어렵지만 어머니가 답답한 상자에 갇혀 있는 느낌이라는 것, 어머니 자신의 열정은 다른 사람들의 필요와 기대 들과의 끊임없는 경쟁에서 밀려 귀퉁이로 쑤셔 넣어진 것처럼 보인다는 것이었다.

그건 의심의 여지 없이 사실이었다. 내 어머니는 결코 준 클리버가 아니었지만—어머니는 집안일을 싫어했고, 접대하는 일을 질색했으며, 여성적인 장식이나 패션에는 눈곱만큼도 관심이 없었다—여러 면에서 모두를 잘 보살피고 가정을 지키는 1950년대 말의 전형적인 현모양처 역할에 딱 맞는 사람처럼 보였다. 내가 기억할 수 있는 가장 오래된 날부터 어머니는 매일 아침 식탁을 차렸고, 매일 오빠와 언니와 내가 점심을 먹으러 집에 돌아올 때면 늘 수프와 샌드위치를 준비해두었으며, 매일 저녁 여섯 시에 저녁 식사를 차렸다. 입주하여 집안일을 거들어주던 유학생 도우미들의 도움을 간간이 받았지만, 아버지에게서는 전혀 도움을 받지 못한 채, 어머니는 모든 장보기와 세탁과 청소와 요리를 해냈다. 아버지는 인스턴트커피 물을 끓였고, 그게 집안일에 대한 아버지의 야망이 가장 멀리 나아간 지점이었다. 나머지 모든 일은 어머니가 했다. 생일 파티를 열고, 케이크를 굽고, 개들을 돌보고, 할로윈 의상을 바느질해 만들고, 크리스마스 선물을 사서 포장하고, 우리의 숙제를 도와주고, 학교 연극 공연을 매번 보러 왔다.

동시에 어머니는 내가 알았던 모든 여자 중 가장 지적이고 정보에 밝은 사람 중 한 명이자 열렬한 독서가였고, 〈선데이 뉴욕 타임스〉의 십자말풀이를 연필이 아닌 잉크로 20분도 안 돼서 쉽게 풀어내고, 렌치를 뜨개바늘만큼 능숙하게 휘두르고, 강한 정치적 견해를 지녔으며 자신의 일에 대해서는 그보다 더 강력하게 몰두하는 여자였다. 서로 모순되는 특성들이 기이하고 상반되는 병치 가운데 드러났다. 우선 어머니 작업실의 이미지. 캔버스와 프레임과 유화물감이 복잡하게 들어차 있는 곳, 탈수기 딸린 세탁기에서 몇 걸음 떨어진 곳에 위치하고 있던 주방 바로 옆 작은 방이 어머니의 작업실이었다. 그리고 〈우먼스 데이〉와 〈뉴욕 리뷰 오브 북스〉가 함께 흩어져 있던 어머니 침대의 모습. 우리 집 현관에 들어서면 유화에서 나는 톡 쏘는 테레빈유 냄새와 스파게티 소스 냄새가 서로 경쟁하고 있는 게 느껴졌다. 내게는 자율적이고 창조적인 어머니의 특성보다 모성적이고 남들을 챙기던 어머니의 특성에 대한 인상이 더 많이 남아 있는데, 이는 무심하게 치부할 수 없는 일이다. 나는 아버지에게는 직업이, 어머니에게는 취미가 있다고 생각하며 자랐다.

베티 프리단은 1963년에 처음 출간한 『여성성의 신화』에서 내 어머니 세대의 여자들이 느끼던 그 '이름 없는 문제'를 명확한 언어로 표현하기 시작했다.[1] 프리단이 묘사한 것은 지금은 잘 알려진 내용이다. 그는 평온한 교외의 표면 아래에 이글거리고 있던 격분에 관해, 절단된 삶들과 좌절된 야망에 관해, 자신의 필요를 제외한 모든 사람의 필요를 보살피느라 발생한 엄청난 개인적 대가에 관해 썼다. 내 어머니의 세계는 프리단이 묘사한 세계보다 더 진보적이고 정치화된 세계였지만, 나는 그리 무리를 하지 않고도 프리단의 세계에 내 어머니를 위치시킬 수 있고, 무리한 긴장과 불화의 감각을 충분히 기억해낼 수 있다. 내가 기억하는 어머니는 적극적으로 분노를 표출하거나 갑자기 폭발하는 일은 없었지만 한숨을 많이 쉬었고, 어머니가 '짜증이 난 상태'라고 다소 모호하게 표현한 때면 주방에서 물건들을 쾅쾅 소리 나게 다루었으며, 두통이 있다며 침실에 들어가 문을 잠그고는 몇 시간이고 나오지 않았고, 그럴 때면 지쳤으니 절대 들어오지도 묻지도 말라는 기운이 문 뒤에서 뿜어져나왔다. 나는 어머니가 주기적으로 아버지의 동료들을 위해 칵테일파티에서 안주인 역할을 했던 것도 기억하는데, 어머니는 그 역할을 몹시 싫어하면서도 우아하게 수행해냈다. 점잖은 미소를 띤 채 집에서 구운 고기 파이와 크래커를 쟁반에 담아 나르던 여자. 거기에 따르는 수고(종일 먼지를 털고 진공청소기를 돌리고 고기 파이를 만들고 욕실을 문질러 닦고 작은 비누들과 타월들을 채워 넣느라 허리가 끊어질 것 같은 하루)는 눈에 보이지 않는 동시에 암묵적 의무로 간주되었다. 그런 다음 날 아침이면 어머니가 얼마나 피곤해 보였는지도 기억한다. 지금의 나는 그 뼛속 깊이 느껴지는 기진맥진함이 거의 전적으로 감정적인 피로였음을 안다. 그것은 사람이 주고 또 주고도 자신의 몫으로는 거의 아무것도 받지 못했을 때 느끼는 분노 서린 피로다.

프리단과 동시대 페미니스트들은 그 감정을 매우 명료하게 묘사했다. 그러나 그 세대가 소리 죽인 욕망과 벌인 힘겨운 분투가 그 자식들에게, 특히 딸들에게 어떤 식으로 전해졌는지(그리고 어쩌면 여전히 전달되고 있는지)는 그만큼 명료하게 밝혀지지 않았다. 자신의 필요들은 뒤로 미뤄두도록, 자신의 욕망과 추구는 남들을 돌보고 먹이는 일로 승화시키도록, 자신의 실망은 삼켜 삭이도록 교육받고 자란 여자는 자신에게 없는 그 권위와 권한의 감각을 딸에게 어떻게 전해줄까?

아마도 여자는 딸에게 그런 감각을 전해주지 않을 것이다. 한 학파는—젠더 정체성이나 젠더 사회화에 관한 교과서에서 이들에 관해 읽을 수 있다—여성의 영역에는 어느 정도의 제약이 딸려 있다고, 여자아이들은 생애의 첫 몇 달, 첫 몇 년부터 어머니로 대표되는 '여성적' 특징들(수용, 돌봄, 타인 지향)에 대한 동일시와 아버지가 구현하는 특징들(자율, 자기 본위, 외부 세계 지향)에 대한 탈동일시를 기반으로 특정 스타일을 향해 나아가도록 인도된다고 주장한다. 이 관점이 제안하는 바에 따르면, 우리는 가정에서 허기에 관해 학습하며, 잔인하도록 엄격한 성별 구분에 의해 남자는 먹고 여자는 먹인다는 것이다.

이 생각에는 분명 진실의 알갱이들이 담겨 있다. 성 역할 구분이 훨씬 느슨해져 엄마들이 직장에서 일하고 아빠들이 기저귀를 가는 이 시대에도 여성성의 복음은 계속 살아남아서, 어떤 사람들에게는 기억의 메아리로 울리고, 어떤 사람들에게는 일상에서 설교된다. 식욕에 관한 복음의 계명들은 결여들—그 복음을 편안히 받아들이는 마음의 결여, 그 복음을 강화해주는 것의 결여, 그것을 포용하는 마음의 결여—의 형태로 쌓이면서 계속 전해지고 있다. 다이어트와 체중으로 고통받는 어머니, 자신의 외모에 강박적으로 집착하고 자신의 몸에 역겨움을 느끼는 어머니가 딸에게 음식에서 기쁨을 느끼도록, 체중에 대해 느긋해하도록, 혹은 여성의 육체를 즐겁게 느끼도록 가르치기는 쉽지 않다. 자신의 섹슈얼리티를 두렵거나 위험하거나 더러운 것이라고 느끼는 어머니가 딸의 섹슈얼리티를 편안하게 받아들이는 것 역시 쉽지 않다. 그리고 욕망에 대한 경험의 바탕이 금기나 극기, 남들을 먹이는 일과 자신의 채워지지 않은 허기로 인한 고통을 감추는 일인 어머니가 자신의 딸을 더 넓은 풍경으로 향해 가도록 이끌어주기도 쉽지 않다.

여성성의 복음은 본질적으로 자기부정을 설파한다. 그리고 그것은 식욕에 대한 여성의 경험 속으로 죄책감과 혼탁함의 느낌, 자신에게 권리가 있다는 걸 도저히 확신하지 못하는 마음, 심지어 욕망 자체가 정의할 수 없이 막연한 것 혹은 부적절한 것이라는 느낌이 그렇게 쉽게 스며드는 이유이기도 하다. 자기 어머니가 "자기희생의 표본" 같은 사람으로, 늘 자식들을 위해 살았고 언제나 접시에 담긴 고기 중 가장 작은 조각과 과일의 가장 멍든 부분을 먹었다는 30대 중반의 한 여성은 평생 자신의 욕망도 중요하다는 확신을 가지려고 힘겹게 애써왔다고 말했다. 영화나 레스토랑을 고르는 것처럼 단순한 일에서도 깊은 혼란에 빠지고, "나의 필요를 우선시하는 것은 그냥 한마디로 잘못된 일"이라는 느낌이 뼛속 깊은 곳에서 솟아나온다고 한다. 38세의 또 다른 이는 자기 집안의 여자들에게 "욕망에 관한 공백" 같은 것을 물려받았다고 말했다. 마치 욕망이라는 영역 전체가 한마디로 그들은 출입할 수 없는, 안개에 감싸인 장소인 것처럼. "남자들의 필요는 언제나 귀가 먹먹할 정도로 크고 분명하게 울렸어요. 아버지는 일곱 시 정각에 저녁 식사를 해야 했고 일곱 시 정각에 저녁 식사를 했죠. 내 남자 형제들은 축구 연습을 하러 갈 차가 필요했고 축구 연습을 하러 갈 차를 얻어냈어요. 하지만 어머니와 이모와 고모 들에게는 자신의 필요가 다른 사람의 필요를 가리게 하는 것은 믿을 수 없을 만큼 이기적인 일이라는 느낌이 있었고, 그러니 자신의 필요에 대해서는 생각조차 하지 않았죠."

나는 평생 여자들이 이 관념과 전투를 치르는 모습을 보아왔다. 직장에서 자신의 주장을 분명히 내세우거나 자신이 봉급 인상을 받을 '자격'이 있는지 없는지를 두고 논쟁하는 일을 괴로워하는 모습, 다른 사람들의 감정에 대해 걱정하는 만성적인 압박감을 가라앉히려 애쓰며 힘들어하는 모습, 혹은 남자들은 사과할 일이라고 생각조차 하지 않을 일들(의자에 부딪힌 일, 고기를 너무 익힌 일, 날씨)에 대해 자동적으로 사과하려는 충동을 억누르려 애쓰는 모습을 말이다. 이는 모두 학습된 행동이다. 그런 충동들이 생물학적 기반에서 비롯한 것이라는, 그러니까 여자는 남자보다 유전적으로 돌봄에 더 적합하고 덜 자기 본위적이며, 원래 수용하는 데 적합하게 배선되어 있고, 선천적으로 허기와 공격성을 더 적게 타고났다는 설득력 있는 증거는 단 하나도 존재하지 않는다. 관찰하고 따라 하는 것, 살면서 배우는 것이다.

그러나 이 진흙탕처럼 혼탁한 동일시 작업은 단순한 역할 모델의 문제에 그치지 않는다. 여성성이 요구하는 단순한 '하라'와 '하지 마라'를 넘어, 어머니의 취약성이나 좌절 혹은 절망이 드리우는 그림자가 딸의 허기를 덮어버리는, 더욱 복잡한 제약의 커뮤니케이션도 있다. 정신의학자 제시카 벤저민은 이렇게 썼다. "어머니라는 존재는 비록 자신은 세상을 헤쳐 나갈 수 있다는 자신감을 갖지 못하더라도, 자기 자녀에게는 그런 자신감을 불어넣어줄 수 있을 거라고 가정하는 일이 너무 흔히 일어난다. 그리고 어머니들이 보통은 자기 자신보다 자녀들에 대해 더 큰 포부를 품는다고 하지만, 이런 일에도 한계는 있다. 자신의 고립 때문에 깊은 우울을 느끼는 어머니는 자녀가 걷거나 말하는 것에 열광할 수 없고, 사람들을 두려워하는 어머니는 자녀가 다른 아이들과 어울리는 것을 느긋한 마음으로 볼 수 없으며, 자신의 열망과 야망과 좌절감을 억누르고 있는 어머니가 자녀의 기쁨과 실패에 감정이입하며 공감할 수 없다."[2] 바로 이 말이 욕구라는 수수께끼의 핵심에도, 착하고 예쁘고 상냥해야 한다는 명령과 더불어 여자아이들에게 새겨질 수 있는 더욱 미묘한 감정의 흔적들에도 더 가까운 것 같다.

내가 아는 많은 여자들처럼 나 역시 자기 가치에 대한 의식과 호감을 얻는 능력이 불가분의 관계라는 것을, 내 가치 중 큰 부분이 다른 사람들에게 양분을 공급하는 일에서, 다시 말해 갈등을 피하고 나 자신의 필요와 실망은 감춰둔 채 남들을 기쁘게 하는 일에서 올 것임을 이해하며 자랐다. 그런데 이런 이해는 어린 시절에 내가 다른 여자들을 관찰하고 흡수한 것, 그러니까 젠더와 여성의 수용에 관한 일반적인 메시지들 때문이었다. 또한 청소년기에 나 자신이 좋아하는 것과 싫어하는 것, 욕망하는 것에 대해 은연중에 느꼈던 불편한 불확실함과 그에 따라 세상에 나를 맞춰가려 한 충동 때문이기도 했다. 그러나 그 이해의 중심축을 이루는 조각은 어머니와 나의 유사성에 대한 더욱 본능적인 감정, 운명적이고 필연적인 동일함의 감각에 뿌리를 두고 있다고 나는 생각한다. 마치 자신의 권리 의식과 목소리에 대해 어머니가 느꼈던 힘겨운 내적 갈등의 일부가 어린 시절의 나를 포대기처럼 에워싸고 있었던 것처럼, 그때의 내가 땅돼기가 빗방울을 흡수하듯 어머니의 존재를 이루는 조각조각을 흡수한 것처럼. 이것은 동일시와 애착의 문제로, 어머니의 진한 정수—강점, 약점, 희망, 실망, 사랑, 분노—가 딸에게 흡수되고 알려지는 일이다. 그 일은 너무나 심오하게 내면적이고 언어로 표현할 수 없는 방식으로 이루어지며, 마치 어머니의 정수가 딸의 골수의 일부가 되어버리는 것 같고, 딸이 호흡하는 공기처럼 어떤 질문도 필요 없이 늘 거기 존재하는 것 같다. 어머니가 세상을 떠난 지 9년이 지난 지금도 나는 여전히 내게 새겨진 그 감각들을 느낀다. 그건 마치 유전자 속에 심어진 것처럼 거의 물질적인 방식으로 계속 삶을 이어간다. 어머니의 태도는 늘 예외 없이 예의 바르고 절제되어 있었으며 타인들을 향해 있었다. 특히 잘 모르는 사람들을 대할 때 어머니는 가장 아름답고 공손한—시선은 살짝 피하고, 고개는 살짝 숙이며, 희미하게 얼굴을 붉힌—미소를 보였는데, 나 역시 어색하거나 불안한 상황에 처할 때면 정확히 똑같은 미소가 내 얼굴에 번지는 것을 느끼고, 더불어 내 생각에 어머니도 정확히 똑같이 느꼈을, 자신을 축소하려는 본능도 감지한다. 경계선들이 살짝 흐려지고, 나 자신의 필요가 본능적으로 다른 사람들의 필요에 결부되며, 나 자신의 목소리와 관점은 줄어드는 동안 다른 누군가의 목소리와 관점이 커진다.

그와 다른 대안적 존재 방식을 나는 배우지 못했고 세포 하나하나에 새겨 넣지 못했다. 자라는 동안 나는 어머니가 저녁상 차리기를 거부하거나, 빨래를 해놓지 않거나, 귀찮다고 장을 봐오지 않거나, 나머지 우리는 어떻게 되든 말든 자신이 그러기를 원한다는 이유로 하루 종일 작업실에 틀어박혀 있는 것을 단 한 번도 보지 못했다. 이것은 책임감과 이타성의 그림이자 만족이 영원히 연기되는 그림이고, 내게는 이 그림이 거의 비극적으로 느껴진다. 왜냐하면 어머니에게도 나에게도, 이 그림은 자신만의 크고 정력적인 욕구를 지닌 여자는 어떠어떠한 모습일 것이라는 의식이 존재하지 않는 그림이기 때문이다. 진정한 열정과 독립적인 욕망을 지닌 여자, '먹이다'라는 말의 모든 의미에서 자신의 가족에게 먹이는 것만큼 자신에게도 충실하고 한결같이 먹이는 여자는 거기 없다. 어린 시절 나는 확실히 그런 여자를 한 명도 알지 못했고, 상상해보려고 했다 해도 아마 상상하지 못했을 것이다.

어느 여름날 우리 집 거실에서 몇 시간 동안 어머니들과 딸들과 탐닉과 억제에 관해 이야기를 나눴던, 가무잡잡하고 예쁘고 조곤조곤 부드럽게 말하는 36세의 리사도 그런 여자는 상상하지 못했을 것이다. 코미디 작가인 리사는 만나자마자 내게 식욕의 전쟁터에서 싸우는 전사의 대표 같은 인상을 주었는데, 이는 리사가 베테랑의 위치에 있기 때문이기도 하고 (20대에 폭식증의 시기를 포함해 체중과 씨름해온 긴 역사가 있다), 식욕이라는 주제의 어두운 수수께끼를 잘 파악하고 있는 것처럼 보였기 때문이기도 하다. 녹음 버튼을 누르자마자 리사의 심장이 쿵쿵이기 시작했는데, 본인도 그 이유를 잘 설명할 수는 없지만 다만 "식욕"이라는 단어 자체가 "너무 크고, 너무 뼛속 깊이 들어오고, 오래된 가족 문제—어머니 문제—와 너무 단단히 결부되어 있는" 것처럼 느껴진다고 말했다.

우리가 만났던 시기에 리사의 주요 전장은 직업적 추구와 야망, 성취와 인정에 대한 허기와 관련되어 있었다. 코미디 창작은 남자들이 매우 강력히 장악하고 있는 분야로, 리사는 다수의 전형적인 걸림돌들—직장 내 성차별적 태도, 남자들의 클럽에서 따돌림당하는 느낌, 개중 자기만큼 특출하지 않은 남자 동료들과도 같은 정도의 인정을 받으려면 더욱 특출해야 하는 (현실적으로도 그렇고 느낌상으로도 그런) 필요—에 부딪혀 싸워왔고 또 적지 않은 성공을 거두었다. 보스턴 지역 텔레비전 제작사에서 존경받는 프로듀서로서 입지를 확고히 다진 리사는 이제 자신이 새로운 종류의 걸림돌들과 싸우고 있음을 깨달았는데, 그것들은 언급하기도 망설여질 만큼 의아하면서도 좀처럼 떨쳐낼 수 없었다. "지금 나의 현안 중 하나는, 내가 얼마나 크게 생각할 수 있는가 하는 거예요. 내가 얼마나 떠맡을 수 있는지, 혹은 받아들일 수 있는지. 나는 나를 너무 과소

평가하는 통에 내가 나서서 내 앞길을 막는 경향이 있거든요. 그런데 지금은 이런 생각이 들어요. 왜 나는 크게 생각하면 안 된다는 거지?"

리사는 크게 생각하는 것의 의미를 이렇게 정의한다. "한 두 단계 더 끌어올리는 것. 혹은 다섯 단계나 열 단계 더 끌어올리는 것. 매우 성공한 프로듀서로서, 작은 성공 이상의 것을 이루는 것. 더 큰 영향력을 발휘하는 것. 내 생각엔 내가 대대적인 규모의 기여를 하고 싶은 것 같아요."

그런데 그 말을 하기가 왜 그렇게 어려운 걸까?

리사는 이 질문을 붙들고 한동안 고심했다. 젠더와 제약에 관한 다수의 전형적 주제들을 모두 아우른 고민이었을 것이다. 리사는 평생 흡수해온 여성성에 관한 메시지들에 대해 이야기했다. "살아오면서 언제부턴가 나는 튀면 안 된다는 생각, 다른 사람들에게 도움을 주는 쪽이 더 낫다는 생각을 갖게 되었어요. 그 왜, 이타적으로 다른 사람들이 자기네 꿈을 이루도록 도와준다는 식의 이야기 있잖아요." 리사는 가족의 기대에 관해, 자신이 한 선택들이 이미 무너뜨려버린 몇 가지 규칙들(리사네 집안에서는 여자들에게는 외모가 가장 중요한 것이고, 섹스는 파멸을 가져오는 것이며, 여성의 야망은 교직 같은 '고귀한' 영역에 한정되는 것이 이상적이라고 여겼다)에 관해서도 이야기했다. 아버지에 대해서도 말했다. 지적이고, 카리스마 넘치고, 위풍당당한 존재감을 지닌 아버지를 리사는 흠모했지만, 그는 리사가 필요로 했던 종류의 격려를 해준 적이 거의 없었다.

이 이야기는 꽤 전형적인 젠더 이야기로, 여성성에 대한 명령들이 여성의 욕망을 어떻게 마비시킬 수 있는지에 관한 사례 연구로 읽을 수 있다. 아버지에 대한 리사의 묘사가 특히 큰 공감의 반향을 일으키는데, 그 이야기는 어린 시절 리사의 부녀 관계에 너무나 자주 특징적으로 나타났던 특유의 거리감과 그 거리감이 가져온 결과들을 통렬하게 증언한다. 리사의 아버지는 딸의 호기심 많은 성격을 칭찬했고 리사가 똑똑하고 사랑스럽다고 여겼지만, 리사의 표현에 따르면, 아버지가 자신에게 남겨준 느낌은 항상 "여자들은 어째도 별로 눈에 띄지 않는 존재들"이라는 느낌이었다고 한다. 그는 리사와 대화를 나누었다기보다 리사에게 일방적으로 말했고, 아버지에 대한 리사 자신의 동일시는 언제나 좌절당하는 것 같고 뭔가 좀 불완전한 느낌, 마치 리사가 아버지에게서 보고 자신도 몹시 갖고 싶어했던 자질들을 자신은 좀처럼 흡수할 수 없는 것 같은 느낌이었다. 리사에 대한 사례 연구는 정확히 다음과 같은 결론에 도달할 것이다. 아버지와의 동일시가 좌절되거나 절충당한 소녀는 할 수 없이 다시 어머니에게 의지하게 되어 어머니와 연관되는 특성들을 동일시하고 흡수하며, 그 과정에서 자신도 '남성적' 특성들—강함, 권리, 힘—을 진정으로 가질 수 있을 거라는 의식을 상실하게 된다는 것. 능동 대 수동, 자기 본위 대 자기희생, 굶주림 대 굶주리지 않음, 남자 대 여자. 이런 것들이 리사가 어렸을 때의 규칙들이었고, 지금도 여전히 문화와 가족은 이 구별들을 널리 강화하고 있다. 그 이야기는 그냥 그렇게 끝난다.

그럼에도 이 이야기는 그렇게 단순하지만은 않은데, 한편으로는 사람이 그렇게 쉽게 변할 수 있는 존재가 아니며 욕구들도 그렇게 고분고분 물러나는 것이 아니기 때문이고, 또 한편으로는 여성성에 대한 전통적 명령들 중 너무나 많은 것들이 도전받고 논쟁의 장에 던져졌기 때문이다. 여자들은 언제나 그 명령들을 시험할 수 있고, 실제로 시험하고 있다. 성인이 되었고, 교육을 받았으며, 변화한 세계에서 살고 있는 우리는 그 명령들을 집어 들어 밝은 빛에 비춰보고, 성차별적이며 자신을 제한하는 것이라 비판하고, 저 옆으로 던져버린다. 리사도 그런 이들 중 하나로, 여자들도 남자들과 모든 면에서 똑같은 권리를 지니고 있다고 확고히 믿고 있다. 그리고 다른 많은 여자들처럼 리사 역시 그 믿음에 도달하기까지 힘겨운 길을, 분노에 찬 길을 거쳐왔다. 외모로 평가당할 때 혹은 남자가 생각해주는 척하며 얕잡아볼 때, 똑같은 일을 하고도 더 적은 보수를 받을 때, 감히 자기 의견을 말했다는 이유로 '성질 나쁜 여자' 취급을 받을 때 여자들이 느끼는 분노를 느꼈고, 자신의 역량과 지적인 유능함을 증명하기 위해 유별나게 열심히 일했으며, 분노에 찬 한 단계 한 단계를 밟으며 덜 수용적이 되고, 덜 보살피는 사람이 되며, 더 권리를 자각하고, 자신의 마음과 갈망에 더 깊이 헌신할 줄 알게 되었다.

바로 이것이 욕구가 힘겨워도 해내야 하는 일들이자, 완강한 제약들과 변치 않는 금기들, 여전히 사라지지 않은 성차별의 변종들에 맞서 매일 치르는 전투이며, 그 일들은 말할 것도 없이 버겁고 힘들다. 여자가 자신의 힘과 유능함을 편안하게 느낄 때까지, 더 이상 자신의 성취에 대해 사과하지 않게 될 때까지, 성취를 (우연한 일이었다고, 행운이나 타이밍이나 상황의 산물이었다고) 해명해 넘기려는 본능에 저항하기까지, 자신의 성취가 사기 같다는 느낌을 떨쳐낼 때까지, 자신의 성취를 진심으로 내면화할 때까지 수십 년이 걸릴 수도 있다. 또 자신의 성적 욕구에 대해 주인 의식과 행위 주체성을 느낄 때까지, 자신에게는 욕망의 대상이 될 권리뿐 아니라 욕망할 권리도 있다고, 성적 쾌락에 내포된 모든 이기성과 통제의 어려움에 대한 위협까지 포함하여 성적 쾌락을 온전히 누릴 권리가 있다고 느낄 때까지도 수십 년이 걸릴 수 있다.

그런데 해결하는 데 이보다 더 오랜 시간이 걸릴 수도 있는 것, 더욱 미묘하고 어리둥절한 방식으로 내내 우리를 들볶고 갉아먹는 것은 더욱 깊이 느껴지는 뒤숭숭한 마음, 때로는 유기처럼, 때로는 배신처럼 느껴지는 모호한 마음의 소요다. 내 생각에 이 마음은 어머니의 영토, 그러니까 어머니에 대한 앎이 자신에 대한 앎과 뒤얽히는 융합과 애착의 장에서 솟아난다. 우리가 그토록 되기를 갈망하는 '다른 존재'—우리가 적합한 정도로 체중을 줄인다면, 혹은 딱 적당한 옷을 찾는다면 나타날 그 사람, 그러나 사이즈와 형태와 외모에 고집스레 초점을 맞추다 보면 어느새 너무 자주 사라져버리는 그 사람—는 많은 여자들이 유년기 때 알았던 여자들을 바탕으로 구상해낼 수 있는 인물이 아니다. 이 다른 존재는 마음속 깊은 중심에서부터 아주 친숙하게 혹은 내밀하게 알고 있거나 느껴지는 존재도 아니다. 어쩌면 여자는 자기 스스로 그 존재를 발명해내야 하는지도 모른다. 그리고 그러기 위해서는 무언가를—혹은 누군가를—뒤에 남겨두고 떠나야 할지도 모른다.

이런 점은 리사가 자기 어머니에 관한 이야기를 할 때도 넌지시 드러났다. 리사의 어머니는 리사에게 너무나도 복잡한 감정을 일으키며, 아버지보다 훨씬 더 파악하기 어려운 사람이었다. 나의 어머니처럼 리사의 어머니도 여러 면에서 자기희생의 모범 같은 인물이었지만, 또한 자녀들이 학교에 들어갈 때까지 자신의 경력을 유예한 다소 전형적인 경우로, 복잡한 심경과 상당한 화를 품고 있었으며, 자기가 충분히 인정받았다는 느낌을 한 번도 받지 못했고, (리사가 짐작하기에) 자신의 실패와 충족되지 못한 야망을 상기시키는 리사의 성취에 대해 늘—명확히 표현하지 않는 모호한 방식이지만—시기심을 느꼈다. 이것이 리사를 무엇보다 미묘한 입장에 처하게 했다. 자신의 욕구를 만족시키는 것이 어떤 비용을, 어쩌면 대인관계에서 가장 비싼 비용을 발생시킬 수 있다는 것을 이해하게 되었기 때문이다. 자신의 욕구를 마음껏 충족하거나 한껏 만끽하는 것이 어머니와의 관계를 위협할 수도 있다는 것을.

하지만 리사의 이러한 인식은 완전히 의식적인 차원에서 이루어진 것도 아니었고, 거기서 이는 감정들에 정확한 이름을 붙이기도 어려웠다. 어머니에게 전화를 걸어 막 완성한 텔레비전 파일럿 프로그램에 관한 좋은 소식을 전할 때면, 어머니의 목소리에서는 진심이 담기지 않은 공허함이 느껴졌고 실망 혹은 거만한 무시의 기미가 살짝 묻어났다. 리사는 자신이 어떤 무언의 규칙을 위반한 것 같은 느낌이 들었고, 어머니가 명백히 부정적인 표현을 하거나 못할 말을 한 것은 아니지만(어머니는 "그거 잘 됐구나" 하고는 다른 얘기로 화제를 돌렸다), 그런 대화를 하고 나면 리사는 배 속에 뭔가 딱딱하게 뭉친 느낌이 들었고, 그것은 갈망과 격분이 뒤섞인 어떤 싸하고 아린 감각이었다.

그 감각은, 내가 정확히 이해한 거라면, 죄책감이며 죄책감 중에서도 가장 고통스러운 종류의 죄책감이다. 규정된 경로에서 멀어지는 한 걸음 한 걸음은 엄마에게서 멀어지는 한 걸음이며, 모든 성공 하나하나가 따끔한 모욕일 수 있고 모든 욕구에는 배신의 가능성이 배어 있다. 그것은 미묘하고 절박한 느낌으로, 여자가 식욕에 대한 비교적 실질적인 규칙을 어길 때 (다이어트를 그만두거나, 마지막 남은 폭찹 한 조각까지 먹을 때) 경험하는 평범한 종류의 죄책감보다 더 깊고, 상당히 더 비통하다.

여자들에게 어렸을 때 성별에 관해 어떤 것을 배웠는지, 여성으로 존재한다는 것의 의미에 대한 의식을 형성하는 데 어머니가 어떤 영향을 미쳤는지 물어볼 때 듣게 되는 대답은 어머니의 억제된 욕망에 관한 단면적인 이야기나, 부드럽고 자기희생적인 엄마와 자주적이고 강한 아빠로 대비되는 성격 특성 구분만은 아니다. 그 밖에도 (훨씬 더 구체적이고 세세하게) 가치의 구분들에 관한 이야기, 좌절된 욕망에 관한 이야기, 힘과 가치에 관한 최초의 깨달음에 관한 이야기를 듣게 된다. 마음의 갈등에 시달리던 어머니들, 우울증에 걸린 어머니들, 욕실의 체중계 때문에 영원히 고통받던 어머니들, 유능함의 감각이 주방이나 블루밍데일스 백화점이나 화장대 앞에서만 나타나던 어머니들, 자신의 허기나 야망에 대해 생각해볼 시간이나 기회가 한 번도 없었던 어머니들에 관한 이야기를 듣게 된다. 고통스러운 이야기들도 듣게 된다. "아버지에게 무시당한" 어머니나 "바람을 피운 아버지" 같은 말들을. 어머니가 항암 치료를 받으며 머리카락이 빠져가던 모습, 어머니가 거울을 들여다보며 "이제 누가 날 사랑해주지?" 하고 말하던 모습을 지켜본 여자의 이야기를 듣게 된다. 아버지가 어머니를 때리는 걸 처음으로 보았던 때를, 공포의 초상과도 같았던 어머니의 얼굴을 묘사하는 말을 듣게 된다. 내 어머니 같은 어머니들. 그들의 열정은 항상 사소한 것으로 치부당하고, 빨래 더미와 장 볼 식료품 목록에 파묻히고, 불행한 결혼 때문에 좌절되었다는 이야기를 듣게 된다.

이것들이 뼛속으로 스며드는 이미지들이며, 여성의 가치와 힘 혹은 그것들의 결여에 관해 서서히 축적되는 데이터다. 어린 여자아이에게 어머니는 가장 자애로운 우주의 중심이며, 무한한 힘을 지닌 존재처럼 보인다. 깊이 마음을 연결할 아버지상이 없는 상태에서, 허기와 추구의 모델로 삼을 수 있는 존재이며, 또한 여자아이가 필연적으로 유사시에 의지할 수 있는 존재, 아이 자신의 자아의 핵심을 형성해주는 사람이다. 그러니 만약 여자아이가 사실은 이 인물이 집안에서 (아버지, 손위 형제자매, 더 큰 범위의 가족들에게) 잔소리꾼 혹은 허울만 좋은 하녀 혹은 무력한 하인 정도로 인식되고 있음을 차츰 깨닫게 된다면 어떤 일이 벌어질까? 어머니가 아버지와는 매우 다르게 이야기된다는 것을, 어머니가 능동적이고 욕망하는 존재, 힘 있는 존재가 아니라 목소리 없고 의존적이며 굴종적인 존재로 여겨지고 있음을 이해하게 된다면? 심지어 자신의 어머니는 강하고 존경받으며 자신감 넘치는 사람이라고 하더라도, 이는 예외에 해당하며, 저 밖 나머지 세상에서는 여자들이 자기 어머니만큼 강한 존재들로 정의되지 않는다는 사실을, 폭력과 억압과 가난이 전 세계에서 살고 있는 여자들의 변함없는 부분으로 남아 있으며, 진정한 성 평등은 여전히 고질적으로 머나먼 꿈으로 남아 있다는 것을 알게 된다면 어떤 일이 벌어질까?

나보다 이후 세대, 좀 더 평등주의적이고 페미니즘적인 풍토에서 성장한 현재의 10대와 20대 여성들에게는 어머니라는 존재의 이미지가 그와 좀 다를 수도 있겠지만, 그렇다고 꼭 문제가 줄어드는 것은 아닐 것이다. 예컨대 만약 당신의 어머니가 정력적인 페미니스트로서 여성의 권리를 위한 시위행진에 참가하고, 남성이 장악한 직종에서 투쟁적으로 자신의 길을 개척하고, 그러는 와중에 자녀를 갖고, 이후 20년을 일하는 어머니로서, 한꺼번에 공중에 공 열 개를 띄워놓고 던지고 받으며 광란의 춤을 추듯 정신없이 살아간다면 어떤 일이 일어날까? 이는 내가 자랄 때 갖고 있던 상보다 더 강한 힘을 지닌 어머니일지는 모르지만, 이 역시 똑같은 정도로 혼란스럽고, 똑같은 정도로 사회적 가치의 분배에 관한 의문들을 잔뜩 짊어진 상일 수 있다. 욕구의 모델이 반드시 만족의 모델과 같지는 않으며, 오늘날의 어머니에게 허기를 느낄 자유는 있을지 몰라도, 그 허기를 채울 자원까지 항상 있는 건 아니다. 대부분의 여자들이 가정의 영역에서 여전히 일차적인 책임을 맡고 있으며, 지원(충분한 보조금이 지급되는 보육, 유연한 일정, 집안일의 절반을 기꺼이 맡으려 하는 파트너, 그들이 그렇게 할 수 있게 기꺼이 허용하는 직장)을 받기 위한 고군분투는 여전히 서사시적 규모로 벌어진다. 내가 성장하며 보아온 좌절된 야망의 이미지는 너덜너덜해진 신경과 수면 부족의 이미지에 자리를 넘겨주었고, 이 이미지는 욕구에 대한 딸의 생각에 또 다른 난제를 던져준다. 내가 아는 한 스물세 살 여성은 극단적으로 기대 이하의 낮은 성취를 거두는 사람이다. 이 친구의 어머니는 법률가로서 성공적인 경력을 이어왔고, 하루에 열두 시간씩 일하며 세 명의 자녀를 키웠고, 5분 이상 자기 시간을 가져본 적이 없으며, 딸은 그런 어머니를 보면 허기와 추구의 세계가 "끊임없이 이어지는, 완전히 압도적인 전투"로 보인다고 말한다. 통신사 칼럼니스트인 엘런 굿먼은 이런 현상을 다룬 글에서, 새로 등장한 10대와 20대 여성들이 자기네 어머니들에게서 "스트레스로 나가떨어진, 때로는 번아웃된 여성운동의 최전선"을 보고, 넌더리가 난다는 듯 "그런 게 모든 걸 다 가지는 것이라면, 나는 그런 걸 원하지 않는다"고 되뇌며 돌아선다고 썼다.[3] 나의 젊은 친구도 그 정서에 공감하면서 주장을 더욱 확장한다. 어머니의 높은 성취욕이 진을 빼는 일일 뿐 아니라 위협적이라고도 느끼며, 자신이 그런 어머니의 기준에 도저히 부합할 수 없을 거라고 생각하고, 개인적으로 치러야 하는 대가를 보면 그것이 노력할 가치가 있는 일인지 모르겠다는 것이다. 그는 이렇게 표현했다. "그런 게 모든 걸 다 가지는 거라면, 나는 차라리 낮잠이나 자겠어요."

모든 세대는 바로 앞 세대를 기준으로 자신을 판단한다. 허기에 대한 모든 딸의 경험은 어느 정도는 허기에 대한 어머니의 경험에 의해 형태가 잡힌다. 어머니가 가졌거나 갖지 못한 것이 무엇인지, 그것이 어머니에게 얼마나 큰 대가를 치르게 했는지, 그에 비해 딸 자신은 어느 만큼을 원하는지 혹은 원하는 걸 스스로 허용할 수 있는지. 자신과 타인 간의 이런 비교, 이런 이미지들이 모인 데이터 저장소, 성취감을 느끼지 못했거나 가치가 폄하되었거나 피로에 지친 어머니들에 대한 이런 기억들, 여자들은 권한도 힘도 야망도 섹시함도 덜하고 더 넓은 세상에서 지원도 인정도 덜 받는 존재들로 표현되는 이 현실. 바로 이런 것들이 여자들의 욕구 문제를 그토록 복잡한 것으로 만들고, 배배 꼬여 풀리지 않는 단단한 매듭으로 만든다. 페미니스트인 어머니든 페미니스트가 아닌 어머니든, 가치가 폄하된 어머니든 번아웃된 어머니든, 어머니의 선택과 좌절, 온갖 한계와 제약은 딸에게 허기의 전형인 동시에 차이와 저항의 잠재적 근원이 되며, 이는 가장 깊은 수준에서 상황을 더욱 혼탁하게 만들 수 있고, 여자아이가 어머니에 대해 느끼는 동일시와 동질성의 감정들을 위험하게 느껴지게 하고 위험에 빠뜨릴 수 있다. 또한 그것은 허기를 분노와 짝지어버릴 수도 있다. 자기 자신을 지키기 위해 떨치고 일어나지 않았던 어머니 혹은 당신에게 당신 자신을 지키기 위해 떨치고 일어나는 법을 가르쳐주지 않았던 어머니에 대한 분노, 너무 많은 걸 하려고 노력하고 자신의 기쁨을 얻기 위한 노력은 전혀 하지 않았던 어머니에 대한 분노, 당신이 되고자 노력하는 사람 혹은 당신이 이미 되어버린 사람이 어떤 존재인지 제대로 알아볼 줄 모르는 어머니에 대한 분노, 당신과의 차이점으로 당신에게 혼란과 고통과 단절감을 남겨주는 어머니에 대한 분노. 이런 분노는 어머니와 통화할 때면 배 속을 딱딱하게 뭉치게 만들 만큼, 세븐일레븐으로 뛰어들어가 무언가를 훔치게 만들 만큼 으스러질 것 같은 고통을 안긴다.

또한 그것은 당신을 굶게 만들기에도, 괴로울 정도로 복잡미묘한 어떤 선언을 하겠다는 맹목적인 마음에 주방에서 티셔츠를 벗어젖히게 만들기에도 충분하다. 그 일이 벌어졌을 때 나는 스물두 살이었다. 지독히도 따분했던 대학 보도부 일자리를 떠나 신문기자라는 훨씬 더 유망한 직종으로 옮긴 참이었다. 새 직업은 많은 희망을 품게도 했지만 또한 그 시기에 내가 느끼던 총체적 불안을 더욱 악화시키기도 했다. 점점 더 심각해지는 음식에 대한 강박과 점점 더 야위어가는 외양에도 불구하고 나는 야망이 넘치고 무조건 성공하겠다는 무모한 결의에 차 있었는데, 이를 위해서는 내게 익숙하지 않을 뿐 아니라 결정적으로 어머니와 다른 자질들—자율, 어느 정도의 대담성, 기자다운 뻔뻔함, 권리 의식—을 키워야 했다. 나의 어머니는 딸이 기자가 된 일을 짜릿해했다. 내가 쓴 기사라면 아무리 작거나 사소한 것이어도 모두 읽고 오려서 정리해두었으며, 내가 어떤 중요한 인물을 인터뷰할 때마다 대리 만족과 흥분을 느꼈는데, 자신의 그런 열성이 나에게 얼마나 이상한 느낌과 마음의 갈등을 일으키는지는 짐작도 하지 못했을 것이다. 전화 통화를 할 때면 어머니는 늘 내가 눈살을 찌푸릴 정도로 열성적으로 내 일에 관해 질문했고, 언제나 내 노력을 최소화하고 싶은 충동을 일으켰으며, 언제나 내게 몸이 배배 꼬일 정도로 극도의 불편한 느낌을 안겼다. 나중에 돌이켜보면서야 정체를 깨닫게 된 그 느낌은 죄책감과 단절감이 흐릿하게 뒤섞인 감정이었고, 어린 나이에 가출하는 아이가 집에서 달아나다가 뒤돌아보았을 때 문 앞에 나와 서서 맹목적으로 자신을 응원하며 서 있는 어머니의 모습을 발견하고 느낄 만한 그런 감정이었다.

자신이 어머니와 반대쪽에 있음을 깨닫는 것은 은밀하고도 필연적인 고통이 될 수 있다. 내가 이야기를 나눠본 몇 명의 여자들은 눈가리개를 하고 달리는 이미지 혹은 지도 없이 항해하는 이미지를 환기시켰고, 독립적인 행로를 기록해간다는 흥분감이 피할 수 없는 탈동일시의 감각으로 훼손되는 느낌을 전해주었다. 당신은 계속 나아가고, 당신의 어머니는 뒤에 남겨진 채 당신이 어디로 가는지 혹은 어떻게 거기 도달할 것인지 잘 알지도 못하는 가운데, 당신은 변화에 대한 무서움과 죄책감과 짜릿한 전율을 느끼는 동시에 어머니가 방향도 알려주지 않은 채 당신이 떠나도록 내버려둔 것에 대해, 아니 애초에 떠나게 허용한 것 자체에 대해 격한 분노를 느낀다.

킴 처닌은 『허기진 자아』에서 여자는 딸로서 자신의 인생이 반드시 자기 어머니의 인생을 반영하게 될 것임을 깨닫게 된다고 지적한다. 어머니가 꿈을 이루지 못했거나, 무력했거나,

어머니나 아내 역할 외의 모든 정체성을 박탈당했거나, 스트레스나 좌절감으로 피폐해졌다면, 딸은 변화하는 세상에서 자신이 내릴 선택들을 고려할 때 견딜 수 없는 갈등에 직면한다. 어머니에 대한 의리와 "새로운 여성 존재"가 되고자 하는 전념의 양극단 사이에서 괴로운 선택을 내려야 하는 것이다. 처닌은 이렇게 썼다. "성년이 되고 세상으로 들어서면서 갑자기 딸은 [어머니의] 부러움과 질시를 불러일으킬 위험에 처하는데, 그보다 더 나쁘고 더 고통스럽고 생각하기도 심란한 점은 이제 딸이 자기 어머니에게 어머니 자신의 실패와 결핍을 상기시키는 위치에 자리하게 되었다는 것이다."[4] 처닌은 이 딜레마가 식사장애에서 핵심적이며, 여자가 자신의 몸에 가하는 그 공격은 "어머니에 맞선 쓰디쓴 전쟁"을 은폐한다고 본다. "그것은 우리가 느끼는 죄책감이자 표현할 수 없는 감춰진 분노다."

바로 그거다. 그날 주방에서 해골 같은 몸을 전시한 행동의 배후에서, 나는 말로는 전달할 수 없었던 고통을 몸으로 묘사하고 있었던 게 아닐까. 영양부족이 빚어낸 그 형상은 어머니와의 깊은 차원의 동조를(보이세요? 나도 엄마처럼 스스로 박탈하고 아무것도 성취하지 못한 존재예요. 우린 여전히 똑같다고요), 또한 격분의 식식거림을 표현하고 있었다. 튀어나온 뼈 하나하나는 그 동조에 대한 시각적 거부, 음식이—그리고 음식이 연상시키는 어머니가—상징하는 모든 것, 즉 여성의 보살핌, 그

보살핌으로 대표되는 (제한적) 영역, 여성의 형체, 내 어머니 본인에 대한 거부를 표현했다.

죄책감은 동기를 불어넣는 강력한 요인이자 음흉한 요인이다. 죄책감은 불안처럼 끊임없이 날카롭게 윙윙 울려대진 않는다. 대신에 압박하고 무겁게 내리누르고 속삭이며, 기이하고 우회적인 방식으로 불쑥 솟아나고, 거의 항상 배상을 요구한다. 나는 이 죄책감이 그날 주방에서도 기괴하고 상징적인 방식으로 작동하고 있었던 거라고, 나의 몸은 배신이라 여겨진 것에 대한 대가로, 뼈에 새긴 속죄로 제시된 것이었다고 생각한다. 나는 이렇게 말하고 있었던 건지도 모른다. 나는 엄마를 떠날 거예요, 하지만 난 굶주릴 거고, 아플 거예요, 그리 멀리 가지는 못할 거예요.

당시의 나로서는 도저히 알 수 없었겠지만 이는 생각보다 훨씬 흔한 현상으로, 한 영역에서의 성장을 다른 영역에서의 마음의 혼란과 맞바꾸는 일이다. 나는 수십 명의 여자들이 음식의 영역 안과 밖 모두에서 이런 일을 겪는 것을 목격했다. 예전에 강박적 쇼핑 중독자였던 한 사람은 자신이 어머니에게서 간신히 거리를 둠과 동시에 어머니에게 매달렸던 이야기를 들려주었다. 어머니가 탐탁지 않게 여긴 광고 회사에 일자리를 구하고 1년 만에 1만 4000달러의 빚을 졌는데, 이 빚 때문에 자신의 아파트를 포기하고 다시 집으로 들어갈 수밖에 없었다는 것이다. "정말 끝내주게 헷갈리는 메시지죠?" 그가 말했다. "'나는 엄마랑 완전히 달라요, 나는 집으로 다시 들어간다고요'라니 말이에요." 한때 강박적 폭식자였던 이는 자신의 폭식이 20대에 섹슈얼리티를 막아내는 한 방법이었다는, 지극히 전형적인 설명을 들려주었다. "내가 어머니보다 더 교육을 잘 받고, 더 큰 야망을 품고, 더 독립적인 사람이 되는 건 자신에게 허용할 수 있다고 생각해요. 하지만 아무리 해도 그 모든 걸 다 갖고서 성적인 부분까지 차지할 수는 없었어요." 그는 스물한 살부터 스물다섯 살까지 하버드대학 경영학 석사 학위를 취득하고, 벤처 캐피털 투자를 받는 회사에서 고소득 일자리를 얻고, 아주 근사한 아파트를 갖게 되었는데, 그에 대해 육체에 새긴 죗값으로 체중이 30킬로그램 증가했다.

리사의 경우 배상은 물질적 형식을 띠어서, 물건들이 주는 기쁨에 탐닉하지 못하는 것으로, 쾌락 추구와 자기 욕망의 충족은 어쩐지 부당하고 자격 없는 일이라는 느낌으로 나타났다. 새 옷? 절대 안 됨. 마음에 드는 가구? 안 된다니까. 휴가? 잊어버려. 리사는 그것이 거의 소비주의 버전의 거식증 같은 것이라고, "박탈을 즐기는 한 방식"이라고 묘사했는데, 아주 적절한 비유다. 또한 리사는 필요를 뭉개 없애버리려는, 자신이 욕망보다 더 오래 버틸 수 있음을 증명하려는, 평범한 인간적 바람들에 굴복하지 않고 초월하려는 유사한 강박도 있다고 말했다. 하지만 이런 종류의 극기와 자제에는 불안에 몰려 생겨난 종류와는 달리, 죄책감의 기미와 회개의 배음이 깔려 있다. 리사는 여러 해 동안 어머니를 달래기 위해 “나라는 존재와 맞지 않는 방식으로 행동했다”고 한다. 자신이 다니고 싶었던 대학(미시건대학)이 아니라 엄마가 승인한 대학(스와스모어 칼리지)에 갔고, 엄마가 승인한 직업(교직)으로 일을 시작했다가 그만두고 방송 일로 옮겼다. 욕구를 마음껏 충족하는 걸 어려워하게 된 것은 어머니를 달래려는 행동을 그만두면서부터였다. 일에서 더 많은 존경과 인정을 받을수록, 집에서는 자신에게서 호사를 박탈하기 시작했다. 마치 자신의 야망에 대해 다른 영역에서 대가를 치러야 하는 것처럼 일에서 갖게 된 힘을 개인 생활에서 권리를 박탈함으로써 맞교환한 것이다. 직업적 정체성과 목표가 분명해질수록 돈에 대한 두려움은 더 커졌다. 자신의 재정 문제를 책임지는 것, 그럼으로써 그와 연관되는 성인으로서 자기 삶을 책임지는 것은 허용할 수 없는 일처럼 말이다. 리사는 자신의 선택에 대한 어머니의 간섭에서 더욱더 자유로워질수록 보상을 해야 한다는 의무감도 더 많이 느꼈던 것 같다. 맞교환의 항목: 난 성공은 가질 수 있지만, 물질적 안락은 가질 수 없어. 난 독립적이고 강한 사람일 수 있지만, 유년기 의존성의 한 조각은 꼭 붙들고 있는 한에서만 그렇지. 난 어머니가 갖지 못한 인정과 만족을 추구할 수는 있지만, 그에 대한 대가는 지불해야 해.

우리는 성장하고, 사람들을 뒤에 남기고 떠나며, 이에 대해 보상한다. 이 드라마가 가장 흔하게 표현되는 방식은 똑똑한 여자들이 자신을 학대하는 남자와 함께하는 이야기다. '너무 많이 사랑하는 여자들'에 관한 이 이야기들에 대해서는 지나치게 단순하고 다소 모욕적인 (여자들은 판단력이 흐리고 자존감이 낮기 때문이라는) 말로 설명하고 넘어가는 경우가 많지만, 내게는 항상 그런 이야기들에 더 악마적인 어떤 의도가 숨어 있는 것처럼 느껴지고, 플롯에는 속죄의 그림자가, 무대 옆에는 어머니들이 도사리고 있는 것처럼 느껴진다. 캐런에게서도 그런 일이 벌어지고 있는 게 분명히 보인다. 캐런이 몇 년이나 격렬하게 집착한 상대는, 아내와 이혼도 하지 않으면서 캐런을 철저히 붙들고 놓아주지 않는 변호사였고, 캐런은 그런 남자에게 "자아의 마지막 한 방울까지" 내어줬다. 나는 세라라는 이에게서도 그 드라마를 본다. 자신의 아파트를 팔고, 직장을 그만두고, 국토의 절반을 건너간 세라. 그것이 자신을 무가치한 사람, 애정에 굶주린 사람, 매력 없는 사람으로 느끼게 만드는 남자와 함께하기 (아니면 적어도 가까이 있기) 위한 일이었던 세라. 엘레나에게서도 그런 일이 보인다. 엘레나가 연 엄청난 규모의 호화로운 결혼식에서 친구들은 모두 조용히 파멸의 예언을 속삭였다. 진짜 나쁜 놈이야. 재는 대체 저 남자한테서 뭘 보는 걸까? 이 결혼은 절대 잘될 리 없어.

이들은 모두 똑똑하고 야망이 크고 강한 여자들이었고 지금도 여전히 그렇다. 연설문 작성가인 캐런은 그 시기 동안 자신이 쓴 연설문으로 전국적인 주목을 받았다. 세라는 물리학자로 그 분야의 최정상에 속하는 몇 안 되는 여성 중 한 명이다. 엘레나는 요리사인데, 결혼 전해에 케이터링 사업을 시작해 매번 긍정적인 평가를 받았다. 이 여자들은 자기 인생의 방향을 이렇게 이끌어가는 과정에서 또한 자신들의 과거, 특히 여성으로서의 과거에서 상당히 벗어났다. 캐런의 어머니는 뉴저지의 주부로, 가난하게 자라 스물두 살에 결혼하고 성인기의 삶을 남편과 여섯 자녀에게 봉사하며 보냈다. "인생에서 너무 많은 걸 기대하지 마라." 어머니는 캐런에게 그렇게 말하곤 했다. "그래야 실망하지 않아." 세라의 어머니는 세라에게 지성에 관해 경고했다. "너무 똑똑해지면 못써. 항상 남자가 너보다 똑똑하다고 생각하게 해줘라." 엘레나가 갖고 있는 어머니에 관한 가장 생생한 기억들은 모두 뉴욕주 퀸스에 있던 자기 집 주방을 배경으로 했다. 하루 종일 일하고 난 뒤에도 말 그대로 손발을 모두 바닥에 대고 리놀륨 바닥을 문질러 닦고, 오븐을 문질러 닦고, 판벽을 문질러 닦던 엄마의 모습.

이것은 가장 어마어마한 규모의 배상이다. 낮에 이 여자들은 일종의 평행 우주를 건설했다. 본인의 피와 땀과 재능으로 창조하고는 거의 비밀리에 숨겨둔 영역, 자신이 성공적이고 자율적이며 책임을 지는 사람이라고 느낄 수 있는 영역을 말이다. 그리고 이에 대해 각자의 사적인 삶에서 대가를 지불했다. 그 지불 방식은 그 우주와는 따로 분리된 곳에서, 몹시 낯선 불행, 어머니의 불행, 어머니의 무력함, 어머니의 절망이 재현되는 박탈과 비하의 영역에서 살아가는 것이다. 계약을 체결하고, 죗값을 치른다. 난 엄마가 갖지 못한 독립과 자유를 가질 수 있지만, 사랑은 가질 수 없어요. 나는 섹스와 야망은 가질 수 있지만, 행복해질 수는 없어요.

정신의학자 루이즈 캐플런은 이런 종류의 흥정을 "원천징수 방식"이라고 표현한다.[5] 이는 여자들이 품을 수 있는 감각, 갈망과 추구는 자신에게 허용되지 않는 일이며 그것을 마음껏 추구하고 누리면 큰 대가를 치러야 한다는, 속삭임처럼 어렴풋하고 거의 무의식적인 그런 감각에 대한 한 가지 반응이다. 캐플런은 이렇게 썼다. "여자는 항상 시달리고 있다. 사업에서 많은 돈을 벌든, 의사로서 성공하든, 전시회를 열 수백 점의 그림을 준비하든, 미생물학을 강의하든 아무튼 시달린다. 이런 강력하고 주체적인 활동들을 하면서 신들을 달래기 위한 일을 뭐라도 하지 않는다면 여자는 엄청난 의식적 불안에 사로잡히게 된다. (…) 이 노예가 자신의 영혼을 주인에게 바침으로써 대가를 치른다면, 다음 청구서가 나올 때까지는 자신의 금지된 직업을 유지할 수 있다. 이 노예에게 금지된 직업 중 하나는 섹슈얼리티이며, 또 하나는 지적 야망이다."[6]

나는 이 말이 정곡을 찌른다고 본다. 그것은 파괴적 로맨스의 배후에서 작동하는 잔인한 논리를, 심리적 예산의 균형을 맞추기 위한 방법으로 집 안에 비참함을 불러들여 청구서에 납부 완료 도장을 받는 일을 아주 잘 설명해준다. 당신의 어머니가 평생을 주방에서 노예 같은 삶을 살았다면, 당신이 세상으로 위풍당당하게 걸어나가 마스터 셰프로서 이름을 날린다는 건 분명 있어서는 안 될 일이다. 당신의 어머니가 자신의 야망을 낮춤으로써, 자신의 창조적 추구 혹은 지적 추구를 은밀히 감춤으로써 온전한 정신을 유지했다면, 당신이 자기 분야의 정상에 올라서는, 널리 존경받는 작가나 과학자가 되어서는 안 되는 것이다. 당신의 어머니가 가족 안에서 섹스가 박탈된 하인으로 혹은 과중한 노동에 짓눌린 어머니의 대표 사례 같은 사람으로 살았다면, 어머니 존재의 조각조각이 일과 자녀와 남편에게로 흘러들었다면, 어머니가 자신의 쾌락을 적극적으로 욕망하지 않는 것처럼 보였다면, 그렇다면 당신은 아마 사랑이 넘치는 파트너 관계나 이기적 탐닉이나 강력하고 당당한 섹슈얼리티를 보여주는 전형적인 사람이 되지 못할 가능성이 매우 크다. 혹은 만약 당신이 그런 사람으로 살고 있다면 대가를 지불할 각오를 하는 게 좋을 것이다.

나는 내게 이로운 것들을 원하고, 나의 일에 대해 확고한 지지를 보여주고, 나를 전통적인 여성성의 모범들로 향하게 하려는 시도는 결코 한 적 없는 어머니를 가진 축복을 누렸다. 다이어트는 한 번도 시킨 적이 없었다. 옷이나 외모에 대한 잔소리도 없었다. 자신을 정의하는 길이 오직 결혼이나 어머니가 되는 일에만 놓여 있다는 식의 말은 단 한 번도 하지 않았다. 어머니는 나를 위하는 일에 열성적이었고 나의 성공에 기빼했으나, 그래도 어머니의 그런 이미지들—우리에게 점심을 차려주려고 작업실을 버려두는 엄마, 장 봐온 무거운 짐을 들고 들어와 고기 파이를 만들던 엄마, 자신을 희생하고 그에 관해 답답함과 좌절감을 느끼던 엄마, 사랑하면서도 화가 나 있던 엄마, 온전히 꽃피우는 것이 허용되지 않는 열정들을 가득 품고 있었던 엄마—을 떠올릴 때면 나는 여전히 가장 미묘하고 복잡한 통한을 느낀다. 그것은 불확실함과 슬픔이 뒤섞인 감정, 배신에 대한 음침한 두려움, 그리고 죄책감이 배어 있는 질문이다. '어머니가 결코 갖지 못했던 것을 어떻게 나 자신에게 허용할 수 있어?'

딸이 어머니에게서 멀어지는 한 걸음 한 걸음은 아무리 신중하게 내디뎌도 혹은 아무리 전폭적인 지지를 받아도 모두가 달콤씁쓸하며, 거의 감지되지 않는 방식으로 고통스러울 수 있다. 그리고 처한 상황은 다양해도 이는 아주 많은 여자들에게 해당하는 일일 것이라 생각한다. 가족과 직업 사이에서 반으로 쪼개질 것 같은 여자들, 아이들보다 경력을 더 중요한 것으로 선택한 여자들, 자신의 갈망과 가족의 갈망, 친구들의 갈망과 동료들의 갈망까지 서로 경쟁하는 여러 갈망들 사이에서 중심을 잡으려 애쓰는 여자들, 어쩌면 열 명 혹은 열다섯 명의 갈망이 포함되어 있을 필요의 뭉치에서 자신의 갈망을 조심조심 분리해내려고 애쓰고 있는 여자들. 만약 당신의 어머니가 집 밖에서 일하지 않았다면, 어머니가 언제나 당신을 위해 있어주었다면, 만약 어머니의 존재의 핵심을 정의하는 것이 가족이었다면, 그런 어머니와 달리 당신은 가족의 삶을 절충했거나 완전히 내팽개쳤다면, 혹은 감히 그 이상을 원한다면 어떻게 자신이 실패자나 배신자로 느껴지지 않을 수 있겠는가? 반대로, 만약 당신의 어머니가 자신의 직업을 위해 하루에 12~14시간을 일하고 그러면서도 집안 살림까지 용케 꾸려내고, 당신의 숙제까지 도와주고, 축구 경기에 태워다주고 데려오고, 납부해야 할 돈을 지불했다면, 당신이 어머니가 했던 것보다 덜 하기를 원하거나 더 쉬운 것을 원할 경우 어떻게 자신을 이기적이거나 부족한 존재로 느끼지 않을 수 있겠는가? 〈저징 에이미Judging Amy〉나 〈프로비던스Providence〉 같은 텔레비전 드라마들이 그렇게 성공을 거두고 그렇게 아늑한 호소력을 발휘했던 이유 중 하나는 분명 그 드라마 속 여자들이 큰 힘을 지닌 직업(판사, 의사)을 갖고 있으면서도 집에서 가족과 함께 살며, 그들의 어머니들은 살아 있는 어머니든 상상 속의 어머니든 늘 곁에 있으면서 언제든 사랑과 아이스크림과 조언을 건네주기 때문일 것이다. 지도 없이 새로운 길을 닦아나가느라 애쓰고 있는 세대의 여자들에게 그건 정말 안도감을 주는 그림이다. 그 그림은 이렇게 말한다. 물론 너는 야망과 힘과 아름다움과 찬사를 모두 가질 수 있지만, 그렇게 큰 대가는 치르지 않아도 돼. 젊은 네가 느끼는 막막함과 의존성과 여성성은 온전히 남겨둘 수 있고, 엄마와의 깊은 동일시도 그대로 남겨둘 수 있단다. 배신은 필요 없어, 엄마는 언제나 너와 함께 할 테니까.

그러면 딸들을 위해 높은 포부를 품지 않는 어머니, 딸들의 성취에 자랑스러워하며 활짝 웃어주는 일이 없었던 어머니, 혹은 주방에서 갓 구운 쿠키를 준비하고 힘겨운 하루를 보내고 돌아오는 딸을 맞이해준 적 없는 어머니를 가진 딸들은 어떨까? 리사처럼, 자신의 독립과 갈망과 추구가 어머니 자신의 실패와 좌절된 야망을 상기시켜 정말로 일종의 심리적 배신이 되는 여자들의 경우는?

비비언 고닉은 『사랑 소설의 결말』이라는 에세이에서 『메리 올리비에』라는 자전소설에 관해 이야기하는데, 이 소설은 정확히 위와 같은 시나리오를 자세히 풀어낸 작품이다.[7] 메이 싱클레어가 쓰고 1919년에 출간된 이 소설은 메리라는 지적이고 조숙한 젊은 주인공과, 딸의 싹트고 있는 예술적 기량과 독립성을 못마땅해하는 어머니를 다룬다. 이 갈등은 어머니와 딸 모두를 빠져나올 수 없는 곤경에 빠뜨리고, 애착의 고르디아스 매듭이 된다. 어머니의 반대에 큰 상처를 입은 메리는 어머니의 사랑을 포기하지 않고는 진정으로 집을 떠나 자신의 꿈을 추구하기가 불가능하다는 것을 알고 있다. 메리의 어머니는 그런 분리를 견딜 수 없기에 딸을 붙잡아두기 위해서는 계속 자신의 애정을 억눌러야 함을 알고 있다. 다음 장면은 질투와 배신의 위협을 품은 이런 종류의 애착이 어떻게 한 젊은 여자의 야망을 훼손할 수 있는지를 통렬히 보여준다. 피아니스트로서 특별한 재능을 지닌 메리는 열여섯 살 때 피아노 앞에 앉아 쇼팽을 연주한다.

> 메리는 폴로네즈를 연주하며 자신의 힘에 도취한다. 네가 연주하는 동안은 아무것도 널 건드릴 수 없고 네게 상처 입힐 수 없어. 네가 영원히 계속 연주할 수만 있다면… 정원에 있던 어머니가 들어오더니 말한다. "메리, 꼭 연주할 거면 부드럽게 연주해라." "하지만 엄마, 그럴 수는 없어요. 이렇게 연주하는 곡인걸요." "그렇다면 그 곡은 연주하지 마라. 네 피아노 소리가 온 마을에 다 들릴 거다." "마을이야 어찌 되든 말든요. 온 세상에 다 들린대도 난 상관없어요." 메리는 연주를 이어간다. 하지만 소용없다. 메리는 틀린 음을 친다. 손이 떨리고 연주에 대한 장악력은 사라졌다. 음들은 딱딱해져서 건반에서 뚝뚝 굴러떨어진다. 메리는 앉은 채 하얀 페이지를, 흔들리는 검은 오선을 멍청히 응시한다. 쇼팽을 연주하는 방법을 잊어버린 것이다.

메리는 결코 피아니스트가 되지 못하고, 이렇게 힘과 목소리를 포기한 일에 자신도 공모했다는 것을 이해는 하지만 ("내게는 발톱으로 어머니를 꼭 붙들고 떨어지지 못하는 부분"이 있다고 자신의 오빠에게 털어놓는다) 심리적 결별은 결코 이뤄내지 못한다.

거의 한 세기가 지난 뒤의 우리는 그것이 메리 혼자만의 일은 아닐 거라고 추측할 수 있다. 욕구의 세계에서 작동하는 개인적 회계—얼마나 취할 것인지, 갈망과 제약의 균형을 어떻게 잡을 것인지, 만족에 대해 글자 그대로든 비유적인 의미로든 대가를 얼마나 치를 것인지에 관한 내면의 수식—는 또한 사람과 사람 사이의 계산법, 배우자든 자녀든 동료든 어머니든, 제2의 당사자에 견주어 측정하고 저울질하는 방정식이 될 수도 있다. 메리 올리비에는 그 딜레마를 완벽하게 포착했다. "자신의 허기를 채울 수 있다면, 다른 누군가를 굶을 위험에 빠뜨려도 괜찮겠는가?"

3장

내 배가 싫어, 내 허벅지가 싫어

육체 혐오,

그리고 억제에 대한

학습된 포용

주방에서 그 일이 있고 나서 얼마 후 내 최저 몸무게에 도달했다. 39킬로그램, 38킬로그램, 37킬로그램. 생리가 멈췄다. 가슴이랄 것도 없었다. 몸은 팽팽하게 잡아당겨지고 꽉 조여졌다. 굴곡진 곳도 볼록한 곳도 튀어나온 곳도 없었고 피도 나지 않았다.

이 시기 동안 나는 프로비던스 동부의 상점과 레스토랑이 즐비한 거리를 따라 걸어서 퇴근하고는 했는데, 이는 많은 음식을 지나쳐가기 위해 더 멀리 돌아가려고 일부러 택한 경로였다. 나는 양팔로 식료품을 가득 안고 가는 여자들을 지나쳤다. 카페 창을 통해 테이블 위로 몸을 숙이고 햄버거를 먹는 커플들도 보았다. 조리 식품 판매점과 제과점, 던킨도너츠를 지나며 향료를 넣고 조리한 고기와 갓 구운 신선한 빵의 냄새, 허니글레이즈의 진하고 달콤한 냄새를 맡았고, 다른 사람들이 굴복하는 이 풍성한 음식들을 거부하는 나 자신이 거의 초월적이라고 느꼈다. 무. 식욕 없음. 내 몫은 아님.

음흉한 점은 이런 일이 일종의 쾌거처럼 느껴졌다는 것이다. 지속적이고 집요한 육체적 허기의 깊은 욱신거림 속에서 승리의 메아리가 울리고, 복부는 안으로, 안으로, 안으로 당겨졌다. 그 허기가 나에게는 공기와도 같았으며, 나는 허기가 선사해주는 의지의 확인이 필요했고, 어떤 극단적인 실험 중 실제로 효과를 발견한 과학자가 느낄 법한 조용한 놀라움을 품은 채 허기가 내게 미치는 영향을 측정했다. 밤이면 욕실 거울 앞에 서서 상태를 점검했다. 골반뼈는 양쪽으로 각각 거의 손가락 한 마디씩 튀어나와 있었고, 배는 그 사이로 움푹 꺼져 있었으며, 허벅지는 너무 가늘어져서 두 손으로 원을 만들어 감싸면 손에 살이 닿지도 않았다. 두 팔을 앞으로 나란히 뻗고 그 해골 같은 윤곽선도 살펴보았다. 끝으로 갈수록 점점 가늘어지는 긴 뼈인 척골, 위팔 아래쪽에 두드러지게 튀어나온 팔꿈치, 그리고 유리구슬 모양의 성난 작은 옹이들 같은 손목뼈까지. 나는 거기 그렇게 서서 갈비뼈도 하나하나 셌다. 나는 허기를 살고 걷고 호흡했다. 내 몸은 팽팽하게 잡아당겨진 것 같았고 고통이 느껴졌지만, 또 너무 급히 일어서면 눈앞이 뿌옇게 흐려질 정도로 허약해져 있었지만, 그럼에도 나는 내가 투지 넘치고 강인하며 잘 집중하고 있다고 느꼈고, 통제 면에서는 조금도 봐주는 구석이 없었고, 통제를 포기할 생각도 없었다. 이것이 여자들의 허기, 감춰진 허기, 갈등하는 허기, 금지된 허기였다. 사랑과 인정에 대한 끝없는 허기였고, 섹스와 만족과 아름다움에 대한 허기, 보이고자, 알려지고자, 먹여지고자 하는 허기, 취하고 또 취하고자 하는 허기였다. 나는 그 허기를 정복했고, 그것을 지배했으며, 밧줄로 수소를 잡아매듯 꽁꽁 잡아맸다.

나는 나 자신의 육체라는 대륙의 지배자, 쾌감 상실anhedonia의 여왕이었다.

지방 없음. 튀어나온 살집 없음.

피 없음. 새어 나오는 액체 없음.

아무 필요 없음.

이 얼마나 기이한 감각인가. 육체와 자신을 향한 가장 심층적인 적대 행위인 거식증을 자랑거리로 느낀다는 것.

사실 그보다 더 기이한 것은, 육체에 대한 이런 시각에 그리 유별난 점이 없다는 것, 외형과 모양에 대한 이 철저한 점검에, 잠재적 과잉에 대한 기저에 깔린 염려에 그리 특기할 만한 점이 없다는 것이다. 과장된 형식을 취하고 있기는 하지만 이는 여성의 목소리 중 한 부분이다. 하나의 언어로서 육체 혐오. 날카로운 동사들과 독을 품은 명사들.

난 내 몸이 싫어, 내 허벅지가 싫어, 난 너무 많이 먹어. 내가 돈을 그렇게 많이 썼다니 믿기지가 않네. 몇 주 동안 헬스장에 한 번도 안 갔어, 그 말은 하지 말았어야 했는데, 난 정말 멍청해, 난 그냥 똥 덩어리야. 내면에서 펼쳐지는 이런 종류의 장광설은 너무나 가혹하고 잔인하고 모욕적이어서 타인에게 그런 말을 들었다면 경악할 테지만, 그럼에도 이런 독백은 너무나도 흔하고, 너무 반사적으로 튀어나오기 때문에 얼마나 혹독한 말인지도 잘 알아차리지 못한다. 그냥 튀어나온다. 거울 앞에서 본능적으로 튀어나오는 '으윽', 보기 싫은 머리, 완벽하지 않은 피부를 두고 매일같이 갈기는 자아를 향한 채찍질, 탈의실에서 들리는 역겨움의 자인, 나 좀 봐, 꼬락서니가 말이 아니야. 상태가 나쁜 날에는 구체적인 것(허벅지, 배)에 대한 미움이 자신에 대한 미움과 하나이며 똑같은 것이라는 듯 서로 구별도 되지 않는다. 내가 아는 어떤 이는 청바지의 지퍼가 자기 머릿속에 있는 오디오 테이프를 작동시키는 것 같다고 했다. 청바지가 너무 꽉 조인다고 느껴지면 테이프가 딸깍 작동한다. 이 돼지야, 넌 지지리도, 지지리도 뚱뚱한 돼지야. 또 다른 이는 폭식증 시기 사하제를 남용하던 때에 쓴 일기 한 페이지를 보여주었다. 당시 스물두 살이었던 그는 이렇게 썼다. 난 그냥 역겨운 짓만 하는 게 아냐, 내가 역겨운 인간인 거지, 나를 이루는 모든 요소가 역겨워. 매일 밤 이 알약들을 삼키고 이튿날 아침이면 거기 내가 있어. 글자 그대로 그냥 똥이야.

불안과 죄책감은 우리가 하는 일, 하기 두려워하는 일 혹은 다른 사람들에게 하고 말았다고 전전긍긍해하는 일에 관한 것이다. 한편 육체 혐오는 우리 존재에 관한 것이다. 뚱뚱해. 역겨워. 돼지야. 통제력을 잃었어, 혹은 잃을 거야. 너무 커, 너무 지나쳐, 여자야. 이 뒤에 자리 잡은 느낌은 미끌거려 포착하기 어렵고 유독성을 품고 있으며 자기 경멸에 절어 있고, 마치 날아오는 따귀처럼 우리를 때릴 수도 있는데, 완전히 비이성적이고 반사적인 이 자기혐오의 급습은 너무나 깊은 곳에서 솟아오르기 때문에 거의 본능처럼 느껴질 때가 많다. 확실히 이것은 다이어트하는 여자의 배경음악이며, 신랄하게 혹평하는 이 새된 소리는 특히 음식과 체중이 관련된 때에 잘 들려오지만, 머릿속에 그어둔 경계선을 넘어섰을 때면 언제라도, 사이즈나 존재 혹은 허기에 관한 암묵적 규칙이 깨어졌을 때면 언제라도 튀어나올 수 있다. 한 편집자—매우 능력 있고 자신감 넘치는 이—가 어느 교육자 모임에서 있었던 일을 들려주었다. 10대의 건강에 관한 강의를 계획하던 교사들이 그에게 커리큘럼에 관해 조언해달라고 한 것이다. 편집자는 회의 장소에 도착해 꽤 훌륭하게—똑 부러지고 힘 있고 설득력 있게—이야기를 들려주었는데, 문밖으로 나오는 순간 수치심이 홍수처럼 덮쳐왔다. 너무 밀어붙이고 너무 독단적으로 굴었어. 그 사람들을 전부 다 소외시키고 말았잖아. 괜찮았는지 확인하기 위해 동료에게 전화를 걸어 물어봐야 할 정도였다. 그리고 자신의 그런 반응이 어디서 왔는지 깨닫기까지는 며칠이 걸렸다. 그것은 자신의 힘에 대한 끔찍할 정도의 불편함, 어떤 흉물스러운 분출이 일어났다는 느낌, 고압적이고 시끄럽고 억제되지 않은 자신이 노출되었다는 느낌이었다. 한 심리 치료사는—똑똑하고 문화적 식견이 풍부하며, 자신에 대한 이해가 깊은 사람이다—자신의 쉰 번째 생일에 선물을 보내준 옛 남자 친구에게 감사 편지를 쓰다가 그와 유사하게 배를 쿡 찌르는 느낌을 받았다. 그는 오늘날 이 시대에 번성하는 젊음 숭배에 관해서도 잘 알고 있고, 경험도 없고 주름살도 없는 순진한 이들에게만 가치를 부여하는 것이 얼마나 심각하게 모욕적이며 실소를 자아내는 일인지도 알고 있으며, 이 모든 걸 이해하고 있었다. 그런데도 그 두 개의 숫자, 5와 0을 단순히 인정하는 것만으로도 마치 주먹으로 한 대 얻어맞은 것 같았다. 50이란 늙었다는 걸 의미했고, 정체성과 아름다움의 연결에 대한 직접적인 위협이었다. 그것은 활기와 성적 매력의 영역에서, 자신이 그 옛 남자 친구와 함께 존재했던 그 장소에서 퇴출되는 것을 의미했으며, 축 늘어짐과 고장과 상실이라는 뭔가 다른 영역으로 던져지는 것을 의미했다.

거식증은 내게서 이 모든 것을 제거해주었다. 적어도 표면적이고 즉각적인 의미에서는 그랬다. 내가 성공적으로 음식을 거부하고 800칼로리 규칙을 꼭 지킨 날이면(사실 대부분의 날들이 그랬지만), 그 자기 질책의 목소리는 나비 날개만큼 가냘파지다가 사라져갔고, 그 목소리의 부재는 나를 남다르고 강하다고 느끼게 해주었다. 봤지? 내 의지가 얼마나 강철 같은 지 봤지? 거식증에 관한 아주 흔한 오해 중 하나는 거식증을 앓는 여자들이 실제로 자기가 뚱뚱하다고 믿는다는 생각이다. 그들이 거울을 들여다보면 상상 속의 툭 불거진 곳, 큼직한 체구, 살로 이루어진 곡선이 보인다고. 이는 내가 경험한 것과는 다르다. 내 몸에 대한 나의 시각이 왜곡되어 있었던 건 분명하지만—나는 내가 얼마나 음산하고 섬뜩하고 외계인처럼 보이는지 제대로 알지 못했고, 내가 어느 정도나 야위었는지 정확히 인지하지 못했다—내 살이 쭉 빠지고 바짝 마르고 뼈가 앙상하다는 것은 알고 있었고, 불룩 나온 살과 곡선들을 내가 깎아냈다는 것, 내가 전쟁에서 이기고 있다는 것을 알았다. 실제로 하루하루의 삶이 정확히 그렇게, 포위전을 치르고 있는 상태로 느껴졌다. 육체 대 정신, 육신 대 순수한 의지 사이의 전쟁.

일리노이대학 시카고 캠퍼스의 철학 교수 샌드라 리 바트키는 여자들이 느끼는 항상 관찰당하고 있다는 느낌, 너무 깊이 뿌리내려 있어서 거의 제2의 자아처럼 느껴지는 냉철하고 비판적인 "익명의 규율의 힘"에 감시당하고 있다는 느낌—바트키는 이것이 매우 만연한 느낌이라고 확신한다—에 관한 글을 썼다.[1] 규율은 아주 적절한 단어다. 거식증에서 벗어나고 수년이 지난 지금도 나와 별개인 어떤 힘에 대한 의식이 끈질기게 남아 있다. 그것은 마치 심판하는 어떤—나이기는 하나 정확히 나는 아닌—존재가 내 정신의 한구석에 계속 살면서 지켜보고 있고, 항상 몸을 의식하고, 항상 형태와 중량과 몸선의 모든 미묘한 차이에 주의를 기울이고, 항상 최악을 예상하며, 게으름이나 나태함이나 느슨해진 통제의 기미가 보이기만 하면 언제라도 따귀를 날릴 태세를 갖추고 있는 것 같다. 때로 그 목소리는 상황을 예상하고 앞서간다. 그 브라우니 먹지 마, 한 번 더 떠먹지 마, 그러면 네가 기특하게 느껴질 거야, 단호하고 날씬하게 느껴질 거야. 하지만 그 목소리는 징벌적이고 냉소적인 경멸의 목소리일 때가 더 많다. 그 배 좀 봐라, 그 허벅지 좀 봐. 넌 암소가 되어가고 있어.

나는 남자들도 이런 걸 경험할 거라고는 생각하지 않는다. 적어도 여자들이 흔히 그러는 것처럼 일상적이고 반복적으로 경험하지는 않을 것이다. 여러 해 전, 직장에서 회의를 하던 중에 한 남자 편집자가 내게 펜을 빌려달라고 했다. 나는 펜을 건네주고는 가만히 앉아서 그를 지켜보았다. 그는 펜을 받아 뭔가 글을 쓴 다음 내 펜을 자기 귓구멍에 쑤셔 넣었다. 그렇게 귓구멍에 찔러 넣은 펜을 빙빙 돌리더니 다시 빼서 펜을 들여다봤다. 그런 다음 다시 귀에 쑤셔 넣고, 다시 빙빙 돌리고, 다시 꺼내 더 살펴봤다. 내게는 그 행동이 너무 충격적이어서—꼭 집어 말하자면 창피함을 모르는 것처럼 보여서—그 주제에 관한 칼럼을 써서 남자들이(적어도 일부 남자들이) 공적인 자리에서도 아무 거리낌 없이 하지만 여자라면 거의 절대 하지 않을 일들, 예컨대 운전하면서 코 파기, 화장지 없이 코 풀기, 가래 뱉기, 남들 있는 데서 트림하기 등에 관해 조목조목 이야기했다. 나는 이 칼럼에 "상스러운 남자들"이라는 제목을 붙였지만, 사실 예의범절이나 몸가짐에 관한 글이라기보다 비난이나 판단에 얽매이지 않는 자유로움에 관한 글이었다. 바트키 역시 자신이 말하는 "규율의 힘"을 "여자들 대부분의 의식 속에 살고 있으면서 판옵티콘처럼 모든 걸 볼 수 있는 남성 감식가"라고 칭하고 "여자들은 항상 그의 시선 앞, 그의 판단 아래 놓여 있다"고 했다.[2] 만약 이 감식가가 남자들의 내면에도 살고 있다고 해도, 그 존재는 여자들을 성가시게 하는 것과 같은 방식으로 남자들을 성가시게 하지는 않는 것 같다. 남자가 조깅을 하다가 길에 커다란 가래 덩이를 뱉는 장면을 목격한다 해도, 그 존재는 (혹은 그 남자 본인은) 적어도 겉으로는 신경 쓰지 않는 것처럼 보인다.

그러나 이 감시하는 존재는 여자들이 무얼 하는지, 그들이 어떤 모습을 하고 있는지, 공적인 장소에서 어떻게 행동하는지에 대해서는 신경 쓰며, 그 존재의 질책하는 어조는 좀처럼 종잡기가 어렵다. 왜냐하면 그 어조는 깊이 뿌리내린 것 같으면서도 동시에 뿌리 없는 느낌이고, 자아의 일부인 동시에 더 넓은 세상의 일부인 느낌을 주기 때문이다. 며칠 전 나는 운동을 평소보다 짧게 하고 끝냈다. 수영을 1.6킬로미터가 아니라 그 4분의 3인 1.2킬로미터만 한 것인데, 이건 큰 범위에서 볼 때 전혀 큰일이 아니고 심지어 작은 범위에서 보더라도 그리 큰일이 아니라는 걸 나는 잘 알고 있다. 전혀 중요하지 않고, 완전히 괜찮은 일이다. 그런데도 풀에서 나와 샤워실로 가는 동안 나는 그 존재가 술렁이는 것을, 그 야수가 우리 속에서 우당탕거리는 것을 느낄 수 있었고, 이 사소한 위반조차 그 존재의 옆구리를 찔러 내 허벅지와 체지방과 과잉의 가능성에 대해, 돼지 같은 나에 대해 경멸을 담아 투덜거리도록 만들었다. 이 느낌, 경계를 철저히 유지하지 않는다면 지옥이 펼쳐질 거라는 이 느낌이 아직도 남아 있는 거식증의 흔적인 것은 분명하지만, 나는 또한 이것이 매우 흔한 느낌이며 유난히 광범위하게 영향을 미치는 감각이기도 하다고 생각한다. 이런 종류의 자기 경멸에는 아주 깊고 본능적이며 마치 땅속에 숨어 있는 것처럼 은밀한 성질이 있지만—그것은 어쩐지 여자의 영혼 속에 박혀 있는 것 같고, 그 훈계의 목소리는 마치 양심의 목소리인 것처럼 실제적이고 핵심적이다—더욱 확산적인 특징도 있다. 마치 의식과 지성을 초월해 공기 중에 살고 있는 것 같고, 끊임없이 그러나 보이지 않게 독을 유출시키는 감정의 라돈 같다. 그날 아침 나는 그 목소리를 무시했지만, 그 끈질김에는 지금도 좀 두려움이 느껴진다. 나는 그 야수를 이성으로써 설득할 수 있고 일시적으로 진정시킬 수는 있지만 죽일 수는 없을 것 같다.

실제로 어떤 개인의 노력도 그걸 죽이지는 못하는 것 같다. 이 질책하는 야수는 대부분 의식과는 아주 독립적으로 존재하며, 우리가 호흡하는 공기의 일부이자 우리가 딛고 선 대지의 일부이며, 여자가 단지 여자로 존재한다는 이유만으로도 알게 되는 우주 전체다. 내가 일하는 사무실에는 여성 잡지들이, 자기 점검의 신전이자 육체 혐오의 경전들이 한 무더기 쌓여 있다. 그 무더기 제일 위에는 〈셰이프〉 2000년 7월호가 놓여 있고, 표지에는 2년 전에 아기를 낳은, 날씬하고 매끄러운 피부의 엘 맥퍼슨의 모습이 실려 있다. 엘 맥퍼슨은 바라보기만 해도 멍해질 정도로 아름다운 현대의 여신이다. 금빛 머리카락은 빛을 뿜어내고, 피부는 땀구멍이 하나도 안 보일 만큼 매끄러우며, 치아는 마치 진주처럼 하얘서 딱 적합한 각도의 조명을 받으면 눈을 멀게 할 수도 있을 것만 같다. 스파게티 가닥처럼 가느다란 끈이 달린 연한 하늘색 탱크톱을 입고 있는데, 크림처럼 부드러운 피부와 둥근 곡선이 아름답고 윤기가 나는 어깨, 가슴골의 그림자가 아주 살짝 보인다. 두 눈은 빛나고 엘은 활짝 미소 짓고 있다.

엘의 사진 옆으로는 몇 가지 기사의 홍보 문구가 있다. 그중에는 "한 주에 1000칼로리 더 태우기!" "체중 감량 뉴스: 의지력은 필요 없어요" "집에서 하는 비키니 복근을 위한 최고의 필라테스 동작" "특집: 스트레스성 폭식을 멈추는 새로운 방법" "당신의 복근과 엉덩이와 허벅지를 위한 최고의 동작 열두 가지" 같은 것이 있다.

쳐다보니 한숨이 나온다. 체중, 체중, 체중. 복근, 엉덩이, 허벅지. 자의식이 손톱만큼이라도 있는 여자라면 이 기사들이 의도하는 바가 무엇인지 이해한다. 이것은 여신 숭배, 소비주의 시대의 여신 신앙, 피부와 뼈에 새긴 계명이다. 이는 한낱 인간인 우리를 채찍질해서 우리의 미흡함을 자각하게 하는 광란 속으로 몰아넣고, 너무나 강력한 그 광란의 힘에 휩쓸려 당장 달려나가 그 잡지를 사고 그 잡지가 광고하는 여러 제품들을 사게 하려고 고안된 것이다. 여신이 명령한다. 너는 날씬해야 하느니라. 너는 주름살이 있어서는 안 되느니라. 너는 나와 비교하고 대비해보아야 하느니라. 너는 기준에 미치지 못해야 하느니라. 너는 아이를 낳고 2년 뒤에는 현기증 날 정도로 행복하고 생기 넘치는 엘 맥퍼슨을 닮을 것이 아니라, 가슴은 처지고 눈 밑에는 다크서클이 생기고 에너지는 한 방울도 남지 않아야 할 것이며, 너 자신을 비난하고 너 자신이 엉망이라는 비참한 기분을 느껴야 할 것이며, 그런 다음 밖으로 나가 〈셰이프〉를 사서 집에서 비키니 복근을 만들기 위한 훌륭한 필라테스 동작을 배워야 하느니라.

그런데 당신이 이를 아무리 객관적으로 바라보거나 효과적으로 분석하고 파악해 무시해버리더라도, 이런 내용은 내면에 스며들고 당신의 마음에 들러붙는다. 여신이 항상 너무나 행복하고 너무나 아름답고 당신이 아무리 노력해도 절대 넘어설 수 없을 만큼 아름다운 엘처럼 환희의 빛에 감싸인 모습으로만 제시되는 것은 아니다. 때로 여신은 카메라를 향해 입술을 삐쭉이며 오만한 미소를 짓는다. 희미하게 우월감을 드러내는 제스처로 턱은 위로 치켜들고, 얼음 공주 같은 눈은 섹시한 동시에 비웃는 눈빛, 남자들을 유혹하는 동시에 여자들에게 수치심을 퍼붓는 눈빛을 보낸다. 이런 표현은 단순히 여자들에게 자신의 체중과 피부와 머리카락에 대한 자기모멸만을 촉발하는 것이 아니다. 그것은 동시에 그 자기모멸을 외현화하여 몸과 얼굴을 부여하고, 내면의 자기모멸을 더욱 강화하기 위한 시각적 모욕을 끊임없이 날린다. 나를 봐. 여신이 말한다. 나에 비해 넌 너무 뚱뚱해. 넌 절대 나 같은 머리카락은 갖지 못할 거야. 넌 절대 나만큼 욕망을 일으키지 못해. 휠록칼리지 교수 게일 다인스가 표현한 대로 "그 눈빛은 남자들에게는 '나랑 자자'라고 말하고, 여자들에게는 '너는 꺼져'라고 말한다."

끊임없이 모욕의 따귀를 맞고, 끊임없이 완벽함의 기준에 빗대 측정되면서 여자는 어느새 있는 그대로 보는 능력을 상실한다. 여신이 여자의 인식력에 계속 망치질을 해대기 때문이다. 나는 매주 헬스장 탈의실에서 평범한 여자 대여섯 명의 나체를 본다. 대개는 같은 사람들의 몸이다. 그리고 사이사이 텔레비전과 광고판, 광고에서 말 그대로 여신 수백 명의 몸을 본다. 시간이 지나면서—주가 달이 되고, 해가 되고, 10년이 되면서—현실은 잠식되고, 이상적 육체가 평범하게 보이고 평범한 육체는 볼품없고 미학적 기준에 못 미치는 것처럼 보이기 시작하고, 아름다운 몸과 평범한 몸 사이의 간극은 점점 더 넓어지고 뚜렷해진다. 이것이 바로 그저 거울 앞을 지나가거나 상점 유리창에 비친 자신의 모습을 보기만 해도 단박에 비교와 비판의 경보음이 울려대는 이유다. 번쩍, 여기 불룩하잖아. 번쩍, 저기 결점이 있잖아. 번쩍, 불완전한 머리카락, 불완전한 피부, 불완전한 가슴, 불완전한 배, 불완전한 다리. 번쩍, 엘 맥퍼슨이 아니잖아. 이것은 또한 그 여신이 그렇게 자아를 두들겨 패는데도 유혹적 효과를 발휘하는 이유다. 〈셰이프〉 표지를 슬쩍 보기만 해도 자기 점검이라는 현상이 호흡만큼 자동 반사적으로 치고 들어올 수 있다. 머리카락: 엘의 머리카락은 빛이 나. 피부: 내 피부는 엘의 피부에 비하면 형편없어. 일주일에 1000칼로리를 더 태운다고? 어떻게?

이보다 더 음흉한 무언가도 치고 들어올 수 있다. 광고가 여성에게 미치는 영향에 대해 깊은 사유를 보여주는 평론가 진 킬본은 이미지들—특히 너무나 쌀쌀맞게 열정과는 무관하고 너무나 확고하게 외모만을 근거로 하는 성적인 이미지들—이 섹스에 대한 생각을 마비시키고, 섹스에 대한 기대들을 왜곡하며, 진짜 섹슈얼리티와 나르시시즘을 혼동하게 하고, 섹슈얼리티는 순전히 남들을 흥분시키는 일에 관한 것일 뿐 친밀성이나 연결성 혹은 신뢰 같은, 그 흥분의 바탕을 이루는 감정들에 대한 것은 결코 아니라는 비인간적이고 피상적인 시각을 조장한다고, 이 때문에 여자들이 성적인 것에 관해 느끼는 본능적 수준의 감정들을 변질시킬 수 있음을 매우 유려하고 설득력 있게 설파했다. 킬본은 이렇게 썼다. “이는 진정한 친밀한 관계를 불가능하게 만들 뿐 아니라 진정한 욕망도 잠식한다. (…) 우리에게 제시되는 것은 유사 섹슈얼리티, 자기 고유의 진짜 섹슈얼리티를 발견하는 일을 훨씬 더 어렵게 만드는 신비화된 섹슈얼리티다. 자기 몸을 미워하는 여자가 얼마나 섹시할 수 있겠는가? 자기 허벅지가 너무 굵다고 걱정하고 있는 여자가 어떻게 열정에 자신을 온전히 내맡길 수 있겠는가?”[3]

나아가 섹슈얼리티에 전혀 섹시하지 않은 수많은 것들을 엮어버리는 이미지들의 늪에 깊이 잠겨 있다면, 그리고 자기 주변에서 접하는, 욕망의 대상이 될 수 있는 것에 관한 수많은 외적 정의들이 자신의 신체적 경험과 완전히는 아니라도 거의 무관하다면, 어떻게 성감을 느끼는—자신의 몸에 귀를 기울이고 자신의 몸을 편안하게 느끼는—법을 배울 수 있겠는가?

며칠 전 나는 세 편의 광고를 봤다. 하나는 안나몰리나리 광고로 개 목걸이를 차고 양손과 양 무릎을 바닥에 대고 있는 여자의 모습을 담고 있었고, 또 하나는 베르사체 광고로 계단 맨 아래에 마치 위에서 집어던져진 것처럼 쓰러져 있는 여자의 모습을 담고 있었다. 또 모스키노 광고는 밧줄에 묶여 있는 여자의 모습을 담고 있었다. 이는 기본 메뉴처럼 어디서나 쓰이는 전형적인 이미지들—공격에 완전히 노출된 여자들, 그리고 그러한 자신의 취약성을 즐기고 있는 것처럼, 적어도 그런 상태에 대해 딱히 개의치 않는 것처럼 그려진 여자들을 에로틱한 것으로 제시하는 이미지들—인데, 나는 이런 이미지들이 진정으로 얼마나 여자들을 소외시키는지, 몸에 대한 확신뿐 아니라 진실에 대한 확신까지 얼마나 강력하게 훼손하는지 이해하기까지 여러 해가 걸렸다. 완전한 취약성은 무서운 것이지 흥분시키는 것이 아니며, 이는 대부분의 여자들이 뼛속 깊이 본능적으로 알고 있는 사실이다. 그러나 그 반대가 참이라고 주장하는 진술들이 끊임없이 쏟아지면, 그 공포를 자연스럽고 인간적인 것으로 인지하기가 어려워지고, 그 공포를 포용하기는 더 어려워지며, 그 공포에 관해 말하기는 더더욱 어려워진다. 또한 그 모순은 섹시해 보이는 것과 성적인 감정을 느끼는 것 사이의 이미 복잡하게 얽혀 있는 선들을 정리하는 일도 더 어렵게 만든다. 현대적 의미에서 섹시해 보이는—노출되고, 순종적이며, 공격에 취약하고, 심지어 폭행당하는—것은 무력함과 두려움을 느끼는 것이며, 이것은 대체로 욕구를 자극하기보다 꺾어버린다.

그러나 이것들은 매일 계속 새어 나오는 라돈이고, 너무나 일관되고 반복적으로 자아에 가해지는 모욕이라서, 이것들을 하나로 묶어주는 더 어두운 가닥들을 놓치기가 쉽다. 그 가닥들이란 여자들에 대한 한결같은 반감, 그 가닥의 핵심에 자리한 여자의 몸에 대한 경계심, 여체에는 위험한 뭔가가, 어쩌면 심지어 독성이 있는 뭔가가 있다는 태고부터 이어져온 믿음이다. 여성 혐오—특히 여성의 몸에 대한 두려움과 불신의 형태로 나타나는 여자들에 대한 미움—는 이 문화의 정신에 깊이 박혀 있고, 정도의 차이는 있더라도 언제나 그래왔다. 그것은 모든 시대, 서구와 동구, 고대와 현대를 막론하고 거의 모든 사회에 두루 걸쳐 있다. 인류학자 데이비드 D. 길모어는 여성 혐오가 역사적으로 어디에나 존재했음을 기술하면서 수십 가지 사례를 확인했다.[4] 고대 그리스와 로마부터 현대의 뉴기니와 남아메리카의 부족 문화까지, 남자들은 여자들의 몸이 악의 근원이며 위험하고 역겹고 오염시키는 것이라고 인식해온 긴 역사가 있다. 기독교의 성경, 이슬람교의 쿠란, 히브리인들의 토라, 불교와 힌두교의 경전까지 모두 여자를 비난하고, 여자의 몸을, 특히 음부를 죄와 악행으로 가는 통로로 치부하며, 거의 모든 종교가 여성의 월경을 불결함 및 흉함과 연결한다. 여체를 음험한 것으로 의심하는 흐름은 신화(그리스 신화 속 판도라를, 역한 냄새를 풍기는 날개 달린 여자 하르퓌이아들과 복수의 여신들을 생각해보라), 문학과 예술(고대 아테네의 시문학부터 서유럽의 민담까지 그 흔적을 추적할 수 있다), 서구철학(아리스토텔레스와 플라톤부터 데카르트까지)을 관통한다. 또한 남녀에 대한 이원론적—남자는 이성과 지성이라는 높은 영역으로 정의되는 반면, 신비로운 생물학적 주기를 지닌 여자는 자연과 감정이라는 기저의 어둡고 격렬하며 예측할 수 없는 영역을 대표한다는—사고는 수 세기를 거치는 내내 반여성 정서의 주춧

돌 역할을 하고 있다.

이러한 정서가 더 옹졸하고 억압적인 시대에 살았던 다른 사람들에 관한 광범위하고 추상적인 일반화라고 일축하기 쉽겠지만, 나는 그리 멀리서 찾지 않아도 오늘날의 문화에서 역시 그 정서의 여러 양상을 목격할 수 있으며, 우리가 자신의 몸과 맺고 있는 관계에도 그 정서가 작동하고 있다고 생각한다. 길모어는 남자들이 강력하면서도 깊이 상충하는 여러 감정을 유발하는 여성의 육체에 대해 심히 양가적 태도를 지니고 있고 언제나 그래왔다고 말한다. 여성의 육체가 지닌 생명을 주는 힘은 그에 대한 경외감을 촉발하지만 또한 끔찍한 공포도 촉발한다는 것이다. 사랑과 필요(어머니의 보살핌, 위안, 양육)라는 원초적 감정들뿐 아니라 막막함과 의존성, 격분과 같은 유아적 감정들도 불러일으키며, 항복에 대한 갈망, 어머니의 전능함이라는 안전한 항구로 돌아가고 싶은 소망도 일으키는데, 이는 남성적 자율과 통제에 위협이 된다. 길모어는 이렇게 썼다. "이 다층적인 양가감정은 심리의 모든 차원에서 불편한 긴장을 끝없이 만들어내며, 이는 다시 그 동요의 근원을 축소하려는 노력으로 이끌어 그 근원인 여자들을 공격하게 한다."[5]

그 양가감정이 대중문화에서 구체적으로 구현되는 것이 바로 여신의 등장이다. 여신은 남성의 공포를 여성의 공포로 바꿔놓고, 우리가 자기 육신을 경계하게 만들며, 오래된 의심들에 새 옷을 입혀 은폐하고, 태고부터 이어진 양가감정에 베르사체의 베일을 두르고 샤넬의 향기를 입힌다. 자세히 들여다보라. 이 여신의—지방은 전혀 없고 그 무엇도 불거지거나 튀어나오거나 한도를 초과하는 것이 없는—형체가 제시하는 이상은, 무엇보다 제한해야 한다는 필요성에서 나온 것이다. 마치 여성의 육체를 조심스럽게 관리하고 통제하지 않으면 위험하거나 혐오스러운 뭔가가 뚫고 나올 것처럼. 이 여신의—고도로 양식화되고, 거리를 초연히 유지하며, 종종 사춘기 이전으로 보일 정도로 앳된—아름다움은 여체에서 자연스러운—힘 있고 풍만하고 생명을 창조하는—많은 부분을 제거해야 도달할 수 있는 것으로 구상되어 있다.

정말 기가 막힌 것은 이 관념에서 도저히 벗어날 수 없다는 점, 그 메시지가 쉴 새 없이 타격을 가해온다는 점이며, 그래서 그 메시지를 내면화하기는 너무 쉽고 내면화하지 않기는 너무 어렵다는 것이다. 나는 내가 미모나 패션 분야에 대해서는 꽤 느긋한 사람이고, 별로 압박을 느끼지 않으면서 그 미적인 쾌감과 멋 부리는 즐거움을 즐길 수 있을 만큼 충분히 자기 수용적이라고 생각하는 편이다. 하지만 내가 일상에서 나 자신의 몸과 맺고 있는 관계—내가 육체적 유지 및 관리를 위해 매일 반사적으로 수행하는 일들, 드럭스토어 진열대를 재빨리 훑는 내 눈의 움직임—를 깊이 생각해볼 때면, 때때로 거기서 작동하고 있는 경계의 명령을, 이건 고치고 저건 조심하라는 조용하지만 집요하고 맹목적인 요구를 의식하고는 깜짝 놀란다. 미용 제품, 여성 위생 용품, 모발 관리와 피부 관리 제품, 화장품 무더기. 가차 없이 신경을 긁으며 몰아대는 이것들이 바로 내 욕실에 존재한다. 엄청난 양의 로션, 수십 개에 달하는 병, 튜브, 포장 용기 들은 모두 단지 몸뚱이를 문밖에 내놓기 위해 얼마나 정신을 바짝 차리고 노력해야 하는지 내가 잘 이해하고 있음을 보여준다. 몸에서 흘러나오는 것들은 관리를 해야 하고, 몸에서 나는 냄새들은 처리해야 하며, 보기 흉한 털들은 족집게로 뽑고 전기 제모를 하고 탈색을 해야 한다. 몸뚱이에 불룩한 곡선이 생겼으면 납작하게 들어가게 해야 하고, 툭 불거진 곳이 있으면 없애거나 특수한 의복으로 가려야 하며, 덜렁거리거나 늘어지는 것이 있으면 단단히 붙들어 매야 한다.

이 중 대부분은 비슷하게 조용하면서도 무시하기 힘든 방식으로 강화된다. 즉 자신이 변변치 않다는 은밀하게 파고드는 의식에 의해, 여자의 몸은 수정하고 변장하고 개선하지 않으면 미흡하고 결함 있고 어디 내놓을 만한 게 못 된다는 (엘 맥퍼슨이 눈부신 자태로 잘 짚어주는) 믿음에 의해 강화된다. 나는 거울 앞에 서서 상태를 점검한다. 부족함들, 결함들이 하나하나 너무나 분명히 보인다. 눈은 너무 작아 윤곽을 뚜렷이 그려줄 필요가 있어. 입술은 너무 밋밋해서 립스틱을 발라 색을 입혀줘야 해. 머리카락은 생기 없고 뭉쳐 있어 (혹은 둥그렇게 부풀어 있고 도저히 말을 듣지 않아) 신경깨나 써줘야겠고, 묶거나 스프레이를 뿌리거나, 이쪽저쪽으로 당겨줘야겠어. 그리고 피부. 여기에 티가 있고 저기에 반점이 있고 여기나 저기나 어디나 주름살이 있다. 피부는 구제 불능이고, 피부 때문에 속이 썩는다. 피부는 자연 상태에서는 골칫거리가 너무 많은 구역이라 피부에만 쓰는 어휘가 따로 필요할 정도다. 그러니까 피부는 리바이탈라이징하고, 하이드레이팅하고, 스무딩하고, 토닝하고, 밸런싱하고, 컨투어링하고, 퍼밍하고, 플럼핑하고, 데일리디펜딩하고, 샤인컨트롤링하고, 타이니라인미니마이징하고, 안티에이징하고, 안티옥시다이징하고, 학위 취득만 빼고 다 해야 한다.

물론 여기에는 거대한 아이러니가 있으니 그것은 바로 아무리 많은 노력, 아무리 많은 토닝과 개선과 위장과 결점 지우기를 해도 효과가 거의 없다는 것이다. 그 모든 노력이 약속해주는 자기 수용은 실제로는 좀처럼 이루어지지 않으며, 자유로 가는 문이 1, 2분 이상 열려 있는 일은 거의 없는 것 같다. 나는 〈스포츠 일러스트레이티드〉 2001년 수영복 에디션이 나온 직후에 잡지 가판대 앞을 지나가다가, 체지방이 전혀 없고 가슴은 거대한 모델 엘사 베니테스가 비키니를 입은 모습이 실린 표지를 보았다. 엘사는 비치타월 위에 무릎을 꿇고 두 손으로 바닥을 짚은 상태로 허리는 둥글게 앞으로 말고 튼실한 멜론 같은 가슴을 앞으로 쭉 내민 채 카메라를 바라보고 있고,

그 옆에는 "지중해의 여신들"이라는 너무나도 적절한 제목이 적혀 있다. 이는 부정적 자기 인식을 부르는 초대장이고, 나는 이 사실을 잘 알고 있다. 그런 표지들은 잡지가 잘 팔리도록, 남자들을 간지럽게 자극하도록 디자인된 것임을 알고 있고, 실제로 그 엘사 베니테스처럼 보이는 사람은 아무도 없다는 것도 (그냥 하는 말이 아니라 엘사 본인까지 포함해서 그렇다. 컴퓨터로 보정한 결과이자 아마도 유방 확대술도 받았을, 수술로 변형된 버전일 테니) 알고 있으며, 나는 곧바로 투덜거리고 트집을 잡으며 이런 이미지들을 '도달할 수 없는 이상과 왜곡된 시각'이라고 표시된 거대한 문화 재활용품 통에 던져 넣을 수도 있다. 그런데도 나는 반응했다. 나는 몇 분의 1초 동안 그 잡지를 힐끗 보고는 고개를 돌렸는데, 이성적 사고가 주도권을 잡기 전 그 짧은 찰나에 어디선가 난데없이 문 하나가 쾅 닫히는 느낌이 스치고 지나갔고 즉각적으로 어떤 분리의 고통을—저 여자는 나로서는 절대 가질 수 없는 종류의 섹시함을 지녔어—느꼈다. 여기서 내 마음을 불편하게 하는 부분은 그 반응이 무릎반사처럼 익숙했다는 점, 극도로 면밀한 주의를 기울이지 않았다면 눈치채지도 못했을 만큼 내가 그 현상에 익숙해 있다는 점이다.

그러나 바로 그 문이 쾅 닫히는 느낌이 핵심이다. 나는 그 문이 욕구로 나아가는 관문, 자유롭게 그리고 결과에 개의치 않고 욕구에 마음껏 충실해도 된다는 느낌으로 나아가는 관문이라고 생각한다. 나는 엘이나 엘사를 보며 생각한다. 이들이 바로 남자들이 원하는 종류의 여자들이야. 〈셰이프〉를 한 장 한 장 넘기며 생각한다. 비키니 복근, 완벽한 허벅지, 저런 게 욕망의 대상으로 만들어주는 지름길인데, 아 젠장, 점심을 너무 많이 먹었네. 최소한 스치는 생각으로나마 나 역시 문화의 흑백논리에 따라, 무차별적인 가치의 저울질에 따라, A 아니면 B로 생각했다. 내게 이것—저 복근, 저 가슴, 저 머리카락—이 없으면, 저것—매력, 섹슈얼리티, 욕망 자체에 대한 권리—도 가질 수 없어. 내가 이런 생각의 오류를 알고 있다고 해도 이런 반응은 아주 깊은 수준에서 작동하여, 내가 여성 혐오의 뿌리를 이해하고 문화와 자아 사이의 관계를 분석할 수 있는 능력을 지닌 성인 여성으로서 경험한 것이 아니라 훨씬 더 어리고 아직 한참 미숙한 존재로서 처음 경험했던 감정들을 촉발한다.

누가 제일 예쁜 이목구비를 가졌나? 이것은 인생의 여러 가지 자잘하고 무서운 일들이 일어나기 시작하는 시기인 7학년 때, 친구들과 여러 차례 했고 늘 똑같은 결과가 나왔던 게임이다. 학교에서 잘나가는 아이들 무리의 리더로 아주 예쁘고 인기 있던 질이라는 아이가 쉬는 시간에 교문 옆 계단에 일고여덟 명의 아이들을 모아놓고 벌였던 이벤트였다. 부드러운 연분홍빛 피부를 지닌 내 친구 젠이 항상 최고 예쁜 피부로 뽑혔다. 내 친구 니나는 숱이 많은 금발로 최고의 머리카락을 갖고 있었다. 질은 자신에게 가장 예쁜 눈의 칭호를 부여했던 것 같은

데, 그냥 내 짐작으로만 그런 건지도 모르겠다.(크고 진한 눈동자에 무척 자연스럽게 진한 속눈썹을 갖고 있던 질은 실제로 눈이 아름다웠다.) 나는 손이 제일 예쁜 아이로 꼽혔는데, 당시에는 그 결과가 씁쓸할 정도로 실망스러웠다. 손? 손은 중요하지 않아. 누가 손에 신경 쓴다고?

자기 외모에서 한 가지만 바꿀 수 있다면 뭘 바꿀래? 우리는 이 게임도 자주 했다. 아, 난 젠의 피부를 갖고 싶어, 하고 우리는 말하곤 했다. 난 니나의 머리카락을 가질래, 난 이 주근깨들 좀 없애고 싶어. 언젠가 내가 직모 대신 곱슬머리를 갖고 싶다는 말을 한 적이 있는데, 한 아이가 나를 보더니 이렇게 말했다. "내가 너라면 그 콧구멍에 있는 실핏줄들을 없애고 싶을 거야." 나는 내 콧구멍에 실핏줄이 있는지도 몰랐는데, 그날 집에 가자마자 거울을 들여다봤더니 아니나 다를까, 정말로 거기 실핏줄들이 있었다. 몇 개의 작지만 빨갛고 구불구불한 선들이 콧구멍 안에서 양쪽 콧방울 아래쪽 피부를 향해 기어가고 있는 게 끔찍할 정도로 잘 보였다.

이것은 일찌감치 실시된 시선 훈련으로, 시선을 안이 아니라 밖으로 유도하는 방식, 몸을 자아 밖에 존재하는 것으로, 여자 자신인 것이 아니라 여자가 갖고 있는 무엇으로 경험하는 법을 배우는 한 방식이었다. 7학년부터 시작해 우리는 계속 이 기술을 연마해나가고, 몸을 부분들로 분해하여 점점 더 철저하게 점검하고, 다리와 팔, 배와 가슴, 엉덩이와 머리카락을 별개의 존재들로 바라보는 법을 배운다. 그 존재들은 대부분 어느 정도의 스트레스를 초래하고, 언제나 위계적 용어와 비교의 용어로 기술되며, 다른 이들과의 비교 속에서 관찰된다. 내 머리카락 대 니나의 머리카락, 내 눈 대 질의 눈. 이건 고쳐야 하고, 저건 숨겨야 해. 하나씩 하나씩, 우리는 자신을 해체하는 법을 배웠다.

이런 식의 사고방식이 7학년 학교 운동장 너머 세계에서 더욱 강화된다는 것, 자기 해체 기술이 끊임없는 시각적 지원을 받는다는 것, 이것이 소비문화의 생명을 이어가는 혈액 같은 요소라는 데는 의문의 여지가 없다. 팬틴 샴푸로 윤기를 더한 풍성한 다갈색 머릿단이 잡지 페이지 위로 폭포처럼 쏟아진다. 메이블린으로 화장한 커다란 눈이 가닥가닥 뚜렷하고 반짝이는 속눈썹을 자랑하며 텔레비전 화면 속에서 밖을 응시한다. 800달러짜리 지미추 펌프스를 신은 날씬하고 팽팽한 종아리가 광고판을 대각선으로 가로지른다. 미국의 기업들은 여자들에게 자신을 타인과 비교하도록 종용하고 에어브러시로 뽀얗게 꾸민 이상적인 이미지들에 가치를 결부시키면서 여자들의 몸을 조각조각 해체하는 일에 해마다 2000억 달러 이상을 지출한다. 7학년 여자아이들이 중학교로, 고등학교로, 대학교로 진학하는 동안 우리를 둘러싼 이미지들은 점점 더 구체적으로 변하고 더욱 끊임없이 더욱 음흉하게 공격을 가해온다.[6] 모델들은 노골적으로 성적 흥분을 의도한 모습으로 더 많이 제시되고, 본격적인 누드를 더 많이 쓰고 폭력의 배음을 더 많이 깔아 연출함으로써 더욱 철저히 성애화된다. 모델이 제시하는 이상들은 조목조목 한층 더 구체적이고 도저히 닿을 수 없는 것이 되며, 고스란히 노출되어 비평의 대상이 되는 신체 부위들이 점점 더 많아지고(전통적으로 그 대상이었던 가슴과 다리뿐 아니라 궁둥이, 팔, 엉덩이, 복근까지), 점점 더 기괴한 형상들(체지방은 전혀 없지만 가슴은 거대한 몸, 팔다리는 근육질이지만 가냘픈 몸, 아직 스물다섯 살처럼 보이는 쉰 살의 몸)이 아름다운 것으로 제시된다.

더욱 극적인 것은 그 이미지들의 강도 변화, 그 폭격의 수준과 성격일 것이다. 내가 굶기 시작한 무렵인 1980년대 초 시각적 이미지가 문화의 기본 커뮤니케이션 양식으로서 텍스트를 대체하기 시작했다. 이미지는 단어들과 작동 방식이 무척 다르기 때문에 이는 매우 급진적인 변화였다. 이미지들은 즉각적이며, 지성보다 훨씬 낮은 단계에서 우리를 때리고, 신속하고 저돌적으로 달려든다. 텔레비전이 처음 등장한 1950년대에는 화면의 이미지가 12~15초에 한 번 바뀌었다. 1980년대에 이르면 그 변화의 속도는 이미지당 7초 정도로 증가했다. 오늘날 평균적인 텔레비전 광고에서 이미지는 1.5초마다 급속히 바뀌는데, 이는 완전히 처리하거나 흡수하기가 불가능할 만큼 공격적인 속도다. 이미지들이 이런 속도로 닥쳐올 때는 그 이미지들이 순식간에 이끌어내는 반응들을 인지할 시간도, 그것을 분석하거나 제대로 된 맥락에 배치할 시간도 없다. 그 이미지들은 그냥 내면에 박히고, 그 자잘한 요점들은 모르는 사이에 은근히 스며들어 어느새 진실처럼 느껴지게 된다.

이것이 문화와 여성 혐오가 의식 아래 영역으로 서서히 스며드는 방식이며, 그것들이 지닌 장악력의 근원이다. 시각적 이미지의 힘과 문화의 명령에 관해 이야기할 때 클리셰와 일반화를 피해가기란 쉽지 않다. 그 일반화에 따르면 아름다움의 이미지들과 육체에 관한 명령들은 여자들에게 자신이 미흡하다는 느낌을 안기고, 비현실적인 기대를 설정하며, 우리에게 안녕이란 내면에서 벌어지는 일이나 우리의 삶과 관계와 일 안에서 벌어지는 일이라기보다 외면에서 벌어지는 일, 몸이 어떻게 보이는지, 그 몸이 무엇을 입고 있는지, 엄격한 문화적 표준에 부합하는지와 더 깊은 관련이 있다고 말한다. 모두 근거 있는 이야기다. 하지만 나는 이미지들이 지닌 정말로 잠식적인 영향은 그보다 더 무의식적인 수준에서, 문화가 삶의 체험과 상호작용하는 더욱 사적인 영역에서 일어난다고 생각한다. 시각적인 것들은 열추적 미사일처럼 자아를 공격한다. 시각적 이미지 하나하나는 우리가 이전에 불안이나 평가에서 느꼈던 아픔, 학습된 내용, 학교 운동장에서의 게임, 젠의 피부와 니나의 머리카락을 정확히 조준한다. 누가 무엇을 가졌고, 무엇이 가치와 지위를 부여하거나 앗아가는지. 이런 기억들은 줄곧 남아 있다가, 메이블린으로 화장한 눈이 다시 일깨우고,

팬틴 샴푸로 감은 머리카락이 다시 찌르며 자극한다. 이미지들은 이미 우리가 아는 것, 이미 우리가 두려워하고 있는 것에 메아리를 일으킨다.

7학년 시절, 그렇게 덜 시각적이었고 성애화가 덜 진행됐던 시절에도 우리는 세계를 육체적으로 가진 자들과 못 가진 자들로 나뉜 곳으로 이해했다. 아름다움은, 거기서 더 확장된 섹슈얼리티는 인구 중 완벽한 형체를 갖춘 소수만이 자유롭게 들어갈 수 있는 방이었고, 나머지 우리는 대가를 지불해야 그 방에 들어갈 수 있었으며, 거기 들어가는 입장권은 더 아름다운 머리카락과 더 깨끗한 피부로 구할 수 있었다. 그리고 고등학교에 들어갔을 즈음 우리는 그로부터 내적 추론을 전개하기 시작했다. 그 세계는 갈망들이 낱낱이 서로 분리되어 위협과 예상 결과라는 포장지에 싸이고, 욕구는 할 수 있는 것과 하면 안 되는 것 둘 중 하나만 택할 수 있는 세계였다. 먹기 대 허벅지. 초콜릿 대 여드름. 탐닉 대 아름다움.

나는 7학년과 8학년을 작은 여자중학교에서 보냈는데, 이런 환경이 아마도 내 급우들과 나를 외모에 대한 집착에서 어느 정도 풀어주었을 것이다. 우리는 '누가 제일 예쁜 이목구비를 가졌나' 게임도 했고, 피부와 머리카락과 옷에 관해서도 신경 썼지만, 남학생들이 없다는 것은 최소한 이따금이라도 남을 의식하지 않고 일종의 중성성을 누릴 수 있게 해주었다. 우리는 제법 거친 무리였고, 적어도 우리 생각은 그랬다. 꼭 붙는 리바이스 코듀로이 바지에 무거운 워커 부츠를 신고 마스카라를 두껍게 바른 채, 점심시간이면 근처 피자 가게로 몰래 빠져나가 무슨 공사장에서 일하는 10대 일꾼들처럼 리놀륨 테이블에 둘러앉아 웃으며 게걸스레 피자를 먹고, 말보로나 윈스턴이나 올드골드 같은 남자들이 피우는 담배를 피워댔다. 그 시절 아직 우리는 사춘기 이전에 지녔던 몸에 대한 무자각한 조각을 용케도 붙잡고 있었고, 혹시 그때 우리가 외면을 향하는 시선을 훈련하는 중이었다 해도 아직은 이후처럼 강렬하게 몰두하고 있지는 않았다. 그러다 9학년 때 우리 학교는 근처 남자학교와 통합되었다. 우리는 매일 오전 수업이 끝난 후 점심시간에 버스로 그 학교까지 이동했다. 만약 내가 캐럴 길리건이 여자 청소년들의 “변경變更의 순간”[7]이라 부른, 자신감과 목소리가 줄어들고 외모와 순응성에 대한 의식이 급증하는 시기를 정확히 집어내야 한다면, 그 시절의 이른 오후, 우리 열네 살 소녀들의 작은 무리가 스쿨버스에서 우르르 내린 다음 낙오병들처럼 뒤로 처져 카페테리아를 지나 정문으로 걸어가던 바로 그때가 아니었나 싶다. 우리는 완전히 구경거리처럼 전시된 채 빤히 쳐다보는 시선들을 받았고, 때로는 우우 지르는 소리도 들어가며, 커다란 판유리 앞으로 줄지어 지나가 점심을 먹기 위해 줄을 섰다. 그때 우리를 비디오로 촬영했다면 우리의 거동과 표정에서 분명한 변화를 포착할 수 있었을 것이다. 이제 시선은 내리고 몸은 꼿꼿이 편 채였고, 손은 머리로 가져가 머리칼을 가지런히 다듬거나 부풀리기 위해 열심히 움직였다. 점심을 먹을 때는 남들 시선을 의식하면서 무리를 지어 앉아 식반 위로 고개를 숙이고 먹었다. 수업과 수업 사이에는 여자 화장실로 우르르 몰려가 머리와 화장에 대해 야단법석을 떨었고, 바지가 잘 맞는지, 엉덩이가 너무 커 보이지 않는지, 신체 부위들이 적정한 사이즈에 부합하는지 하지 않는지에 강박적으로 신경을 썼다.

각 부위가 하나하나 따로 떼어져 평가되고 비교되며, 각각의 결점은 기괴할 정도로 확대되어 인지되고, 각 부분들 하나하나가 그것들의 총합보다 더 크다. 여러 해에 걸쳐 이런 연습이 계속되면 이는 여자가 몸을 경험하는 익숙한 방식이 된다. 그러면 여자는 어쩌면 이를 당연한 것으로 받아들이게 될 수 있다. 내면의 장광설을 완벽하게 자연스러운 것으로, 형태와 무게에 대한 끊임없는 인지—몸이 어떤 느낌이 드는지, 몸에서 어떤 점이 문제인지, 어디가 붓거나 늘어졌거나 너무 크거나 볼썽사나운지, 몸이 어떻게 움직이는지, 입안으로 무엇이 들어가고, 입에서 무엇이 나오는지—를 일상의 반복적이고 예측 가능한 부분으로, 눈을 깜빡이는 것처럼 평범한 일로 바라보게 될 수도 있다. 너무나 많은 여자들이 본능적으로 식사장애에 빠져드는 것도, 거식증이 내게 그토록 자연스러운 해법처럼 느껴졌던 것도 별로 놀라운 일이 아니다. 굶음으로써 내가 한 일은 이미 몸에 관해 알고 있었던 바에 의지해 그

앎을 외현화할 수 있는 나의 능력을 십분 활용하고, 그 능력을 일종의 잔인한 행위 예술로까지 끌어올린 것뿐이다. 굶기를 그만둔 지 여러 해가 지난 지금까지도 초기에 배운 것이 어찌나 견고하게 버티고 있는지 놀라울 따름이다. 7학년 때부터 30년이 지나도록 나는 내 손이 매력적이라는 걸 한 번도 의심해보지 않았고, 30년이 지나서도 내 자의식은 여전히 콧구멍의 실핏줄들에서 자유롭지 못하다.

오늘날 페미니즘의 시각에서 여성의 몸을 다룬 글들을 읽다 보면, 여자의 자기상 형성을 설명하기 위해 기입記入이라는 개념이 자주 거론되는 걸 보게 된다.[8] 기입의 관점에 따르면 문화는 몸에 기록되고 부호화된다. 뚱뚱하고 날씬하고 깎여나가고 장식되고 굶고 포식하는 여자의 몸은 일종의 텍스트이며, 이 텍스트를 제대로 분석하기만 하면 문화가 여자들을 어떻게 보는지, 여자들이 무엇을 붙잡고 씨름하고 있는지에 관해 많은 것을 알 수 있다는 것이다.

나는 이 이미지가 어느 정도는 유용하다고 생각한다. 확실히 거식증을 앓는 이는 욕구의 억제에 관한 걸어 다니는 선언문이며, 폭식증을 앓는 이는 한 여자의 허기가, 또 그 허기를 부인하려는 강박이 얼마나 거대할 수 있는지에 대한 살아 있는 증거다. 성형수술에 관한 통계는 그보다 더욱 명백한 진술이다.[9] 1999년에 북미의 여성 14만 명이 유방 확대 수술을 받았는데, 이는 1992년에 비해 413퍼센트 증가한 수치다. 가슴

처짐 교정 수술을 받은 수는 같은 기간에 381퍼센트 증가했다. 화학 박피술은 171퍼센트, 쌍꺼풀 수술은 139퍼센트, 복부성형수술은 227퍼센트, 지방 흡입술은 389퍼센트 증가했다. 이것은 텍스트인 몸의 완벽한 예다. 글자 그대로 피부에 새긴 절망이며, 메스로 새긴 불만이다.

그런 독해도 설득력이 있을 것이다. 다만 내게는 기입이라는 은유가 다소 고정적이라고 느껴지기도 한다. 마치 여자들은 모두 똑같은 백지들이고, 그들과는 별개인 제3의 존재, 그러니까 우리가 문화라 부르는 외적인 그것이 종이 위에 뭔가를 쓴다는 말 같다. 철학자 엘리자베스 그로스는 그보다는 좀 더 유연한 캘리그래피의 이미지를 사용한다.[10] 캘리그래피는 쓰는 행위만이 아니라 쓰는 데 사용되는 구체적 재료들과 그 재료들 사이에서 일어나는 독특한 상호작용까지 고려하는 과정으로, 이 과정의 최종 산물—여자의 핵심적 자기의식—은 사용된 종이의 종류와 질감, 메시지에 저항하거나 흡수하는 역량, 쓰기 도구의 질, 잉크의 질에 따라 다를 것이다.

내게는 이것이 자기상의 핵심에 더 가깝다고 여겨진다. 즉 자부심 또는 수치심, 사랑 또는 미움으로 인해 자기상이 형성되고 왜곡되며 부호화되는 방식을 더 잘 설명해주는 것 같다. 여자들이 자신의 몸에 대해 느끼는 불만을 순전히 사회와 매디슨 애비뉴 탓으로만 돌리는 것은 너무 쉽다. 또 사실 그렇게 돌려버리고 싶은 유혹도 크다. 그러나 내가 거식증을 겪었던 몇 년에 대해 깊이 생각해볼 때, 그토록 굴곡도 없고 핏기도 유연성도 없는 몸속에 사는 것이 왜 그렇게 절실하고 유혹적으로 느껴졌는지 돌이켜 생각해볼 때, 그리고 다른 여자들이 자신의 몸으로 표현하고 자신의 몸에 관해 표현하는 감정의 넓은 스펙트럼—건강한 감정들과 파괴적인 감정들, 고통스러운 감정들, 기쁨의 감정들—을 생각해볼 때면, 진실은 문화보다 훨씬 더 나아간 지점까지 뻗어 있다는 생각이 든다. 그러니까 가장 여성 혐오적인 광고와 이미지와 명령 들을 한참 넘어선 곳, 그리고 훨씬 더 복잡한 상호작용이 벌어지는, 더 잘 보이지 않는 저 아래 내적인 통로들에까지.

그로스는 우리가 모두 시초부터 기입된 존재들이라고 말한다. 우리도 낱낱의 종잇장들처럼 부서지기 쉽게 태어나거나 탄력성을 지닌 채 태어났을 수도 있고, 선천적으로 무겁거나 얄팍하게, 선천적으로 아름답고 독특하게, 선천적으로 평범하고 밋밋하게 태어났을 수도 있다. 이런 특성들이 환경, 가족, 기질과 충돌하며 시간의 흐름과 함께 우리를 변모시키고 사회적 명령에 대한 저항 혹은 취약성을 형성한다. 이 캘리그래피 패러다임의 폭은 대단히 넓다. 이 패러다임은 욕구에 관한 문화의 메시지들이 저마다 지속성의 차원에서 왜 그렇게 큰 차이가 나는지를 설명하는 데 도움이 되고, 또한 문화가 훨씬 거대한 수프에 들어가는 재료 중 겨우 하나일 뿐인 이유도 설명해준다.

40대의 한—무척 아름답고 뼈대가 굵으며 선천적으로 육감적인 몸매의—여성은 10대 시절에 겪은 전형적이지만 결정적인 순간의 이야기를 들려주었다. 볼링장에서 어머니가 자기 때문에 몹시 창피하다는 듯 다급하게 달려와서는 화난 쇳소리로 말했다고 한다. "면 끈이 달린 브라를 사! 가슴이 덜렁거리고 젖꼭지가 딱딱해져 있잖아!" 오랜 세월이 지난 뒤 이 이야기를 들려주는 그의 눈에는 눈물이 고여 있다. 이야기를 듣는 동안 나는 굵은 나무줄기로 만든 곱고 섬세한 종이 한 장에 갑자기 수치의 잉크 얼룩이 묻고, 이어서 그 얼룩이 반복적으로 묻는 모습을 떠올린다. 그것은 분노와 공포로 휘갈겨 쓴 메시지다. 몸의 쾌락을 즐기지 마. 몸을 자랑스레 내보이지 마. 몸은 나쁘고, 너도 나빠. 폭식증에서 벗어나는 중인 또 한 여성은 너무나도 수줍었던 열네 살 시절 추수감사절 만찬 자리에서 으깬 감자를 더 먹으려고 손을 뻗을 때 삼촌 하나가 가슴 근처 살을 찌르면서 그의 체중에 대해 음란한 말을 던졌던 일을 떠올린다. 이 사람은 부드럽고 조곤조곤 말하고, 불확실한 태도와 남들 시선을 의식하는 분위기를 풍기는데, 그의 말을 들을 때 내게는 약하고 물기를 잘 흡수하며 무디고 둔탁한 도구를 사용하면 쉽게 찢어지는 무른 라이스페이퍼 한 장이 떠오른다. 사랑과 섹스 중독자들을 위한 열두 단계 치료 모임에 참석했을 때다. 한 근친 강간 생존자가 여자의 섹슈얼리티에 대한 의식에 폭력이 지울 수 없이 새겨지는 방식을 간명하게 요약했다. "수년 동안 나 자신에게 성감을 동하게 할 수 있는 유일한 방법은 내게 수치심과 폭행을 당한다는 느낌을 주는 관계를 맺는 것뿐이었어요." 이 말을 들으며 나는 한 여자의 자기상이 얼마나 심오하게 여러 층위로 구성될 수 있는지, 그 자기상의 힘이 얼마나 많은 변수에 영향을 받는지 생각했다. 훌륭한 캘리그래퍼—사랑을 주는 부모, 지지해주는 교사, 따뜻하게 보살피는 공동체—는 가장 평범한 종이를 가지고도 가장 섬세한 잉크를 사용해 가치와 존중과 사랑스러움에 관한 초기의 메시지들을 세심하게 새김으로써 아름다운 작품을 만들어낼 수 있다. 나쁜—방기하고 학대하는 잔인한—캘리그래퍼는 가장 고운 종이도 처참히 망쳐버릴 수 있다.

내 경우 몸에 대한 의식을 빚어냈던 것은 선의를 지닌 캘리그래퍼들과 한탄스러울 정도로 다루기 불편한 도구들의 기묘한 조합이었던 것 같다. 의도적으로 부정적인 글이 기입된 일은 분명히 없었다. 우리 집에서는 폭력도 학대도 없었고, 사춘기 시절 발달 중인 내 몸에 대한 경멸이나 경계도 없었다. 그런데도 육체적 형상과 관련된 무언가—육체의 성적인 힘, 쾌락에 대한 육체의 집요한 고집—는 일찍부터 부정적이고 두려움을 품은 관점에서 취급되었고, 육체의 허기, 취약성, 자극할 능력은 어떻게든 위험하고 통제할 수 없고 신뢰할 수 없는 것으로 새겨졌다.

내 최초의 교사는 침묵이었고, 수업 내용은 보이지 않는 잉크로 쓰여 있었던 것 같다. 언젠가 쌍둥이 언니에게 우리가 어렸을 때 육체에 관해 배운 게 무엇이라고 생각하는지 묻자 언니는 한 단어로 대답했다. "은밀성." 나는 고개를 끄덕였다. 우리 집에서는 몸에 관한 말을 거의 주고받지 않았고, 신체의 기능이나 충동이나 필요에 관해 대수롭지 않거나 가볍게 말하는 일이 없었으며, 육체를 자랑스러워하는 의식도 단연코 없었다. 우리 중 누구도 부모님의 벗은 몸을 본 적이 없고, 거의 벗은 모습조차 본 적이 없다. 섹스에 관련된 단어나 섹스 소리도 들은 적이 없다. 언니와 내가 사춘기에 접어들기 직전에 어머니는 우리를 한 명씩 따로 불러 월경에 관한 너무나 어색하고 서투른 강의를 들려주었다. 어느 아침 등교 중인 차 안에서였다. 어머니는 내가 차에서 내리기 직전에 『탐정 해리엇』이라는 소설에서 월경을 시작한 한 등장인물을 언급했다. 그 인물에게 무슨 일이 일어난 건지 알고 있니? 그 일에 관해 질문할 건 없니? 나는 난처해하는 어머니가 너무 난처했다. 그래서 그냥 몇 마디(넵, 아뇽) 우물거리고는 냅다 달아났다.

나는 다른 사람들의 가정에서 사소한 차이점들을 발견했고, 그들은 몸과 더 느긋한 관계를 맺고 있다는 신호들을 포착했다. 한 친구의 어머니는 매일 아침 친구의 등을 문질러 잠을 깨웠는데, 그건 내게 너무나 놀랍고 상상하기도 어려울 만큼 다정하게 촉각적인 일이었다. 또 다른 친구의 어머니는 욕조 옆에 양초를 켜두었고, 다양한 거품 목욕 용품과 향기 나는 비누들을 갖추고 있었는데, 그건 사치의 가치를 가장 사랑스럽게 인정하는 방식 같았다. 또 언젠가는 한 친구의 부모님이 거실에서 1940년대 스윙 음악을 틀어놓고 춤추는 모습을 보았다. 아버지가 어머니를 뱅글뱅글 돌리더니 가까이 당겨 안았고, 어머니는 고개를 뒤로 젖히며 큰 소리로 웃었다. 무슨 영화의 한 장면, 그것도 외국영화의 한 장면을 보고 있는 느낌이었다. 나의 부모님은 그런 모습을 한 번도 보인 적이 없었다. 나는 몸을 중심으로 한 유희의 감각을 느껴본 적도 없었고, 몸이 (건드리고 달래고 안심시키고 흥분시킬 수 있는) 특별한 힘을 지니고 있다는 것도 느껴본 적이 없었다. 내가 감지한 것들은 그와는 정반대되는 감각들이었다. 요컨대 육체적 문제들에 관한 한 '묻지 마' '말하지 마' '건드리지 마'라고 말하는 듯한 당혹스러움, 내 부모님의 불행에는 섹스와 관련된 요소가 있는 것 같다는—여러 해 동안 확인되지 않은 채 남아 있었던—의심, 그리고 그와 관련해 육체는 기쁨이 아니라 말썽을 유발하는 힘을 지니고 있다는, 희미하지만 무시하기 어려웠던 생각이었다.

또래들에게서는 더욱 복잡한 가르침을 얻었다. 집에서 느끼던 초조한 침묵은 고등학교에 다니면서 점점 깊어지는 인식에 의해 더욱 복잡한 성격을 띠었다. 이를테면 실제로 육체는 엄청난 힘과 영향력을 지니고 있으며, 사회적 위계에서 차지하는 위치를 결정하고, 한 사람의 가장 기본적인 가치와 가치의 득실을 결정하는 중요한 요인이라는 인식이었다. 7학년 때 그랬던 것처럼 가치를 더해주는 자원—확실한 보증으로 가는 지름길인 미모, 날씬함, 장밋빛 피부, 윤이 나는 머리카락—이 무엇인지는 분명했지만, 그것들의 힘은 시간이 지나면서 점점 더 미약해지는 것 같았다. 가치와 지위, 그리고 그에 수반하는 안전함의 느낌은 한순간에 사라져버릴 수 있었다. 청소년기의 자의식에서 비롯된 팽팽한 외줄 타기를 하는 것 같던 그 느낌이 지금도 컬러화면처럼 생생하게 기억난다. 육체는 가장 중요한 재화였지만, 어느 순간이라도 나를 배신할 수 있는 재화였다. 하룻밤 사이에 여드름이 돋을 수도 있고, 탐폰이 샐 수도 있으며, 감춰두었던 결점이 드러날 수도 있었다. 엘리자베스 그로스는 이렇게 썼다. "여성의 몸을 누출하는 몸, 피 흘리는 몸, 호르몬과 번식 기능에 휘둘리는 몸으로 부호화하는 관습이 여전히 남아 있다. 여자들의 몸은 통제되지 않고, 부풀며, 비이성적이고, (…) 새어나오고, 통제되지 않고, 배어나오는 더러운 것으로 여겨진다."[11] 이런 관념은 태고부터 있었고 서구 철학에서 반복적으로 메아리를 울려왔지만, 내가 이를 배운 것은 고등학교에서였다. 몸에 관한 한 뭔가 초조한 웃음이 따르는 창피함의 분위기가, 또한 몸의 예측 불가능성에 관한 걱정, 그러니까 흘러나오고 냄새를 풍기고 부끄러움을 초래할 수 있는 몸의 힘에 관한 낮게 깔린 걱정이 마치 증기처럼 늘 공기 중에 퍼져 있는 것 같았다. 나는 학교에서 무엇이든 지나친—너무 시끄러운, 너무 머리 좋은, 가슴이 너무 큰, 가슴이 너무 작은, 너무 섹슈얼한, 너무 헤픈—존재로 보이는 일에 대한 공포도 잘 기억하고 있다. 이러한 규정들 밑에는 명시적으로 이야기되지는 않았지만 누구나 분명히 이해하고 있던 하나의 전제, 즉 넘어가지 않도록 잘 지켜 운항해야 할 선들이 있고, 꼭 통제해야 할 것들이 있으며, 폭로되어서는 안 될 과도함들이 존재한다는 전제가 깔려 있다. 그 운항 체계가 고장 날 때에는 처벌을 감내해야 하고, 야유와 비난을 견뎌내야 하며, 속삭이는 소리지만 뚜렷이 들리는 힐난의 목소리도 들어야 했다. 쟤는 입 냄새가 지독해. 내 피부가 저렇게 엉망이면 난 차라리 죽어버릴 거야. 그 애가 그 남자랑 3루까지 갔다는 말이 믿기니? 너 정말 이 바지가 괜찮아 보인다고 생각해? 정말 그렇게 확신하느냐고! 몸은 지위와 가치를 부여해줄 수 있지만, 오직 최대한의 경계와 주의를 기울여 관리하는 경우에만 그렇다.

자부심은 육체 혐오에 대한 해독제가 될 수도 있겠지만 너무 미끌미끌해서 붙잡기 어려운 감정이다. 자부심이 존재의 고갱이에 예리하게 새겨져 있는 사람이 아니라면 자부심을 항상 유지하기란 어마어마하게 어려운 일이다. 또한 자부심은 그렇게 늘 유지할 수 있는 감정이 아니기에, 흔들리는 배 위에서 무게중심을 잡으려 허둥대는 것 같은 불확실함의 느낌을 남긴다. 고등학생 시절 내 사진들을 보면, 존재의 형태가 전혀 잡히지 않았고 분명한 중심이 없다는 게 표정으로 드러나는 한 여자아이가 보이고, 내가 서툰 솜씨로나마 나 자신을 새기려 용을 쓰고 있었던, 예쁘지만 거의 텅 빈 백지가 보인다. 눈 화장은 남들 눈을 의식해 지나치게 짙게 했고, 옷은 다른 여자아이들을 보고 따라 고른 것이며, 털을 뽑아 다듬은 눈썹은 항상 놀란 것 같은 선을 그리고 있다. 그 무렵 공부와 우정의 영역에서 무게중심을 잡는 일에는 꽤 능숙해져 있었지만—선생님들과 여자 친구들이 나에게 기대하는 것이 뭔지 알았고 그 기대에 부응해 반응했다—더 구체적이고 육체적인 영역에 속하는 매력과 섹슈얼리티는 나로서는 도저히 알 수 없는 것들이었다. 나는 남자아이들을 편안히 상대할 수 있는 자신감이 전혀 없었고, 그 무엇이든 그들 앞에 내놓을 수 있는 선천적 가치가 내게 있다고는 생각도 해본 적 없었다. 남자아이들이 매력적이라고 느끼는 것 같았던 성격적 특성들도 하나도 없었고, 가볍게 이야기 나누는 걸 좋아하거나 외향적이거나 활달한 면은 조금도 없었기에 몸—그 수수께끼 같고 비밀스러우며 예측할 수 없지만, 그럼에도 남자아이들이 찬탄하고 반응하는 것처럼 보였던 그것—은 힘의 근원인 동시에 가장 깊은 혼란의 근원이 되었다. 몸은 내가 원하는 관심을 촉발할 수 있지만, 그 관심은 내가 잘 모르는 것이자 창피함의 기미가 섞여 있는 것 같고 나에게는 차단되어 있는 것 같은 종류의 관심이었다. 몸은 가치를 확증해줄 수 있지만, 그 가치는 관리를 해야—장악하고 성적인 특성을 부여해야—존재할 수 있는 특정한 종류의 가치였다. 이는 공포심을 자아내는 조합이다. 힘이란 우리가 그것을 가지고 무엇을 해야 할지 모를 때는 무서운 것이다. 게다가 그 힘이 얼마나 깊은 곳까지 미치는지 확신하지 못할 때, 그것이 가느다란 허리나 윤이 나는 머리카락 이면에도 존재하긴 하는지 확신할 수 없을 때, 우리가 그 판단을 신뢰하지도 않는 다른 사람들에 의해 거듭 강화되어야 하는 힘일 때, 그 힘은 더욱더 무서워진다.

나는 겁이 났다. 너무나도 비밀스럽고 미지의 영역처럼 느껴지던 나 자신의 성적 갈망이 무서웠고, 너무나 생생하고 노골적으로 느껴졌던 남자아이들의 성적 갈망도 무서웠으며, 한데 합쳐져 있는 듯 서로 구별해서 분리하기가 어렵게 느껴졌던 섹스와 권력과 가치의 관계에 대해 내가 아무 판단도 내릴 수 없다는 것도 무시무시했다. 그 모든 것의 한가운데서, 나는 엄밀히 말해 내 몸을 싫어하거나 수치스러워하지는 않았지만, 그 두려움에 대해서는 심한 수치심을 느꼈다. 그 수치심은 나를 무력하고 미성숙한 존재로 느끼게 했고, 한심할 정도로, 고통스러울 정도로 멋대가리 없어 보이게 만들었으며, 내가 무언가 심각한 결함과 무지를 갖고 있다는 증거이자 끔찍한 비밀처럼 느껴졌다. 다른 여자아이들은 그 힘으로 뭘 해야 하는지, 자신의 힘을 어떻게 사용해야 하는지, 그 힘에서 어떻게 쾌락을 이끌어내야 하는지 알고 있었고(어쨌든 나는 그렇게 생각했고), 그와 대조적으로 나는 마치 너무나도 중요하고 결정적인 어떤 원의 바깥에 서 있는 것처럼 나 자신이 단지 별스럽기만 한 것이 아니라 고립된 존재라는 느낌까지 들었다.

굶기 이전의 시기에 나는 (따지고 보면 굶기 이후의 시기에도) 그 불편한 마음을 막아내고 억제를 누그러뜨리고 불안을 씻어내는 데 술을 사용했고, 그 전략은 적어도 상황에 따라서는 제한된 방식으로나마 꽤 효과가 있었다. 술에 취하면 몸을 두려워하는 대신 몸속에 존재할 수 있었고, 아니면 적어도 그런 것처럼 시늉할 수는 있었다. 불확실함을 옆으로 밀쳐낼 수도 있었고, 완전히 마비시킬 수도 있었다. 술에 취해서도 할 수 없었던 것은 뭔가를 제대로 배우는 것이었다. 나의 두려움과 그 두려움에 대한 수치심, 나의 몸, 허기 자체. 이 모든 것은 어느 불길하고 머나먼 풍경 속 점들처럼, 여전히 별로 탐색되지 않은 상태 그대로 남았고, 나는 그것들이 그 미답의 상태를 유지하도록 최선을 다했다.

하지만 때때로 그 풍경을 얼핏 보게 될 때도, 그 풍경의 복잡성을 엿보게 될 때도 있었다. 파티에서 술에 취해 이튿날 어떤 남자의 침대에서 깨어나곤 했는데, 그럴 때면 전날 밤의 시시덕거렸던 일이며 균형추를 얻고자 하는 갈망으로 그 힘에 굴복했던 일을 아주 어렴풋이 의식했고, 그 일로 내가 얻은 인정은 알코올이 일으킨 착각이자 가짜이며 그 효과는 일시적이고 휴지처럼 얄팍한 것임을 깨달으면서 으스러질 것 같은 숙취 속에서 굴욕감을 느꼈다. 또 때로는 누군가가 내게 매력을 느낀다는 걸 깨달을 때가 있었는데—대개는 부적절한 상대인 연상의 남자이거나, 어떤 권위적인 인물 혹은 영웅 숭배의 대상 같은 인물이었다—그런 일을 마주하면 나는 겁에 질린 채 모종의 양가감정에 빠져들었다. 그 사람의 성적인 관심에 반응하는 것도 두렵지만 그것을 거부하는 것도 두려웠고, 손에 잡힐 듯 너무나 구체적인 동시에 너무나 못 미덥게 느껴지는 무엇에 퇴짜를 놓는다는 것이 꺼림칙했다. 그런 모든 상황 속에서 내게는 본능적인 수준에서 느껴지는 행위 주체성과 온전성의 감각이, 만약 영혼 속에 존재한다면 몸으로도 마땅히 표현될 그 감각이 결여되어 있었다. 몸, 그것도 나의 몸은 내가 신뢰하고 알고 소중히 여기는 무엇이 아니었고, 바로 그런 신뢰와 앎과 소중함의 감각들이 내 존재의 핵심에서 잡히지 않고 빠져나가기만 했기 때문에, 나는 그런 감각이 나에게 온전히 기입되어 있다는 느낌을 한 번도 받지 못했다.

내가 본격적으로 굶기 시작하기 직전 여름에, 아버지가 오래 이어온 불륜을 고백했고 그로 인해 부모님의 짧은 별거가 시작됐다. 아버지의 그 고백은 우리 세 남매에게 부모님의 문제가 얼마나 심각한 것인지를 처음으로 인정한 일이었다. 몇 가지 측면에서 그것은 비공식적이었던 것을 공식화하는 소식이었지만—그것은 확실히 부모님의 불행에 이름과 얼굴을 부여했다—또한 깊은 동요를 일으킨 소식이기도 했다. 그전까지 아버지는 내게 어떤 우상화된 인물처럼 가장 강력한 사람이었을 뿐 아니라 무뚝뚝한 태도와 명석한 정신, 마치 상대의 내면을 꿰뚫어보는 것 같은 날카로운 눈빛을 지닌 다소 무서운 사람이었다. 나는 늘 아버지의 표현하지 않는 성격과 예리함과 어마어마한 지성이 아주 절묘한 통제력의 증거라고 생각했고, 아버지는 평범한 인간적 충동들을 정복한 사람인 것 같았다. 그 고백이 아버지를 우상의 위치에서 완전히 몰아낸 것은 아니었지만, 육체의 욕구들이 지닌 폭발적인 힘과 초월 불가능성, 상처를 입힐 수 있는 잠재력에 관해서는 분명 무언가를 말해주었다.

거의 같은 시기에 나는, 내가 존경했고 멘토라고 생각했던 논문 지도 교수(기혼자이고 나보다 나이가 꽤 많은 남자)와 짧은 기간 끝내 성관계까지 가지는 않았지만 아주 괴로운 관계를 이어갔다. 이른바 부적절한 권위적 인물의 범주에 들어가는 사람이었다. 요컨대 그는 내게 인정받고 싶다는 갈망을 부추기는 사람이었고, 나는 나에 대한 그의 성적인 관심을 인지했고 그 관심에 부응하는 동시에 그것을 부인했다. 그는 졸업식 며칠 후 나를 데리고 점심 식사를 하러 갔고, 우리는 마티니와 와인을 마셨다. 나는 그의 관심에 어질어질해졌고, 그 관심의 배후에서 성적 자극을 감지했으며, 내가 그것을 즐기고 유도하는 동시에 두려워하고 있다는 것도 인지했다. 식사 후 그의 차에 탔을 때 그가 내 쪽으로 몸을 기울이며 키스하기 시작했고, 나는 전율과 무서움을 느끼면서도 내가 완전한 공모자라고 느꼈다. 나 스스로 지니고 있다고 인정할 마음이 전혀 없었던 어떤 힘을 내가 행사하고 있다는 것을, 말로 표현할 수 없는 어떤 방식으로 이해했다. 그는 브라운대학에서 처음으로 내가 특별하다고 느끼게 해준 교수였다. 그 느낌은 내가 절박하게 필요로 했던 감정이었으며, 내가 그 느낌에 굶주려 있다는 건 나도 잘 알고 있었다. 나는 그의 관심에 부채질을 했고, 그 관심에 성적인 성격을 부여하는 일에 동참했다. 그러지 않으면 그의 관심을 모조리 잃게 될 거라고 느꼈기 때문이다. 그래서 나는 그렇게 그의 차 안에서 내 가슴에 닿은 그의 손을 느끼고 내 목에서 그의 숨결을 느끼며 어리벙벙한 채로 마비된 것처럼 앉아 있었다.

내가 그 관계에서 달아날 용기를 그러모을 때까지, 우리는 몇 주에 걸쳐 대여섯 번을 만났다. 낮술을 곁들인 점심, 그리고 뒤이어 거의 항상 그의 차 안에서 벌어졌던, 견딜 수 없이 괴로웠던 몸을 더듬던 시간. 내가 진심으로 사랑했던, 나중에 캘리포니아로 간 남자 친구는 당시 프로비던스에서 나와 함께 살고 있었다. 나는 그에게 나의 배신을, 그리고 나 자신에게도 경악스러웠던 그 공모자 된 느낌을 감추려고 노력했다. 어머니는 치밀어오르는 격분에 집에서 나가 잠시 아버지를 떠나 있었다. 잔잔히 달여지던 진실이 끓어올라 흘러넘쳤고, 한때 보이지 않는 잉크로 쓰여 있던 메시지가 이제는 볼드체로 인쇄되어 뚜렷해졌다. '갈구는 나쁘고, 허기는 나쁘고, 몸은 나쁘다. 이 모두는 혼란과 상처와 상심과 번민을 초래한다.'

나는 1년 동안 먹고 굶고 폭식하고 다이어트하면서 그 감정을 요리조리 피해 다녔다. 그 모든 행동의 근원을 거슬러 올라가면 불안과 죄책감에 도달하겠지만, 또한 몸과 자신에 대한 더 깊은 불신, 몸을 밧줄로 동여매고 제어하지 않으면, 몸의 갈망들을 문 뒤에 가둬두지 않으면, 끔찍한 뭔가가 터져나올 수도 있다는 확신에도 도달할 것이다. 나는 춤을 추듯 요리조리 피해 다녔지만, 그런 짓마저 더 이상 견딜 수 없을 때는 욕구 시스템을 아예 꺼버렸다.

나는 바로 이것이 거식증의 영혼, 그 열에 들뜬 거식증의 핵심이라고 생각한다. 몸은 진압해야 하는 나라이며, 몸의 욕구들은 너무나 저열하고 기만적이어서 완전히 뿌리 뽑아야만 하는 적군들이다. 그게 아니라면 내가 거식증에 대해 느끼던 그 어쭙잖은 자긍심을 달리 어떻게 설명할 수 있을까? 나는 평생 여자들이 욕구들을 상대로 전투를 벌이는 모습을 지켜봐왔고, 매일같이 '내 몸이 싫어, 내 허벅지가 싫어'라며 자신에게 호된 비난의 장광설을 퍼붓는 걸 들어왔고 동참해왔다. 흘러넘침, 너무 많은 것을 필요로 하는 것, 미리 정해둔 한계선들을 넘어 새어나가는 것에 대한 오싹한 두려움을 나 역시 그들과 공유했다. 너무나 많은 여자들이 자신의 몸에 대해, 그리고 어쩌면 거기서 더 확장하여 자기 자신에 대해서까지 느끼는 조심하고 경계하는 마음을 나는 이해한다. 나는 한 사람의 여러 욕구들이 어떻게 하나의 욕구로 묶이고 왜곡될 수 있는지 보아왔다. 인정과 섹스가 하나가 되고, 섹스는 배신과 하나되며, 육체의 욕구들과 영혼의 욕구들은 완전히 헝클어진 매듭이 되어 정체도 알 수 없고 행동으로 옮길 수도 없게 된다. 허기의 통제든 허기에 대한 굴복이든, 나는 허기가 한 사람을 어디로 데려갈 수 있는지를 보아왔다.

나는 그저 이런 인식을 그 논리적 귀결까지 밀어붙여 다른 사람들은 하지 못하는 것을 해냈을 뿐이다. 나는 그 적균을 무찔렀고, 그와 함께 위험의 위협, 결과들의 위협도 무찔렀다.

육체 혐오를 제대로 성찰하지 않은 채 시간이 흐르면 그 미움은 어마어마한 힘을 지니게 된다. 그 힘이 얼핏 보기에는 사소해 보이는 방식으로 발휘될지 몰라도 말이다. 내가 아는 한 여성은 부탄가스로 열을 내는 휴대용 헤어 컬러 없이는 절대 캠핑도 여행도 가지 않는다. 한마디로 자기가 생각하는 딱 그 모양으로 머리 손질을 하지 않고는 세상으로—심지어 자기를 볼 수 있는 사람이 남편뿐인 숲속으로도—나갈 수 없다고 느낀다. 이런 행동이 육체 혐오와는 직접적으로 관계가 없는 것처럼 보일지도 모르고, 욕구 문제와는 더욱 무관해 보일지도 모르지만—아마 그냥 어리석은 일로 보일 것이다—그러나 나는 그런 행동이 제약에 대한 여자의 감각이 얼마나 깊이 뿌리박혀 있는지를, 그 제약들이 욕망에 관한 여자의 경험에 얼마나 큰 영향을 미칠 수 있는지를 시사한다고 생각한다. 몸에 관한 불안이 충분히 깊숙이 스며들면, '먹지 마' '입 닫아' '부탄 컬러 챙겨' '반쯤 미치광이가 될 때까지 굶어' 같은 규칙을 충실히 지키는 것이 완전히 자발적인 일처럼 느껴지고, 저절로 생겨나 자유로운 의사로 포용한 명령들처럼 느껴지게 된다.

나는 몇 년 전에 이런 일이 벌어지는 광경을 직접 목격했다. 미드타운 맨해튼의 어느 멋진 레스토랑에서 여성의 육체에 관한 문제에 대해 많은 생각을 해온 두 여자—둘 다 자신들이 원하는 만큼 날씬하지는 않아도 충분히 날씬했다—와 식사를 하면서였다. 〈뉴요커〉의 상임 필진인 수전 올린과 프리랜서 작가인 퍼트리샤 막스 두 사람은 모두 다이어트 전쟁의 참전 용사들이다. 둘 다 살이 찐 적도 빠진 적도 있었고, 엄격히 단속하던 때도 통제를 놓아버린 때도 있었으며, 강박적으로 운동을 하다가 게으름을 피우기도 했고, 자신이 아름답고 날씬하다고 느끼며 당당히 다니다가도 돼지 같고 그로테스크하다고 느끼며 살금살금 다닌 적도 있었다. 그들은 음식과 체중과 몸에 관한 책을 쓸 정도로 그 주제에 충분히 몰두해왔다. 체중 감량 비법과 다이어트 전략에 관한 짓궂고 풍자적인 글을 모은 『빼빼한 여자들: 모든 빼빼한 여자들이 다이어트에 관해 알고 있는 (그리고 당신에게 말해주지 않는!) 것』이라는 책으로, 1년 동안 비슷한 생각을 가진 동료들과 샐러드와 찐 채소들로 이루어진 '빼빼 점심'을 앞에 놓고 수집한 일화들을 엮었다.

최악의 시기는 지났다고 (둘 다 이제는 음식에 '집착'하지 않고, 분주하고 충만한 삶을 살고 있으며, 조심하지 않으면 그 문제가 존재 전체를 장악해버릴 수도 있음을 이해하고 있다고) 말하지만, 그래도 여전히 그 주제에 관해 매우 강렬한 감정들을 갖고 있었다.

그들은 특히 '뚱뚱한'과 '날씬한'이라는 단어들에 대해 강렬한 감정을 느꼈고, 이 단어들로 한 시간 분량의 자유연상은 너끈히 뽑아낼 수 있었다.

'날씬한'이라는 단어는 밝은 표정과 숨 가쁜 경이로움의 어조를 이끌어냈다. 수전이 말했다. "날씬할 때면 내가 재빠르고 가볍고 활기차게 느껴져."

퍼트리샤도 동의했다. "느낌만 그런 게 아니라 실제로도 그렇지! 나는 하루에 1.6킬로미터씩 수영을 했었는데, 날씬할 때는 그게 훨씬 쉬웠거든. 전에는 더 날렵하고 더 빨랐어."

수전은 몇 년 전 마라톤 훈련을 하던 때 느낀 기분을 이야기했다. "그땐 날씬했고 꼭 해내려는 결의에 차 있었지. 간혹 뚱뚱한 사람들을 앞질러 달릴 때면 내가 아주 강하게 느껴졌어. 뭐랄까, 아주 깔끔하고 모질고…"

퍼트리샤가 거들었다. "초인적인 느낌이 들지. 자신이 마치 기계처럼 느껴지잖아."

수전: "맞아. 아주 특별한 감정이야. 내게 이 모든 걸 거부할 힘과 의지력이 있다는 식의, 일종의 자만심 같기도 하고. 사람들은 그런 나를 시기했어."

퍼트리샤: "사람들이 시기하지. 완전."

'뚱뚱한'이란 단어는 정반대의 의미들을 함축하고 있었고, 한껏 찌푸린 경멸하는 표정으로 악다문 입술 사이로 내뱉는 단어였다. 수전은 포동포동한, 아줌마 같은, 그리고 (단어를 잘못 말했지만 수전의 의도는 이해할 수 있는) 부랑자*란 단어를 사용했다. 때로 "약간 뚱뚱할" 때는 자기가 안 섹시하고 몽실몽실하고 살덩어리 같은 느낌이 들었다고 한다. "나 자신을 쳐다보기가 싫었어. 다른 사람들도 아무도 나를 안 보기 바랐고."

퍼트리샤는 체중에 관해 처음으로 걱정했던 때 이야기를 했다. 중학교 졸업반 때였고, "그건 어리고 남자아이 같고 스포티해 보였으면 하는 의식적인 욕망이었어." 오늘날 자신의 덜 엄격해진 다이어트 방식을 설명할 때 퍼트리샤는 물렁물렁한, 게으른, 방만한 같은 단어를 사용했다.

나중에 퍼트리샤는 이렇게 덧붙였다. "음식에는 아주 노먼 록웰**스러운 뭔가가 있어. 무슨 말인지 알지? 내가 그래서 추수감사절을 싫어하는 거야."

수전이 말했다. "그래, 죄다 엄청 모성적인 것들이잖아."

퍼트리샤가 맞장구쳤다. "'마음을 달래주는 음식' 같은 말이

---

* lumpen, '덩치 큰' '땅딸막한'이란 뜻의 lumpy와 혼동한 것.

** Norman Rockwell(1894~1978). 미국의 화가이자 일러스트레이터. 미국 중산층의 삶을 이상화하고 감상적인 시선으로 친근하고 따뜻하게 묘사했다.

넌더리가 나는 것도 그래서고."

수전: "나도 그 말 정말 싫어. 그런 음식을 먹는 건 좋지만."

이들은 자신감 넘치고 큰 성취를 이루었으며 매력적인 이들로, 자기 자신을, 그리고 날씬함을 위해 자신이 감수한 무리한 일들을 우스갯거리로 만들며 함께 웃고 즐길 줄 아는 이들이었다. 그 이야기를 하며 반어적이고 불경한 태도를 취하는 걸 좋아했고, 자신들의 책에도 무도하고 정치적으로 문제가 있으며 냉소적인 농담을 의도적으로 잔뜩 뿌려놓았다.('별난 팁' 예 몇 가지: "제3세계 나라로 여행을 가라. 4킬로그램은 쉽게 빠질 것이다." "완숙으로 삶은 계란 하나를 통째로 삼킨다. 잘 넘어가게 해줄 다른 음식이나 음료는 전혀 먹지 말고. 잘되면 계란이 목구멍에 걸려서 다른 건 아무것도 못 먹게 될 것이다.") 그런데 그들에게 음식과 체중에 관한 여성의 몰두가 자기혐오나 수치심이나 내면화된 여성 혐오 혹은 무엇이든 사회 정치적 성격을 띤 것과 관련 있다고 생각하느냐고 물으니, 그들의 눈빛은 이내 따분하다는 듯 흐리멍덩해진다. 마치 페미니스트가 립스틱을 발라도 되느냐는 것처럼 의미 없는 질문이라는 듯이. 맙소사. 우리 지금쯤이면 그런 건 다 졸업하지 않았나? 하듯이.

뚱뚱한 게 페미니즘의 의제라는 거야? 퍼트리샤의 코에 주름이 잡혔다. "난 그런 주장 좀 불쾌하더라. 난 사람들이 자기가 보이고 싶은 모습으로 보일 권리가 있다고 생각하거든."

수전도 같은 생각이었다. "그 논리의 한 가지 결함은 여자들이 문화의 한 부분이라고 생각한다는 거야. 우리는 문화를 추동하는 세력의 일부라고. 내 말은, 문화는 남자들이 우리에게 부과하는 게 아니라는 뜻이야. 우리가 마른 몸이기를 원하는 거지."

그들은 그 생각을 일축하고—그 생각은 지난 시대의 유물이며 현재와는 무관한 것 같고, 마른 몸은 미적 문제이지 정치적 문제가 아니며, 선택이지 명령이 아니라며 물리치고—점심을 주문했다. 퍼트리샤는 제로 칼로리 감미료 다섯 봉을 넣은 아이스티, 프렌치프라이를 곁들인 절인 연어와 계란 흰자 오믈렛을 주문했다.(연어는 빼달라고 했고 프렌치프라이에는 손도 대지 않았다.) 수전은 다이어트 콜라와 드레싱을 뺀 니수아즈 샐러드*를 먹었다.

바로 이런 식이다. 날씬함에 관한 그 모든 재기 넘치는 말들과 계란 흰자 사이에서, 수전과 퍼트리샤는 내내 개인적 욕망과 사회적 기대의 선들이 너무나 복잡하게 뒤엉켜버릴 수 있음을, 그 둘이 마치 하나로 융합된 것처럼 느낄 수 있음을 고스란히 보여주었다. 두 사람 모두 과거에 비해 자신의 몸과 더 평화로운 관계를 갖고 있다고, 예전의 괴로움과 집착은 어느 정도 넘어섰다고 주장한다.("이제 난 더 넓게 볼 수 있게 됐어. 넓게 보니까 그게 그렇게까지 중요하지는 않다는 걸 알겠더라고." 퍼

---

* 삶은 계란, 참치, 검은 올리브, 토마토, 오이, 양상추, 안초비 등으로 만든 샐러드.

트리샤의 말이다.) 그런데도 뚱뚱함—뚱뚱함이라는 개념, 뚱뚱함의 기억, 뚱뚱함의 위협—은 마치 제3의 인물처럼 우리 테이블에 동석한 채 음산하고 엄격하게 경고를 날리고 있었다. 뚱뚱함은 사회적 인정을 위태롭게 한다. 수전은 마른 여자들이 정말 많은 주목을 받으며, 사람들은 마른 몸매를 보면 그에 관해 무슨 말이든 하지 않고는 못 배긴다고, "평균적인 몸매인 사람에게는 아무도 그 사람이 어떻게 보이는지 말하지 않는다"고 했다. 뚱뚱함은 섹시함을 떨어뜨린다.(수전: "난 몸무게가 좀 불면 내가 정말 흉하게 느껴지고, 정말, 정말 안 섹시하게 느껴져.") 뚱뚱함은 심지어 정체성까지 위태롭게 한다. 퍼트리샤는 정말 마른 몸이면 어떤 느낌이 드는지 이렇게 묘사했다. "하나의 특징이 생기는 거야. 개성을 만들어낼 필요도 없어. 일부러 만들어내지 않아도 남다른 면모를 아주 쉽게 갖추게 되지."

뚱뚱함, 뚱뚱함, 뚱뚱함. 안 돼, 안 돼, 안 돼. 이런 심리를 갖고 있으면, 경고하고 판단하고 튀김에 손대지 말라고 명령하는 전지적인 또 다른 자아의 목소리가 거의 실제 목소리처럼 들려온다. 또한 풍만하고 자연스러운 여성의 몸을 상스럽고 천한 (물렁물렁하고 게으르고 방만한) 것이라 하고, 그 몸에서 넘치는 것들을 걷어내고 좀 더 남성적인 형태를 갖추도록 몰아대면 더 훌륭하고 강력한 (날렵하고, 다부지고 결의에 차 있으며, 초인적인) 것이 된다고 했던 고대 철학자들의 메아리도 들을 수 있다. 무엇보다 내가 뭐든 극단적으로 몰아가는 내 특유의 방식으로, 다시 말해 음식을 거부함으로써 허기에 적용했던 바로 그 논리, 억제가 주는 이점들이 있다는 열렬한 믿음으로 억제를 포용하는 논리를 들을 수 있다. 그 이점들 중 다수는 꽤 실질적인 것처럼 느껴지고, 적어도 일시적이고 제한적인 방식으로는 꽤 실질적일 수도 있다.

이런 사고 체계에서는 정확한 동기가 무엇인지 판단하기가 어려워진다. 여자가 날씬함을 유지하려고 열심히 노력하는 것—규칙적으로 운동하고 욕구를 감시하고 과식을 걱정하는 것—은 뚱뚱해지면 자기를 혐오하게 될까 봐, 태만함 내지 게으름이나 통제력 결여를 연상시켜 수치심을 느끼게 될까 봐 그러는 것일까? 아니면 단순히 더 날씬하고 튼튼할 때 더 기분이 좋기 때문인가? 이런 노력은 일종의 문화적 예속 상태, 그러니까 여자들이 정해진 한도를 초과하면 벌을 내린다고 알려진 가부장제 신들에 대한 봉헌인 것일까? 아니면 수전과 퍼트리샤가 주장하듯이 하나의 선택, 여자들이 스스로 구축하고 포용한 미학의 일부인 걸까? 나는 둘 중 한 가지를 주장할 수도 있고, 둘 다를 동시에 주장할 수도 있다. 그래, 니수아즈 샐러드는 기름이 드글드글한 치즈 버거보다 나를 더 기분 좋게 해주지. (완전 공개의 원칙에 따라 말하자면, 니수아즈 샐러드는 바로 그날 내가 주문한 음식이기도 하다. 드레싱까지 포함해서.) 또한 당연히 난 이 일에 대한 문화의 영향력, 즉 '기분 좋음'이라는 주관적 경험에 대한 문화의 지배력도 인정할 수 있다. 선택과 명령을 가르는 선들이 얄따란 것은, 자아와 문화를 가르는 선들이 얄따랗기 때문이고, 내적인 것과 외적인 것들이 너무 긴밀히 얽혀 있어 구분하기 어렵기 때문이다. 수전은 말했다. "우리는 마른 몸매를 원해." 그 말에 어떻게 반박할 수 있겠는가?

적어도 나에게는 그 반박의 출발점으로 삼을 수 있는 장소가 있다. 보스턴 시내에 있는 어느 서점 겸 카페로, 수전과 퍼트리샤와는 하나의 세계를 사이에 둔 것만큼 먼 곳이다. 그곳은 내가 레슬리 킨젤이라는 젊은 대학원생을 만나 몇 시간 동안 이야기를 나눈 곳이다. 레슬리 역시 여러 해 동안 날씬함의 제단에서 예배를 올린 전력이 있었다.

우리가 만났을 때 스물네 살의 레슬리는 턱까지 내려오는 길이의 금발에 커다란 회색 눈동자, 차분하면서도 자신감 있는 태도를 지녔으며, 뚱뚱했다. 자기 말로는 120킬로그램이라고 했다. 레슬리는 다짜고짜 이렇게 말하는 걸 좋아한다. 나는 뚱뚱해요. 이 말을 들으면 사람들은 당황하고, 레슬리는 그런 반응을 재미있어하게 되었다. 체중이 얼마냐고 물으면 레슬리는 곧바로 120이라는 숫자를 재빨리 아주 무미건조하게 내뱉고는, 피할 수 없는 정지의 순간을, 놀람으로 인한 약간의 우물쭈물함과 돌출되는 불편함의 순간을 기다린다. 사람들은 늘 레슬리가 자기 체중에 대해 창피해할 거라고, 눈을 내리깔고 마지못해 숫자를 우물거릴 거라고 예상하지만, 레슬리가 예상과 다른 모습을 보여주면 오히려 자신들이 충격을 먹는다. 그래서 대개는 레슬리 대신 자기들이 우물거린다. "정말요? 그만큼 덩치가 커 보이지는 않는데." 이렇게 말하고는 화제를 돌린다.

레슬리는 이런 불편함을 이해한다. "내가 그들의 가장 끔찍한 악몽이라서 그래요." 그 악몽이 어떤 것인지 레슬리는 정확히 알고 있다. 여자들은 레슬리를 욕구가 미쳐 날뛰면 어떻게 되는지 알려주는 사례로, 그대로 방치하면 허기가 한 여자를 어디까지 데려갈 수 있는지를 보여주는 120킬로그램짜리 증거로, 수치심의 화신으로 본다. 그러나 사실 레슬리는 힘의 화신, 적어도 일종의 힘의 화신이다. 그것은 육체 혐오의 미끄러운 밑바닥을 들어 올려 빛에 비추어 검토한 후 즉석에서 내쳐 버리는 힘이다.

레슬리는 평생 육중한 몸으로 살아왔기에 자신의 몸을 끔찍이 싫어한다는 것, 자기 몸을 적으로 인식한다는 것이 어떤 일인지 분명히 알고 있다. 아홉 살 때 처음으로 다이어트를 했고 중학교 시절 내내, 고등학교 시절 내내 다이어트를 했다. 뚱뚱한 많은 여자들이 그러듯 레슬리 역시 몸무게 때문에 자기 인생의 커다란 토막들을 유예했고, 날씬해질 경우에만 자격을 얻게 될 일들에 대한 목록을 갖고 있었다. 학교에서 귀여운 남자애를 보면 자동적으로 이렇게 생각했다. 음, 내가 두 달 동안 다이어트를 해서 10킬로그램쯤 빼면 저 애한테 말을 걸 수 있을지도 몰라. 예쁜 옷들을 보면: 내가 날씬해지면 혹시 입을 수 있을지도. 로맨스, 야망: 혹시 내가 날씬해지면… 그런 일은 끝내 일어나지 않았다. 레슬리가 15킬로그램을 빼면 이내 빠진 체중이 돌아오면서 5킬로그램, 10킬로그램씩 친구들을 달고 왔다. 이는 드문 일이 아니며(다이어트하는 사람들의 대다수가 뺐던 살이 5년 안에 다시 찐다), 레슬리는—정신과 신진대사 모두를 망치는—다이어트가 체중을 늘리는 가장 효과적인 방법이라고 확신한다. 또한 다이어트가 "여자들을 매우 심한 강박 상태로 몰아넣는 기가 막힌 방법이며, 다이어트의 부작용은 과민성, 집중력 상실, 자기 몰두"라고 믿는다. 물론 다른 비슷한 사례들처럼 레슬리도 한때 찌고 빠지고 더 찌는 순환에 너무 단단히 갇혀 있어서 신체 이미지의 더 큰 의미들에 관해 생각할 여유가 없었고, 가득 찬 자기혐오 때문에 근본 원인과 결과를 해결하는 일은 너무나 요원해 보였다.

레슬리가 열아홉 살쯤 되었을 때, 한 친구가 『뚱뚱해! 그래서 뭐?—당신의 사이즈에 대해 사과할 필요는 없으니까』라는 책을 건넸다. '안티 체중차별주의' 또는 '사이즈 액티비즘'으로 알려진 운동의 초창기 선구자 매릴린 완의 책이었다.[12] 그 책은 레슬리가 아직 정확히 이름 붙이지 못한 감정들—스스로 자신을 망치고 있고 아무 소용 없는 짓을 하고 있다는 기진맥진한 감정, 체중계의 노예처럼 사는 것은 뭔가 아주 잘못된 일이라는 인식—과 아귀가 딱 맞아떨어졌고, 변화를 일으키는 효과를 발휘했다. 깨달음은 계속 빛을 비추어주었다. 레슬리는 생각했다. "와, 이래도 괜찮다고 생각하는 사람들도 존재하는구나. 뚱뚱한 사람들이 빼빼한 사람들보다 더 많이 먹는 게 아니라는 걸, 어떤 경우에는 심지어 더 적게 먹는다는 걸 아는 사람, 누군가를 빼빼하다고 말하는 게 그 사람의 인격을 반영하는 게 아니듯 뚱뚱하다고 말하는 것도 인격의 반영이 아니라는 걸 아는 사람이 존재하는구나." 다시 말해서, 뚱뚱한 몸과 건강한 자아와 완전한 범위의 권리들을 모두 누리며 수치심 없이 사는 사람들이 세상에 존재하고 있었다.

그 이후로 레슬리는 다이어트를 하지 않았다. 체중 감량 요령과 다이어트 방법을 찾아 여성 잡지를 들이파는 일도 그만뒀다. 끊임없는 경계와 걱정도 접었다. 레슬리는 자기 몸과 싸우는 대신 자기 몸을 존재의 집으로 받아들이고 살아가기 시작했고, 자기 존재에 관한 개념을 포용하기 시작했다. 숨어 있던 뚱뚱함의 벽장에서 나오는 일은 여러 측면에서 매우 만만찮은 도전이었다. 레슬리에게 그것은 뚱뚱하다는 사실에 대해 이야기하는 것, 뚱뚱하다는 사실과 그 사실을 안고 살아가겠다는 자신의 결정을 친구들과 가족들에게 털어놓는 것을 의미했다. 그러자 새로운 종류의 비판과 충격과 놀라움, 회의적인 지적이 쏟아졌다. 아, 쟤는 그냥 화가 나서 저러는 거야, 우리한테 못 맞추니까 속이 상한 거지, 우리 어머니나 이모나 언니처럼 살을 뺄 의지력이 자기한테는 없다는 사실에 마음이 상한 거야… 뚱뚱함을 포용한다는 것은 또한 자기 어머니의 세계관을 부정한다는 뜻이었고, 이는 곧 죄책감으로 통하는 문이었다. 레슬리의 어머니 역시 평생 날씬함의 이상에 맞춰 살려고 애써왔던 육중한 여성이었다. 어머니는 결국 레슬리의 '나는 뚱뚱해' 선언을 받아들이기는 했지만, 한동안 딸의 그런 태도를 위협적으로 느꼈다고 한다. 마치 자기 딸이 자신의 삶의 방식, 자신의 미학, 심지어 자신이 가장 깊이 품고 있던 믿음들까지 문제 삼은 것처럼 말이다.

그게 사실, 어느 정도는 사실이다. 뚱뚱함에 대해 레슬리와 같은 입장을 취하기 위해서는 가치관을 재편해야 하고, 가치들 뒤에 자리한 뿌리 깊은 가정들을 서서히 제거해나가야 한다. 이 과정을 거쳐가는 레슬리에게 아주 흔쾌히 받아들여주는 아버지가 있다는 건 축복이었다. 레슬리의 아버지는 여자라면 다 좋아하지만 덩치 큰 여자들을 특히 더 좋아하는 사람이다. 또한 소심함 같은 건 찾아볼 수 없는, 활동가에게 어울리는 타고난 대담함과 분개심도 레슬리에게 축복이었다. 지난 몇 년 사이 레슬리는 안티 체중차별주의 전선의 외로운 총잡이 같은 존재가 되었다. 때때로 레슬리는 공식적인 자리에서 학생 단체들을 상대로 이 주제에 관해 이야기하지만, 한 번에 한 사람을 상대로 알리는 일이 적성에 더 잘 맞는다. 지인들, 동료 학생들, 지하철역에서 만난 모르는 사람들, 자신이 하고자 하는 이야기를 들어줄 의향이 있거나 들을 수 있어 보이는 사람은 누구나 그 대상이 된다.

여기서는 분노가 중요한 요소다. 그리고 그것은 안이 아니라 밖을 향한 분노다. 사이즈와 자격, 사이즈와 존엄, 사이즈와 가치 사이의 연결들을 끊어버리는 것이 바로 그 분노이며, 육체 혐오를 자부심으로 바꾸는 것, 끝없이 계속되는 징벌하는 목소리의 뇌관을 제거하는 것, 다이어트를 계속하라고, 입을 다물라고, 네 인생을 보류하라고 떠들어대는 그 목소리를 잠재우는 것이 바로 그 분노다.

"뚱뚱할 때 사람들은 계속해서 그게 일시적인 상태인 척해요." 레슬리 역시 마찬가지여서 과거에는 체중을 비밀에 붙였다. 마치 그게 실제로는 자기 체중이 아닌 것처럼. 친구들도 레슬리 본인도 레슬리의 체중에 관해서는 절대 말하지 않았고, 아무도 '뚱뚱한'이라는 단어조차 쓰지 않았다. 그들은 방 안에서 나는 나쁜 냄새를 모른 척하듯 레슬리의 뚱뚱함을 모른 척했다. 시간이 지나면 냄새가 사라지듯 뚱뚱함이 사라지고 진짜 레슬리가 나타날 거라는 듯이. 내면화된 자기혐오의 목소리에 대해 레슬리는 이렇게 말한다. "그건 다이어트하는 사람들이 공유하는 사고방식이에요. 모두가 자기 안에 밖으로 나올 날을 기다리는 날씬한 사람이 들어 있다고 생각하는 거죠."

레슬리는 잠시 말을 멈추었다가 이렇게 덧붙였다. "내가 그 여자를 깔고 앉아 죽여버린 거라고 말하고 싶네요." 이 말을 하면서 레슬리는 고개를 뒤로 젖히고 웃었다. 힘차고 호탕한 그 웃음에는 자신에 대한 인정이 손에 잡힐 듯 뚜렷이 배어 있어서, 마치 향수를 뿌린 것처럼 한동안 우리 테이블 주위에 남아 있는 것 같았다. 그 웃음소리는 몇 시간 동안이나 내 귓가에 남아 있었고, 그 이미지도 그만큼 오래 머물렀다. 젊은 여자가 자신의 덩치로 자기혐오를 질식시켜버리는 이미지. 심지어, 젊은 여자가. 레슬리의 나이인 스물네 살 때 나는 가장 극심한 굶기의 단계를 지나고 있었다. 나는 고립되어 있었고 외롭고 나약했다. 그때의 난 파리 한 마리 질식시키지 못했을 것이며, 내면에 죽여야 하는 무언가—자기혐오, 공포, 깊이 새겨진 문화의 메시지—가 있다는 것조차 이해하지 못했을 것이다.

그 시절 나에게 레슬리 같은 여자는 가장 끔찍한 악몽이었던 게 맞고, 그런 생각은 오랫동안 내게 남아 있었다. 레슬리를 만나고 돌아온 밤, 나는 내가 주기적으로 벌였던 폭식에 대해, 육체 혐오를 실행에 옮기던 그 추한 행동에 대해 생각했다. 그것은 식욕의 고삐가 풀려 결코 만족시킬 수 없게 되고 강철 같던 의지는 거짓이었음이 드러나는 상황을, 정확히 바로 그 악몽을 현실로 옮기는 행동이었다. 그런 일들은 6~8주에 한 번씩, 내가 허기와 그 배후에 자리한 박탈감과 갈망을 더 이상 견딜 수 없을 때 일어났고, 나는 언제나 그 일에 대한 계획을 철저하게, 극도로 꼼꼼하게 세웠다. 대개는 사람들을 저녁 식사에 초대하는 방식이었다. 나는 하루 종일 요리를 하며 보냈다. 내가 꿈꿔왔지만 결코 먹을 생각은 없었던 음식들—네 종류의 치즈가 들어간 아주 많은 양의 파스타들, 정말 맛있는,

표면이 딱딱한 빵 여러 덩이, 헤이즐넛 버터크림과 달콤한 설탕 옷을 두껍게 바른 진하디진한 초콜릿 케이크—을 만들고, 탐욕과 처참한 공포가 뒤범벅된 괴로운 심정으로 약속 시간을 기다렸다. 나는 이미 오래전에 '정상적으로' 먹는 능력과, 내게 필요한 음식의 양이 어느 정도인지 혹은 어느 정도면 충분히 먹은 것인지를 확신을 갖고 판단하는 능력을 잃었다. 그 능력은 문제의 그 뷔페에서 사라졌고, 대신에 그 자리에는 한번 무너지면 결코 식욕을 만족시킬 수 없게 된다는 깨달음이 들어섰다. 그리고 실제로 나는 그랬다. 저녁 식사 동안 아무렇지 않게 평소처럼 먹는 시늉을 하고, 다른 사람들이 먹는 걸 흉내 내면서 나의 집착을 가리려 애썼다. 사람들이 내게 빵 소쿠리를 넘겨주기 전까지는 빵 소쿠리를 모르는 척하고, 남들이 한 접시 더 먹은 다음에야 나도 한 접시 더 먹었다. 그러나 나중에 모두 다 가고 나면 살며시 다시 주방으로 들어갔다. 냉장고 불빛 앞에 무릎을 꿇고 앉아 완전히 투항했다. 파스타를 더 먹고 빵을 더 먹고 커다란 케이크를 몇 덩이나 더 먹었다. 나는 먹고 먹고 또 먹었고, 그런 다음 목구멍까지 찬 느낌, 배가 터질 듯 부푼 느낌, 어지러움, 굴욕감을 느끼며 비틀비틀 침대로 갔다. 그런 광란의 폭식 뒤에 자리한 자기혐오는 영혼 깊숙이 모든 것을 전면적으로 무너뜨리는 감정이었고, 바로 나 자신의 몸에 대한 혐오감이었다. 이 혐오감은 마치 느낌표가 그 자체로 문장의 성격을 규정하듯, 내 몸에 대한 혐오인 동시에 자기 존재를 규정하는 힘도 지니고 있었다. 이게 바로 육체 혐오가 작동하는 방식이다. 육신에 대한 증오가 심장에 박히고, 억제(혹은 억제의 결여)는 정체성과 하나로 융합된다. '이건 나빠'—이 혼자만의 폭식은 나빠. 필요도 많고 요구도 많은 이 허기진 몸, 이 육신은 나빠—가 '나는 나빠'가 된다. 그 주인에게는 복종해야 한다. 그 주인은 나 자신이므로.

레슬리는 그러한 선택의 문제에 새로운 빛을 비추어, 그 주인을 처음부터 다시 창조하고 그 주인이 생각하는 정체성의 개념을 바꾸었으며, 나는 마른 몸이 되고 싶어라는 말을 훨씬 더 광범위하고 훨씬 덜 예속적인 말로, 그러니까 나는 나 자신이 되고 싶어, 저울과 칼로리 계산 너머의 삶을 갖고 싶어, 나는 내 존엄과 가치와 힘의 감각이 내 체중과 무관하게 존재하기를 원해라는 말로 바꾸었다.

그렇다고 레슬리가 꼭 부러워할 만한 상황이라는 소리는 아니다. 레슬리의 확신이 얼마나 깊이 자리한 것인지, 그 확신이 어느 정도나 흔들릴 수 있는지를 나로서는 정확히 알 수 없고, 육체와 심리의 의학적 문제에 관해서는 더욱 자신이 없다. 끊임없는 다이어트의 쳇바퀴를 계속 돌리고, 해마다 20킬로그램을 찌웠다가 똑같이 20킬로그램 빼기를 반복하는 것과 120킬로그램을 유지하는 것 중 어느 쪽이 더 건강에 해로운 걸까? 후자가 수명을 10년 줄인다면, 그 10년의 시간을 내놓는 것으로 평생 동안의 괴로운 다이어트와 박탈과 짓이겨진 자존감에 시달리지 않을 수 있다면, 괜찮은 교환인 걸까? 장기적으로 볼 때 육체적 건강과 정서적 안녕을 나누는 선들은 어디에 위치한 걸까?

이처럼 개인적인 면에서도 의학적인 면에서도 복잡한 문제들이 존재한다. 그러나 무엇보다 내 뇌리에서 떠나지 않는 것은 스물네 살 당시 레슬리와 나의 기본적인 차이점이다. 힘이 있는 뚱뚱한 여자와 아무 힘도 없는 빼빼한 여자. 자신감과 유머가 있는 뚱뚱한 여자와 찡그린 표정 말고는 아무것도 없는 빼빼한 여자. 스스로 자처한 추방에서 탈출한 뚱뚱한 여자와 냉장고 앞에 무릎을 꿇고 있는, 수치심의 초상과도 같은 빼빼한 여자. 여자들이 품고 사는 자기혐오의 강도는 언제나 내게 깊은 충격을 안긴다. 그것은 그야말로 만성적인 고통을 안고 사는 방식이다. 각자 정반대의 위치에서 바라보았지만 레슬리와 내가 둘 다 똑같이 이해하게 된 사실은, 자기의 가치를 외모와 결부시키는 일은 매일 한순간도 빠짐없이 경계하고 조심해야 하는 외줄 타기 같은 일이라는 것이다. 다이어트는 고통스러운 일이다. 몸은 항상 박탈에 저항하고, 왜 그냥 저 구운 감자를, 저 버터 조각을, 저 부드러운 사워크림 약간을 먹는 것조차 허락해주지 않는지 결코 이해하지 못한다. 또한 자기비판도 고통스러운 일이다. 특히 여자들이 하는 무자비한 자기비판은 더욱 고통스럽다. 저울에 올라설 때, 복도를 걷는데 양쪽 허벅지가 서로 쓸리는 걸 느낄 때, 삼면거울에 비친 자신의 실루엣을 볼 때, 너무 큰 엉덩이와 너무 나온 배를 볼 때 후려치듯 쏟아지는 신랄하고 패배감에 젖은 혐오감, 역겨워, 난 역겨운 사람이야. 이렇게 생각하고 느끼고 살아가는 건 너무 극심하게 고통스러운 방식이다.

그러나 치료하지 않은 고통은 계속 남는다. 그 방식을 재고해볼 계기를 만나지 못하면 고통을 인정하는 것조차 어려울지 모른다. 레슬리를 만나고 얼마 후 나는 내가 아는 어떤 이에게 레슬리 이야기를 들려주었다. 성인기의 삶 대부분 동안 체중에 대해 걱정하며 살아온 사람이었고, 자기 다리에 대한 불만이 워낙 심해 40년 동안 치마를 단 한 번도 입지 않은 사람이었다. 이 사람의 반응은 나를 놀라게 했다. "당신한테는 강함이 보이는지 모르지만, 내게는 무엇보다 심장마비, 당뇨병, 뇌졸중이 보여요. 그런 식의 부인과 자기 파괴에 찬사를 보내기는 어려워요."

나는 이 사람 말에 그렇게 확신이 서지 않고, 부인과 자기 파괴에 관한 우리의 정의가 그리 일치하는 것 같지도 않다. 나는 성형수술 통계를 들여다본다. 나 자신이 날씬함과 맺고 있던 예속적이고 지독하게 불건전한 관계에 대해 생각해본다. 거울 속 자기 모습을 보면서 짜증난 소리를 뱉어내고, 역겹다는 듯 자신의 살을 움켜쥐고, 아이스티에 가짜 설탕을 다섯 봉지씩 쏟아붓는 여자를 본다. 그러고 나면 레슬리를 많은 여자들이 뭔가를 배울 수 있을 패러다임 이동의 화신으로 보지 않을 수가 없다. 레슬리는 의자에 허리를 곧게 세우고 앉아 있었다. 그렇게 많은 공간을 차지하고 있는 것이 자랑스럽다는 듯이. 말할 때 묻어나는 위엄은 나이를 의심하게 했다. 레슬리에게는 수동적인 면이나 연약한 면, 나약한 면, 위협적이지 않은 면, 예의를 차리며 주저하는 면이 전혀 없다. 레슬리에게서는 이 문화에서 엄청나게 희귀한 조합이 보인다. 사이즈와 무게, 그리고 티끌만 한 변명도 찾아볼 수 없음이라는 조합이.

4장

브라 태우기에서 폭풍 쇼핑으로

욕구와

시대정신

내가 노를 저어 거식증에서 빠져나왔다고 알려져 있는데, 이는 어느 정도 사실이다. 1985년 여름, 나는 찰스강에서 스컬을 발견했다. 터무니없을 정도로 엄격함을 요구하는 혹독한 스포츠인 스컬은 아주 천천히 내 몸의 감각을 새로운 방향으로 이끌어갔다. 강함과 자신감, 힘의 본성에 관해 뭔가를 배우겠노라 작정하고 빼빼한 보트 위에 올라탄 빼빼한 여자 하나.

이 일에는 의도적인 면이라고는 티끌만큼도 없었다. 그전해 가을에 보스턴으로 이사를 했는데, 프로비던스를 떠난 건 뚜렷한 목표가 있어서도 아니었고 잘 알지도 못하던 수상 스포츠를 시작하고 싶다는 바람 때문은 더더욱 아니었으며, 단지 그곳에 계속 머물렀다가는 죽을 것 같다는 느낌이 들었기 때문이다. 틀처럼 굳어버린 굶기의 일상이 너무 깊이 파고들었고, 그 생활 방식이 너무 확고하게 자리 잡았으며, 정체되었다는 느낌이 너무 무겁게 나를 내리누르고 있었다. 거식증은 시간이 지나면서 숨이 막힐 듯한 답답함과 공허함, 정신을 마비시키는 단조로움을 띠었고, 아무 변화 없는 삶에 허기의 아픔만이 매 시간 매 분 매 호흡을 채웠다. 모든 결정은 거식증이 내리는 명령에 따랐고, 매일은 전날의 지겨운 복제물이었으며, 똑같은 극소량의 아침, 똑같은 아주 적은 점심, 똑같은 저녁이랄 수도 없는 저녁, 꼼짝할 수 없을 만큼 예측 가능한 똑같은 생각의 연쇄, '안 돼'로 시작하고 끝나는 폐쇄 회로. 안 돼, 안 돼, 안 돼, 안 돼… 어쩌면… 그럴래… 안 그럴래… 얼마나… 그럴 수 없어… 안 돼 안 돼 안 돼. 그 시절 나는 그나마 내게 남아 있던 에너지를 전부 일에 쏟아부었다. 일 외에는 딱히 별것이 없었다. 텔레비전만 많이 봤다.

보스턴으로 이사하면서 나를 꽉 붙들고 있던 거식증의 억센 장악력이 약간 느슨해질 수밖에 없었고, 아주 자잘한 변화들도 생겨났는데, 나는 그 모든 변화에 저항했다. 서쪽 교외에 아파트 하나를 세내고, 프로비던스에서 하던 예전의 규칙적 일상을 세부까지 모두 똑같이 하려고 노력하던 것이 기억난다. 그전 3년 동안 매일 먹었던 것과 똑같은 베이글을 파는 식료품점을 찾으려고 몇 주를 보냈고, 내가 선택한 점심 메뉴인 다농 커피향 요거트를 파는 가게를 찾아 헤맸으며, 침실도 내가 프로비던스에서 텔레비전을 보면서 사과와 치즈를 먹을 때와 똑같은 위치에 똑같은 자세로 앉아 있을 수 있도록 텔레비전은 여기, 침대는 저기, 각도 하나까지 세밀히 맞추어 배치했다. 하지만 그중 무엇도 완전히 똑같은 효과를 내지는 못했다. 베이글은 맛이 달랐고, 상점마다 커피향 요거트는 없고 바닐라향 요거트만 있거나 다농이 아닌 콜럼보 제품만 들여놓았으며, 침실의 조명도 예전 침실의 조명과 똑같지 않았다. 이렇게 작은 변화들에도 기가 꺾였고 매일 반복되던 의식이 주던 위안이 훼손되었다.

어느 수준에서는 나 역시, 그토록 극심하게 자기 제한적인 일을 똑같이 되살리려는 그 노력이 얼마나 헛되고 어리석은 일인지 분명 인지하고 있었을 것이다. 보스턴으로 이사하고 몇 달이 지나서 나는 지역 기업 사회의 소식을 전하는 신문사에 기자로 취직했다. 전에 다니던 신문사보다 직원 수가 더 많았고, 그 사람들 앞에서 예전의 일상을 고수하는 건 더 어려운 일이었다. 그렇게 많은 사람들 속에서 내가 반복적으로 해오던 방식으로, 그러니까 숟가락으로 아주 조금씩 요거트를 떠먹는 것은 불가능했고, 점심 식사나 퇴근 후 술 한잔을 함께하자는 제안을 거절하는 것도 괴로웠으며, 그런 제안들을 거절하고 싶어하는 내 마음을 의식하는 것도 의기소침해지는 일이었다. 내 엄격함의 가장자리로 양가감정이 스멀스멀 기어들어왔고, 세상에 다시 합류하고 싶은 바람이 확연히 모습을 드러냈다. 나는 오랫동안 거식증의 묵직한 친숙함을 꼭 붙잡고 매달렸다가 다시 놓았다가 다시 꼭 붙들면서 내가 모래 위에 아주 깊이 그려놓았던 박탈의 경계선을 사이에 두고 춤을 추듯 이쪽저쪽 넘어 다녔다. 동료들과 점심 식사를 함께 하면 정상적인 양(샌드위치 하나, 혹은 수프와 빵)을 먹기도 했지만, 저녁에는 다시 사과와 치즈로 돌아갔다. 저녁을 먹으러 외출했을 때는 일반적인 식사를 했고, 다음 날은 먹지 않거나 거의 먹지 않았다. 굶기에 완전히 뛰어들기 전해에 그랬듯이, 여기서 폭식을 했다가 저기서 굶고, 몇 걸음 앞으로 나아갔다가 몇 걸음 뒷걸음질치곤 했다.

후퇴하고 싶은 충동은 항상 있었고, 체중이 는다는 단순한 사실이 공포를 일으켰다. 한없이 작은 변화에도—청바지 허벅지 부분의 헐렁함이 아주 조금 줄어들거나, 광대뼈 아래 볼이 푹 꺼진 정도가 조금만 덜해져도—공황에 사로잡혔고 침범당한 느낌이 들었다. 지방이 살금살금 붙어들어오고 있었다. 나는 그게 다리와 팔과 배로 스며들어오면서, 그 고생을 해가며 이뤄온 것을 수포로 돌리고, 불거진 뼈로 조심스럽게 구축해온 사원을 철거하고, 내게는 너무 무서운 감각인, 한계선이 없는 느낌과 자기 불신감이 온몸으로 느껴졌다. 꼭 붙들고 있던 자신을 놓아버린다면 나는 어느 정도까지 멈출 수 없게 될까? 체중이 어느 정도까지 늘까? 그리고 나는 어떤 존재로 밝혀지게 될까? 이런 게 그 시절에 관해 가장 뚜렷하게 남아 있는 기억이다. 거식증 이후에 느끼던 정체성에 관한 난제, 내게서 형체가 걷잡을 수 없이 사라져버린 느낌, 천 개의 서로 다른 질문의 문이 동시에 활짝 열렸는데 가장 사소한 질문에도 도저히 답할 수 없는 느낌. 직장 동료가 함께 저녁 식사를 하겠느냐고 물어보면, 나는 결정을 내릴 수 없어 몸이 배배 꼬였다. 나는 저 친구와 식사를 하고 싶은가? 그러고 싶지 않다면 그 꺼리는 마음은 인간적 접촉에 대한 두려움 때문인가, 아니면 음식에 대한 두려움 때문인가? 솔직히 어느 쪽인지 판단이 서지 않을 때가 많았다.

그런 지평선에서 헷갈릴 것 없이 확실하고 밝은 지점 하나가, 아주 우연하게, 찰스강 위로 떠올랐다. 언니가 나를 그 방향으로 향하게 했다. 그해 봄 유난히 암울했던 시기에 내 집에 왔던 언니는 내게 기분이 좋아질 만한 일, 활동, 취미, 무엇이든 내가 내 머릿속에서 빠져나오도록 구슬릴 수 있는 것들을 목록으로 만들어보라고 했다. 나는 역시 나답게 그 생각이 바보 같다고 여겼는데(취미라고? 뭐, 자수라도 하라는 거야?), 그러다 우리 중 하나에게 조정이라는 아이디어가 떠올랐다. 스컬. 길고 미끈하고 정교한 보트를 타고, 완벽하게 던진 물수제비처럼 물 위를 사뿐히 스치듯 나아가는 일. 나는 찰스강과 길 하나를 사이에 둔 고등학교에 다녔다. 그러니 찰스강에서 노를 젓는 사람들을 보며 자란 셈이고, 그들의 모습, 심오한 매력을 뿜어내던 힘과 우아함과 대칭의 이미지가 내 의식 어딘가에 분명 박혀 있었을 것이다. 언니가 지역 대학 한 곳에서 여름 조정 프로그램을 운영한다고 말해주었고, 나는 평소 내 성격에 전혀 걸맞지 않게 즉흥적으로 전화를 걸어 그 프로그램에 등록했고, 그보다는 조금 더 내 성격에 걸맞게 그 결정을 실행에 옮겨 조정 수업을 받았다.

싱글스컬을 조정하는 일은 거대한 뜨개바늘 위에 앉아 곧은 자세를 유지하려는 노력과 비슷하다. 처음부터 나는 조정이 내게 또 다른 도전 거리, 체중 외에 정복해야 할 무엇이라는 점을 의식하고 있었던 것 같다. 전형적인 스컬 보트는 길이 8미터에 너비가 30센티미터이며, 약 3미터 길이인 노는 균형을 잡는 데 도움이 되기도 하고 방해가 되기도 한다. 말하자면 물 위에서 하는 줄타기 곡예와 비슷하다. 배짱과 엄청난 정확성이 필요하며 무자비하고 인정사정없는 이 스포츠는 나를 완전히 사로잡았다. 여름 내내 나는 훌륭한 조정가들이 강물 위를 미끄러지는 모습을 바라보았다. 쉴 새 없이 촤악촤악 선체를 때리는 강물 소리는 그들의 체력이 만들어내는 메아리였고, 그들은 전혀 애쓰지 않고도 힘을 뿜어내는 것 같았다. 조정이 끝난 뒤 그들이 자신의 싱글스컬을 물에서 들어 올리는 모습도 볼만했다. 선착장 가장자리에서 자신의 머리 위로 호를 그리며 단번에 선체를 들어 올리는 모습은 워낙 우아하고 잘 통제되어 있어 마치 발레 동작을 보는 것 같았다. 나는 그들의 몸도 자세히 관찰했다. 강한 몸, 근육질의 허벅지와 밧줄의 골 같은 근육이 새겨진 팔. 자신 있고 가볍게 움직이는 몸. 나로서는 상상도 할 수 없는 무언가를, 아주 힘들여 얻어낸 심오한 기쁨을 품고 있는 듯한 몸이었다.

몇 년 동안은 도저히 그들처럼 되지 못했다. 내가 물 위에서 버둥거리는 동안 배는 방향이 홱 꺾이고 기우뚱거렸다. 물집이 생길 정도로 죽을힘을 다해 노를 꽉 붙잡았고, 매번 나갈 때마다 배가 거의 뒤집힐 뻔했다. 그런데도 조정은 내 성격에 딱 맞았고 (조정가들은 거식증 환자들과 비슷하게 무척 강박적인 성격의 소유자들이다) 그래서 나는 조정을 계속해나갔다. 노를 젓고 또 젓고, 흔들흔들하고 버둥거리며 강의 이쪽에서 저쪽으로 수백 번을 왔다 갔다 하면서 아주 천천히 배워나갔다. 내 팔과 다리와 등의 근육들이 근육으로서 원래 해야 하는 일을 하기 시작했다. 긴장으로 뻣뻣하고 툭툭 끊어지던 동작이 유연하고 부드러워졌다. 그리고 천천히, 몇 년에 걸쳐, 나는 예전에 여자로서 결코 느껴보지 못했던 무언가를 느끼기 시작했다. 그것은 조화롭게 어우러진, 강하고 온전한 하나로서의 몸, 마음과 연결되어 있고 마음에 반응하는 몸, 살아가기에 훌륭한 장소인 몸이었다.

계속 변화하는 세상에서, 여성에 관한 옛 가정들에 매일같이 도전하던 풍토에서 자란 여자치고는 무척 이상한 일이지만, 나에게는 이것이 처음으로 겪는 진정으로 급진적인 경험이었고, 어쩌면 심지어 페미니즘적 경험이었다고 할 수도 있을 것 같다.

흔히 말하듯 가장 중요한 건 타이밍이다. 나는 항상 나 자신을 페미니스트라고 생각해왔지만, 그럼에도 아주 결정적인 면에서 나는 페미니즘의 배를 완전히 놓쳤고, 내 생각에 페미니즘의 여정에서 진정으로 변화를 일으킨 국면들로 여겨지는 거대한 변화들을 놓쳤다. 이런 생각은 2세대 페미니즘 전성기에 대한 낭만적 가정일지도 모르지만, 나는 항상 내가 1978년이 아니라 1968년에 대학생이 되었다면 상당히 다른 사람이 되었을 것이며, 나 자신과 다른 여자들에 대해 더 급진적인 관점을 갖게 되었을 것이고, 나의 개인적 의식과 정치적 의식이 더욱 정교하게 엮였을 것이라는, 어쩌면 순진할 수도 있는 믿음을 항상 품고 있었다. 어쨌든 2세대 페미니즘은 여러 측면에서 욕구에 관한 자유, 취할 자유—성적 자유, 법적 자유, 경제적 자유, 남자들만큼 저돌적으로 야심을 펼치고 권리를 주장할 자유, 온갖 다양한 형태의 허기를 가질 자유와 그 허기를 충족할 자유—를 요구하는 운동이었으니 말이다. 나는 시대정신에 잘 휩쓸리는 부류인데, 아마 그런 특징이 이 낭만적인 생각의 바탕이 된 것 같다. 만약 내가 사랑의 여름*에 스물한 살이었다면, 나는 우드스톡에 가고 헤이트애시베리로 이사하고 행진하고 시위하면서 나 자신, 내 몸, 내 욕구에 대해 더 건강한 관점을 갖게 되지 않았을까? 나 자신의 육체가 아니라 실재하는 외부의 적들, '기득권층', 가부장제, 베트남전쟁에 맞서 싸우지 않았을까?

이런 질문은 답할 수 없는 질문일지는 모르지만, 그래도 중요한 질문이라고 생각한다. 저 질문들은 페미니즘이 어디까지 도달했는지, 여성의 허기와 관련해 페미니즘 운동에 어떤 일이 일어났는지, 자유를 향한 투쟁이 우리 세대 여자들에게 욕구의 경험을 어떻게 바꾸어 놓았고 바꾸지 못했는지에 관한 질문이다. 내가 페미니즘의 전형적인 상속인이라는 것, 2세대 페미니즘 행동주의가 수많은 방식의 가능성들에 대한 나의 의식을 형성했다는 것, 그것이 나에게 모든 종류의 허기들을 충족할 수 있는 지적 수단과 실질적 수단 모두를 제공했다는 것에 대해서는 의문의 여지가 없다. 그러나 이 모든 사실에도 불구하고 여전히 페미니즘이 지닌 변화의 잠재력은 어째선지 내게는 힘을 발휘하지 못했고, 페미니즘의 집단적이고 급진적 힘은 끝내 내게 몸에 밴 감각으로 들어서지 못했다. 프로비던스에서 저널리스트로 활동하는 동안 나는 특히 여성 문제에 끌렸다. 차별과 낙태, 여성이 당하는 폭력에 관한 글을 썼다. 여성의 건강, 언론에 나타나는 성차별, 문화적 이미지에 관해

* 10만 명에 달하는 히피 젊은이들이 샌프란시스코의 헤이트애시베리 동네에 집결한 1967년 여름을 일컫는다. 미국 역사상 가장 많은 젊은이가 움직였을 뿐 아니라 유럽의 히피들도 모여든 대대적이고도 역사적인 문화 이벤트로, 이들은 히피 문화를 전파하고 마약과 표현의 자유 등을 외치며 기존의 사회질서를 전복하려는 움직임을 보여주었다. 사랑의 여름에서 영향을 받아 2년 뒤인 1969년에는 록페스티벌의 상징으로 기억되는 우드스톡 페스티벌이 열렸다.

서도 썼다. 심지어 나는 식사장애가 있는 (다른) 여자들에 관한 글도 썼다. 그런데 사적인 영역에서는 조용히 굶으며 나를 반쯤 죽음으로 몰고 갔다. 바로 이런 것이다. 지적인 신념은 있지만 그에 상응하는 정서적 뿌리는 없다는 것. 페미니즘의 힘을 머리로는 이해하지만 어떤 식으로든 몸으로는 알지 못한다는 것.

나는 이런 현상을, 일종의 핵심을 놓쳤다는 이런 느낌을 주로 다른 이들과의 차이에서 알아차렸다. 친구들 중 나보다 10~15세 연상인 여자들, 특히 대학 시절과 초기 성인기를 보스턴이나 샌프란시스코, 뉴욕 등 대규모 활동가 공동체가 있는 도시에서 보낸 이들은 페미니즘의 신념들을 세포 하나하나에 속속들이 흡수한 것처럼 보인다. 나는 바로 이렇게 극적이고 지속 가능한 방식으로 이루어지는 내적인 변화가 혁명적 변화의 정수라고 생각한다. 그들이 들려주는 이야기에는 내게는 너무나 부럽게 느껴지는, 온몸에 새겨진 느낌이 있다. 눈을 덮고 있던 비늘이 떨어져나가고 신념 체계가 거꾸로 뒤집히고 재발명되는 이야기, 페미니즘 언론을 창간하고 여성 의료 운동 단체를 만드는 이야기, 미몽에서 깨지 못한 남편들을 용납하지 않고 여성의 섹슈얼리티에 관한 억압적 가정들을 거부하는 이야기, 여성 단체에 가입하여 처음으로 여성의 몸속에 산다는 것이 의미하는 바에 관해 솔직하고 아주 구체적으로 대화를 나눈 이야기. 이런 이야기들을 접하면 맥락—

시간과 장소와 집단 에너지의 힘—이 가장 중요하다는 느낌이 들고, 1960년대 일어난 여성의 개인적 혁명에 관한 이야기를 들을 때마다 지진의 이미지가 떠오른다. 그 대대적인 지각변동이 풍경을 영원히 바꿔놓았을 수는 있지만, 땅의 흔들림을 직접 겪은 여자들과 먼지가 가라앉은 뒤 나중에 현장에 도착한 여자들에게, 혹은 진동이 처음 일어났을 때 그 단층선 바로 위에 서 있지 않았던 여자들에게 미친 영향은 상당히 다를 것이다.

지구가 우르릉거리던 1960년대 말, 나는 아직 초등학교에 다니고 있었고 아홉 살, 열 살쯤이었다. 나보다 열 살에서 열다섯 살 많았던 여자들이 여성의 건강과 생식의 자유와 섹슈얼리티에 관해 진지하게 논의하고 있던 1970년대 중반에 나는 고등학생이었다. 일반적으로 한 사람의 인생에서 가장 깨어 있는 때라고 볼 수는 없는 시기였고, 그때 몸에 대해 내가 갖고 있던 느낌은 정치적 풍토에서 아무 영향도 받지 않았을 뿐 아니라 오히려 페미니즘과는 전혀 무관한 관심사들, 그러니까 여드름, 가슴 크기, 남자아이들의 인정 같은 것들에 의해 결정되었다. 그리고 내 굶기의 시기와 회복 초기에 해당하는 1980년대에 이르자, 페미니즘은 긴 (그리고 아직도 진행 중인) 위축의 시기에 들어가 있었고, 동력은 잦아들고 결속성은 파편화와 반격에 밀려났다. 그 무렵 시대의 향방은 극적으로 바뀌어 있었고—때는 일과 가정 모두를 갖는 걸 추구하던 시절, 〈다이너스티〉*의 시대이자 레이건 대통령과 부시 부통령의 집권기였다—욕구에 대한 지배적인 문화적 해석도 달라져 있었다. 페미니즘은 허기를 폭넓게 정의했고, 여자의 섹슈얼리티, 야망, 경제적 삶, 법적 자유 모두에 초점을 맞추었다. 반면 페미니즘이 지나간 자리에 등장해 풍경 전체를 휩쓸며 시대의 풍조로 떠오른 소비주의는 허기를 가장 좁은 의미로, 요컨대 당장 써먹을 수 있는 해결책, 외적인 해법, 사물에 대한 욕망으로 정의했다.

바로 이것이 내 의식 속으로 스며들어 내게 가장 극적인 영향을 미친 사고의 틀이었던 반면 페미니즘은 그렇게 내게 스며들 시간을 갖지 못했다. 그 시절 나는 조정이라는 경험을 통해 스스로 힘을 갖춘다는 것이 어떤 느낌인지 어느 정도는 알게 되었던 것 같다. 그러나 욕구에 관한 나의 가장 핵심적인 감정들—몸, 몸의 섹슈얼리티와 가치, 몸과 정서적 안녕의 관계들—은 페미니즘의 영향을 거의 받지 않은 과거에, 또 그와는 전혀 다른 감성의 안내를 따르고 있는 현재에 꼼짝없이 묶인 채, 오랫동안 완고할 정도로 그대로 남아 있었다.

내가 몸에 관한 정규교육을 받은 것은 사랑의 여름으로부터 딱 2년 후이자, 낙태를 합법화한 로 대 웨이드 판결이 나오

* 미국 ABC 방송국에서 1981년부터 1989년까지 방영했던 치정과 암투를 다룬 드라마.

기 딱 2년 전인 1971년, 매사추세츠주 케임브리지의 한 6학년 교실에서였다. 교실 밖 세상은 활동가들의 에너지로 생동하고 있었지만 교실 안은 그렇지 않았다. 내 또래들과 나에게 성교육이란 교장이 진행한 월경에 관한 한 차례의 강의가 전부였다. 교장은 키가 크고 머리카락은 철 수세미 색깔인 으스스한 인상의 모스 선생님이라는 여자였다. 교장은 여자아이들만 모아놓고 한 시간 동안 교실 앞에 서서 큰 포스터에 자세히 그려진 여성의 생식기관을 지시봉으로 짚어가며 설명했다. 이게 나팔관입니다. 이게 자궁이고요… 교장은 난자가 어떻게 정자와 만나 수정되는지 설명하고, 자궁내막에 관해 한참 이야기하고, 생리통과 생리대에 관한 이야기로 넘어가기 직전 몇 분 동안 성행위 자체에 관해 이야기했다. 이 부분은 모호했다. 호르몬과 신체감각의 교환 같은 몇몇 단어들, 남자들은 호르몬의 영향이 우리보다 훨씬 더 드라마틱하게 나타난다는 경고성 언급 약간, 그리고 섹스는 서로 사랑하는 사람들 사이에서 감정을 표현하는 한 방법일 수도 있다는 식의 이야기를 아주 짤막하게 하고 넘어갔다. 나는 교장이 '쾌감을 주는'이라는 단어를 사용했다고 기억하는데, 그는 그 단어를 치주 질환 치료에 관해 말하고 있다고 해도 이상하지 않을 정도로 극도로 조심스럽고 억제하는 태도로 말했다.

이것은 일부 페미니스트 학자들이 여자 청소년들을 두고 그들 자신의 "욕망에 관한 담론이 실종되었다"고 말하는 교과서적 사례다.[1] 우리 세대 여자아이들은 (지금도 대부분의 여자아이들이 그렇지만) 몸에 관한 솔직한 정보를 그리 많이 얻지 못했고, 여성의 성적 육체와 육체의 흥분이라는 주제에 대해서는 특히 더 그랬다. 프로이트는 여성의 섹슈얼리티에 대해서는 전혀 탐구하지 않았고 '암흑의 대륙'이라는 악명 높은 표현을 써가며 그 주제를 덮고 넘어갔다. 청소년기의 발달에 관한 대부분의 이론들도 이 주제를 무시한다. 마치 여자아이들의 삶에서는 성적인 감각들이 정말 그리 큰 역할을 하지 않는 것처럼. 페미니즘 이론가들조차 그 주제는 피해가는 경향이 있고, 모든 전선에서 이렇게 침묵을 고수하다 보니 오히려 귀가 먹먹해지는 느낌과 깊은 단절감을 준다. 프랑스 철학자 미셸 푸코는 섹슈얼리티에 관한 담론이 성적 경험의 형태를 유의미하게 결정할 수 있다는 생각을 처음으로 대중에게 널리 알리면서, 우리가 섹스에 관해 말할 때 사용하는 언어와 어조, 우리가 듣는 말 혹은 (똑같이 중요한) 듣지 못하는 말들이 우리가 자기 육체의 느낌들을 인지하고 해석하고 반응하는 방식에 직접적인 영향을 미친다고 말했다.[2] 몸에 관한 말이 아무것도 들리지 않을 때, 우리는 몸에 귀 기울이는 것과 몸을 느끼는 것, 몸을 가치 있고 통합된 하나의 존재로서 경험하는 것을 그만두게 된다는 것이다.

주변에서 부글부글 끓어오르고 있던 행동주의에도 불구하고 우리 세대 여자아이들은 몸에 관해 상당히 전형적인 교육을, 정확히 말하자면 무교육을 받았고, 이는 1950년대 미국 중산층이 받았을 만한 성교육과도 그리 다르지 않았을 것이다. 우리는 여성의 섹슈얼리티를 기본적으로 의학적 사건이라고 배웠다. 새로운 도구가 필요할 것이고 상당량의 피와 관련된 일일 것이라고, 남자아이들은 우리보다 더 큰 (그리고 아마도 무서운) 충동을 지닌 존재들이라고. 반면 우리 자신의 충동에 대해서는 초등학교부터 고등학교까지 전혀 논의하지 않고 넘어갔다. 선생님들도 부모님들도 여성의 성적 흥분이라는 주제는 건드리지 않았다. 어른들이건 또래들이건 아무도 마스터베이션이나 클리토리스, 오르가슴이라는 단어를 입 밖에 내지 않았다. 그런 건 불필요한 정보로 간주했다. 여자아이들은 성적 흥분을 느끼지 않으며, 그들에게 성적 욕구는 없거나 적어도 없어야 하는 것이니 성적 욕구에 관해서도 별로 배울 필요가 없다고.

문화가 우리 삶에 그토록 결정적 영향을 미치게 되는 이유 가운데 하나가 이것이다. 그와 같은 정보 공백 속으로, 섹스가 무엇인지 혹은 어떤 것일 수 있는지에 관한 솔직한 논의의 부재가 남겨놓은 구멍 속으로, 우리를 둘러싼 세계에서 새어나온 메시지들이 스며들면서 우리에게 점점 더 명료하게 보이고 들리게 되었다. 바로 그때 문화는 어조와 초점을 대대적으로 바꿀 태세를 하고 있었고, 유난히 시각적이고 강렬한 종류의 소비주의가 부상하고 있었으며, 쏜살같은 시각적 해일이 덩치를 불려가고 있었으니, 우리는 바로 그런 것들을 붙잡고 매달렸다. 우리는 자신의 몸을 이해해보겠다고 황급히 광고와 영화와 텔레비전에 나온 이미지들을 흡수했는데, 이 이미지들은 (그때나 지금이나) 육체적 아름다움과 성적 무력함에 대한 시각적 선언들로 이루어져 있었다. 미성숙한 육체와 초연한 눈빛을 지닌 젊은 여자들, 가장 상품화된 방식과 가장 유체 이탈적인 방식으로, 극도로 성적인 존재로만 그려진 여자들. 우리는 남자아이들에게 세심하게 주의를 기울였고, 그러면 남자아이들은 우리의 신체 부위들에 세심하게 주의를 기울이고, 미모와 가슴 크기를 은밀히 측정하고, 우리의 순위를 매겼다. 우리는 성인의 섹슈얼리티의 장비와 도구들—브라, 면도기, 립글로스, 레이스 속옷—을 사용하기 시작했지만, 우리의 주의는 계속해서 외부로 유도되었고, 우리가 일찍이 받았던 자기 점검 교육은 더욱 심화되었으며, 우리 눈의 초점은 우리의 부드러운 종아리 피부에, 엉덩이와 허리 곡선에, 체지방과 여드름 유무에 맞춰졌고, 그 과정 중 어느 사이엔가 우리가 타고났을지도 모를 혹은 더 어린 나이에는 경험했을지도 모를 하나로 온전히 통합된 육체의 감각을 잃어버렸다.

간단히 말해서 그때 우리가 배운 교훈들은 이후 여러 해에 걸쳐 이미지들에 의해 더욱 강화되고 생명을 이어갔다. 우리는 몸을 느끼거나 경험하는 방법을 배우지 못했고, 자신의 강점들을 알아보고 인식하는 방법을, 태어날 때부터 우리를 담고 있던 포장을 가치 있게 여기거나 존중하거나 이해하는 방법을 배우지 못했다. 대신에 우리는 자신의 몸을 바라보는 방식을 배웠고, 섹슈얼리티를 욕망의 대상이 될 능력과 결부시키도록, 우리 몸의 가치를 타인들에게서 찬탄을 이끌어내는 능력으로 측정하도록 배웠다. 한마디로, 우리가 배운 것은 해리의 방법이었다. 몸을 저런 식으로 경험하기 위해 필요한 건 바로 해리이기 때문이다. 이런 해석에 따르면 섹슈얼리티는 자기 내부에—자신의 육체와 육체의 감각들 안에—위치한 것이 아니라 다른 누군가의 내부에 있는 것이며, 열쇠를 돌려 점화해야 하는 것이다. 섹시하기 위해서는 섹시하다고 여겨져야 하고, 원해도 된다는 허락을 얻기 위해서는 먼저 남이 원하는 대상이 되어야 하는 것이다.

나는 이게 어떤 느낌인지 아주 잘 기억하고 있다. 섹슈얼리티는 스스로 성적인 느낌을 갖는 문제라기보다는 남들에게 성적으로 인지되는 문제였다. 고등학교 시절 나의 첫 남자 친구는 스티브라는 하키 선수 겸 밴드 드러머였다. 둘 다 스티브를 매우 멋진 아이로 보이게 하는 활동이었지만 나에게는 아무런 흥미도 일으키지 않는 일이었다. 하지만 그런 건 상관없었다. 어느 날 파티에서 그 애가 나를 골랐고, 우리는 영원히 끝나지 않을 것처럼 길게 느껴지던 저녁 시간을 지하실 소파 위에서 서로를 더듬으며 보냈다. 둘 다 대마초 기운에 몽롱한 상태였다. 내가 '선택되었다'는 은근한 뿌듯함, 그 애가 이제 그만하자고 결정할 때까지 그 소파 위에 계속 있게 될 거라는 무언의 이해, 그리고 지하실에서 나갔을 때 엉망이 된 머리카락과 잔뜩 흐트러진 셔츠 때문에 어렴풋이 창피했던 느낌 외에 별다른 느낌은 없었다. 그때부터 스티브와 나는 여섯 달 정도, 그런 걸 이렇게 표현할 수 있는지 모르겠지만 '사귀었다.' 이는 간단히 말해 우리가 학교가 끝난 후 많은 시간을 서로 더듬으며 보냈다는 뜻이다. 나는 그 애와 함께 있을 때 말을 거의 안 할 정도로 수줍어했다. 우리는 오후에 근처 묘지까지 산책을 했는데, 말은 거의 하지 않고 발만 쳐다보면서 터벅터벅 걸었다. 같은 안개 속을 서로 철저히 단절된 채 지나는 느낌이었다. 그 침묵은 나의 실패를 보여주는 고통스럽기 짝이 없는 증거처럼 느껴졌다. 내가 할 일은 쾌활하고 사교적이며 흥미로운 여자처럼 굴어서 스티브에게서 말을 이끌어내고 나 자신을 매력적인 여자로 만드는 것임이 명백했지만, 나는 극도로 따분하고 목소리 없는 바보일 뿐이었다. 스티브와 애무를 나누는 일 또한 실패처럼 느껴졌다. 내 몸이 너무 반응하지 않는 것 같았기 때문이다. 스티브는 손으로 나를 마구 더듬었고 그의 입에는 침이 잔뜩 고였으며 그 애의 관심은 육체적인 것이든 다른 것이든 간에 나라는 사람과는 거의 무관한 것 같았다. 그래서 나는 그런 행위를 하는 것과 그 이전과 이후에 덮치는 고통스러울 정도로 부끄러운 침묵 중 어느 쪽이 더 압박감을 주는지 판단이 서지 않는 상태에서, 그냥 거기 그렇게 누워 있었다. 우리에게 공통점이 전혀 없다는 생각도, 우리 중 따분한 쪽은 스티브일지도 모른다는 생각도, 섹스를 원하는 느낌이 동하려면 덩치 크고 말없는 하키 선수의 존재만으로 충분한 건 아니라는 생각도 내겐 한 번도 떠오르지 않았다. 스티브와 관계를 끝내겠다는 생각도. 나는 그저 스티브가 관계를 끝내주기를 기다렸을 뿐이다. 실제로 그는 적절한 시간이 지나자 그렇게 했고, 친구 하나를 내게 보내 그 소식을 전했다. 그 말을 전해 들었을 때 나는 해고당한 느낌이 들었지만 동시에 안도감도 느꼈다.

이건 고등학교에서 전형적으로 펼쳐지는 시나리오였다. 적어도 내가 느끼기에는 그랬다. 게다가 그건 더없이 위험한 고속도로를 조심조심 통과하는 일처럼 가슴을 졸일 정도로 복잡한 일이었다. 남자아이들의 갈망은 너무나 생생하고 뚜렷하고 예상을 벗어나지 않으며 당연한 사실로 받아들여졌고, 우리의 갈망은 너무나 위험하고 은밀하며 그 결과에 대한 부담감에 잔뜩 짓눌렸다. 그들의 갈망에 굴복하면 우리에게는 헤픈 여자라는 낙인이 찍혔고, 너무 많이 억제하면 내숭쟁이가 됐다. 그러니 우리는 힘을 조금이라도 보유하고 있으려면 아무런 가르침도 받지 못한 채로 가장 까다로운 균형 잡기 기술에 통달해야 했다. 그 기술은 그들의 갈망을 자극하는 동시에 통제하고, 그들의 관심과 우리의 사회적 위신을 유지하기에 딱 충분한 만큼만 그의 갈망을 채워주는 것이었다. 우리 자신의 갈망? 우리 자신의 쾌락? 우리는 그런 것들에 관해서는 이야기하지 않았다. 그리고 만약 우리가 자신의 갈망과 쾌락에 관해 생각을 한 적이 있었다 해도 그것은 우선순위 목록에서 한참 아래에 자리하고 있었을 것이다.

하버드대학 심리학자로 청소년기 여성의 섹슈얼리티를 연구한 데버라 톨먼은 저런 침묵이 미치는 영향들을 직접 지켜봐왔다. 여자아이의 성적 충동과 갈망은 "아무도 이름 붙이지 않는 감정들"이 된다.[3] 여자아이는 성적 욕구를 갖는 것이 허용되는 일인지 혹은 자연스러운 일인지 배우지 못한다. 여자아이에게는 자신에게 성적 쾌락에 대한 권리가 있다는 관념도, 남자와 여자의 성적 욕구는 서로 다를 수 있다는 가능성도 가르쳐주지 않으며, 대개는 클리토리스에 관해서조차 말해주지 않는다. 자신의 몸에 관해 이야기하거나 이해하거나 의문을 던질 때 쓸 수 있는 언어가 없으니, 섹슈얼리티는 수수께끼가 되고 자신의 성적 흥분은 신비이자 금기가 되는 것이다. 이에 대한 일반적인 반응은 그냥 성적 욕구 자체를 꺼버리는 것이라고 톨먼은 말한다. "아마 실제로 많은 여자아이들이 자신들의 몸을 인정해주지 않는 문화에 직면해 자신의 성적 욕망의 딜레마를 그 욕망을 느끼지 않는 것으로써 해결할 것이다."[4]

10대 시절 나의 반응도 그 주제의 한 변주가 아니었나 싶다. 차오르던 감정이 자주 도중에 죽은 듯이 멈춰버리는 것 말이다. 10대와 20대 초에 내게 성애적 감각이 없었던 것은 결코 아니다. 호르몬은 난리를 쳤고, 남자애가 내 손을 잡거나 가슴을 건드리기만 해도 짜릿한 느낌이 깜짝 놀란 몸 전체를 홍수처럼 덮쳤다. 육체 시스템은 멀쩡히 작동하고 있었다. 다만 그 시스템은 아주 쉽게 꺼졌다. 그곳이 초원이라 치면 깊고 내적인 신체 감각이 살아 있는 부분에 가시철망 울타리가 있어 섹스와 에로스를 분리한 것처럼. 살짝 건드리던 남자아이의 손짓은 맹렬히 더듬는 손짓으로 변하고, 그러면 얼마나 허락해야 하는지 얼마나 억제해야 하는지 균형 잡기 묘기가 시작된다. 마음은 몸에서 달아나기 시작하고, 몸 자체는 깊은 침묵과 수수께끼에 싸여 은폐된다. 그와 함께 에로틱한 감정—깊고 사적이며 마법적이고 빛나는 그것—도 날아가버리는 것 같았다. 마치 꿈에서 깨어 자기가 있을 곳이 없음을 깨달은 것처럼. 안전한 장소는 없고, 격려받고 이해받고 포용되고 특별하다는 느낌을 갖게 해주는 장소도, 자신에 관한 이야기가 오가는 것이 허용되는 장소도, 부드럽게 방 안으로 안내받을 수 있는 장소도 없었다. 나는 욕망의 대상이 될 수 있었고, 선택받는 느낌을 갈망할 수 있었고(실제로 갈망했고), 남자아이들의 차 안이나 파티장 어두운 구석에서 서로를 더듬으며 내게 주어진 역할을 해낼 수 있었다. 그러나 섹슈얼리티는 육체적 쾌락이기보다는 유체 이탈의 경험에, 표현의 방식이라기보다는 따내야 할 하나의 상이나 수행에 더 가깝게 느껴졌다.

물론 수행은 만족과 같지 않다. 허용은 행위 주체성과 같지 않고, 좋아라고 말할 수 있는 것과 저 남자와는 좋아, 하지만 그 남자와는 아니야, 이건 좋지만 저건 좋지 않아라고 말할 수 있는 것은 같지 않다. 내가 고등학생이 될 즈음 만개한 성혁명이 나를 포함해 또래 여자아이들에게 제공한 도구 상자는 속이 절반쯤 비어 있었던 것 같다. 성적으로 행동할 수 있는 능력은 있지만 그에 부합하는, '성적인 존재'라는 것이 정말로 의미하는 바에 대한 의식은 별로 없는 상태. 방문은 열렸지만 방안의 조명은 제대로 밝혀지지 않은 상태. 이는 '함께 있는 사람을 사랑하라'는 식의 가장 일반적인 방식으로 표현의 자유를 옹호했던 성혁명과, 운동의 방향이 생식의 자유와 성적 건강이라는 더욱 구체적인 영역으로 기울어 있던 여성운동 사이의 (실제로 상당한) 차이에서 온 부산물이었는지도 모른다. 1970년대 중반, 보스턴 전역의 여자들이 이 두 전선에 적극적으로 참여했고—그들은 낙태와 피임에 관한 콘퍼런스에 참석했고, 질경을 가지고 집으로 돌아가 주방 테이블 위에서 자신의 자궁경관을 스스로 검사했으며, 『우리의 몸, 우리 자신』* 을 우리 집 뒷마당에서 3킬로미터 떨어진 곳에서 썼다—그들의 노력은 내 또래들과 나에게도 분명 스며들었다. 그 운동들은 우리에게 피임약과 성병에 관한 정보를 전해주었고, 우리가

* 1970년 보스턴여성건강도서집단이라는 비영리단체(현재 명칭은 '우리의 몸 우리 자신')에서 발간한 책으로, 여성의 건강과 섹슈얼리티를 다룬 페미니즘의 고전이다.

질문할 용기만 있다면 그 질문에 대답해줄 부인과 의사들도 제공해주었다. 또한 적어도 섹스는 우리가 해도 되는 일이라는 기본적인 감각은 제공해주었다. 하지만 거기까지가 다였다. 내면 깊이 뿌리내린 욕망에 대한 권리 의식, 여성의 성적 쾌락을 그 자체의 목적으로 보는 관념, 우리 자신의 목소리로 발음되는 좋아라는 대답은 결코 우리에게 스며들지 못했고, 아마 그 운동 자체 내에서도 제대로 구체화된 적이 없었을 것이다.

우리가 선택되는 대신 선택할 수 있었다면 어떤 느낌이었을까? 음식이나 옷에 대한 욕구를 이야기할 때처럼 우리의 성적 욕구들에 대해서도 솔직히 말할 수 있도록 양육되었다면, 신체 부위나 가슴의 모양이나 허벅지 사이즈 같은 부수적인 것이 아니라 실질적인 성적인 몸 자체를, 그 몸이 어떻게 작동하는지 무엇을 필요로 하는지 만져질 때 어떻게 반응하는지를 검토하고 이해하도록 격려받았다면 우리의 느낌은 어땠을까? 이런 종류의 사고 틀은 당시 우리 의식 안에 존재하지 않았고, 우리 중 다수에게 30대나 40대—한 여자의 인생에서 행위 주체성이라는 개념이 오랜 세월의 분투 끝에 마침내 뼛속에 자리 잡게 되는 시기—에 접어들기 전까지는 계속 존재하지 않을 터였다. 어쨌든 그 시절에는 우리 자신의 몸에 관해 직접적으로 말한다는 것이 생각도 할 수 없는 일로 여겨졌고, 섹슈얼리티는 유혹적인 만큼 두렵기도 한 자유였으며, 그리하여 그것은 그 안에 살면서도 다 같이 모르는 척하는 지뢰밭

같은 것이 되었다. 우리는 그 지뢰들의 이름을—이 지뢰는 공포, 그 지뢰는 힘, 저 지뢰는 순전한 호르몬의 에너지라는 식으로—구별할 줄 몰랐고 무엇보다 확실한 건 우리에게 그 지뢰의 뇌관을 제거할 도구가 없었다는 것이다. 그리고 그 시절에 관해 가장 분명하게 기억나는 것은 무서울 정도로 부조화를 이루는 느낌인데, 이 느낌은 제기되지도 대답되지도 않은 그 모든 질문 때문에 더욱 고조되었다. 그것은 마치 여자의 섹슈얼리티, 나의 섹슈얼리티는 어째선지 뒷전에 내팽개쳐진 채 논의되거나 탐사되지 않는 것 같은 느낌, 궁극적으로 남자들의 섹슈얼리티보다 덜 중요한 것으로 이해되는 것 같은 느낌이었다.

이는 어느 정도 실제로도 그랬다. 그 시절에 페미니즘 성정치 이론을 내가 접할 수 있었더라면, 나는 집단의식 속에서 남자들의 몸이 여자들의 몸을 가려왔던 길고도 깊은 역사가 있었음을, 수십 년 동안 성적 '정상 상태'에 관한 문화적 정의와 의학적 정의 모두 전적으로 남성의 성기능, 남성의 욕구, 남성의 체질을 기준으로 한 것이었음을 판단할 수 있었을지도 모른다. 페미니스트 성 연구자들은 이런 식의 사고가 20세기에도 내내 끈질기게 유지되었으며, 대중적으로 잘 알려진 연구자들인 윌리엄 매스터스와 버지니아 존슨부터 미국의학협회에 이르기까지, 지배적인 연구 주체들은 전부 젊고 백인이며 중산층에 신체장애가 없는 이성애자 남자들의 성 행동과 성적 관심사에만 전적인 주의를 기울여왔다고 주장한다.[5] 이러한 편향은 여성의 육체를 완전히 무시하고 더없이 편협한 성기의 관점에서 논의의 틀을 잡아, 건강한 섹슈얼리티를 성교 중 오르가슴에 도달할 수 있는 능력으로 정의한다. 여자들은 그 패러다임을 받아들이는 것뿐 아니라 자신들의 욕구와 기대까지 그 패러다임에 맞추는 것이 당연하다는 듯 요구받아왔다. 많은 여자들이 성적으로 '정상'이라는 것은 남자들만큼 목표 지향적이고 성기에 초점을 맞추는 것이라고, 적어도 남자의 목표 지향과 초점을 거울처럼 반영하고 증폭시키는 것이라고 배운다. 뉴욕에서 활동하는 정신의학자이자 비뇨기과 의사 겸 섹스 연구자인 레노어 티퍼는 이렇게 썼다. 지배적인 관점에서 보는 "정상 상태는 다음과 같이 쉽고 간략하게 설명할 수 있다. 남자와 여자는 똑같고, 그들은 모두 남자라는 것이다."[6]

이 관념은 실제로 우리에게 스며들었다. 섹스에 관한 여성의 권한을 이야기하는 그 어떤 관념보다도 훨씬 더 생생하게. 내가 맞는 방식으로 행동하고 있는 건가? 이게 그가 원하는 건가? 그는 어떻게 느끼고 있을까? 나 자신의 몸과 나 자신의 갈망에 초점을 맞추는 것이 허용되는 일인지, 심지어 가능한 일인지에 대해 어떤 의식도 부재한 상태였기 때문에, 저런 생각들이 가장 정신을 사로잡는 질문들이 되고 수행의 문제들이 되었다. 그리고 이 문제들은 세월이 흘러 내가 더 현명해지고 더 자신감이 생기고 성적으로 더 능숙해졌어야 할 (그래야 한다고 내가 느꼈던) 나이가 될수록 사실은 나를 더욱더 괴롭혔다. 고등학생 시절 단절된 상태에서의 애무에 이어 대학생 때는 단절된 상태에서의 성행위가 이어졌다. 공허하고 하나같이 알코올의 힘에 이끌린 일들이었고, 대체로 수동성과 확인 욕구는 높았지만 행위 주체성이나 쾌락은 저조했다. 이 규칙에도 예외—내가 사랑한 남자들, 함께 있으면 경계심을 내려놓을 만큼 충분히 안전하다는 느낌을 갖게 해준 남자들—는 있었지만, 그래도 나는 섹슈얼리티가 남자를 만족시키는 일과 관련된 것이라는 느낌, 나 자신의 몸은 어떤 식으로든 부차적이며 중요한 건 그의 몸—그의 갈망, 그의 오르가슴—이라는 느낌, 나의 만족은 그의 만족과 직접적으로 연관되어야 한다는 느낌을 떨쳐내지 못했다. 남자들의 몸은 제대로 작동하는 것 같았고, 제대로 효율적으로 정상적으로 작동했다. 내 몸이 똑같은 방식으로, 똑같은 긴박함과 똑같은 흥미를 갖고 작동되지 않는다면, 그건 분명 내 쪽에서 뭔가 잘못되었다는 신호일 터였다.

이것은 몸에 관해 배우는 아주 끔찍한 방법이다. 목소리도 낼 수 없고 확실한 건 아무것도 없이 커튼 아래 가려진 채 살아가면서, 남자아이들에게서 제대로 표현되지 못한 저들만의 감정과 불안과 의제를 담은 모든 신호를 읽어내고, 자신의 허기는 저 먼 구석으로 밀어둔 채 그들의 허기에 접속하려 애쓴다는 것은. 페미니즘이 이뤄낸 성과들과는 별개로, 저 통탄스러운 가르침은 페미니즘이 일으킨 지진의 잔해에도 묻히지 않고 여전히 표준적인 가르침으로 남아 있다. 내가 아는 (무척) 어린 여자, 겨우 열다섯 살인 제시라는 고등학교 2학년생이 최근 자신이 한 무모한 성적 장난에 관해 이야기해주었다. 어느 파티에 갔다가 술을 꽤 많이 마셨고 결국 축구팀 남학생들과 침대에 들어가게 되었고 그중 하나는 후배였다는 이야기였다. 제시는 그 일을 태연하게 받아들였고—"이상한"과 "재미있는"이라는 단어를 썼다—그 이야기는 성혁명의 유산에 관한 핵심을 잘 요약하고 있는 것 같았다. 그러니까 성혁명이 여자아이들에게 얼마나 많이 전해주었고 또 얼마나 적게 전해주었는지를 말이다. 제시에게는 허용되는 것이 무척 많다. 당연히 내가 제시 나이였을 때에 비해서는 훨씬 더 많고, 어떤 면에서 그 자유가 제시에게는 아주 유익했다. 제시는 성적 관용이 엄청나게 확대된 풍토에서 성장했고, 그 나이 때의 나에 비해 자신의 섹슈얼리티에 대해 심히 무지한 것 같지도 않고 적어도 덜 억제되어 있는 것 같다. 그리고 어느 정도는 자신의 몸과 더 편안하고 더 자연스러운 관계를 맺고 있는 것처럼 보인다. 이는 타이틀 나인* 제정 이후 자유분방한 체육 활동과 약간은 더 견고해진 여성의 권리 의식 덕분이다.

---

* 1972년에 통과된 '타이틀 나인Title IX'은 스포츠 교육을 포함하여 연방의 재정 지원을 받는 모든 교육 프로그램에서 성차별을 금지하는 민권법으로, 여학생들의 스포츠 활동이 매우 활성화되는 계기가 되었다.

그러나 제시를 보면 또한 허용이 얼마나 쉽게 압박으로 변할 수 있는지, 그것이 솔직한 대화와 지혜로 뒷받침되지 않을 때 얼마나 공허한 것일 수 있는지도 알 수 있다. 코넬대학에서 역사와 인간 발달, 여성학을 가르치는 조앤 제이컵스 브럼버그는 『바디 프로젝트』라는 책에서 현재 여성 청소년의 삶에서 지극히 육체적인 측면들에 일어난 한 가지 근본적인 위기를 묘사했다. 그 위기란 생물학과 문화 모두가 여자아이들에게 정서적으로 준비되어 있지 않을 수도 있는 행동과 태도를 권장한다는 것이다. 오늘날의 여자아이들은 이전 시대보다 육체적으로 더 빨리 성숙하는 듯하고,[7] 확실히 더욱 성적인 특성이 부각된다. 어려서부터 마돈나를 보며 자랐고 성적인 이미지들에 둘러싸여 있으며 대단히 노골적이고 시각적으로 성적인 문화 속에서 살고 있다. 그들 자신의 몸에서도 장식하고 전시하는 부분이 더 많아졌다. 서로 먼저 첫 섹스의 경험을 하려는 경주는 나의 청소년기보다 훨씬 더 열띠게 진행되어, 열여섯 살 즈음이면 거의 절반이 결승선을 통과한다.[8] 브럼버그의 주장대로 이 모든 일이 사회의 보호라는 귀한 자원이 거의 없어서 발달 단계에서 지원을 받지 못하고 또래 압력과 과도한 대중문화에 취약하게 노출된 상태에서 일어난다. 그는 억압적이지만 또한 보호적이기도 했던 빅토리아시대의 여성 섹슈얼리티에 대한 태도들을 거론하며 이렇게 썼다. "우리 사회는 빅토리아시대 때 소녀들에게 씌웠던 도덕적 우산을, [그것을 대체할] 유용한 전략이나 프로그램, 이를테면 그들이 젖지 않게 도와줄 사회적 방수복을 마련하기도 전에 내던져버렸다."[9]

제시에게서 축구 선수 둘과 보낸 밤 이야기를 듣고 보니 그 애가 바로 그런 사례의 주인공이라는 생각이 들었다. 그 이야기에 약간 충격을 받은 나는 욕망과 통제라는 사안에 관해 넌지시 이야기하기 시작했다. 그런 일을 한 게 네가 그래야 한다고 느껴서였니, 아니면 네가 그러길 원해서였니? 그 아이들에게 '싫다'고 말해도 된다는 걸 알고 있었니? 그 섹스에서 중요한 건 그들이 원하는 거였니, 네가 원하는 거였니?

"아, 그야 내가 원하는 거였죠." 제시는 내게 그렇게 확인해 주었지만, 나는 아주 오래된 내러티브가 작동하고 있다는 느낌을 지울 수 없었다. 남성의 욕망에 의해 형성되고 정의되는 여성의 욕망, 남들을 만족시키는 일과 연관된 성적인 바람. 성적 억압이라는 옛 압제가 이제는 성적 허용의 압제로 대체된 것이다. 그 압제 속에서 어린 여자아이들은 성애에 대한 명확하고 개인적이며 어렴풋하게나마 어른스러운 정의를 확립하기 훨씬 전에 에로틱한 표현을 개인적 목표로 여기도록 배운다. 잠시 후 제시는 두 남자애 중 후배라는 마셜의 이야기를 더 들려주었다. 제시는 몇 주 전부터 마셜에게 반해 있었다고 했다. 그는 축구장의 떠오르는 스타로 "완전 핫"했다. 그 파티 날 후로 마셜에게선 연락이 없었지만 제시는 그 애가 전화해주기를 바라고 있었다. ("어디든 휴대폰을 가지고 다녀요."라며 코트 주머니를 톡톡 두드려 보였다.) 나는 그 파티 이전에 그들이 말을 나눠본 것이 두 번인가 세 번밖에 안 된다는 정보도 얻었다.

나는 제시의 이야기가 딱히 독특한 플롯을 갖고 있다고는 생각하지 않는다. 오늘날 대부분의 아이들(89퍼센트 가량)은 7학년부터 12학년 사이에 성교육을 받는데, 그중 절반은 내가 모스 선생님에게 받은 성교육과 그리 다르지 않은 한 시간짜리 수업을 받는다.[10] 그보다 더 많은 경우는 보건 수업에 성교육을 끼워 넣는 것이다. 이런 경우 육체적 흥분이나 내밀한 관계에 관한 논의는 (그런 논의를 하기나 한다면 말이지만) 성병, 에이즈, 자제에 관한 이야기에 묻혀 의미가 축소되어버리는데, 현재 4000군데가 넘는 학군에서 이런 방식의 성교육을 선호한다. 카이저재단이 2000년에 실시한 성교육 연구에서 설문에 참여한 10대 중 절반 가까운 수가 섹스와 관련된 정서적 문제들과 섹스의 결과들에 대처하는 방법에 관해 더 많은 정보가 필요하다고 대답했는데, 이는 놀라운 일도 아니다. 우리 세대에도 그랬듯이 여전히 대부분의 10대가 섹스에 관한 정보 대부분을 서로에게서 얻거나, 섹슈얼리티에 몹시 제한적이고 더없이 얄팍한 정의를 적용하고 있는 미디어에서 얻고 있다.

이 점은 특히 '남자 만족시키기' 전선에서 더욱 그렇다. 〈글래머〉는 "그 남자가 오늘밤 해보고 싶어 안달하는, '계속해줘'라고 외칠 마흔세 가지 기술"이라는 글을 실었다. 〈코스모폴리탄〉은 "그의 인생 최고의 섹스 파트너가 되어라—그를 무자비하게 자극하고 서서히 유혹하고 그가 꿈에 그리던 방식으로 그의 세계를 뒤흔들어라!"라고 제안한다. 이상하게 섹스뿐 아니라 숫자에도 집착하는 〈레드북〉은 "당신의 섹스 라이프를 더 뜨겁게 달궈줄 여섯 가지 동작" "모든 여자가 알아야 할 다섯 가지의 끝내주는 섹스 기교" "더 좋은 섹스를 위해 곧바로 써먹을 수 있는 열 가지 방법" "당신 남자의 몸에서 만져줘야 할 섹시한 부위 서른다섯 군데"를 알려준다. 이런 것이 언제나 등장하는 표준적인 이야기—그 남자, 당신의 남자, 그가 하고 싶어 안달하는 것에 관한 이야기들—인데, 나는 이 이야기들이 나의 성장기에 여성의 성적 욕구를 에워싸고 있던 침묵과 불확실성의 강과 똑같은 강에서 건져 올린 이야기들이 아닐까 생각한다. 분명한 건 이 이야기들이 다 똑같은 해결책을 제안한다는 것이다. '당신 자신의—알 수 없고, 논의되지 않으며, 그 자체로 존재하는 것이 딱히 허용되지도 않는—욕구를 잘 모르겠다면 그의 욕구에 집중하라. 바른 방향을 보고 (더 중요하게는) 바른 방식으로 행동하라.'

그때나 지금이나 이런 해결책에는 성에 관한 지식이란 쌍방이 아는 것이어야 한다는 개념, 여성의 쾌락은 남성의 쾌락을 자극하는 능력에만 달려 있는 게 아니라는 개념이 빠져 있다. 또한 저런 해결책을 봐서는, 여성의 쾌락에 대해 (더 도움이 되는 방식까지는 아니더라도) 더 복잡하거나 더 의미심장한 방식으로 이야기한다면 대체 어떤 이야기가 나올 것인지도 전혀 짐작할 수 없다. 〈미국의학협회저널〉은 1999년에 발표한 성기능 장애에 관한 보고서에서 여성에게 가장 흔한 문제로 성에 대한 흥미 결여를 꼽았다.[11] 이 연구의 응답자 중 약 3분의 1이 주기적으로 섹스하기가 싫다고 말했고, 26퍼센트는 보통 오르가슴에 도달하지 않는다고 했으며, 23퍼센트는 섹스가 즐겁지 않다고 대답했다. 이 보고서가 나온 바로 그 즈음 〈글래머〉 표지에는 "굉장한 오르가슴에 도달하기 위한 쉰 가지 기교"라는 제목이 실렸는데, 알고 보니 이는 영화감독의 연출 지시를 흉내 낸 듯한 조명의 기교, 할리우드 영화에서 가져온 섹시한 사운드트랙 제목을 나열한 것이었다. "'지금 내 옷을 찢고 날 가져'라고 말하는 식의 거친 섹스"를 위해 이 잡지가 조언하는 방법은 그냥 프린스의 〈퍼플 레인〉을 트는 것이다. 멋진 "나랑 하자 의상"이 필요하다면 정원용 호스와 동일한 소재로 된 딱 달라붙는 탱크톱과 바지를 입어보라.(〈매트릭스〉에서 캐리 앤 모스도 그런 걸 입었다.) 자신의 매력에 확신이 없다면 그냥 옆으로 누워라. 스티븐 소더버그 감독에 따르면 여자들은 그렇게 누울 때 더 멋져 보인단다. "선 중에 가장 에로틱한 선은 몸의 S자 곡선"이라나.

그런 테크닉들이 여성을 더 만족시키는 데 조금이라도 효과가 있는지에 관한 이야기는 전혀 없다. 아마도 그건 요점이 아니기 때문일 것이다. 〈코스모폴리탄〉이 아주 적절히 정리했듯이, 목표는 그의 인생 최고의 섹스 파트너가 되는 것이니까.

나의 10대와 20대 초에 섹스가 버거운 규칙들만 많고 의미 있는 지시 사항은 없이 점점 더 복잡해지기만 하는 게임처럼 느껴졌다면, 거식증은 나를 그 게임장에서 완전히 빼내주었다. 극단적인 뚱뚱함과 극단적인 빼빼함에는 이런 효과가 있다. 몸의 굴곡들을 깎아내거나 살 속에 파묻어버리는 것에는 성적인 면을 제거해버리는 효과가 있으며 이 점은 식사장애가 점점 더 어린 여자아이들에게서 나타나고 있는 이유도 설명해 줄 수 있을 것이다. 요컨대 섹스 게임에서 퇴장하는 일에는 매우 자기 보호적인 측면이 있고, 거기 걸린 위험이 너무 크거나 압박이 너무 심하다고 느낄 때는 말할 것도 없이 그러한 퇴장의 유혹이 더욱 강해진다.

나의 몸에 대해 처음부터 두려움과 단절감을 느꼈던 나는 거식증이 지닌 이런 측면을 매우 환영했고, 거식증이 주는 차가운 금속 같은 무성성의 감각을 필요로 하며 부추겼던 것 같다. 거식증을 앓던 몇 년 동안 나는 달리기를 했다. 3~5킬로미터씩 달리는 일에는 마치 강제 행진처럼 의무적이고 징벌적인 느낌이 있었다. 나는 두려운 마음으로 운동화 끈을 묶고서 동부 프로비던스 거리들을 달리며 나를 밀고 나아갔다. 한 걸음 한 걸음이 의지의 시험이었고, 온몸은 긴장한 채 달리기에 저항했으며, 성냥 같은 두 다리는 너무나도 멈추고 싶어했다. 내가 달리던 동네는 사랑스러운 곳이었지만—고요했고 잎이 무성한 나무들이 많았으며 우아한 빅토리아풍 건물들이 줄지어 서 있었다—나는 그런 점을 잘 알아차리지 못했고 그 풍경에서 어떤 즐거움도 느끼지 못했다. 두 발과 빼빼 마른 허벅지에 주의를 집중하고 펌프질하듯 다리를 옮기고 옮기고 또 옮기며 칼로리만을 생각했다. 1.5킬로미터면 100칼로리를 태웠으니 요거트 반 통 분량이야, 3킬로미터니 200, 점심 식사에 맞먹는 칼로리군. 내 몸은 기계였다. 아니 적어도 나는 내 몸이 기계이길 원했다. 꼼꼼하게 검토하고 손볼 수 있으며, 인풋과 아웃풋을 측정하고 통제할 수 있는 시스템. 몸이 느끼는 고통은 부차적인 것으로 여겨졌고, 쾌락을 느낄 몸의 능력은 내게 무의미한 것이었다. 리비도는 살과 함께 사라졌고, 관능성은 머나먼 옛 기억이자 다른 사람들이나 경험하는 것이 되었다. 나는 내 머릿속에서, 오직 머릿속에서만 살았다.

조정이 아주 천천히 그 패러다임을 바꾸기 시작했다. 돌이켜볼 때 조정이 그토록 급진적으로 느껴지는 것은 바로 그 때문이다. 나 자신의 몸과 전투를 벌이는 것이 아니라 제대로 된 관계를 맺은 첫걸음이었던 것이다. 조정이 나를 바꿨다. 시간이 지나면서 내 팔은 강하고 유능한 팔로 발달해갔다. 앞팔은 굳건해지고 근육질이 되어갔고, 위팔은 탄탄해지더니 정교한 근육의 골들이 만들어졌고, 어깨가 둥글고 강해졌다. 조정은 사실 다리의 스포츠라 여겨지지만—노를 젓는 힘은 대부분 허벅지와 엉덩이의 큰 근육들에서 나온다—내게는 상체의 변화가 눈에 더 잘 띄었고, 여러 면에서 더 중요했다. 육체적 힘을 보여주는 이 각각의 변화 신호들은 내적 힘의 감각까지 키웠고, 두 힘은 서로 연동되었다. 조정을 시작한 첫 여름, 나의 개인적 '사랑의 여름'이었던 그 여름에, 나는 직장에서 여자 화장실로 슬그머니 들어가 거울 앞에서 몰래 이두근을 굽혔다 폈다 했고, 그 모습이 내게 준 작은 전율은 (근육이야!) 한때 야위어가는 내 모습을 보며 느꼈던 전율과는 전혀 딴판이었다. 그것은 자기 돌봄과 자기 파괴의 차이, 내어주는 것과 쥐고 놓지 않는 것의 차이였다. 그 변화는 실로 극적이었다. 음식에 대한 강박관념을 갖게 된 후 처음으로 경험한, 말라가는 것이 아닌 육체적 변화였다.

그렇다고 해서 조정이 나를 단박에 거식증에서 꺼내줬다는 말도, 내 몸에 대한 무조건적 사랑을 가득 불어넣어줬다는 말도, 내가 강에서 나오며 순식간에 강한 팔과 새로운 여성성을 띤 심장을 갖게 되었다는 말도 아니다. 그럴 리가 있나. 식사장애에서 회복하는 과정은 원래 매우 불분명하며 전혀 단선적이지 않다. 회복의 동기는 가늠하기 어렵고 진척은 수량화하기 어려우며 재발은 규정하기 어렵다. 거식증이나 폭식증 상태는 술을 끊거나 마약을 그만두는 식으로 그냥 '그만둘' 수 있는 게 아니다. 음식과는 항상 필연적으로 접촉을 유지해야 하고, 매일 음식에 관한 선택을 해야 한다. 내가 굶기에서 벗어난 과정에도 의도적인 것은 하나도 없었고, 이는 나만 유별난 것이 아니다. 갑자기 찾아온 명료한 깨달음이나 은총의 순간도 없었고, 굶고자 하는 바람이 변화하고자 하는 바람에 대체되는 눈부신 변화의 순간도 없었다. 어느 날 아침 잠에서 깨어 이제는 할 만큼 했어라고 말하지도 않았고, 이 정도 양의 음식을 먹고 저 정도로 체중을 늘리겠다는 식으로 거식증 이후를 개략적으로 계획하지도 구체적인 프로그램을 밟아가지도 않았다. 그보다는 음식에 대한 강박이 아주 조금씩 느슨해졌다. 나는 노를 저었다. 심리 치료도 받으러 다녔다. 먹는 양을 아주 조금 늘리고, 체중을 500그램, 1킬로그램, 2킬로그램씩 늘려나갔다. 시간이 지나면서 옛 시스템이 그야말로 무너지고 침식되어, 유지하는 것이 너무 쓸데없고 답답한 일이 되어갔다. 이 일이 벌어지는 과정을 지켜보던 느낌이 기억난다. 굶고자 하는 의지나 에너지도, 자기 파괴에 대한 몰두도 더 이상 내게 남아 있지 않다는 걸 알았지만 달리 어떻게 살아야 하는지, 어떻게 선택해야 하는지, 허기를 어떻게 정의하고 어떻게 반응해야 하는지도 알 수 없었던 그 느낌이.

그것은 안정을 심히 뒤흔드는 일이자 정체성의 끈을 서서히 풀어버리는 일이었다. 정박지에 매어둔 내 배가 밧줄이 풀려 어두운 바다로 둥둥 흘러가고 있는 걸 지켜보는 것 같달까. 나는 과거에 하던 행동들에 오랫동안 매달렸고, 그러면서 아무것도 보이지 않는 상태에서 새로운 행동을 찾으려 더듬거렸다. 끼울 자리를 찾는 하나의 퍼즐 조각을 찾듯. 나는 어떤 사람이었지? 내가 원했던 건 뭐지? 굶기로도 나를 고칠 수 없다면 무엇으로 고칠 수 있을까? 이렇게 마구잡이로 붙잡을 것을 찾으려 드는 것은 어느 정도 중독에 잘 어울리는 행동이다. 거식증 환자들은 모든 중독자들(그리고 어느 정도는 대부분의 사람들)과 마찬가지로 공허함과 괴로움이라는 내적 원인에 대해 외적 해결책을 찾는 데 명수들이고, 그들의 삶은 '…만 한다면'이라는 말을 중심으로 돌아가는 거대하고 포괄적인 추적에 이끌린다. 500그램만 더 뺀다면, 그리고 500그램만 더, 또 500그램만 더. 조금만 덜 먹는다면. 더 날씬해지기만 한다면. 만약, 만약, 만약 그렇게만 된다면. 이런 건 쓸모없는 생각이란 걸 나도 알고 있었다. 거식증을 앓던 때도 체중 자체는 본질적으로 중요하지 않다는 것을, 내가 그 중요성을 터무니없이 부풀렸다는 것을, 여기서 500그램 저기서 500그램을 뺀다고 해서 내가 아름다움이나 행복을 갖게 되거나 불안과 슬픔으로부터 보호받게 되는 게 아니라는 것도 알고 있었다. 하지만 그런 생각이 강력한 힘을 지닌 것도 사실이다. 그 말은 무시무시한 힘으로 손짓을 해온다. 만약 무엇만 한다면, 만약 무엇만 된다면. 마치 이 헛된 추구가 실제로 나를 가고 싶은 어딘가로 데려다주거나, 어떤 보상을 제공하거나, 결승점에서 승리를 안겨주거나, 그 가늘디가는 무지개 끝에서 황금 단지를 안겨줄 수도 있다는 듯이.

오늘날 돌이켜볼 때 내게 아주 통렬하고도 불운한 일이었다고 느껴지는 것은, 중독성의 그 핵심적인 느낌—제자리를 잃은 게걸스러운 욕구의 감각—이 내가 다시 음식을 먹기 시작한 뒤에도 여전히 내 안에 남아 있었다는 사실뿐 아니라, 그 시대의 감각과도 딱 맞아떨어졌다는 점이다. 만약 …만 있으면, 만약 …만 한다면. 이 말은 1980년대 중반에 이르면 그저 개인적인 주문만이 아니라 문화 전체의 주문이 되었고, 과녁이 빗나간 허기는 신용카드 위에 대대적으로 새겨졌다. 이제 페미니즘의 자매애는 잊어라. 내가 인간적인 사교의 세계로 다시 들어서기 시작했을 무렵, 여자들은 정치와 현수막이 아니라 프라다며 에반피코네와 연결되었고, 공통의 비전보다 공통의 미학적 취향이("자기 구두 정말 맘에 든다!") 지닌 결속력이 갑자기 더욱 강력해졌다. 행동주의도 잊어라. 그 시기에 사회 변혁을 향한 추진력은 자기 계발 워크숍과 실용서의 부연 안개 속에서 서서히 사라졌고, 장기적인 사회적 관점은 미봉책을 찾는 내면 아이의 충동에 밀려났다. 여성의 섹슈얼리티와 욕망할 권리 같은 골치 아픈 의제들도 잊어라. 브라 불태우기도 아쉬운 점이 없었던 건 아니지만 이제는 폭풍 쇼핑에 아예 밀려나버렸다.

그런데 이런 건 원래 미국인들이 가장 잘하는 일 아니던가? 행복 추구를 물건, 다이어트, 장난감, 남자, 마법 탄환을 찾는 일로 바꿔놓는 일 말이다. 그리고 그건 특히 여자들에게 늘 권장되어왔던 일 아닌가? 그걸 찾아내고 그걸 사고 그 사람과 결혼하고 그걸 바꾸고 그걸 낚아채고 그걸 예쁜 포장지에 싸서 집으로 가져가라고. 그것은 거대하고 안개처럼 잡을 수 없는 신기루일지도 모르지만 쉬운 해결책을 찾으려는 것은 여러모로 미국인다운 방식이자 미국 문화가 불편함에 대해 본능적으로 보이는 반응이다. 1980년대와 1990년대에는 이런 식의 치환*이 전례 없는 강도로, 정신이 아득할 정도로 높은 봉우리에 도달했다. 지난 20년 동안 미국인들은 현대사에서 가장 소비 지향적인 인구 집단이 되어 쇼핑에 서유럽 사람들보다 서너 배 많은 시간을 쓰고[12], 한 해에 5조 달러어치의 상품과 서비스(1960년대 소비량의 두 배 이상)를 소비하며[13], 놀라서 넘어질 정도로 어마어마한 액수의 신용카드 부채를 쌓았다.(10년 전보다 60퍼센트 이상 증가했다.)[14] 저런 숫자들 뒤에는 물론 나를 그토록 끈질기게 내몰았던, 걷잡을 수 없는 필요의 감각이 도사리고 있다. 외현화하려는 끝없는 충동. 모든 문제에는 즉각적인 해결책이 있고 모든 공허는 상품으로, 물질로, 그 무언가로 채울 수 있다는 생각을 꽉 잡고 놓지 않는 믿음.

우리 문화는 이미 지출의 벽에 부딪혔는지도 모른다. 무엇이든 어떤 벽 하나에는 부딪혔을 것이다. 비대하고 자기만족에 빠져 있던 1980년대 중반의 미국은 어느 정도 사라졌고,

* Displacement(독, Verschiebung). 무의식적 방어기제 중 하나로, 만족되지 않은 충동 에너지를 다른 대상으로 돌림으로써 불만감에서 힘을 빼는 것.

일확천금의 환상은 닷컴 스타트업 기업처럼 파탄 났으며, 모든 세대는 앞선 세대보다 더 잘 살아갈 거라는 생각도 상황 나쁜 날의 다우존스 주가 지수만큼이나 초라하게 무너졌고, 우리는 결코 해를 입지 않으리라는 과거의 감각은 세계 무역 센터의 폐허 속에 대부분 묻혀버렸다. 하지만 그래도 치환의 벽에는 아직 부딪히지 않았고, 어쩌면 결코 부딪히지 않을지도 모른다. 우리가 경기 침체의 한가운데 있든 전쟁이나 월 스트리트 부패기의 한가운데 있든 간에 미국인들은 욕망을 가장 구체적인 틀에 넣어 찍어낸 긴 역사를 갖고 있다. 안녕은 살 수 있고 지을 수 있고 심지어 약으로도 만들 수 있는 재화로 간주되며, 안녕에 대한 위협은 언제나 (그리고 어떤 면에서는 갈수록 더) 순전히 외적인 것으로 인식된다. 우울증이 문제라면 우리에게는 우울증 약이 있다. 공포가 문제라면 우리는 적의 이름을 호명할 수 있고 (어느 날은 소비에트고 그다음 날은 중동이다) 그 적의 뿌리를 뽑을 수도 있다.

더 불분명한 문제들—공허함, 소외, 좌절, 불안정—에 대해서는 상점이, 무수한 상점들이 있고, 각 상점들은 제각각의 위안거리로 넘쳐난다. 이것이 소비문화의 유혹, 벨벳처럼 부드러운 약속이다. 괴로운 일은 상품으로 해결하세요, 자아의 바깥을 바라보세요. 오늘날 우리의 지출 능력이 다소 떨어졌을지는 모르지만, 감정적 갈망을 물질적 갈망으로 변조하는 성향은 전혀 줄지 않았다. 지금 우리는 총 40억 제곱피트(약 3억 7000만 제곱미터)의 땅을 쇼핑센터가 차지한 나라에 살고 있다.[15] 이는 모든 성별, 어른, 아이 한 명당 약 16제곱피트(1.48제곱미터)에 해당한다. 우리는 쉽게 발행되는 신용카드의 물결에 뒤덮여 있고, 항상 신용카드의 유혹을 느끼며 산다. 1995년 한 해에만 금융기관들은 사전 승인된 신용카드 신청서를 25억 장 넘게 발송했는데,[16] 이는 18~64세 사이의 미국인이 그 신청서를 열일곱 통씩 받았을 거라는 뜻이다. 우리는 소비문화의 안내자인 정보로 숨 쉬며 살고, 정보가 주는 끝없는 약속의 속삭임은 우리 일상에서 빼놓을 수 없는 요소이자 무자비할 정도로 강력한 요소가 되었다. 그래서 우리는 '소비'라는 단어가 어디서 왔는지도 곧잘 잊어버린다.(옛날 옛적 '소비하다consume'라는 동사는 '낭비하다' '다 먹어버리다' '파괴하다'라는 의미였다.) 또한 소비주의 사고방식이 사물들에 그 본질을 한참 뛰어넘는 의미와 능력을 얼마나 효과적으로 각인시킬 수 있는지도 쉽게 잊어버리고(우리의 세계에서는 열정Zest을 비누 거품으로 바를 수 있고, 나이키 한 켤레로 슉 하고 힘을 불어넣을 수 있다), 또한 소비주의 사고방식이 갈망에 대한 기본 감각의 크기와 형태를 결정하는 데 얼마나 큰 힘을 발휘하는지는 더욱 쉽게 잊어버린다. '나는 원한다'가 '나는 원한다'가 된다. 그런 다음엔 '나는 원한다'가 '나는 그것을 원한다'가 된다.

몇 가지 중요한 측면에서 볼 때, 지난 몇십 년 사이 포만이라는 개념 자체도 바뀌어 '나는 원한다'가 서서히 '내게 필요하다'로 변했다. 1980년대에 가진 자와 가지지 못한 자 사이의 간격이 넓게 벌어지기 시작했고(오늘날 그 틈은 따로 떨어진 지각처럼 깊게 단절되어 있다), 나 같은 중간 소득 노동자들은 갑자기 점점 더 많은 직업군(금융, 부동산, 스포츠, 광고, 미디어)에서 엄청난 소득을 올리는 사람들이 득시글거리는 풍경을 바라보고 있는 자신을 문득 깨닫게 된다. 슈퍼 리치들의 존재가 갑자기 눈에 띄게 부각됨과 동시에 중산계급의 불안은 더욱 커져가고, 잘산다는 것에 대한 기준은 더욱 높아지고, 성공하고 만족하고 안정감을 느끼는 것이 무엇을 의미하는지에 대한 집단적 의식도 확 끌어올려졌다.[17] 나는 그 시기에 비즈니스 출판사에서 일하고 있었으므로 이 변화를 면밀히 들여다볼 수 있었다. 나는 그런 고액 소득자들을 위해 일하는 동시에 그들—포르쉐 911을 몰고 이탈리아에서 맞춘 양복을 입고 한 병에 400달러 하는 샤토 라투르를 마시는 부유한 중년 백인 남자들—을 인터뷰하면서 보냈는데, 그러면서 남에게 뒤지지 않으려 노력한다는 생각이 힘을 잃고 죽어가는 걸 피부로 느낄 수 있었다. 나 같은 사람은 더 이상 주변 사람들과 비교하고 평가할 수 없었다. 우리보다 두 배, 세 배, 혹은 열 배를 버는 사람들을 일하면서도 보게 되고, 실제 인물이든 허구의 인물이든 텔레비전과 잡지에서도 보게 되었다.

1980년대 중반에 보스턴의 노스쇼어에 있는 작지만 아주 잘나가던 광고 회사 사장의 인물 탐구 기사를 썼던 것이 기억난다. 그는 갑자기 슈퍼 리치가 된 이들 중 하나로, 해변에 있는 일본식 찻집을 개조한 집에서 살고 있었다. 그때까지 내가 본 집 중 가장 섬세하게 아름다운 집이었다. 그 집에서는 파도가 바위에 부딪혀 부서지는 모습을 파노라마로 조망할 수 있었고, 식사를 하는 공간에서는 단추를 누르자 바닥 한가운데서 거대한 대리석 식탁이 솟아올랐다. 그의 물건들을 하나하나 바라보며 내가 너무나 가진 게 없다고 느껴졌고, 너무 초라하고 작게 느껴졌다. 쥐꼬리만 한 연봉 1만 8000달러로 쥐가 나오는 다락방 같은 아파트에 살며 굽이 까진 펌프스를 신고 다니던 작은 점 같은 나. 나는 약 3초 만에 그에게 반했다. 그런 광경이 얼마나 유혹적일 수 있는지, '만약 …만'이 얼마나 강렬하게 우리를 장악할 수 있는지 알려주는 일화다. 만약 내게 저 집, 저 예술품, 저 취향, 저 남자만 있다면, 바로 그러면 될 거야.

사물들—무엇인지 정확히 지목할 수 있는 대상들, 상품들, 명확한 상표와 가격표가 붙은 목표들, 만난 지 5분밖에 안 된 남자들—은 아주 쉽게 갈망을 보관할 수 있는 장소이고, 다른 욕망들을 아주 쉽게 가려줄 수 있는 가면이며, 다른 욕망들이 좌절되거나 이름 붙일 수도 없는 욕망이 생겼을 때 차오르는 불쾌한 불안감에 대한 아주 손쉬운 치료제다. 내가 아는 어떤 여자—37세, 독립적이고 똑똑하다—는 부동산에 광적으로 집착하게 됐다. 집을 사고 싶어하고, 집을 욕망하고, 자기가 살 수 있는 가격대를 한참 벗어난 집들을 보려고 차를 몰아 찾아가고, 우아한 현관과 높은 천장과 윤이 나는 목재 바닥을 얼을 빼고 바라본다. 이렇게 집을 찾아다니는 일이 실질적이기보다는 은유적이란 걸 자신도 이해하고 있고, 지금 자기가 살고 있는 완벽하게 괜찮은 아파트에서 주택으로 이사하는 것은 화장을 하듯 겉모습만 약간 업그레이드하는 것일 뿐이며 매달 갚아야 할 대출금만 늘어난다는 것을, 그런 지리적 이동으로는 자기 인생의 다른 구멍들을, 스스로 인정하듯 상당히 많은 구멍들을 메우지는 못하리라는 것을 알고 있다. 이사는 멈춰 서 있는 연애 관계와 경력 문제를 해결해주지 못할 것이며, 세상 안에서 자기가 더 안전해졌다고 느끼게 해주지도, 미래를 낙관하게 만들어주지도 않을 것이다. 현재 품고 있는 모든 불만감을 한 톨도 남기지 않고 모두 끌고 가 새집에 고스란히 부려놓게 될 것이다. 그런데도 그 몽상은 그에게서 저항할 힘을 모두 앗아간다. 만약 저 참나무 바닥과 저 예쁜 돌출창을 가질 수만 있다면, 햇빛이 가득 내리쬐는 포치와 대리석 맨틀이 설치된 벽난로, 벽돌이 드러난 주방 벽을 가질 수만 있다면 자기 인생의 근본적인 뭔가가 변화하고 개선되고 인정받고 주물러져 제대로 된 형태를 갖출 수 있을 것만 같다. 돈으로 산 정체성, 그렇게 확보한 소속감.

"쇼핑은 20킬로그램 분량의 미친 마음을 쏟아부을 수 있는 2킬로그램짜리 가방이야." 어느 친구의 말이다. 이 친구는 최소한 마흔 켤레의 구두와 선반 하나를 가득 채운 리넨 재킷이 있고, 화장품 판매원보다 더 많은 화장품을 갖고 있다. 쇼핑에 죽도록 넌더리를 내고, 자기가 소유한 물건들에 신물을 내고, 그 모든 행동이 얼마나 사람을 미치게 만드는지 혀를 내두른다. 그런데도 그 친구는 매우 실질적인 측면에서 쇼핑이 최소한 스스로 선택할 수 있는 한 가지 일임을 인정한다. 쇼핑은 언제든 할 수 있고, 거기 그냥 존재하며, 자기 삶의 나머지 부분들에서는 대체로 자신에게 허용하지 않는 여러 혼란스러운 갈망들을 배출해주는 수단임을. 너무 많이 먹는 것은 금기다. 섹스는 성가시다. 몸이 육체적 충동과 심리적 갈망을 이상하게 짝짓는 것은 수수께끼처럼 알 수 없고 무서운 일이다. 하지만 상점에 들어가보라. 갑자기 금지되거나 손에 넣을 수 없는 것은 아무것도 없어지고, 손에 잡을 수 없던 무형의 것이 명료하고 생생하며 소유할 수 있는 것이 된다. 쇼핑에는 금기 대신 풍성함이 있다. 그러니 여자가 물욕에 정신이 나가는 것은 전혀 놀라운 일이 아니다. 사물의 세계에는 다른 욕망의 수학이 작동하며 교환은 직접적이다. 음식과 섹스와 몸에 관련된 그 모든 감춰진 사적 갈망들을 품고 시장으로 나가서 그 갈망들에게 한껏 먹이를 먹이고 상자와 봉지에 넣어 집으로 다시 데려온다.

밖을 고친다고 안도 고쳐지는 일은 여간해서 없지만, 여러 해 동안 나는 그 사실을 깨닫지 못했다. 1980년대에 그렇게 강력하게 세력을 떨쳤던 소비주의 사고방식은 내가 이전부터 느끼고 있던 강한 분리의 감각을 그대로 반영하고 더 확장한 것이었을 뿐이다. 나는 오래전, 이미 10대 시절에 몸을 외부의 관점에서 보는 법을, 몸의 가치를 마음과 정신의 가치에서 분리하는 법을 배웠고, 거식증 환자가 되어서는 그 기술을 예술의 수준으로 끌어올렸다. 그리고 내가 거식증의 우리에서 기어나오기 시작한 무렵에는 모든 산상수훈이, 적어도 모든 광고판과 텔레비전 화면이 그 분리 기술이 지닌 표면적 장점들을 설파하고 있었다. 욕구를 마음에서 끌어내 저 바깥 상품들의 세계로 인도하라. 섹슈얼리티를 따뜻함과 열정과 친밀함에서 분리하여, 외모를 비롯해 욕망의 대상이 될 수 있는 요건들과 더욱 철저히 결합하라. 몸—장신구로 꾸미고 옷을 잘 입히고 아름답게 만든 몸—은 안녕으로 들어가는 입장권이지만 영혼은 그런 입장권이 아니다.

소비주의의 요란한 소음이 한창 울리는 가운데, 페미니즘은 메아리 비슷한 무엇, 저 멀리 다른 세대의 시계에서 들리는 째깍 소리 같은 것이 되었다. 내가 보스턴으로 이사한 무렵에는 페미니즘이라는 단어 자체가 혁명의 광채를 잃었고, 그 대신 극단주의, 유머감각 결여, 사납고 드센 남자 증오 등 못마땅하게 여겨지는 속성들만을 연상시키는 지경에 이르러 있었고, 몇몇 영역에서는 아직까지도 계속 그런 시선을 받고 있다. 1980년대 중반 실시한 타임/CNN의 여론조사에 따르면 여성의 33퍼센트만이 자신을 페미니스트라 칭했고, 대학 재학 연령대에서 그 비율은 16퍼센트에 그쳤다.[18] 여성유권자연맹의 회원 수는 1980년대에 급감하기 시작했다.(지금은 1970년대의 절반이다.)[19] 주 의회에 출마하는 여성의 수는 증가세가 꺾이기 시작했다가 나중에는 아예 감소했고,[20] 연방 여성 의원들은 얼마 안 되는 수에서 멈춰 있었다. 페미니즘이 몰고 온 지진은 이제 다 물러간 것 같았다.

그 시절 나는 분명 나 자신을 페미니스트라고 불렀지만 그건 깊이 생각해보지 않은 다소 반사적인 반응이었고, 이제는 중요성이 사라진 것 같다는, 다 지난 옛날 일 같다는 스멀스멀한 느낌이 꽤 뚜렷이 기억난다. 이는 베트남전쟁과 워터게이트 사건 이후 무관심과 환멸에 밀려난 정치적 행동주의 전반에 다 해당하는 일이었지만, 페미니즘 전선에 특히 더 들어맞는 말이었던 것 같다. 페미니즘에 대한 반격뿐 아니라 페미니즘의 성공 자체도 운동의 절박성에 찬물을 끼얹었다. 우리 세대 여자들은 더 이상 전투를 위해 무장하지 않았고, 전방에 나서야 하는 일도 전혀 없었다. 스포츠를 하러 운동장에 들어가거나 대학에 들어가거나 취업 면접을 보러 가기 위해서 힘겹게 밀고 나갈 필요도 없었다. 우리는 혼자 힘으로 임대료와 공과금을 지불했고, 필요할 때는 낙태를 했으며, 우리가 궁극의 자유라고 느끼던 자유, 다시 말해 역사에 관해 더 이상 생각하지 않아도 되는 자유, 우리의 권리를 당연한 것으로 받아들여도 되는 자유, 그 권리가 얼마나 힘겹게 얻어낸 것이며 얼마나 최근에야 얻어낸 것인지 잊어도 되는 자유, 1960년대 방식의 페미니즘은 다소 따분하고 너무 극적이라는 듯 하품을 하고 어깨를 으쓱하며 돌아보는 자유를 누렸다. 의식화 단체? 질경 파티? 참 나.

나는 이것이 매우 강력한 조합이자 또한 매우 강력한 상실이었다고 생각한다. 외현화하는 소비주의 사고방식—구매하라, 쇼핑하라, 지출하라—의 폭발적 확산과 페미니즘의 가시성과 추동력 감소가 어쩌다 발을 맞추어 진행된 것이다. 그로 인해 거짓 약속이 공기를 한층 더 무겁게 했고, 욕망의 정의들이 가장 바로잡기 어려운 방식들로 왜곡되었다. 또한 시각까지 왜곡되었다. 페미니즘에 낀 짙은 망각의 안개에 가려, 권리와 전인성을 확보하기 위한 투쟁이 결코 끝난 게 아니라는 씁쓸한 사실이 눈에 보이지 않게 된 것이다. 그 시기를 회상하면 굶기가 만들어주던 구조와 통제감을 포기하려는 시도가 얼마나 안정감을 뿌리 깊이 뒤흔들었는지 떠오른다. 내 몸이 너무나 낯설게 느껴지기 시작했고, 세상 속으로 다시 들어가려는 일이 너무나 버겁게 느껴졌다. 그 세상은 굽이를 돌 때마다 욕망과 필요에 대한 의문이 솟아오르는 곳이었다. 협상해야 할 고용주들이 있었고, 친밀해져야 할 남자들 혹은 그러지 말아야 할 남자들이 있었으며, 이제는 풀어놓아야 할, 평생을 짊어지고 살았던 욕구에 관한 부담감이 있었다. 어떻게 해야 상사 앞에서 젊거나 초조하거나 귀여워 보이지 않고 전문적이고 진지하게 보일 수 있을까? 어떻게 해야 인정에 대한 욕망에서 성적 욕망을 섬세하게 분리해낼 수 있을까? 여성의 권위, 사이즈, 행위 주체성, 야망에 관한 문제들은 어떻게 풀어나가야 할까? 아니 애초에 그런 문제들은 어떤 틀로 구성해야 하는 것일까? 세상이 여자들에게 문을 열어준 것은 너무나 최근의 일인 것 같은데, 그러다 갑자기 그 의미에 관해, 그것이 어떤 느낌이었는지에 관해, 그것이 제기한 도전들에 관해 말하기를 별안간 뚝 그만둬버린 것이다. 그러고는 길잡이를 찾겠다고 신문이나 여성 잡지의 라이프 스타일 섹션을 뒤적이면 더없이 얄팍한 조언들을 찔끔찔끔 발견할 뿐이었는데, 대부분은 1980년대에 걸핏하면 입에 올리던, 요점에서 어긋날 뿐 아니라 한심할 정도로 부적절한 '성공에 어울리게 차려입어라'라는 말로 요약되는 것이었다. 까다로운 감정의 풍경은 잊어요. 머리와 가슴의 관계도 잊어요. 힘이니 보상이니 껄끄러운 문제들이 도사리고 있는 직업의 세계도 잊어요. 초대형 어깨 패드가 들어간 이 파워 수트를 입어보세요. 배와 엉덩이를 잡아주는 고탄력 팬티스타킹을 입어보세요. 문제를 외현화하고 쇼핑을 하세요.

물론 이는 서구 문화에서 이미 여러 세기 동안 마음의 괴로움—특히 여자들의 괴로움—을 해결하는 방법으로 쓰였다. 안녕이 외적인 것과 연결되고, 다시 예쁜 리본으로 묶은 선물포장과 연결되는 식이다. 150년 전 카를 마르크스는 최초로 이러한 치환 현상을 다루어, 상품들이 권능과 재능과 야망 같은 "진정한 인간적·자연적 능력들"의 대체물이 되는 방식에 관해 기술했다.[21] 또한 제대로 된 페미니스트 경제학자라면 누구나 이렇게 말할 것인데, 욕망의 방향을 틀어버리는 소비주의의 힘은 그것이 남자들에게 유리하게 작용한다는 타당한 평판을 오래도록 받아왔고, 실제로도 그 힘은 매우 효과적으로 남자들에게 봉사한다. 남자들은 시장을 통제하면서, 여자들에게는 물건들을 관리하는 책임을 맡긴다. 그 일은 많은 시간을 잡아먹는 활동이자, 여자들의 에너지를 제한적이고 특정한 방향(장식하고 꾸미고 눈을 즐겁게 하는 방향)으로 이끌어가는 활동이며, 터무니없을 정도로 정신을 마비시키는 효과가 있다. 사물들의 세계에서는 그 어떤 문제—좌절된 야망이나 견디기 어려운 그리움, 뜨겁게 솟구치는 분노—도 다른 이름을 붙이고 상품으로 달래지 못할 것이 없다.

2세대 페미니즘은 아주 짧은 기간이나마 그 패러다임을 폭파했다. 2세대 페미니즘은 여자들에게 욕망의 온전한 어휘들을, 욕망이라는 주제에 대한 여자들 자신의 견해를 피력할 언어—편협한 견해 대신 폭넓은 견해를, 물질적 비전 대신 사회적 비전을, '립스틱'이나 '바닥 광택제' 대신 '권리'와 '권한' 같은 단어—를 제공했으며, 그 생각을 널리 알릴 확성기를 제공했다. 1980년대에 자취를 감춘 것은 바로 이런 것들이었다. 그 언어가 지닌 힘, 그 언어를 형성한 여성의 분노와 초점이 지닌 결속력, 그리고 그 힘이 만들어낸 두터운 공동체 의식과 자매애 말이다. 1980년대 중반에 이르자, 여성의 힘과 단결을 표현하던 구호들이 변질되었다. 구호들은 매디슨 애비뉴의 공장들로 빨려들어가 아니나 다를까 상품화되고 희석되고 하찮은 것으로 격하되고 상술의 구호가 되어, 수많은 버지니아슬림 광고("자기는 참 많은 걸 이뤄냈어!"), 생리대 광고("힘을 가져라!"), 헤어스프레이 광고("새로운 자유") 등으로 흘러들었다. 이 역시 내가 페미니즘의 배를 놓쳤다고 말할 때 염두에 두고 있던 점이다. 내가 스스로 나를 가뒀던 추방에서 빠져나왔을 무렵, ERA*라는 글자를 보면 나는 평등권이 아니라 에라사의 세탁 세제를 떠올렸다.

게다가 나는 이 포스트페미니즘이라는 새로운 영토에 대해서도 상당히 납작하고 제한적인 시각을 가졌던 것 같다. 그 시기의 광고 중 내가 가장 뚜렷이 기억하는 것은 앙졸리 향수의 텔레비전 광고다. 파워 수트를 입고 한 손에는 프라이팬을, 다른 한 손에는 서류 가방을 쥐고 있는 여자가 등장하고, 배경에서는 활기차고 자신감 넘치는 목소리가 이렇게 노래한다. "난 돈을 벌어 베이컨을 사오고 팬에 그걸 튀기고 또 당신이 남자라는 걸 절대 잊지 않게 해줄 수 있어." 이것이 바로 침실에서도 회의실에서도 주방에서도 똑같이 모든 걸 다 가지는 슈퍼 우먼의 원형이다. 내가 그 광고를 그리 진지하게 받아들였

* Equail Rights Amendment. 평등권을 위한 미국헌법수정안.

던 건 아니지만, 그 광고가 제시한 이상을 완전히 거부했다고도 말할 수 없다. 광고란 원래 우리에게 우리가 어떤 존재가 되어야 하는지를 말해주는데, 이 광고는 누구나 갈망하는 아름다움과 권력, 자신감의 조합을—터무니없게, 그러나 어쩌면 매우 효과적으로—포착했고, 그걸 이미 끝난 일인 양 포장했다. 사건은 종결되고, 투쟁은 끝났으며, 여자의 세 가지 갈망—야망, 가족 관계, 성적 표현—은 사회변혁이라는 고된 일이 아니라 향수와 말쑥한 정장, 가죽 액세서리를 통해 성취할 수 있다는 뜻이었다. 내가 이렇게 세월이 흐르고도 그 광고를 기억하는 것도 그 때문이라고 생각한다. 어느 정도는 나 역시 그 이미지가 정당하다고 여겼던 게 분명하다. 문화사의 흐름 중 바로 그 시점에, 아름다움과 권력과 자신감이 그것이 실제로 의미하는 바에 관한 능동적이거나 유의미한 대화에서는 이미 몇 단계 멀어져 있던 그 시점에, 나는 그런 여자가 되는 방법, 섹슈얼리티와 야망을 결합하는 방법, 여성성과 권위 사이, 관계와 자율 사이에 그어진 그 모든 모호하고 복잡한 선들을 헤치고 항해하는 방법을 내가 직관적으로 알아야 마땅하다고 생각했다. 그런데 그것들을 직관적으로 알지 못했으므로 나는 내가 무언가를 놓치고 있다고, 혹은 무언가를 이미 놓쳤다고 생각했고 (좀 더 희망적으로는) 만약 적절한 곳에서 찾기만 한다면 그 무언가를 손에 넣을 수 있을지도 모른다고 생각했다. …만약 무언가만 된다면, 만약 그러기만 한다면… 이런 것이 바로 소비주의의 음흉함이다. 그것이 우리에게 쇼핑을 권하는 것이 아니라 잊기를 권한다는 것, 욕구에 불꽃을 당기는 것이 아니라 욕구를 희석시킨다는 것, 욕구를 수축포장하여 가장 다루기 편하고 가장 구체적인 통에 던져 넣는다는 것.

아주 서서히, 이음새가 거의 느껴지지 않을 정도로 자연스럽게, 나는 그 힘에 굴복해 떠밀려갔다. 옛 추구가 새로운 추구로 바뀌었다. 깡마른 몸이 나에게 아름다움과 권력과 자신감을 주지 않았으니 어쩌면 이것이, 어쩌면 저것이 줄지도 몰랐다. 이는 식사장애에서 회복하는 상당히 전형적인 방식—행동을 수정한다고 해서 꼭 그 추구까지 끝나는 것은 아니다. 많은 경우 '만약 무엇만 한다면'에서 '무엇'에 해당하는 부분만 바뀐다—이지만, 그것은 또한 그 시대의 전형적인 방식이기도 했다. 막 생겨나기 시작한 어설픈 갈망들 하나하나를 무언가에게로, 누군가에게로, 다음번의 대단한 만병통치약으로 끌고 가는 식이다. 1980년대에 나는 꽤 자연스럽게 소비주의의 광란에 휩쓸렸고, 신용카드 빚을 가당찮을 정도로 졌으며, 인정하기 싫을 만큼 많은 시간을 백화점 의류 진열대들을 뒤지며 보냈고, 탐욕적이고 일관성 없는 방식으로 쇼핑을 했다. 이런 행동은 대부분 당장 눈앞에 있는 대상보다 더 복잡한 무엇을, 요컨대 직물과 실로 마술처럼 직조해낸 정체성, 자신감, 페르소나에 대한 갈망을 드러낸다. 그 시절에 나에게는 남자들에 대한 집착도 거대하고 무시무시하게 버티고 있었다. 특히 내가 갈망하지만 내게는 없다고 느껴지는 자질들을 지닌 것처럼 보이는 남자들, 마치 그런 자질들이 전염되기라도 하는 것처럼, 그들과 어울리는 것만으로 나에게도 힘과 능력이 스며들게 해줄 것만 같은 남자들에 대한 집착이었다. 그런 관계들은 하나같이 파괴적이었고(적어도 나에게는 그랬다), 하나같이 소모적이었으며, 각각의 관계 뒤에는 너무도 예리하게 날이 선 절박함이, 거식증이 있다 사라진 빈자리를 채워줄 누군가에 대한 너무도 강박적인 욕구—내가 누구인지 말해줘, 누가 되어야 할지 말해줘—가 도사리고 있었고, 너무도 강력한 '만약 …이기만 하다면'이 있었다. 이 남자가 나를 사랑하게 할 수만 있다면, 그러면 나는 안전해질 텐데, 그러면 내가 가치 있는 존재라는 게 증명될 텐데, 그러면 나도 안착할 수 있을 텐데. 또한 술 역시 거대하고 무시무시하게 버티고 있었고, 나는 지나친 소식에서 지나친 폭음으로 마치 하나로 연결된 흐름인 듯 자연스럽게 넘어갔다. 물론 술은 외적인 해결책 중에서도 가장 단순한 것이며, 이 점을 더욱 강조하기 위해 광고주들은 한 해에 10억 달러를 쓴다.[22] 술은 정말 근사하고 쉽게 구할 수 있으며 경이로울 정도로 효과적이고, 라벨 자체에 '증거'*라는 단어가 박혀 있을 정도로 확실하다. 세로 홈이 새

* Proof. 과거에 알코올 함량을 표시하던 단위로 퍼센트 도수의 두 배다. 예컨대 40프루프인 술은 알코올 함량이 20%, 즉 20도인 술이다.

겨진 유리잔에 담긴 샤르도네 와인과 텀블러에 담긴 스카치는 두려움을 씻어내준다. 술은 돈으로 살 수 있는, 유리병에 담긴 자신감이며, 추구하는 목표—나를 더 느긋하게, 더 매력적으로, 더 자신감 있게 느낄 수만 있다면—를 일시적이지만 매우 효과적으로 성취하게 해준다. 소비주의는 정서적 공허감을 먹고 번성한다. 허하거나 자기에 대한 정의가 뚜렷하지 않거나 결핍을 느끼는 사람에게 그런 상태를 외적인 것으로 돌리려는 힘은 매우 유혹적이며, 나는 그 미끼를 물 완벽한 낚싯감이었다. 나는 젊고 확신이 없었으며, 욕망은 내게 풀 수 없는 수수께끼였으니까. 나는 미끼를 물고, 물고 또 물었다. 10년간의 치환, 제 꼬리를 물겠다고 뱅뱅 도는 갈망.

격분의 표현이 없으면 가능성에 대한 감각은 위축되고, 단결이 없으면 비전이 시들어버리며, 마음속에서 우러나온 말이 아닐 때 욕망의 언어는 공허해진다.

얼마 전 여성 잡지 몇 권에서 비전의 부흥을, 자아에 관한 새롭고 더 수용적인 관점의 도래를 알리는 것 같은 몇 가지 기사를 발견했다. 〈셰이프〉에는 "여성 스물다섯 명이 자신의 나쁜 신체 이미지를 극복한 방법"이, 오프라 윈프리의 잡지인 〈오〉에는 "헤이, 매력덩어리!(그래요, 당신.)—자신의 모습을 사랑하는 기술"이, 〈글래머〉에는 "당신의 엉덩이, 가슴 사이즈, 똥배를 사랑하라"라는 제목의 글이 있었다.

나는 책장을 넘겨 그 글들을 찾았다. 읽었다. 부풀었던 심장이 실망으로 내려앉았다. 〈셰이프〉의 기사는 애리조나주 투손 소재 캐니언랜치 스파에서 열린 나흘간의 "긍정적인 몸" 워크숍을 다루고 있었다. 1650달러라는 참가비를 낼 형편이 되는 스물다섯 명의 여자들에게는 꽤 괜찮은 얘기겠지만, 그런 걸 폭넓은 대중이 자존감을 얻게 해줄 티켓이라고 할 수는 없었다. 〈오〉의 기사에 깔린 의미는 '새로운 화장술'이라는 두 단어로 요약할 수 있었다. 〈글래머〉가 제시한 신체 사랑 처방은 자신의 몸에 대해 어떤 감정을 느끼든 상관없이 성적인 면에서 열정적으로 행동하라는 훈계를 네 쪽에 걸쳐 늘어놓은 것으로, 글 하나로 독자의 자아를 북돋우는 동시에 독자를 비난하는 일을 용케도 해내고 있었다. 필자는 이렇게 쏘아붙인다. "만족스럽지만 끝내준다고는 할 수 없는 당신의 성생활을 두고 나쁜 남자 친구나 나쁜 타이밍, 나쁜 풍수를 탓하기 전에, 당신과 당신이 누릴 자격 있는 굉장한 섹스 사이를 가로막는 더 분명한 범인이 누구인지 생각해보자. 바로 당신 말이다."

나는 그 〈글래머〉를 큰 소리로 비웃어주고는 방 저편으로 집어던졌다. 하지만 정말 말 같지 않다고 생각했는데도 그 글은 내 안의 뭔가를 술렁이게 했다. 그것은 거식증으로 인한 외로움과 고립감과 자기중심적 공포에 대한 기억, 그런 상태가 여자들에게 얼마나 끈질기게 붙어 있는지에 대한 인식, 우리가 떨치고 일어나 격분을 표현하는 일이 줄어든 탓에 우리가 치러야 하는 대가에 대한 지각이었다. 내 마음을 특히 불편하게 했던 것은 그 잡지들의 발행 부수였고, 자신의 볼록한 배를 불안하게 걱정하며 〈글래머〉에 코를 박고 있을 젊은 여성 210만 명의 모습, "그를 욕정으로 미치게 몰아갈" 방법을 알아내기 위해 〈코스모폴리탄〉을 들여다볼 260만 명, "오르가슴을 향상시켜줄 식이요법" 같은 게 정말 존재하는지 궁금해하며 〈레드북〉을 펼쳐볼 220만 명의 모습이었다.[23] 어쩌면 이 여자들 중 다수도 모욕을 느끼며 책을 집어던질지 모르지만, 나는 이런 이야기가 아주 분별력 있는 사람들에게도 흡인력을 발휘할 수 있고, 자신이 어느 틈엔가 뭔가를 놓쳤을지도 모른다는 혹은 주의를 잘 기울이지 않으면 놓칠지도 모른다는 찜찜한 의혹을 공략할 수 있다는 것도 알고 있다. 뭔가 핵심적인 정보, 여성성과 자기 향상 기술에 대한 어떤 가르침, 지극한 행복의 나라로 보일 수도 있는 미모와 성적 기량의 나라로 훌쩍 뛰어 들어갈 수 있는 어떤 쉬운 방법 같은 것이 있는 것처럼 말이다.

나는 또한 이런 사고방식이 얼마나 사람을 마비시킬 수 있는지, 변화의 유일한 촉매는 아니라도 일반적으로 가장 효과적인 촉매인 한 여자의 분노를 얼마나 쉽게 본궤도에서 벗어나게 할 수 있는지도 알고 있다. 몇 달 전 나는 프랜신이라는 이와 한참 동안 이야기를 나누었다. 마흔 셋의 프랜신은 어느 로펌의 상근직 비서이자 두 아이의 어머니이며, 어느 모로 보나 격분하는 게 마땅할 번아웃된 현대 여성의 교과서적 예라

할 만한 사람이었다. 지칠 대로 지쳐 퀭한 눈 밑에 다크서클이 드리운 프랜신은 모든 걸 다 갖겠다는 저 앙졸리식 추진력 높은 인물에서 출발해, 모든 걸 다 해야 하는 고립과 피로의 아이콘으로 바뀌어 있었다. 건축시공업자인 사지 멀쩡한 남편이 있는데도 요리와 청소, 장보기와 세탁, 그리고 자녀 돌봄의 대부분을 죄다 프랜신이 도맡고 있다. 40년 동안의 사회 변화에도 불구하고 여전히 이런 상황이 당연지사로 여겨진다. (오늘날 여자들은 무급 가사 노동에 주당 평균 스물다섯 시간을 쓴다.[24] 1968년의 평균 서른아홉 시간에 비하면 꽤 줄어든 것이기는 하지만, 오늘날 여성이 직장에서 일하는 시간의 증가분을 고려하면 그 수치는 모든 것을 다 갖고 모든 것을 다하는 삶이 얼마나 버거운지를 보여준다.) 얼마 전 프랜신의 아버지는 4년 동안 암과 싸우다 세상을 떠났다. 프랜신은 아버지를 돌보는 책임의 대부분을 맡아왔고, 차로 45분 거리에 사는 연로한 어머니에 대한 일차적인 책임도 여전히 프랜신의 몫이다. 이 역시 아주 전형적인 경우다. 전체 여성의 절반 이상, 그리고 자녀가 있는 여성의 거의 3분의 2가 미래에 나이 든 부모나 친척을 보살피는 일을 도맡아야 할 것으로 예상된다.[25] 프랜신은 건강보험이 있어 다수의 일하는 여성들보다 조금은 더 안전한 편이지만(4분의 1은 직장 건강보험의 혜택을 전혀 받지 못한다), 같은 처지의 여성 중 3분의 1이 그렇듯이 프랜신 역시 근무시간을 융통성 있게 조절하는 것도, 자녀나 병든 가족을 돌보기 위해 유급휴가를 받는 것도 모두 불가능하다.[26] 2000년에 미국노동연맹 산별노조협의회에서 실시한 직장 여성에 대한 설문조사에서 6세 이하 자녀가 있는 여성 중 절반 이상이 가족과 일의 균형 잡기가 4년 전보다 더 힘들어졌다고 응답했고, 30퍼센트는 훨씬 더 힘들어졌다고 답했다. 프랜신은 주저 없이 자신은 두 집단 중 후자에 속한다고 말했다. "한 해 한 해 지날수록 점점 더 힘들어요."

이 모든 일이 너무 괴롭고 감당이 안 될 때면 (자주 있는 일이다) 프랜신은 음식을 먹고 쇼핑을 하는데, 그러고 나서는 먹고 쇼핑한 자신을 질책한다. 우리는 프랜신의 주방에 앉아 차를 마시며 이야기를 나누고 있었는데, 프랜신이 탁자 위에 한 무더기 쌓여 있는 책자들을 가리켰다. 미용 잡지와 패션 잡지, 의류 카탈로그, 가정과 정원 꾸미기 관련 카탈로그, 주방 용품과 운동 용품 카탈로그 등이었는데, 책장 사이사이에 붙인 노란 포스트잇이 수십 개나 가장자리로 삐져나와 있었다. "난 아주 심각한 상태까지 갈 때도 있어요." 프랜신이 말했다. "새벽 한 시까지 잠도 안 자면서 '오오오, 이거 사고 싶어, 오오오, 이건 꼭 사야 해' 이러고 있다니까요." 프랜신은 피상적인 여자가 아니다. 먹는 것은 불안과 관련된 일이라는 것, 쇼핑은 위안이 필요하다는 의미라는 것, 그리고 둘 다 잘못된 방법이란 것, 아니면 적어도 한계가 분명한 방법이란 것을 예리하게 인식하고 있다. 또한 더 포괄적이고 복합적인 해법, 자신이 처한 유형의 번아웃과 좌절감에 정면으로 대처할 수 있는 해법이 필요하다는 것도 잘 알고 있다. 우리는 자녀 양육 보조 프로그램과 가족 휴가 정책, 가족 생활과 더 잘 양립할 수 있도록 직장 환경을 바꾸는 것, 그리고 여성 주도적이고 여성 친화적인 정치 및 기업의 풍토에 대한 바람 등을 몇 분간 이야기했다. 계속 고개를 끄덕이던 프랜신은 갑자기 그 주제가 지겨워진 듯 어깨를 으쓱하며 이야기를 덮어버렸다. 마치 아, 듣기 좋은 얘기지만 허황한 꿈이죠라고 말하는 것처럼. 그냥 요즘 자신은 "딱히 대단한 투사라고 할 수 없다"고 했다. 페미니즘에 대한 "신뢰를 잃었다"고, 세월이 흐르면서 워싱턴에는 자신에게 이로운 것을 정말로 중요하게 생각하는 사람이 아무도 없다는 사실에 답답함을 느끼고, 이제 미몽에서 깨어나 정치에 대해 냉소적이고 무관심한 사람이 되었다고 말이다. 그런 일들에 화가 나느냐고 물었더니 프랜신은 약간 씁쓸한 미소를 지으며 말했다. "사실 화를 낼 기운도 없어요. 그러니까 내 말은, 화를 내봐야 무슨 소용이 있느냐는 거죠." 그러고는 살짝 명랑하게 덧붙였다. "그래서 우리가 쇼핑을 하나 봐요. 새 커튼을 사는 게 훨씬 더 빠르니까."

프랜신의 말이 물론 맞는다. 커튼은 마우스 클릭 한 번 혹은 전화 한 통으로도 살 수 있다. 소비주의 문화는 그런 생각을 든든하게 지지해주고 싶어서 안달이다. 소비주의의 테두리 안에서는 여자의 괴로움—그의 불행, 스트레스, 채우지 못한 허기, 두려움—이 사회 문제가 아니라 개인 문제로 제시되고, 그 문제는 각자 고립된 상태에서, 물론 마스터 카드와 비자 카드의 조력을 받아 해결해야 하는 것으로 제시된다. 자녀와 배우자와 부모와 자신을 돌보는 초인적인 일의 무게에 못 이겨 무너졌는가? '스트레스를 날려버리는' 이 운동 비디오를 주문하고, 저 커튼을 배달시켜라. 하루의 끝에 자신을 위해 10분을 할애하여 아로마 테라피 초를 켜고 거품 목욕을 하라. 더 좋은 방법은 나가서 자신을 위해 예쁜 뭔가를 사는 것이다. 물론 이것은 여전히 가짜 갈망이다. 심지어 그 가짜 갈망을 부풀리는 장본인이 여자들 자신일 때도 그렇다. 여자들이 정말로 원하는 건 무엇일까? "여자들에 의해, 여자들을 위해" 만든다는 새로운 종류의 웹사이트인 아이빌리지닷컴iVillage.com에 들어가서 알아보자. 아이빌리지 이용자들은 "여자들의 일상적인 문제들에 대한 365가지 답"을 원한다.(123번 문제는 "뱃살을 빼자!"다.) 그들은 퀴즈도 원한다.("당신은 얼마나 섹시한가?") 쇼핑 가이드와 쇼핑 팁도 원하고, 그래서 '선물 전문가 델라'와 '쇼핑 전문가 미시'에게 도움을 구한다. 아마도 그들은 신용카드 번호를 언제든 입력할 수 있게 옆에 카드도 준비해둘 것이다. 이 사이트에서는 노드스트롬과 스피겔, 오리진스 같은 쇼핑 사이트 링크도 제공하니 말이다.

이것은 욕구와 갈망과 추구에 대한 오려 붙이기식 접근법이다. 그것들을 다른 것으로 치환하는 것만이 아니라, 각자 개별

상자에 담아 서로 별개의 칸에 나눠 넣는 식이다. 마치 욕구와 갈망과 추구가 그때그때 필요에 따라, 한 번에 한 가지 욕구씩 경험하고 관리할 수 있는 고립적 개체들인 것처럼. 경력에 관한 조언은 여기를 클릭하시고, 음식과 다이어트에 관한 이야기들은 저기를 클릭하시고, 열두 시간 근무 후 아이들을 축구 연습에 데려다주고 병든 어머니를 위해 장을 보고 주방 바닥을 닦고 난 뒤에도 여전히 섹시한 기분을 느끼는 방법에 관한 조언이 필요하다면 82쪽을 보세요. 섹시한 기분이라고? 뇌사 상태 같은 기분이 아니고?

아니면 이런 건 어떨까? 무언가에 동원된 기분은? 분노에 떠는 기분은? 내가 그 세월 내내 외적인 것들을 붙잡으려고 손을 뻗었던 일에 관해, 그 많은—연결에 대한, 인정에 대한, 정체성에 대한, 위안에 대한—갈망들을 음식에서 떼어내어 남자와 사물과 물질의 세계로 경로를 변경했던 그 열성에 관해 생각할 때마다 슬퍼지는 것은 바로 이런 것들 때문이다. 내가 정치적으로 더욱 계몽된 경로 혹은 활동가의 길을 갔더라면 지금과는 극적으로 다른 사람이 되어 있을 거라고 확신을 갖고 말할 수도 없거니와, 내가 내 몸과 더욱 건강한 관계를 맺었을 거라고도, 혹은 그 가짜 신들의 매력이 확 떨어졌을 거라고도 보장할 수 없다. 하지만 내가 거식증에서 벗어나고도 거식증을 대체할 마땅한 문화적 대상을 별로 찾지 못했다는 것만은 분명히 말할 수 있다. '만약 …만'이라는 가정들은 자연스럽게 비물질적인 방향으로, 요컨대 더욱 깊은 정서적 세계로 혹은 더욱 넓은 정치적 세계로 인도되지 않았다. 만약 그 시절의 분위기에서 무언가가 빠져 있었다면, 그리고 지금도 여전히 무언가가 빠져 있다면, 그것은 폭넓은 대안적 비전이 존재한다는 감각, 여자들로 하여금 욕망할 새로운 대상들이 아니라 욕망할 새로운 방법에 관해 말하게 북돋을 언어였다.

20년 전 내가 고려하지 못했고 여전히 상상하는 것도 어려우며 심지어 그에 관해 말하는 것도 너무 어려워 보이는 '만약…만'은 다음과 같다. 만약 우리가 만족과 성공의 내적인 척도들—기뻐하고 보살필 역량, 웃을 능력, 다른 사람들과 연결되는 감각, 사회정의에 대한 믿음—에도 외적인 척도들만큼 높은 가치를 부여하는 문화에서 살기만 했더라면. 만약 우리가 야망을 어머니 역할 및 가족의 삶과 양립할 수 있게 만들어주는 문화에서, 조화롭고 온전한 여성의 모델, 즉 강하고 관능적이고 야심 있으며 자신의 다양한 욕구와 요구를 잘 파악하고 그 모든 욕구와 요구를 탐색할 수 있는 자유와 자원을 갖춘 여성의 모델을 제시해주는 문화에서 살기만 했더라면. 만약 여자들이 좌절감과 피로감 속에서 고립감을 느끼는 일이 더 적었더라면, 서로 상충하는 욕구들 사이에서 갈등을 느끼는 일이 더 적었더라면, 동시에 공 아홉 개를 공중에 띄운 채 던지고 받고 해야 한다는 강박을 덜 느꼈더라면, 그리고 그 공들이 바닥에 떨어졌을 때 그토록 쉽게 자신을 비난하는 성향이 덜했더라면. 만약 우리가 실제로는 상당히 크지만 개탄스러울 정도로 잘 사용하지 않는 우리 자신의 힘을 행사하기만 했더라면. 만약 우리가 우리 자신의 관점과 용어로 욕망을 정의하기만 했더라면.

그리고—고통스럽게, 진실하게—만약 우리가 우리의 외양에 대해, 우리의 몸무게에 대해, 우리의 옷차림에 대해 너무 그렇게 신경 쓰지만 않았더라면. 특히 이 가정은 세계 무역 센터와 펜타곤에 대한 테러 공격 이후 유난히 뼈저리게 느껴졌다. 9월 11일 아침 작업실에서 바로 이 장章을 쓰고 있을 때 사촌이 전화를 걸어 그 뉴스를 전해주었다. 9시 30분쯤이었다. 나는 텔레비전이 있는 아래층으로 달려 내려갔고, 다른 모든 미국인들처럼 그날의 나머지는 공포와 충격에 사로잡힌 채 텔레비전 앞에 붙어 있었고, 이후 몇 주 동안은 아직 다 가시지 않은 충격의 여파 속에서 보냈다. 안정성과 영구성의 바위가 모래 수렁으로 바뀌었고, 익숙하던 것들이 갑자기 섬뜩할 정도로 낯선 것으로 바뀌었다. 오랫동안 평상시 나의 아편 역할을 해주었던 텔레비전과 십자말풀이도 한심할 정도로 효과가 없었다. 집중력도 약해졌다. 그리고 일—특히 이 책을 쓰는 일—은 절망적일 정도로 무의미하게 느껴졌다.

"여자들과 그들의 허벅지라니, 누가 신경이나 쓰겠어?" 나는 한 친구에게 이렇게 투덜댔다. 내가 욕구라는 주제에 다시 몰두하게 될 때까지, 나아가 '누가 신경이나 쓰겠어?'라는 바로 그 질문을 여성의 권력, 에너지, 가치에 관한 더 광범위한 질문들과, '만약 …만 한다면'이 걸쳐 있는 폭넓은 스펙트럼 전체와 연결 짓게 되기까지는 제법 긴 시간이 필요했다. 내가 체중에 대한 강박에 빠져 보낸 몇 년 동안 나는 더 넓은 세계에 관해 깊이 생각하지 않았고, 대안적 비전들을 고민하지 않았으며, 체중 강박이 초래하는 무자비하고 성가신 괴로움이 온갖 참상과 불의로 가득한 더 큰 그림을 얼마나 깊고 완벽하게 가려버릴 수 있는지 이해하지 못했다. 테러 공격의 여파 속에서 여러 감정이 닥쳐왔지만 그중에서도 유난히 더 씁쓸하고 오래도록 남아 있었던 감정 하나는 나 자신의 안일함, 이 세계의 다른 지역들이 미국에 대해 품고 있는 증오의 깊이와 그 증오를 키우는 데 우리가 한 역할에 대한 나의 무지, 너무나 많은 사람들이 살고 있는 환경, 여자들을 미치게 몰아가고 남자들을 살인적 분노로 몰아가는 가난과 절망에 대한 나의 너무나도 안이한 무관심에 대한 깊은 창피함이었다. 그 창피함은 이렇게 표현해볼 수 있겠다. 미군이 아프가니스탄 부대들을 후에 탈레반의 씨앗이 될 거센 혼란 속에 남겨둔 채 아프가니스탄에서 철수한 1980년대 말, 내가 하고 있던 걱정은 내 청바지가 너무 꽉 끼지 않는가 하는 것이었다고.

나에겐 여자들과 그들의 허벅지가 중요하다. 그것은 바로 너무나 많은 여자들이 거기 신경 쓰기 때문이고, 그리고 그 신경이 파괴적일 정도로 여자들의 눈을 멀게 하기 때문이다.

1년쯤 전, 한때 〈보그〉와 〈하퍼스 바자〉 등에 표지 모델로 등장하던 카레이 오티스가 17년 동안 계속 이어온 다이어트를 갑자기 그만뒀다. '네팔을 위한 의료'라는 단체와 함께 카트만두로 자선 트레킹을 다녀온 뒤의 일이었다. 오티스는 〈뉴욕 타임스〉와의 인터뷰에서 이렇게 말했다. "어느 보육원에 갔었어요. 천으로 온몸을 감싼 아기가 있었는데 아기는 죽어가고 있었어요. 그 누구도, 그 무엇도 할 수 있는 일이 하나도 없었어요. 의학적 보살핌도 의사도 음식도 없었죠. 엄마들은 울고 있었어요. 엄마들도 아기들을 먹일 수 없는 상태였죠. 이건 아니다 싶었어요. 나는 내가 지닌 이 소중한 인간의 육체를 늘 불만스러워하면서 살았는데, 이 몸은 가야 할 곳에 나를 데려다주고 고장 나지도 않고 완벽하게 작동하고 있어요. 난 평생을 내 외모를 못마땅해하며 살아왔는데 말이죠. 그 경험이 열쇠였어요." 키가 178센티미터인 오티스는 현재 〈보그〉 시절보다 14킬로그램이 는 70킬로그램이고, 77사이즈를 입는다. 그리고 지금 그 어느 때보다 더 행복하고 더 건강하다고 한다.

외적인 것에서 초점을 거둬들이게 하는 것은 그토록 어려운 일이다. 그런 변화가 일어나려면 폭탄 테러나 죽어가는 아기를 지켜보는 정도의 충격이 필요한지도 모르지만, 어쨌든 그것은 일어날 수 있는 변화다. 그리고 9월 11일 이후, 나는 시대정신이 대대적으로 변화할지도 모른다는 가능성에 잠깐 기대를 걸었다. 무조건 소유하고 보려는 우리의 소비자 근성과 문제에 대한 신속한 미봉책을 찾는 태도가 쌍둥이 빌딩과 함께 폭파해버렸을 가능성도 있다고 생각한 것이다. 9월 11일의 사건이 미국인의 정신을 어떻게 (또는 얼마나 영구적으로) 변화시킬지는 아무도 정확히 말할 수 없겠지만, 테러 공격 이후 일주일이 채 지나지 않아 쇼핑을 애국적 행위로 깔끔하게 재포장하는 것을 본 순간 그 꿈의 큰 덩어리 하나는 이미 깨지고 말았다. 웹사이트들에서 '청홍백 세일'과 성조기가 그려진 티셔츠 광고를 하는 것이 눈에 띄기 시작했고, 대형 백화점 한 곳은 자동 응답 서비스에 진중한 어조로 테러 희생자들에게 애도를 표하고는, 그래도 끝내주는 가을 세일은 계속될 것이며, 수익금 중 약소한 비율을 구조 단체에 기부할 것이라는 메시지를 남겨놓았다.

홍청망청하던 1980년대와 1990년대에 비해서는 우리가 좀 더 냉철하고 좀 더 조심스러워지고 조금은 더 자제할 줄 알고 조금은 덜 냉소적이 되었는지는 모른다. 그러나 조심성이 항상 깊이와 나란히 가는 것은 아니며, 두려움이 항상 변화로 가는 길을 닦아주는 것도 아니다. 그리하여 우리는, 우리 중 다수는, 혼란에 빠져 우왕좌왕하고 고통에 대한 개인적인 해결책을 향해 비틀비틀 다가가며 일단 눈을 떴더라도 이내 시야가 다시 쉽게 흐려진다.

며칠 전 화창하고 상쾌한 가을 아침에 노를 젓고 있을 때, 친구와 나눴던 대화가 떠올랐다. 친구는 다짜고짜 이렇게 말했다. "나는 40년 동안의 페미니즘보다 헬스장이 여자들을 위해 더 많은 일을 해줬다고 생각해." 전적으로 맞는 말이라고 할 수는 없다. 그 40년 동안의 노력이 없었다면 오늘날 여자들은 헬스장에 갈 수 없었을 것이고, 또한 헬스장은 중산계급 이외의 여자들을 자유롭게 하는 데 별로 한 일이 없다. 게다가 운동에도 어두운 측면이 있다. 우리는 그리 건강하지 않은 방식으로 운동에 빠져들어 운동 중독이 되기도 하고, 또 운동은 자기 몸과의 전쟁을 계속 이어가는 한 방법일 수 있다. 게다가 운동은 몸에 스판덱스 운동복을 입히고 몸을 제대로 장식하고 철저하게 관리해야 하는 대상으로 삼는 또 하나의 소비자 경험이 될 수도 있다.

나 자신의 삶에도 그런 긴장들이 있다는 걸 모르는 바 아니지만—나는 강박을 빼면 남는 게 없는 사람 아닌가—그날 아침 물 위에서 힘찬 근력으로 배의 균형을 잡으며 앞으로 나아가고 있을 때 그 친구가 말하고자 한 바가 절로 이해됐다. 스포츠 중에서도 가장 리드미컬한 스포츠인 조정은 기분을 고양시키는 동시에 깊은 평온함을 안겨주며, 배가 유연하게 나아갈 때는 내가 흡사 선사시대의 물새처럼 강물의 표면을 스치며 날아다니도록 만들어진 존재인 것 같고, 노는 내 팔의 연장처럼 느껴진다. 균형을 유지하며 신속하고 힘차게 움직이는 내 몸의 힘으로 배가 강물을 가르며 나아가고, 신체의 각 부위—다리와 등, 어깨, 배, 심지어 손목과 손가락과 엄지손가락까지—가 학습된 일련의 규칙을 따르며 물을 그러잡고 배를 앞으로 쭉 밀어내는 동작은 마치 본능처럼 몸에 깊이 배어 있는 느낌이 든다. 바로 여기가 세상이 나를 위해 열리기 시작한 지점이다. 내면에서 우러나오는 만족감이 어떤 느낌인지를 처음으로 설핏 맛본 순간은 강물 위에서 신체 동작을 매일 반복하고 있을 때였다. 내가 굶기를 통해 얻고자 그토록 애썼던 완벽한 장악의 감각, 옷과 남자들에게서 찔끔찔끔 얻어내고자 했던 자신감, 술을 마시면서 느꼈던 그 해방감. 이 모든 것이 가능한 일로, 내가 손에 넣을 수 있고 알고 있는 일로, 노의 날이 강의 표면을 가르고 들어갈 때 수면에 번지는 그 동심원들처럼 눈으로 바로 볼 수 있는 것으로 느껴졌다. 또한 내가 힘과 강함 같은 단어들을 재정의하고, 그것들을 나 자신의 근육계 안에 존재하는 특성들로 이해하고 경험하며, 승리의 규칙들을 다시 쓰기 시작한 것도 바로 그 강물 위에서였다. 깎아 없애는 것이 아니라 쌓아가는 것, 떼어내는 것이 아니라 흡수하는 것. 굶기가 내가 나의 몸에 할 수 있는 일이었다면, 스컬링은 내가 내 몸과 함께하는 일이었다.

아주 이상하기는 하지만, 이 생각은 몇 달 전 익명의 과식자 모임에서 들었던 한 사람의 말을 떠올려주었다. 검은 머리의 아주 진지한 그 젊은 엄마는 아주 단순하고도 명료하게, "나는 내가 말을 하지 않는다면 먹을 거라는 걸 알아요"라고 말했다. 그것은 꼭 집어 자기 인생에 대해 한 말이었고, 자신이 과하게 먹는 것은 자기 인생을 함께하는 사람들에게 자신이 필요로 하는 것을 말할 수 없을 때 느끼는 분노와 실망을 꾹꾹 밀어내리기 위한 것임을 스스로 이해하고 있다는 말이었다. 하지만 나는 그 말을 더 폭넓게 해석하여, 2세대 페미니즘이 아주 잘 이해했던 것, 바로 언어의 힘을 재천명한 것이라고 생각한다. 그 말이 바로 그 순간에 다시 떠올랐던 이유도 그 때문이었을 것이다. 내가 초기에 강에서 얻은 교훈들을, 서서히 재정의했던 단어들과 점진적으로 건져 올렸던 진실들을, 그런 일들의 결과로 힘겹게 만들어낸 새로운 길들을 그 말이 상기시켜주었다.

고통은 고립 속에서 창궐하고 은밀함 속에서 번성한다. 단어들은 고통의 숙적이며, 괴로움에 이름을 붙이는 것이 그 괴로움을 진정시키는 첫걸음이고, 여자가 힘겹게 발을 옮기며 헤쳐나가는 진흙 수렁—자기혐오와 죄책감의 몸부림, 공허함과 욕구의 메아리—에 관해 말하는 것은 그 수렁을 빠져나가기 위한 선결 조건이다. 바로 이 점이 내가 열두 단계 치료 모임들, 특히 익명의 과식자 모임에서 훌륭하다고 여기는 점이다. 헬스장들과 마찬가지로 이 모임들은 1960년대의 의식화 그룹을 대신하는 자발적 급진화의 장소다. 그리고 건강, 강박성, 나르시시즘의 경계선이 모호해질 수 있는 헬스장과 달리 그 모임들은 꽤 의도적으로 마음과 정신에 초점을 맞추고, 육체의 외양과 안녕은 구체적 목표라기보다 마음 상태의 반영이라고 여긴다. 그 모임들은 여자들이 한때 외모와 체중에 관해 이야기하던 것만큼 자유롭고 열렬하게 불안과 소란한 마음과 슬픔에 관해 이야기할 수 있는 곳, 무릎반사처럼 자동적으로 나오는 자기 질책과 자기 파괴를 고통과 기쁨, 위험, 평범한 인간적 분투들에 관한 솔직한 대화로 대체할 수 있는 곳이다. 너무나 고집스럽게 신속한 해결책과 즉각적 만족을 지향하는 문화 속에 그런 모임들이 존재한다는 사실 자체가 특별한 일이지 싶다.

노를 젓고 있을 때 떠오른 것이 또 하나 있다. 탁 트인 강과 치료를 위한 익명 모임 사이의 유사점, 여자들이 자신과 자신의 몸에 대해 다르게 말하는 법을 배우는 수많은 방식들, 이런 힘의 변화가 일어나는 방식들이다. 나는 '익명의 섹스와 사랑 중독자 모임'에서 만난 한 근친 강간 생존자에 대해 생각했다. 그는 숨죽인 채 듣고 있는 스무 명의 사람들에게 자신의 몸을 지닌 채로도 안전하다는 기분을 느끼기 위해 해왔던 노력들, 요컨대 수년간의 심리 치료부터 수년간의 치료 모임, 오랜 동안의 요가, 명상, 마사지까지, 자신의 몸과 연결되어 있다는 느낌을 갖도록 도와준 모든 노력에 관해 들려주었다. 그런 일들에 오랫동안 노력을 기울이고도 한참이 지나서야 자신의 이야기를 다른 누군가에게 들려주는 일을 생각해볼 수 있었다고 했다. "여러분이 없었다면 나는 이 일을 해낼 수 없었을 거예요. 여기에 나오기 전까지 그 모든 고통 속에서 나는 너무나 고립되어 있었어요. 정말로 나를 이해해주는 사람들을 찾지 못했다면 그 고통이 나를 죽였을 거예요." 나는 로스앤젤레스에서 온 다이앤이라는 화가와 나누었던 대화에 대해서도 생각했다. 다이앤은 익명의 채무자 모임에서 자신이 부라는 단어를 재정의하게 된 과정에 대해 이야기했다. 다이앤은 자신이 성인기의 대부분 동안 부의 의미를 가장 수동적이고 외면적인 관점에서 이해해왔다는 것을 서서히 깨달았다. 제대로 된 직업을 찾게 될 거라고, 혹은 (더 나은 경우) 제대로 된 직업과 함께 제대로 된 남자를 만나게 될 거라고, 그러면 자신은 그를 꼭 붙잡을 것이고, 그 남자가 산더미 같은 빚에서 자신을 구해줄 거라고, 그러면 모든 일이 다 잘 될 거라고 생각했다. 다이앤은 모임에 나와서, 저마다 환상의 유혹에서 벗어나려고 고군분투하고 있고, 환상 대신 자신의 아주 평범한 강점들과 한계들에 직면하려 애쓰고 있는 수십 명의 다른 사람들 이야기를 듣기 전까지는 그런 사고방식을 떨쳐낼 수 없었다고 한다. 오늘날 다이앤에게 부는 매우 다른 의미를 갖고 있다. 다이앤은 부유한 것과는 거리가 멀지만 괜찮은 직업이 있고, 책임을 진다는 것에 대한 자부심과 5년 전에는 전혀 느낄 수 없었던 행복한 감정을 느낀다. 마침내 내면과 외면이 조화를 이루게 된 것이다. 바로 며칠 전 다이앤은 내게 이런 이야기를 들려주었다. 마음 잡고 앉아서 자기가 인생에서 정말로 원하는 것들의 목록을 작성해보았는데, 너무나 놀랍게도 그중 대부분이 이미 자기가 갖고 있는 것이더라고 했다. 사람들과의 연결,

있음. 사랑하는 사람들, 있음. 공동체에 대한 소속감, 있음. 그 모든 것에다가 충분한 돈까지. 다이앤은 그 목록을 보며 희망이 가득 차오르는 것을 느꼈다. "진정한 의미란 바로 그런 데서 오는 것이죠." 다이앤이 내게 한 말이다. "그게 그 어떤 폭풍 쇼핑보다, 잡지 표지에서 본 그 어떤 사진보다 좋아요."

가짜 신들에게 매달리던 희망을 바른 길로 이끌고, 초점을 다시 자신의 마음으로 돌리고, 자신의 개인적 고통을 더 큰 맥락에서 보는 법을 배우고, 몸과 정신을 연결하게 되는 것. 말할 것도 없이 이런 것이 혁명적 작업의 본질이며, 그 일에는 언제나 프레임을 다시 짤 수 있는 언어의 잠재력이, 통찰을 촉진하고 사실들을 재배열하며 낡은 패러다임을 무너뜨릴 언어의 능력이 필요하다. 한 정신건강의학과 의사는 여자들이 섹슈얼리티에 대해 생각하는 방식을 바꾸기 위해 자신이 쏟아부은 노력에 관해 들려주었다. 그 노력은 많은 경우 단어들을 가지고 치르는 전투였다. 그의 환자들은 언어에 심각할 정도로 얽매였다. 그들은 섹시라는 단어를 들으면 내가 절대 입지 않는 검정 가터벨트를 떠올렸다. 마스터베이션이라는 단어를 들으면 비명을 지르며 진료실에서 달아나고 싶어했다. 이 의사는 항상 환자들이 품고 있는 이미지들에서 방향을 돌리게 만들려고 노력한다. 그들에게 항상 말한다. 이건 쓰레기예요. 잊어버리세요. 그건 남자들을 위해 상상해낸 유치한 환상이에요, 그건 현실과 아무 관계도 없어요. 그게 하는 일은 당신이 자신의 몸과 단절된 상태를 유지하게 하는 것뿐이라고요. 의사는 대신에 다른 언어를 사용하려고 노력한다. 섹슈얼리티에 관해 말할 때는 섹슈얼리티의 내적인 성격을 떠올리게 하는 용어를 사용하여, 남자의 타고난 욕망 수준은 "예리하고 일상적인" 것으로, 여자의 욕망은 더 "감춰져 있고 복잡한" 것으로 설명한다. 또한 음식의 은유를 사용하여 필요와 만족의 차이를 묘사한다. 남자의 성적 이상은 신속하고 빈번하며 초점이 잡혀 있어서, 당장 아무거나 먹을 수 있는 것을 찾아 먹는 일과 비슷하다. 여자의 성적인 이상은 더 한가롭게 깊은 만족을 추구하는 것이어서, 대충 먹는 샌드위치보다는 레스토랑에서 먹는 식도락 요리에 비유된다. 해야 할 일도, 납부해야 할 공과금도, 설거지해야 할 그릇 더미도 생각하지 않고, 많은 생각과 많은 계획과 치장, 상상, 오랜 준비 시간을 보낸 뒤에야 나서는 만남인 것이다. 이 의사의 묘사에는 여성의 섹슈얼리티 영역에서는 거의 들어보지 못한 단어들—'어두운' '반짝반짝하는' '신비로운'—이 많이 등장하는데, 그의 말을 들을 때 나는 그 단어들에서 암시되는 재편성의 힘에 깊은 인상을 받았다. '반짝반짝하는' 같은 단어는 '섹시' 같은 단어보다 훨씬 더 적절하고 폭넓은 상상의 여지를 열어주며, 아주 명확하게 외부가 아니라 내부를 향하고 있다. 그는 이런 사실을 잘 알고 있다. "우리는 섹슈얼리티에 관해 이야기하는 새로운 방식을, 우리가 누구인지 무엇을 필요로 하는지를 묘사하는 새로운 방식을 찾아내야 합니다. 그것만이 이 말도 안 되게 협소하고 단절적이며 이미지 지향적인 헛소리에서 벗어나는 방법이에요."

심지어 변화를 향한 가장 작은 걸음들에도 언어의 변화가, 명사들과 동사들로 표시된 관문이 필요하다. 노 젓기가 끝나갈 무렵에는 내게 자신이 노트에 적은 세 단어, 조개껍질, 담요, 고양이에 관해 이야기해주었던, 거식증에서 회복 중이던 한 젊은 여성이 떠올랐다. 그 단어들은 회복의 초기 단계에, 과거 자신에게 기쁨을 주었던 것들, 한때 마음을 달래주었던 단순한 촉각, 흥미를 자극하거나 참여를 이끌었던 활동이나 행동 등을 적어보라는 심리 치료사의 권고에 따라 만든 목록이었다. 그래서 그는 어렸을 때 오빠와 해변에서 조개껍질을 찾아다니던 일, 발바닥에서 느껴지던 모래의 감촉, 소금기 밴 공기의 냄새를 떠올렸다. 한겨울에 담요를 여러 겹 덮고 누워 있을 때 얼마나 기분이 좋았는지, 담요들의 무게와 두께가 얼마나 보호받는 느낌을, 울로 된 안전한 은신처의 느낌을 주었는지를 기억해냈다. 10대 때 함께 살았던 고양이를, 그 고양이의 실크처럼 부드러운 털의 느낌을, 낮게 가르랑거리던 소리를 기억했다. 그는 이것이 자신이 완전히 단절되어 있던 장소인 "감각 세계로 재입성"하는 일이었다고 말했다. 그는 다시 해변을 걷고, 사용하던 전기담요 대신 여러 장의 모포 담요를 새로 사고, 고양이를 들이며 잃어버렸던 기쁨들을 재발견함으로써 그 세계를 서서히 다시 알아가고 있다고 했다.

나는 보트를 선착장에 대고 넓고 푸른 리본 같은 강물을 바라보며 잠시 앉아 있었다. 여기저기 거울 조각을 박아놓은 듯 매끈한 유리처럼 빛나는 부분이 있는가 하면, 어떤 부분은 잔물결을 만들면서 햇빛이 뿌려놓은 다이아몬드 같은 광채를 되비추며 반짝거렸다. 나는 그 젊은이의 고양이와 담요 더미를 생각했고, 스컬이 나에게 그와 비슷한 역할을 하고 있다고 생각했다. 스컬은 나에게 아름다움과 우아함을 다시 소개해주고, 몸을 기쁨의 원천이라는 새로운 틀로 바라보게 해주고 있다고. 욕망을 새로운 방식으로 정의하는 것은 가슴 아플 정도로 복잡하고 힘겨운 작업이다. 그 일을 위해서는 소비주의를, 여전히 남성의 욕구를 충족하는 방향으로 엄격하게 구축된 기업 문화와 정치 문화를, 심지어 자기 자신에게까지 깊이 새겨진 가정들을 정면으로 들이받고 새로운 비전을 만들어내는 일이 필요하다. 그 비전은 좀처럼 포착되지 않아 잘 논의되지 않을 수도 있고, 〈글래머〉나 〈레드북〉에는 존재하지 않는 비전일 수 있으며, 외현화하는 문화의 요란한 소음 때문에 분별해내기가 어려울 수도 있다. 그러나 새로운 비전은 분명히 만들어진다. 비록 그 비전이 넓은 사회적 의미에서는 정치적이지 않을 수 있지만, 무엇이 효과 있고 무엇이 적합하며 무엇이 중요한지를 정의하는 일에서, 즉 개인적 정치에서는 분명 변화를 일으킨다. 어느 교회 지하실에 모여 허기와 포만이라는 개념을 재정의하던 한 무리의 여자들, 굵기를 재정의한 패션모델, 상담실에 앉아 감각성에 이르는 새로운 길을 닦아가는 심리 치료사와 내담자, 홀로 강물 위에서 스컬을 하며 강함을 새로운 관점에서 바라보는 법을 배우고 있는 한 사람. 공적인 전쟁터들이 오늘날에는 사적인 전쟁터가 되었는지도 모르지만, 두 전투에 적용되는 역학은 대체로 동일하다. 무엇이든 당신을 몸과, 자신과, 다른 여자들과 연결하는 것은 당신을 자유롭게 할 수 있다. 무엇이든 우리를 자유롭게 하는 것은 우리의 빈 곳을 채울 수도 있을 것이다.

5장

목소리가 된 몸

슬픔의 감춰진

무언극

그러나 음식이 있기 전에 먼저 눈물이 있다. 체중의 수치가 그 힘을 잃으려면 우리는 먼저 그만큼 강력하고 오래된 무언가를 느껴야 한다.

나는 거식증을 놓아보내고 애도하는 것이 어떤 마음인지 아주 뚜렷이 기억한다. 그것은 거식증이 주던 예측 가능하지만 헛된 안전함의 상실 때문에 우는 것이며, 이는 사실 자기 자신, 바로 그런 안전함을 필요로 하며 굶는 것 외에는 안전함을 확보할 다른 방법이 없다고 느끼는 불쌍하고 겁먹은 자신 때문에 우는 것이다. 내게 그 일은 상담 치료 중에 일어났던 것 같은데, 구체적인 기억은 정확히 떠오르지 않는다. 다만 그 애도에 대한 감각기억은 남아 있다. 굶기를 그만두고 초창기에 느끼던 광란이 서서히 조용하고 집요한 슬픔으로, 정체를 정확히 파악할 수 없는 허함으로, 마치 어떤 무거움이 만물의 모서리로 기어들어와 꿈쩍 않고 버티고 있는 것처럼 쇼핑으로도 술로도 어떤 집착으로도 몰아낼 수 없는 허함으로 바뀌어가던 몇 년에 대한 감각기억이.

바로 그 무렵 언젠가 나는 치료사에게 내 거식증 시절 중 최악의 날로 꼽을 수 있는 어느 날의 이야기를 털어놓았다. 한창 거식증에 맹렬히 몰입하고 있던 시절 8월의 어느 일요일 오후에 부모님이 내가 사는 곳에 찾아오기로 되어 있었다. 그날 두 분은 로드아일랜드주 남부에서 열린 어떤 행사에 참석했다가, 집에 돌아가기 전에 프로비던스에 들러 나와 함께 시간을 좀 보낼 계획이었다. 우리가 구체적인 계획을 세웠었는지 어땠는지는 확실히 기억나지 않지만, 나는 우리의 만남에 당연히 저녁 식사도 포함되리라고 예상했고 몇 주 동안 그 식사를 갈망하며 보냈다. 그날의 식사에 대해 공상하고, 그 식사에 대해 걱정하고, 맹렬한 기세로 그 식사에 대한 계획을 세웠다. 그전 3주 동안 한 번의 예외도 없이 매일 하루 800칼로리 섭취 규칙을 엄격히 지키고 몇 킬로미터씩 더 달려서 그날의 식사에 대한, 그 한 입 한 입에 대한 자격을 얻어냈다.

부모님은 오후 세 시쯤 도착했고, 나는 집 근처 작은 카페로 두 분을 모시고 가서 차를 마셨다. 거기서 시간을 좀 보낸 후 잠깐 산책을 하든지 한 다음 식사를 하러 갈 생각이었다. 이미

레스토랑도 골라두었고, 그 유리창에 적힌 메뉴를 모두 외워두었으며, 어떤 샐러드와 어떤 푸짐한 파스타 요리와 어떤 진한 초콜릿 디저트를 주문할지도 다 정해두었다. 하지만 부모님은 차만 마시고 떠났다. 두 분의 결혼 생활에 생긴 어떤 문제 때문이었을 거라고 생각하는데(그날은 두 분 다 우울해 보였고 뭔가 깊은 생각에 빠져 있는 듯했다) 어쨌든 내게는 아무 설명도 없이 돌아가야 한다는 둥, 처리해야 할 일과 걸어야 할 전화가 있다는 둥 두루뭉술한 얘기만 했다. 나는 완전히 으스러진 기분이었지만—식사를 안 한다고? 아무 보상도 없는 거야? 그 모든 노력이 헛수고였어?—불평 한마디 하지 않았다. 두 분을 차까지 배웅하고 작별 인사를 한 다음 아파트로 올라갔다. 그때가 네 시 반쯤이었던 것 같다. 오후의 태양은 여전히 밝았고 어둠이 내릴 때까지는, 그래서 내가 지난 21일 동안 매일 밤 똑같이 먹었던 소량의 식사를 나 자신에게 허락할 수 있을 때까지는 아직 몇 시간을 더 기다려야 했다. 몇 시간이나.

거식증은 기본적으로 부인하는—배고픔을 부인하고 고통을 부인하고 감정을 부인하는—상태이지만, 그 부인에는 아주 자주 균열이 생기고, 그러면 전력으로 닥쳐오는 허기의 위세를, 허함과 절망의 깊이를, 그 아픔의 막대함을 느끼게 된다. 나는 치료사에게 이 이야기를 하면서 그런 느낌 때문에, 음식과 사랑과 사람들이 있어야 할 자리가 텅 빈 골짜기가 되어버린 내 삶 때문에 울었고, 무엇보다 그 일에 대한 나의 반응 때문에 울었다. 그날 오후에는 울지 않았다. 시간은 늪처럼 흘렀다. 나는 이를 악물고 밤이 되기를 기다렸다. 일 분 일 분을 힘겹게 헤치고 나가, 평소와 똑같은 무감각한 집중력으로 사과와 치즈 조각을 먹고 잠자리에 들었다. 바로 이 기억이 그 서글프고 금욕적인 존재에 대한 애달픈 비통함으로, 그리고 너무도 어리둥절한 상실감으로 나를 가득 채웠다. 그 강철 같은 방어벽을, 무슨 일이 있어도 끈기로 버텨내는 능력을 포기한다는 것은 분명 무서웠지만, 그와 함께 기이한 슬픔도 느꼈다. 마치 굶기를 뒤로하고 떠난다는 것이 어떤 씁쓸하지만 필수적인 위안에, 고통스러웠지만 동시에 깊디깊게 신뢰할 수 있었던 자기 보호의 한 방법에 작별 인사를 고하는 일인 것처럼.

치료사가 물었다. 거식증이 당신을 무엇으로부터 보호했던 건가요?

그것으로부터죠, 라고 나는 대답했다. 그것이란 바로 그 허함, 바로 그 절망과 실망의 강도, 바로 그 눈물, 항상 가까스로 흘리지 않고 버텨냈고 부인했고 굶음으로써 쫓아버렸던 그 눈물, 한마디로 슬픔이었다.

그는 고개를 끄덕였고, 우리 둘 다 잠시 침묵에 잠겼다. 아마 우리는 복잡하게 뒤섞인 이런저런 공통된 마음의 반응들에 말을 잃었을 것이다. 그러니까 그 여름날의 슬픔에 대한 존중, 슬픔으로부터 보호해줄 거라는, 유혹적이지만 순전히 환상일 뿐인 굶기의 능력에 대한 이해, 슬픔이 뻗어나갈 수 있는 생각보다 더 넓은 범위와 슬픔이 영혼 속에서 끈질기게 차지하고 있는 자리에 대한 인정이 그 침묵을 채우고 있었다. 그날 오후 내가 느낀 아픔—외로움, 허함, 갈망—은 거식증 이전부터 존재했고 거식증과 나란히 공존했으며 거식증이 지나간 후에도 잔존했고 의심의 여지 없이 앞으로도 언제나 존재할 것이다. 그것은 그저 인간으로 존재하는 데서 오는 아픔이었다.

슬픔은 통찰에 완강히 저항한다. 나는 불안과 죄책감과 자기혐오의 조각들을 끼워 맞춰 퍼즐을 완성할 수 있고, 어디까지가 문화이며 어디까지가 몸과 자아로부터의 소외인지 깔끔한 선을 그어 구분할 수 있으며, 내 거식증의 역사를 이루는 각각의 조각들에 대한 근원을 이런 순간과 저런 순간으로, 이런 교훈과 저런 메시지로 거슬러 올라가 추적할 수도 있다. 이 모든 것의 저변에 슬픔이 흐르고 있다. 슬픔은 대지처럼 깊이 자리하면서도 동시에 자유롭게 떠도는 듯하고, 욕구의 문제를 끌어당겨 거기에 강렬하고 독특한 빛을 비추는 아주 신비로운 힘이다. 우리가 이미 알고 있던 모든 개별적 갈망은 그 이글거리는 빛을 받으면 흐릿해져 구별할 수도 없게 된다. 거식증은 나를 이런 슬픔의 감정에서 보호해주지 못했고, 거식증에서 회복했다고 해서 상황이 달라지진 않았다. 슬픔은 주기적으로 뚜렷한 원인도 없이, 잠이 오지 않는 밤이나 상태가 나쁜 아침 잠에서 깬 첫 순간, 갑작스레 치고 들어오는 공허함과 갈망의 습격으로 제 존재를 알린다. 이 공허함과 갈망은 어떤 특정한 결핍과 관련된 것은 아닌 듯하고, 오히려 바다처럼 더욱 깊은 어떤 허기의 존재를 폭로하는 듯하다. 다른 욕구들은 알고 보면 단지 이 허기의 바다에서 파생되거나 분기된 작은 강과 지류 들로, 어떻게든 결국에는 다시 그 바다로 흘러든다. 이런 감정이 닥쳐올 때면 나는 그 자리에 그대로 누워 그 뿌리를 추적하려 해보지만 이런 시도는 성공하지 못한다. 아주 작고도 견고한 종류의 위안만이 이 감정을 가라앉힐 수 있는 것 같다. 나는 침대 위 내 옆에 누워 있는 개에게 손을 뻗어 녀석의 발을 손에 쥐고 녀석의 가슴을 긁어주고 개의 깊고 평화로운 숨소리에 귀를 기울인다.

뭔가가 빠져 있어. 이 말은 그나마 내가 그 느낌을 설명하는 데 최대한 가까이 다가간 것이다. 이것은 놓쳐버렸거나 좌절된 관계들에 대한, 한때 무언가 사랑스럽고 견고한 것이 존재했던 자리에 남겨진 거대한 공동에 대한 인식이다. 나는 이것이 그 허기의 대양, 욕구의 바다 바닥에 깔린 거친 모래알이라고, 그저 인간이기에 느끼는 슬픔이라고 생각한다.

"욕망은 절대 파괴되지 않는 영구성을 지니고 있다. 욕망은 소멸하지 않는다."[1] 프랑스 정신분석학자 자크 라캉이 한 말이다. 그는 인간으로 존재한다는 일에는 근본적으로 만족시킬 수 없는 무언가가 존재한다고, 그러니까 우리는 추구와 갈망의 조건인 허기의 경험과, 일시적 만족을 줄 수는 있지만 언제나 새로운 추구와 새로운 갈망에 밀려나고 마는 채워짐의 경험 사이에 감도는 긴장을 처음부터 지닌 채 이 세상에 태어난다고 생각한다. 일단 충족된 목표는 언제나 또 다른 목표로 이어지고, 그런 다음에는 또 다른 목표, 또 다른 목표로 이어진다.

보스턴의 식사장애 전문 정신건강의학과 의사 폴 햄버그는 자기 딸의 젖먹이 때 모습을 들어 그러한 긴장을 설명했다. 그의 딸은 생애 초기 아주 짧은 기간 동안, 모유를 먹을 때 완전히 '마취된' 것처럼, 그 순간 자기가 원하는 다른 것은 결코 존재할 수 없다는 듯 완벽히 평온한 상태에 있는 것처럼 보였다. 그러나 그 시기는 비교적 짧았다고 햄버그는 말한다. 그리고 그가 욕망과 욕구의 본질에 관해 생각할 때마다 항상 떠오르는 이미지는, 그로부터 얼마 지나지 않은 시기에 본 딸의 또 다른 모습이다. 젖을 먹고 있을 때 창밖이나 방 안 어디선가 소리가 나면, 아기는 그 소리가 어디서 났는지 알고 싶어했고, 그래서 엄마의 가슴에서 입을 떼고 두리번거리느라 젖을 빨지 못했다. 그러한 순간에서 우리는 핵심적인 초조함 혹은 불만의 시초를, 서로 경쟁하는 욕구들의 등장을 목격한다. 글자 그대로 먹을 것에 대한 허기가 이쪽으로 끌어당기고, 세상을 더 보고 싶다는 갈망이 저쪽으로 끌어당긴다. 그리고 거기, 그 충동들의 대결 속에 이제 막 생겨나기 시작한, 언제나 더 많은 것을 원하기에 생기는 좌절의 바다가 있다. 만약 인간이 유아기 때 순수한 완벽함—열반, 철저한 만족, 전부 다 충족된 필요—을 경험한다면, 그 경험의 수명은 통탄스러울 정도로 짧다. 햄버그의 말대로 "절대 다시는 그만큼 단순해질 수 없을 것"이다.

프로이트는 인간의 '죽음의 본능'에 관해 썼다. 이 말은 실제로 삶을 끝내고 싶다는 바람보다는 우리 모두의 내면에 들어 있음 직한 그 초기의 마취 상태와도 같은 지극한 행복의 상태를, 원함과 존재함 사이에 긴장이 존재하지 않는 장소를, 완전한 평온함과 안도감의 상태를 되찾고 싶어하는 갈망과 더 깊은 관계가 있다. 우리 중 어떤 사람들은 때때로 그 상태로 돌아가기도 하지만—음악이나 리듬이나 일이나 섹스에 완전히 몰입할 때, 마약을 하거나 술을 마실 때, 기도에 완전히 몰입할 때, 혹은 둥글게 만 몸을 사랑하는 사람의 몸에 딱 붙이고 반쯤은 잠들고 반쯤은 깨어 있는 상태로 누워 있을 때 우리는 그 상태에 들어간다—더 영구적인 상태로서는 이미 상실된 상태이며, 단지 그 상태에 대한 기억이 시간의 흐름에 따라 뒤섞이고 바래고 희석된 채로 우리의 영혼 속에 접혀 들어가 있을 뿐이고, 그마저 언젠가는 그저 메아리에 지나지 않는 것으로, 속삭임처럼 희미한 아픔으로, 무엇인가가 실로 빠져 있다는, 말로 표현할 수 없는 느낌으로만 남게 된다.

그래도 여전히 그것은 계속 남아 떠도는 매우 강력한 감정이며, 이 감정에 따르는 통증은 근원을 추적하기가 너무 어렵다는 이유 때문에 더욱 심해진다. 프로이트 본인과 그의 동시대인 대부분은 그 근원을 찾으려는 시도조차 제대로 하지 않았다. 프로이트의 관점에서 유아들은 본질적으로 자기애적인 존재—본능들의 묶음이자, 자신의 필요에 의해 돌아가는 우주의 중심이며, 타인들과는 순전한 육체적 의존만으로 관계를 맺는 존재—이며 (지독하게 단순화하자면) 아이가 대략 3~6세에 해당하는 오이디푸스기에 도달할 때까지는 발달에 정말 결정적인 양상들은 딱히 나타나지 않는다. 프로이트가 구상한 개념들 다수가 그렇듯, 유아기 삶에 관한—수동적이고, 구강의 쾌락에 의해 추동되며, 본질적으로 비관계적인 존재라는—개념은 널리 비판받고 보충되었다. 장 피아제와 존 볼비부터 마거릿 말러, D. W. 위니콧, 대니얼 스턴까지 프로이트 이후 사상의 초점을 그래프에 표시해본다면, 삶의 가장 초기 단계들이 점점 더 강조되는 양상이 나타날 것이다. 구체적으로 말하면, 생후 18개월의 아기에서 6개월의 아기에게로, 다시 3개월의 아기에게로 거슬러 올라가면서, 아기는 엄마의 가슴과 방 안 어디선가 들려오는 소리 사이에서 어느 한쪽에 안착하지 못하는, 삶의 첫 시기부터 다른 존재들을 인지하고 그들과 연결하고 관계 맺을 준비를 하는, 대단히 관계적인 존재로 재구상된다.[2]

프로이트 이후의 이론에서는 어머니들 역시 훨씬 더 복잡다단한 인물로 다뤄진다. 프로이트 학파는 어머니를 다소 고정적인 관점에서 바라보았다. 아기의 세상에서 대체로 수동적이고 한 자리에 고정되어 있는 존재, 아기가 상호작용하는 대상이 아니라 단지 반응만 하는 대상이고 아기가 관계 맺기보다는 무언가를 취하기만 하는 존재, 이를테면 가슴을 가진 자동판매기 같은 존재로 본 것이다. 이후의 연구자들은 어머니를 훨씬 더 인간적인 관점에서 역동적이고 주관적이며 실수도 할 수 있는 복잡한 존재로, 아기가 경험하는 최초의 상호작용을 통해 아기의 삶 전체에 메아리를 남길 수 있는 존재로 보았다. 이 두 존재는 함께 어떤 춤을 추었나? 그 춤은 얼마나 편안했는가? 얼마나 힘들었는가? 얼마나 일관성이 유지되었고, 허기는 어느 정도나 느껴졌는가? 정신의학자 폴리 영아이젠드라스는 이렇게 썼다. "우리는 누구나 압도당하고 분노에 차고 돌봄받지 못한 작은 신경 다발로서 얼마간의 시간을 보낸다."[3] 이 말은, 우리 모두가 춥거나 무섭거나 배고픈, 필요로 빽빽 울어대는 유아들의 나라에 살았고, 절대적인 것처럼 느껴지는 고통을 경험하는 불가피한 순간들과 너무나 강렬한 공포에 질려 심장이 쿵쿵대는 순간들을 살았다는 말이다. 스트레스를 느낄 때 아기의 심장박동수는 1분당 220회까지 치솟는다. 또한 우리는 누구나 분명 마법처럼 느꼈을, 그런 상태에서 해방된 경험도 알고 있다. 고통이 치솟았고 고통을 감지했고 고통이 더욱 심해졌는데, 그러다 고통이 솟아날 때만큼 갑작스레 사그라진다. 신경이 이완되고 입이 젖꼭지를 물고 빨기 시작하고 배고픔은 진정된다. 들어 올려지고 안겨서 어머니라는 광대하고 따뜻한 우주에 들어가는 것과 함께 공포의 순간이 중단되는 것이다.

물론 기질도 이런 경험의 강도에 영향을 미친다. 어떤 아기들은 타고나기를 차분하고 밝고 회복 탄력성이 강하고, 어떤 아기들은 불안하고 초조해하며 예민하고 상처를 잘 받는다. 만족할 수 있는 개개인의 역량은 어떤 면에서는 자궁 속 세로토닌과 도파민의 신들이 잘 나눠주기도 하고 아니면 움켜쥐고 내놓지 않기도 하는 일종의 신경학적 자질이다. 그러나 환경 또한 그런 경험의 질감과 형태와 울림에 영향을 미치는데, 불가피하게도 필요와 충족의 춤은 스텝의 속도를 정하고 안무를 짜는 양육자(대개는 어머니)에 의해 조절되기 때문이다. 양육자/어머니는 반응하거나 반응하지 않음으로써, 달래주거나 억압함으로써, 처음부터 이 세계를 안전한 곳 또는 안전하지 않은 곳으로, 타인들을 보살펴주는 이들 또는 의지할 수 없는 이들로, 허기를 근본적으로 만족시킬 수 있는 것 또는 근본적으로 만족시킬 수 없는 것으로 인식하게 한다. 어머니들은 줌과 주지 않음에 관한 최초의 무서운 가르침을 전한다. 나는 필요와 공급에 관한 이 최초의 경험들이 개개인의 욕구 경험 전체에 얽혀 들어가고, 그리하여 갈망한다는 것이 의미하는 바의 기준선을 형성한다고 생각한다.

어머니는 우리에게 욕구의 복잡성, 즉 욕구가 원래부터 인간관계와 사랑과 보살핌에 대해 가지는 관련성에 대해서도 최초의 가르침을 준다. 라캉은 유아에게 필요와 요구가 어떻게 다른 것인지 설명하면서 이 관련성을 논했다.[4] 라캉의 관점에서 필요는 순전한 생존에 필요한 요건들—음식, 주거지, 온기, 움직일 자유, 타인들과의 최소한의 접촉—과 관련된다. 필요는 선천적이고 본능적이며, 필요의 충족을 위해서는 구체적이고 실질적인 대상—어머니의 가슴, 부드러운 담요, 깨끗한 기저귀—이 필요하다. 반면에 요구는 아이가 더욱 의식적으로 관계의 세계로 들어가 언어 사용 능력이 발달하기 시작할 때 발생하며, 이런 변화는 필요한 것과 그것을 제공하거나 제공하지 못하는 사람을 확정적으로 연결함으로써 필요의 본질을 바꾸어놓는다. 이제 허기는 관계에서도 육체적으로도 훨씬 더 많은 의미를 품은 경험이 되고 (그리고 계속 그런 경험으로 남고) 그 허기에 반응하거나 반응하지 않은 사람과 영원히 결부된다. 언어의 상징적 질서 체계 안에서, 음식과 온기와 거주지에 대한 아이의 기본적인 생존상의 필요는 그 본능적 근원에서 분리되어 여러 층위의 사회적 의미와 대인 관계에 얽힌 의미를 띠게 된다. 나는 배가 고프다는 말은 나는 배가 고프고 내 어머니가 반응해준(반응해주지 않는)다는 의미가 된다. 나를 먹여줘는 음식에 대한 육체적 필요만 표현하는 것이 아니라 나를 사랑해줘, 나를 보살펴줘, 세상이 안전한 곳임을 내게 보여줘, 나의 의지에 귀 기울여줘라는 의미까지 표현하기 시작한다.

이것은 계속 이어지는, 최초의 공포와 최초의 환희, 거대한 허기와 희망, 제공과 결핍의 닳고 해어진 실타래라고 나는 생각한다. 그리고 이야기가 어떻게 펼쳐지든—행복한 유년기로 끝나든 슬픈 유년기로 끝나든—그 서사에서 슬픔은 건너뛸 수 없는 한 챕터이고, 과거로 돌아가고 싶은 충동은 필연이며, 무언가를 놓쳤다는 느낌은 피할 수 없는 것 같다. 우리 중 운이 좋은 사람들이라면 차분하고 일관된 어머니의 품 안에서 느꼈던, 그러나 분리되고 탐험하고 성장하려면 계속 매달려 있을 순 없었던 생애 초기의 더없는 행복을 그리워하며 평생을 보낼 것이다. 그보다 운이 없는 사람들은 배앓이를 자주 하거나 짜증을 잘 느끼는 아기여서 체질적으로 위안을 느낄 수 없었거나, 혹은 어머니가 너무 우울하거나 초조하거나 곁에서 달래줄 수 없는 처지여서, 혹은 우리가 혼란스럽거나 폭력적인 집안에서 자랐기 때문에 처음부터 우리의 것이 아니었고 아무리 손을 뻗어도 잡을 수 없었던 그 지극한 행복을 동경할 것이다. 느꼈다가 잃어버렸든, 한 번도 느껴보지 못한 채 열렬히 동경하든, 어떻게 우리 안으로 들어왔든 간에 그 느낌은 속삭거리고 잡아당기면서 상태가 안 좋은 밤이면 새벽 두 시까지 잠 못 들게 하고 물건들에, 음식에, 위안의 대상에, 침대 위 당신 옆에 누워 있는, 가슴이 아릴 정도로 쉽게 만족하는 존재인 당신의 개에게 손을 뻗게 만든다.

내가 아는 여자들 중 가장 슬픈 축에 드는 이들, 격렬한 슬픔과 절망에 유난히 잘 사로잡히는 것처럼 보이는 여자들은 자기 어머니와의 관계가 어떤 식으로든 손상되거나 어머니와 거리감이 있었거나 어머니에 대한 원망의 기미가 배어 있었던 이들, 자기 어머니가 자신을 그리 좋아하지 않는다는 느낌을 갖고 성장한 이들이었다. 내 어머니가 이런 말을 들었다면 기겁했을 테지만, 나도 그런 사람 중 하나다. 나는 어머니가 나를 사랑했다는 걸 알고 있고, 돌아가시기 전 몇 년 동안은 심지어 어머니가 나를 좋아하고 기특해하고 가깝게 느끼는 것 같다는 느낌까지 받았지만, 생애의 많은 부분을 나는 우리 사이에 몇 가지 배선이 초기부터 어긋났고 중추적 접속이 제대로 이뤄지지 않았거나 유지되지 않았다는 느낌을 지닌 채 살아왔다. 어머니와 나의 언니 오빠 사이에는 더 자연스럽고 편안한 관계가 형성되어 있었고, 나는 체질적으로도 기질적으로도 아버지와 더 비슷했고 어떤 식으로든 아버지와 더 잘 맞았다. 바로 이런 점 때문에 내가 매우 결정적인 측면에서 어머니의 원에 속하지 못한다고 느끼고, 나에 대한 어머니의 애착이 얼마나 확실한지 혹은 안정적인지 결코 확신하지 못했던 거라고 생각한다. 나와 어머니의 대화에는 언니와 어머니의 대화에서는 느낄 수 없는 껄끄러움이 있었고, 우리 둘 사이에는 서로 진정으로 잘 맞는다고 느끼지 못했던 듯 약간이지만 조심스러워하는 면이 있었던 것 같다. 또한 수년간 나는 어머니와 함께 있을 때면 내향적이고 화가 나 있고 어두운, 마치 질풍노도를 겪는 청소년처럼 느껴졌다. 어머니의 집에 들어갔다가는 어떤 대립의 구름이 하늘에서 내려와 나를 따라 들어오기라도 한 듯, 5분 만에 돌아 나오고는 했다.

분노는 식별하기가 쉽다. 심장이 빠르게 뛰고 이를 악물게 되고 피가 뜨거워진다. 화를 내고 침을 뱉고 싶어진다. 나는 여러 해 동안 어머니가 나를 화나게 만든다는 것을, 그리고 그 근원이 뭔지는 몰라도 우리 사이의 거리가 나를 초조하고 안절부절못하게 만들고 씁쓸한 분노로 가득 채운다는 것을 알고 있었다. 하지만 훨씬 더 오랜 시간이 걸려서야 이해하게 된 것, 혹은 다가가게 된 것이 있다. 프로비던스에서 만난 그 8월 오후 같은 날들을 돌이켜보기 전까지는 제대로 들춰본 적도 없었던 그것은 그 분노 아래 깊이 흐르고 있던 슬픔이었고, 너무나 격렬해서 평범한 단어로는 도저히 표현할 수도 없는 연결에 대한 갈망이었다. 목소리로 표현했다면 그것은 울부짖음으로, 더없이 길고 더없이 외로운 곡소리로 나왔을 것이다.

이게 내가 굶었던 이유일까? 부분적으로는 그럴 수도 있지만, 부분적으로만 그렇다. 굶기는 어머니와 관계된 것들 외에 더 많은 종류의 근원들에서 비롯되었고, 더 많은 목적에 기여했다. 비난을 모조리 어머니에게 돌리는 것은 문화나 미디어만 탓하는 것만큼이나 일차원적이고 단순한 일일 것이다. 그러나 분명 나는 어머니와의 관계가 내게 특수한 종류의 허한 느낌을 남겼다고 생각하는데, 슬픔이 점점이 배어 있는 그 허한 감정은 결코 나에게만 있는 특유한 것이 아니다. 말을 배우기도 전에 생겼고 기억이 닿을 수 있는 곳보다 훨씬 먼 곳에 있는 어린 시절의 깊은 상처들은 새로 내린 눈으로 덮여버린 발자국들과 같다. 그 상처들은 시간이 지나면서 감춰지고 봉해지며, 괴로움을 느꼈던 흔적들은 알아보기도 어렵고 접근하기는 더욱 어렵다. 그래서 허기 뒤에 자리한 슬픔은 행동으로 표출되는 경향이 있고, 명사들과 동사들 대신 상징과 암호로 묘사된다. 한 여자의 몸과 행동은 언어가 좀처럼 포착하지 못하는 것을 전달한다.

예를 들어 현재 40대 중반으로 예전에 물건을 훔치곤 했던 이가 있다. 이 사람을 수전이라고 하자. 수전이 훔친 물건은 그 어느 것도 자기에게 정말로 필요하거나 대단하거나 심지어 딱히 기억에 남을 만한 것도 아니었지만 그는 10대와 20대에, 심지어 30대에 들어서도 주기적으로 상점에서 티셔츠들을 손가락으로 훑거나 화장품 진열대를 지나가거나 사탕 진열대 앞에 줄을 서 있을 때 뭔가를 집어서 주머니나 가방에 쑤셔 넣고 싶은 강박적 충동에 휩싸였다. 스카프나 장갑, 또는 클라크 초코바 같은 것을. 그러고 나면 수전은 죄책감과 깊은 당혹스러움을 느꼈다. 클라크 초코바? 수전은 클라크 초코바를 좋아하지도 않았다. 하지만 그 행동을 하던 당시에는 마치 자기가 가질 자격이 있는 무엇을, 본질적인 무엇을 가지게 된 것처럼 이상한 힘과 만족을 느꼈다.

역시 40대 중반인 재닛은 예전에 자기 몸을 베었고 지금도 이따금 그런다. 처음 그 행동을 했을 때 재닛은 스물한 살이었고, 룸메이트 두 명과 함께 사는 아파트에 혼자 있었다. 그런 행동을 하게 된 정확한 상황은 기억하지 못하지만 욕실에 들어가 약 캐비닛을 살펴보다가 손톱 가위를 발견하고 집어 들었던 것은 기억한다. 재닛은 오랫동안 그 자리에서 가위를 들여다보며 서 있었고, 그런 다음 가위를 벌려 한쪽 날의 뾰족한 끝을 팔뚝 아래쪽 부드러운 살갗에 대고 아주 천천히 그었다. 길고 빨간 선이 나타났고, 재닛은 약간은 남의 일을 보듯 초연한 마음으로 그 선을 관찰했다. 잠시 후 재닛은 같은 자리를 또 한 번 가위로 그었고 긁힌 선을 따라 작고 빨간 구슬들이, 자신의 피가 일렬로 점점이 솟아나는 모습을 지켜보았다. 재닛은 그 행동을 지칭할 말은 알지 못했지만—주류 언론에 자해에 관한 글들이 실리기 시작한 시점보다 최소 10년 전의 일이다—그 일로 자기에게 꼭 필요했던 방출의 느낌을 얻었고 20년 동안 그 행동을 계속했다.

20대 후반인 캐슬린은 15년 가까이 폭식을 해왔다. 그의 폭식은 마음 상태, 불안의 상대적 강도, 상황에 따라 심해졌다 약해졌다를 반복했고, 지금은 오랫동안 강도가 약해진 시기를 보내고 있으며, 본인 표현에 따르면 증상들이 '관리 가능한' 수준이다. 그러나 10대와 20대 초에는 하루에 한 번이나 두 번, 때로는 세 번씩 먹은 걸 게워냈고, 폭식과 구토의 순환이 캐슬린의 생활과 깨어 있는 시간 동안 대부분의 생각을 장악했으며, 그 때문에 두 번이나 입원했다. 현재 캐슬린은 그때보다 훨씬 더 잘 통제하고 있다. 면밀히 계획한 식단을 지키고 있고, 규칙적으로 운동을 하고, 폭식은 드물어져서 1년에 몇 번밖에 안 한다. 하지만 한 달에 한 번 정도, 예전에 느끼던 자기 몸의 형태에 대한 공포감이 다시 떠올라 괴로울 때는 여전히 구토를 한다. 그 공포감은 이제 이성적인 생각에는 꿈쩍도 하지 않을 만큼 내면에 아주 깊이 새겨진 감정이다.

강박적 도둑질, 자해, 폭식증은 서로 무관하고 전혀 별개인 것처럼 보이는 행동들이지만, 말로 표현할 수 없는 상징들에 깊이 의존한다는 공통점이 있다. 수전의—은밀하고 기괴하며 만족감과 죄책감을 모두 유발하는—도벽의 역사는 어떤 중심적인 박탈감에 관해 말하고 있으며, 그 박탈감은 수전이 평범한 말로는 도저히 묘사할 수 없고 평범한 수단으로는 해결할 수 없는 감정이다. "그 감정을 만족스럽게 설명할 수 있었던 적이 한 번도 없어요." 수전의 말이다. "그나마 박탈감이라는 단어가 좀 가까운 것 같아요. 무언가를 놓쳤다는 느낌, 그리고 그 때문에 머리끝까지 화가 났다는 느낌이요. 그건 바로 그 순간에 그것을 가질 권리가 있다는 느낌이에요. '그것'이 알고 보면 얼토당토않은 립스틱이나 초코바라고 해도 말이에요." 재닛의—폭력적이며, 꼭 필요한 일인 것만 같은—자해는 그와는 반대되는 느낌을 전달한다. 그것은 기본적으로 권리가 없다는 감정, 권리가 없다는 느낌에 대한 깊은 괴로움이다. 자기 살을 베는 행동에 이르게 된 마음의 틀을 묘사할 때 재닛은 풍선의 이미지를 사용한다. "그건 마치 내 몸 전체가 너무 부풀어 올라서 터질 것 같은, 말 그대로 폭발 직전인 느낌이고, 그 감정을 해소할 유일한 방법은 나를 베는 거예요. 피로 흘려 내보내는 거죠." 물론 그 부풀었다는 느낌은 물리적 체중보다는 감정적 무게에 관한 것이다. "필요한 것, 원하는 것, 불안, 글쎄요, 감정들이에요. 존재하는 모든 감정, 아무 감정이나 가져다 대도 다 맞아요. 나는 자해가 게워내는 것과 많이 비슷한 것 같다는 생각을 해요. 그 충동은 아주 거대해요. 그냥 그걸 제거해버리려는 충동, 지금 느끼고 있는 감정이 무엇이든 그걸 참을 수 없기 때문에 제거해버리려는 것이죠." 자신의 폭식 행동이 음식과 체중보다는 감정과 더 깊은 관계가 있음을 잘 알고 있는 캐슬린 역시 그 말에 동의할 것이다. 토하기 전에는 항상 자기가 "안에 너무 많은 걸 담고" 있어서 "그걸 꺼내야" 한다는 필요를 느끼는데, 적어도 그 순간에는 "그 문제를 해결할 다른 방법이 없다"는 느낌이 든다고 했다.

이들과 나눈 인터뷰 녹취를 풀어 쓰던 중, 세 사람 모두 '그것'이라는 단어를 사용했다는 사실이 주의를 강하게 끌었다. 수전은 "그것을 가질 권리"라고 했다. 재닛은 "그걸 제거해버리려는" 충동을 느낀다. 캐슬린은 "그걸 꺼내야" 할 필요를 느낀다. 그것은 말할 것도 없이 하나의 약칭이다. 그 단어는 전반적으로 여성의 욕구를 둘러싼 감정들의 은하계 전체를, 그 기저를 형성하는 갈망과 자제의 혼합물을 지칭하는 것일 수 있지만, 나는 또한 그 단어가 슬픔의 바다도 지칭할 거라고, 자신이 인식하고 있는 그 바다의 깊이, 그 바다가 일으키는 엄청난 크기의 욕구에 대한 공포도 지칭할 거라고 생각한다. 세 사람 모두 평탄하지 않은 과거, 어머니의 상실과 결손으로 점철된 역사를 지니고 있다. 수전은 예쁜 자매들이 있는 집안에서 평범한 소녀로 성장했는데, 외모에 매우 높은 가치를 두는 수전의 어머니는 다른 딸들은 예쁜 것들로 아낌없이 치장해준 반면 수전에게는 자신이 "실수, 오점, 경멸의 대상"인 것 같은 느낌이 들게 했다. 재닛의 어머니는 알코올의존증 환자로, 유일한 자식인 재닛에게 불같이 화를 내고 격렬한 적의를 퍼붓는 시기와 방임의 시기를 번갈아 오갔고, 재닛을 "나를 빨아먹고 바싹 말리는 부랑아"라고 불렀다. 캐슬린의 어머니는 더 전반적으로 변덕스럽고 사랑을 주지 않는 사람으로, 캐슬린의 오빠들을 편애하고 캐슬린에게는 비판적이고 멸시하는 태도를 취했으며, 성미가 폭력적이고 종잡을 수 없었다.

유년기의 그 상실들은 어디까지 견딜 수 있는 것이었을까? 그 허기는 어디까지 참을 수 있는 것이었을까? 그 상실과 허기에는 혼란이, 거부가, 혹은 상처가 얼마나 섞여 있었을까? 그리고 그 후 자아의 고갱이는 얼마나 결핍되고, 얼마나 권리를 박탈당하고, 얼마나 슬픔과 자기혐오로 가득한 상태가 되었을까? 본질적으로 이 질문들에 대한 답은 정도에 관한 답이며, 또한 강박적으로 훔치는 이와 자기를 베는 이와 억지로 토하는 이, 그리고 그보다 덜 극단적인 방식이지만 역시나 자신에게 잔인한 행동을 하는 이들의 차이 역시 정도의 차이다. 수전은 특수한 허기의 감각을 갖고 성장했고—한 번도 충분한 포만감을 느낀 적이 없고 한 번도 자신이 남들과 똑같이 먹여질 가치가 있는 존재라고 느끼지 못한 아이였다—그 허기를 표현하는 유난히 뚜렷한 방식도 갖고 있었다. 그것은 바로 자신에게 한 번도 주어진 적 없는 것을, 평범한 소비주의의 명랑하고 개방적인 교환을 조롱하는 방식으로 가지는 것이다. 한마디로, 헛소리하지 마. 난 도둑질당했어, 그러니까 나도 도둑질로 보복할 거야라는 방식이다. 재닛과 캐슬린은 표현 수단은 다르지만 표현하는 감정은 동일하다. 그것은 감정들이 자신을 너무 가득 채우고 있다는 느낌, 너무 배가 고프고 너무 절실히 필요하고 자신의 몸에 비해 그 감정이 너무 크다는 느낌, 그러므로 그 느낌들을 방출해야 한다는 강박, 그리고 애초에 그런 느낌을 가진 것에 대해 자신을 벌하려는 강박이다.

이 모든 행동에는 말할 것도 없이 분노가 있다. 당신에게 마땅히 주어야 할 것을 주지 않은 어머니에 대한 분노, 너무나 많은 필요를 느끼게 했으면서 그 필요를 채워주지 않은 어머니에 대한 분노, 그리고 무엇이었든 필요를 느꼈던 자신에 대한 분노. 그러나 그 분노 아래에는 가장 강력한 슬픔도 자리하고 있다. 사랑받지 못했다고, 자신은 사랑받을 수 없는 존재라고 느끼는 아이의 슬픔, 그 때문에 자신을 비난하고 상처 입히는 아이의 슬픔, 그 슬픔 앞에서 여전히 아무 말도 하지 않는 대신 적절한 렌즈를 장착하기만 하면 누구나 어디서나 알아볼 수 있는 슬픔의 무언극을, 그림자의 연기를 하는 아이의 슬픔. 평범한 사람들이 가득한 스타벅스에서 재닛을 만난 날, 나는 카운터 안쪽에서 한 젊은 여자 직원이 동료에게 버터밀크 시나몬롤에 대해 불평하는 소리를 들었다. "심하게 맛있잖아." 벌써 두 개를 먹었는데 "두 개면 너무 많은 거"라고 했다. 그리고 잔뜩 화가 난 목소리로 "난 정말 돼지야"라고 말했다. 우리 자리에서 좀 떨어진 한 테이블에서는 여고생 둘이 콤팩트를 주고받으며 화장을 하면서 입술과 피부와 머리카락에 대한 걱정을 늘어놓았다. "내 꼬락서니 정말 뭣 같아." 하나가 이렇게 말하고 콤팩트를 딸깍 닫았다. 재닛을 만나기 전에 나는 조깅을 하는 거식증 환자 한 명을 보았다. 아침에 내가 개와 산책할 때마다 거의 매일 보는 사람이었다. 해골처럼 깡마른 그 여자는 비가 오나 눈이 오나 뙤약볕이 쏟아지거나 늘 달렸고, 얼굴은 해쓱하고 피골이 상접했으며, 다리는 가슴 아플 정도로 말라서 스판덱스 레깅스의 무릎 부분이 불룩했다.

먹고 싶어하고 그 욕구에 굴복한 자신을 힐난하는 여자들. 부정적인 자기 점검의 기술을 갈고닦는 10대 소녀들. 뛰고 또 뛰기를 스스로 강요하는 해골 같은 몸. 셀 수 없이 많은 흉터가 나 있는 팔. 이건 끝이 없는 슬픔이다. 조용히, 한결같이 계속되는 자기 때리기. 울지 않은 눈물의 강에 실려 떠내려가는 여자들. 통제력을 잃고 폭풍 쇼핑이나 폭식을 하는 건 어떤 느낌인가? 물론 절박하고 공포로 전전긍긍하는 무서운 느낌이지만, 그런 느낌들보다 훨씬 더 깊은 곳에는 아주 오래된 쓰라린 공허가, 너무 거대해서 당신을 죽일 수도 있겠다는 생각이 드는 커다란 구멍이, 당신이 사들이고 먹고 먹고 사들이는 와중에도 음식과 물건으로는 도저히 채울 수 없다는 걸 당신도 잘 알고 있는, 위안에 대한 갈망이 자리하고 있다. 자기한테 못되게 구는 남자에게 집착해 정신을 못 차리는 것은 어떤 느낌인가? 이 역시 무섭고 지치는 느낌이고 깊은 불안감이지만, 여기에도 사랑받지 못한다고 느끼는 데서 온 필사적으로 몰아가는 슬픔이 있고, 그 슬픔이 유발하는 낫고 싶은 갈망, 안기고 싶은 갈망, 필요하고 가치 있는 존재가 되고 싶은 갈망, 마침내 사랑받을 수 있는 존재라고 증명받고 싶은 갈망이 있다. 그렇다면 굶는 건 어떤 느낌인가? 나는 아주 힘겹게 더듬어보고서야 이 슬픔을 포착할 수 있었다. 굶기에 관한 나의 일차적이고 감정적인 기억은 불안과 고립, 납처럼 둔중한 차가운 인내와 관련된 것이었기 때문이다. 결국 굶는 것은 슬픔의 한 상태이며, 이는 필연적이다. 굶는 당시에는 굶기가 자신이 택할 수 있는 유일한 선택지이며 대처할 수 있는 유일한 방법이라 느껴지고, 자신이 정말 얼마나 허하고 굶주리고 공포에 질려 있는지 표현할 유일한 방법, 자신을 알리는 유일한 방법이라고 느껴진다는 그 이유 하나만으로도 말이다.

알리는 것. 물론 이것이 굶기의 목표이며, 너무나 조심스레 감춰져 있어서 자기 자신조차 모를 수 있는 숨겨진 의제다. 자해하는 이는 자기 존재의 중심에 있는 고통을 눈에 보이게 만들기 위해 칼로 긋는다. 거식증 환자는 자신의 허기와 취약성을 분명히 보이게 만들기 위해 굶는다. 극단적인 이들은 이렇게 선언한다. 이게 나라는 사람이고, 이게 내가 느끼는 것이고, 이게 내가 필요한 걸 얻지 못할 때 일어나는 일이라고. 그들은 가장 핵심적인 인간의 갈망에, 그러니까 인정받고 알려지고자 하는 욕망에, 당신이 어떤 사람이라서 또한 당신이 어떤 사람임에도 불구하고 사랑받고자 하는 욕망에 서라운드 입체음향으로 목소리를 부여한다. 또한 그 갈망이 충족되지 않았을 때 뿌리를 내리는 슬픔에도.

아이들은 누구나 충족되지 않은 필요로 인해 분노와 막막함과 끔찍한 고통을 경험하게 된다. 그중 가장 운 좋은 아이들은 자신들에게 충분히 잘 조율되어 있고 충분히 많은 시간 반응해주는 어머니(정신분석학자 D. W. 위니콧이 말하는 "충분히 좋은" 어머니)에게 보살핌을 받는 아이들이며, 이들은 그러한 분노와 막막함과 고통을 잘 처리하는 법을 배우게 되고, 그 과정에서 세상에는 본질적인 선함과 안전함과 보살핌이 존재한다는 감각을 갖는다. 만약 당신이 그러한 선함의 근원이 당신의 내면에 존재한다는 느낌을 갖고 성장한다면—당신 어머니의 보살핌과 조율이 당신에게 충분히 내면화된다면, 그래서 당신의 필요들을 안전하게 알릴 수 있고, 다른 사람들이 믿음직하게 그 필요를 충족해주리라는 확신을 가질 수 있게 된다면—허기는 참을 수 있는 것이 되고 분노와 막막함은 견디기 쉬워질 것이다. 한마디로 당신은 안전하다고, 당신이 알려져 있다고, 혹은 최소한 알려질 수 있다고 느낀다. 반대로 만약 그런 초기의 조율과 안심을 느끼지 못했다면, 그러한 안전함과 인정의 감각을 내면화하지 못했다면, 허기는 더욱 까다로운 문제가 되고, 분노와 막막함은 표면에 더 가까운 곳으로 옮겨가고, 슬픔의 바다는 더 넓고 깊어진다.

무언극이 시작되는 시점은 허기가 우리를 압도할 때, 허기가 언어의 체계화 역량을 초과할 때다. 언어가 제 역할을 하지 못할 때 우리는 다시 몸에 의지하게 되고, 우리가 느끼는 것과 필요로 하는 것을 말하려는, 설명할 수 없는 것을 설명하려는 몸의 행동과 강박과 충동을 허락하게 된다. 그래서 어떤 여자는 손으로 초코바 하나를 감싸 쥔다. 자기 팔의 여린 피부에서 피를 뽑아낸다. 목구멍에 손가락을 쑤셔 넣는다. 상징으로 재편성된 사물과 신체 부위와 음식의 세계들—이 세계들이 우리 문화에서 여자들에게 특별한 의미가 할당된 세계들이라는 건 우연이 아니다—속에는 여성의 슬픔의 언어 전체가 감춰져 있다. 이 언어가 평범한 언어를 대신하고, 평범한 언어에 대한 절망을 드러낸다. 마치 우리가 느끼는 감정을 묘사할 단어들이 존재하지 않으며 한 번도 존재하지 않았던 것처럼.

철학자 헤겔은 욕망을 결여, 부재로 상정했다. 라캉 역시 이 관념을 한층 더 전개하여, 욕망을 이전에 유쾌한 것 혹은 만족스러운 것으로 경험했으나 이후 상실하고 만 무엇에 대한 갈망으로 묘사했다. 두 사람 다 불완전함, 빠져 있는 무엇, 초기에 발생하고 이후 결코 회복되지 않은 어떤 분리에 대한 근본적인 의식이 욕망의 본질적 부분이라 믿었다. 그 '무엇'이 묻혀버린 기억이든, 아니면 한때 경험했으나 이제는 놓쳐버린 사랑이든 인정이든 안전함이든, 아니면 그런 경험에 대한 결코 충족된 적 없는 소망이든 간에 그것은 우리를 계속 쫓아다니며 괴롭히고, 우리 정신의 소맷자락을 잡아당기고, 영원히 순환하는 허기의 회로를 만든다. 그 회로 속에서 매번 새로운 모습으로 나타나는 모든 욕구의 구체적 외현들(저 남자, 저 아파트, 저렇게 깎아낸 몸)은 몸속에서 본능적으로 느낀 부재에 대한 또 하나의 대체물일 뿐이다. 그리하여 결국 욕구의 이야기는 공허를 메우려는 모든 실패한 시도들이 다른 시도로, 다시 또 다른 시도로 이어지는 대체의 이야기 혹은 연쇄적 대체의 이야기가 된다. 영원히 물건에, 사람에, 행동에 집착하며 대체물을 찾으려는 갈망들은 결국 자체의 생명을 갖게 되고, 하나의 조직 원리가 되며, 매번 고통과 갈망에 대한 초월을 약속하지만 번번이 실망시키고 마는 희망의 파편들이 된다.

이건 그리 유쾌한 철학은 아니지만—이 철학은 인간 존재가 본질적으로 슬픔이 가득하고 상처 입은 존재이며, 성취가 불가능한 엉뚱한 곳에서 영원히 성취를 추구할 운명을 부여받은 존재라고 말한다—헤겔이 말하는 절망을 조금 가져다 쓰면, 소비주의 문화가 요란하게 떠벌리는 거짓 약속에 대한 견제 수단으로, 또한 더욱 신중한 종류의 수용을 이끌어낼 계기로 유용하다. 허기가 인간으로 존재한다는 의미 중 핵심적인 한 부분이라는 것을, 또한 허기가 어쩌면 어마어마하게 거대하고 괴로운 것, 본질적으로 만족시킬 수 없는 것일 수도 있음을 안다면 최소한 그 거짓 약속들의 요란한 소음을 줄일 수 있고, 균형 감각도 가질 수 있을 테니 말이다.

하지만 균형 감각을 계속 유지하는 것은 어려운 일이며 어쩌면 여자들에게는 유난히 더 어려운 일일 수 있다. 페미니스트 저메인 그리어는 1999년에 『완전한 여성』을 출간한 뒤 내셔널 퍼블릭 라디오의 프로그램 〈더 커넥션〉과 한 인터뷰에서 자신이 점점 더 자주 목격하게 된 어떤 광경을 묘사했다.[5] 그것은 울고 있는 여자들의 모습이었다. 신호등이 바뀌길 기다리며 서 있는 여자의 얼굴을 타고 주룩주룩 흘러내리던 눈물, 화장실에서 나오던 어떤 여자의 울어서 빨갛게 된 눈, 영화관에서 클리넥스 티슈를 한 움큼 쥐고서 털썩 자리에 주저앉던 여자. 우는 것은 언제나 사적인 일이며, 실컷 우는 것은 남몰래 하는 일이지만, 그리어는 우는 행위의 배후에 있는 슬픔이 개인적 현상일 뿐 아니라 문화적 현상이라고 보았고, 그것은 수십 년에 걸친 사회 변화에도 불구하고 세계가 여전히 여자들의 가장 본질적인 자질들과 관심사에 대체로 냉담하고 멸시적이며 심지어 적대적인 태도를 보인다는 걸 잘 알기에 나오는 반응이라고 했다.

그리어는 여자들이 우는 것은 자신이 무력하다고 느끼기 때문이며, 너무 많이 일하고 지쳤고 외롭기 때문이라고 생각한다. 여자들이 우는 것은 자신의 필요가 충족되지 않기 때문이고 남들의 필요를 보살피느라 자신의 필요는 계속 뒷전으로 밀리기만 하기 때문이다. 자기 인생의 남자들이 친밀함의 언어를 구사할 능력이 없다는 느낌을 너무 자주 받기 때문에, 자녀들이 자라나 거리를 두기 때문에, 자신은 그 거리를 묵묵히 받아들이는 게 당연시되기 때문에, 만성적으로 낮아지기만 하는 기대치와 남자들의 세계에 대한 끊임없는 적응으로 이루어진 삶을 살고 있기 때문에, 여자의 감정이 지닌 힘과 강함은 병적이거나 히스테리컬하거나 질척질척한 것으로 여겨지기 때문에, 관계에 대한 여자의 관심은 사소한 것으로 간주되고, 여자의 존재의 핵심은 한 번도 제대로 봐주거나 알아주거나 온전히 인정해주지 않기 때문에, 여자의 진정한 자아는 자신을 둘러싼 세계가 가치 있게 여기고 인정하고 숭배하는 수많은 것들과 어긋나 있기 때문에, 한마디로 자신의 사랑이 응답받지 못하기 때문에 여자들은 운다.

1980년대부터 시작된, 분노의 힘이 빠지는 추세를 인정하며 그리어는 인터뷰어에게 이렇게 말했다. "우리는 여자들의 분노를 모으려고 노력했어요. 수년간 우리는 여자들에게 자신의 분노와 접촉을 유지하라고 말해왔는데, 이제는 나도 분노가 골고루 분배할 만큼 충분하지 않다는 결론에 도달한 것 같습니다. 여자들은 충분히 분노하지 않아요. 여자들이 하는 것은 슬퍼하는 것이죠." 이런 느낌은 내게도 오래도록 남아 있었다. 이 인터뷰를 들었을 때 나는 주말을 맞아 친구를 만나러 보스턴에서 로드아일랜드로 차를 몰고 가던 중이었다. 그렇게 이동하면서 나는 한동안 여자의 인생을 끈질기게 압박하는 슬픔의 힘에 관해, 여자의 일상을 관통하는 불화의 느낌들에 관해, 자신의 중심적인 인간적 속성과는 정반대인 너무나 많은 자질들이—상호 의존이 아니라 독립성이, 가까움이 아니라 거리가, 협동이 아니라 자기 본위가, 내면세계가 아니라 외부 세계가, 친절함과 관대함과 따뜻함이 아니라 화려함과 부와 유명함이—강조되고 보상받는 세계에서 살아가는 기묘한 외로움에 관해 생각했다. 그리고 너무나 많은, 말로 표현할 수 없는 고난으로만 표현되는 여자들의 사적인 고통에 대해서 생각했다. 거식증을 앓는 이는 고립되고 겁에 질린 채 자신의 허기를 가차 없이 굶어서 없애버리려 한다. 가게에서 물건을 훔치는 이는 자신이 결코 가져보지 못한 것을 초코바로 보상하려 한다. 자해하는 이는 세상이 아니라 자기 살갗을 향해 칼을 휘두른다. 폭식증을 앓는 이는 변기 위에 몸을 구부리고 필요의 강을 토해낸다. 나는—한 소녀와 그 어머니의, 한 여자와 자기 문화의—가로막힌 관계들에 대해서도 생각했고, 그러고 나서 살면서 한 번도 해본 적 없는 일을 했다. 차를 길가에 세우고 차 안에 앉아 울었다.

6장

희망을 향해 헤엄치기

신념, 행위 주체성,
그리고 만족을 향한
손 내밂

지난 몇 년 동안 사람들이 나에게 무슨 작업을 하고 있느냐고 물을 때면 나는 매우 축약적이고 반어적인 답변을 내밀었다. "아, 여자들과 식욕에 관한 책이에요. 알잖아요, 뭐, 불안, 죄책감, 자기혐오, 소외, 슬픔, 그런 얘기요." 이 대답은 효과가 있었다. 적어도 사람들을 질리게 하고, 이어질 질문을 단칼에 잘라버리는 것 같았다는 점에서는.(나는 프로젝트 진행 중에 내 작업에 관해 말하는 걸 아주 싫어한다.) 그런데 어느 정도 시간이 지나자 그런 대답을 반복하는 일에 진저리가 났다. 무엇보다 저 말이 내가 실제로 느끼는 감정보다 훨씬 더 어둡고 냉소적으로 들리기 때문이었다. 욕구—그것에 이름을 붙이고 만족시키는 일—때문에 많은 여자들이 엄청나게 고군분투하며,

욕구가 고통스러운 감정의 조류를 헤쳐나가야 하는 장거리 수영인 것은 맞지만, 만약 내가 정반대 방향으로 흐르는 다른 조류의 존재를 느끼지 못했다면, 즉 어느 정도 희망을 느끼지 못했다면 이 주제를 다루지 못했을 것이다.

그랬기에 내가 욕구라는 주제에 관해 보인 그 모든 어두운 아이러니와, 한 여자가 만족을 향해 묵묵히 무거운 걸음을 옮기는 동안 맞닥뜨리게 되는 여러 걸림돌에 관한 나의 그 모든 확신에도 불구하고, 내 책상 위에는 작은 희망의 토템들도 어지럽게 놓여 있었다. 종잇조각, 인터뷰 원고, 자료 폴더, 컴퓨터 파일 들이. 고통의 조류를 거슬러 헤엄쳐 마침내 반대편 해안에 도착한 여자들이 들려준 이야기들과 그들이 해안 기슭에 지은 새로운 욕망의 제단들이.

그중 첫 폴더에 영감을 불어넣은 사람은 쉰한 살의 감독파 교회 목사 마거릿 불릿조너스다. 그 폴더의 이름은 '영성'이다. 마거릿과 처음 만난 건 어느 가을의 일요일 오후였다. 그가 열 살 난 아들 샘과 시골에서 주말을 보내고 돌아온 직후였다. 주방 카운터 위에는 먹을 것들—싱싱한 옥수수, 늦여름의 토마토, 딸기, 오렌지, 피타 빵—이 흩어져 있었고, 내가 안으로 들어갔을 때 마거릿은 약간은 산만하지만 분명한 목적에 따라 쾌활하고 부산스럽게 움직이고 있었다. 주말 동안 좋은 시간을 보내고 온 모양이었다. 시골에 가 있는 동안 마거릿은 어린 시절의 꿈인 말을 사는 일에 관해 진지하게 생각하기 시작했다. 마거릿은 그 생각으로 얼굴이 상기되어 있었고 미소가 정말 밝게 빛나서 주방 전체를 물들이는 것 같았다.

이 장면, 자기 주방에서 미소 짓고 있는 여자의 모습에는 아주 경이로운 뭔가가 있었다. 20년 전 마거릿은 마치 도둑처럼 식료품점에 슬그머니 들어가고는 했다. 레몬맛 도넛과 빵을 카트가 가득 차도록 산 다음 차에 들어가 문을 잠그고 그 엄청난 양의 도넛을 하나씩 배가 아플 때까지 먹었다. 마거릿은 음식에 대한 집착과 다이어트와 폭식으로 족히 인생의 10년을 잃었고 그러는 내내 자신을 혐오했다. 그러니 이제 딸기들과 충만한 인생과 꽃피는 꿈의 한가운데 있는 마거릿을 보는 것은 거의 기적이었다. 이것이 바로 가능성의 이미지다.

또한 힘겹게 이뤄낸 변화의 이미지이기도 하다. 희망에 이르는 과정이 갑작스럽거나 극적인 경우는 매우 드물며, 자아의—새로워지고 향상되고 마침내 충만되는—수리가 우리가 원하는 만큼, 혹은 소비주의 문화가 그럴 수 있을 거라고 암시하는 만큼 깔끔하게 성취되거나 온전하게 실현되는 일은 결코 없다. 희망은 의지와 끈기와 믿음에 관한 것이고, 대개 감지하기도 어려울 만큼 너무나 점진적인 개인적 변화와 사회적 변화에 관한 것이며, 사람이 일상적으로 치러내야 하는 고군분투, 그 진부하고 혹독한 영광에 관한 것이다. 그날 마거릿은 나를 거실로 맞아들인 후 한동안 그 고군분투에 관해 이야기했다. 자신이 음식과 맺었던 관계, 1980년대 초 익명의 과식자 모임에 나갈 지경까지 자신을 몰아갔던 절망, 식욕과 화해하기 위한 길었던, 그리고 끝내 성공한 노력까지. 이 노력은 이후 『신성한 허기』라는 회고록에 자세히 기록되었다.[1] 마거릿은 지금도 음식에 대해 태평스럽거나 호탕하지는 않지만—내가 알기로 전면적인 식사장애에 시달렸던 사람들 중에서 경쾌함이라는 그 특수한 능력을 완전히 되찾은 사람은 아무도 없다—육체적 허기와 감정적 허기의 차이를 알고, 자기가 음식에 관해 집착하기 시작하거나 언제 무엇을 어떻게 먹는지에 관해 합리화하기 시작할 때면 스스로 알아차리며, 이제는 분별력 있게 먹는 법, 자신을 돌보는 법, 집착을 밀어내고 기쁨이 들어설 자리를 만드는 법을 안다.

이 대화는 거의 이음매 없이 자연스럽게 마거릿의 기도하는 인생, 신과의 관계에 대한 이야기로 이어졌다. 그런 삶과 관계를 형성하는 과정은 마거릿이 음식 중독에서 회복하는 일과 결합되어 있었고 지금도 결합되어 있으며, 원인이자 결과였다. 나는 사람들이 신이나 기도에 관한 이야기를 시작하면 약간 거리를 두는 편이다. 종교 교육이라는 걸 거의 받아본 적 없기에 영적인 것에 관한 나의 의식은 심히 모호하고, 그래서 사람들이 자신의 영적인 삶을 묘사할 때 나의 반응은 대개 무심한 부러움과 곤혹스러움이다. 마치 그들이 무언가 글자 그대로의 것이면서도 무척 위안을 주는 것, 그러나 나에게는 낯설고 무엇인지 알아볼 수도 없는 어떤 유령 같은 존재를 우연히 만난 것처럼. 그런데 마거릿의 명료함과 그 아래에서 희미한 빛을 발하는 평온함의 감각 앞에서는 그 곤혹스러움도 가라앉았다. 마거릿은 사람이나 장소나 물건으로는 만족시킬 수 없는 종류의 사랑이 존재한다는 믿음에 관해, 그리고 그런 사랑을 느끼고자 하는 욕구에 관해, 보답으로 다시 그런 사랑을 주고자 하는 욕구에 관해 묘사했다. 마거릿이 신의 사랑과 신에 대한 사랑으로 이해하는 이 사랑은 구체적이고 세속적인 세계가 줄 수 있는 그 무엇보다 더 크고 더 포괄적이며 잘 잡히지 않고 일시적인 사랑일 수 있지만, 마거릿은 기도하는 순간에 분명 그 사랑을 발견한다. 그 사랑은 종종 말 그대로 마거릿을 울릴 정도로 너무나 강렬하고, 너무 생생하고, 그 사랑에 연결되어 있다는 느낌은 손에 만져질 듯 분명하다. 그런 순간들을 경험한 후에는 거대한 균형과 침착함을 느끼고, 피할 수 없는 일상의 좌절과 실망을 극복할 수 있다고 느낄 뿐 아니라, 마치 그것들에 반영된 공허는 언젠가는 메워질 공허인 것처럼 충분히 받아들일 수 있는 것으로 느껴진다.

그런 기도의 순간에 마거릿은 인간의 가장 드문 경험, 바로 포만을 경험한다.

현대사에서 가장 소비 지향적인 사회가 기이하게도 가장 열렬히 내면을 탐색하는 사회가 된 것은 그리 놀라운 일이 아닐 것이다. 주식 단타 매매자가 저녁에 컴퓨터에서 로그아웃한 후 명상 워크숍에 참석하는 세계, 천사와 전생을 다룬 책들이

백만장자 기업가에 관한 책들과 베스트셀러 1위를 겨루는 세계. 식욕으로 인한 괴로움의 해결책으로 영성이 대두된 것도 놀라운 일은 아니다. 결국 그런 괴로움은 영혼의 괴로움과 아주 가까운 친척이니까. 기독교의 체중 감량 프로그램인 '웨이 다운 워크숍'은 전국적으로 3만 개의 지부를 자랑한다.[2] 그와 비슷한 프로그램인 '퍼스트 플레이스'는 전국 약 1만 2000개 교회에서 시행하고 있다.[3] 여러 열두 단계 치료 모임들과 마찬가지로 이 방식의 의도도 단순 명료하다. 그들의 목표는 음식에 대한 갈망을 신에 대한 갈망으로 대체하는 것인데, 흑백논리처럼 들릴지도 모르지만 사실 이는 식욕 관련 강박으로 힘들어하는 사람이라면 누구나 배워야 하는 방법이다. 초점을 내면으로 (혹은 당신의 선택에 따라 천국 쪽으로) 돌리고, 자아를 고요하게 만들고, 허기에 단순히 반응하기보다 허기의 진짜 근원을 파악하는 법을 배울 것. 그 과정에서 더 영양가 높은 것으로, 그러니까 관계든 아름다움이든 신이든, 당신이 채움을 어떻게 정의하든, 무엇이든 당신을 채워주는 것으로 그 공허의 일부를 채우는 법을 배우라는 것이다.

내 책상 위 희망의 토템들도 그러한 교훈들을 말해준다. 그것들은 믿음의 도약, 관점의 작은 변화가 더 큰 변화를 낳는 일, 만족의 해안에 닿으려고 진흙탕을 헤치며 나아가는 그 지저분한 일과 관련되어 있다. 일부는 마거릿의 경우처럼 엄밀한 의미에서 영적인 것으로, 종교적 연결을 발견하거나 영적 공동체를 통해 소속감을 찾는 일, 기도를 통해 기쁨에 이르는 과정에 관한 이야기다. 또 다른 경우는 쉽게 범주를 정할 수는 없지만 어쨌든 영혼과 관련된 것으로, 영혼의 속삭임에 귀를 기울여 영혼이 알려주는 방향을 귀담아듣고, 괴로운 한 걸음 한 걸음을 옮기며 그 방향으로 나아가는 노력이다.

누군가의 인터뷰 녹취록에 쾌락 연습이라는 수수께끼 같은 글귀가 있다. 오랫동안 강박적으로 분별없이 성생활을 했던 여자가 한 말이다. 이 사람은 자신의 존재와 가치에 대한 인정 욕구가 남자의 성적 동의와 떼려야 뗄 수 없이 얽혀 있어서 그 동의를 확보하기 위해서는 인간으로서 가장 기본적인 욕구조차 유보할 정도였다. 데이트 중에 화장실에 가야 하는데 그때 남자가 서둘러 어딘가에 가야 한다고 하면 화장실에 가는 것도 참았다. 남자가 섹스할 준비가 되었다면 자신은 준비되지 않았더라도 그냥 섹스를 했다. 남자에게 어떤 욕구가 있으면 자신의 욕구는 무시했다. 그는 "내가 만약 내 욕구를 앞세우면 그는 떠날 거고 그러면 나는 죽을 테니까요"라고 직설적으로 말했다. 이런 마음가짐을 넘어서기 위해서는 가장 기초적인 측면에서부터 쾌락을 재정의해야 했다. 쾌락과 남자를 분리하고 쾌락과 섹스를 분리하고, 쾌락을 정의하는 남자의 존재 없이도 자신의 관점에서 쾌락을 경험할 수 있고 그럴 자격이 있다는 것을 믿을 수 있어야 했다. 그래서 쾌락 연습을 하게 되었다. 그는 '익명의 섹스와 사랑 중독자 모임'의 한 후원자에게 도움을 받아 연습 과정을 짰다. 이 연습에는 볼링, 등산, 수영이 들어 있다. 이 활동들은 모두 섹스와 무관한 육체적 쾌락의 개념을 다시 가르쳐주었다. 또 이 연습에는 사람들이 함께한다. 그 활동들을 함께하고, 성적인 인정이라는 도장을 받지 않아도 다른 사람들과 즐겁게 지내고 연결되어 있다고 느낄 수 있음을 가르쳐준 친구들이다. 섹스를 하지 않는 것도 연습—남자와 데이트하면서 그를 성적으로 만족시키지 않더라도 호감을 줄 수 있다는 것, 섹스를 하지 않았더라도 남자가 전화를 걸어오는 일이 있다는 것, 심지어 자신이 남자가 전화하지 않기를 원할 수도 있다는 것을 배워야 했다—중 하나였고 마스터베이션도 연습—혼자서도 육체적 쾌감을 느낄 수 있다는 것, 쾌락은 원래 자신의 몸 안에서 생겨난다는 것, 자신의 욕망을 만족시키기 위해 남자의 욕망에 의지할 필요가 없다는 것도 배워야 했다—중 하나였다.

"지금은 나 자신에 대해 훨씬 더 큰 확신을 갖게 되었어요. 자아에 대한 의식도 훨씬 강해졌고요. 스스로 관계를 끊을 줄도 알게 되었고 그러면서 그 관계가 없어지면 내가 죽을 거라는 공포를 느끼지도 않게 되었어요. 어떤 느낌이냐면, 내가…음, 여기 써야 할 표현은 '영적으로 굳건히 자리 잡았다'라는 말일 것 같네요."

또 다른 녹취록에는 몸이 결정하게 한다라는 글귀가 있다. 이 말을 한 사람은 거의 평생 체중과 싸워왔고, 40대 중반인 지금

겨우 머릿속에서 자기 비난의 목소리를 걸러내고 자기 몸에 주파수를 맞추는 방법을 배우고 있다. 이 일을 해내기 위해서는 대개 구체적인 행동을 취해야 한다. 만약 케이크 한 조각을 두고 속으로 뭔가 왜곡된 논쟁을 벌이고 있는 자신을 발견하면 말 그대로 주방에서 나와 다른 방으로 들어가서 자리를 잡고 앉아 눈을 감고 호흡을 한다. 이 방법은 일종의 성인을 위한 '생각하는 의자' 기법으로, 그 불쾌감의 근원, 그 허기의 본질, 케이크 자체와는 관계가 있을 수도 없을 수도 있는 진짜 욕구가 무엇인지 파악하기 위한 노력이다. 그 논쟁의 핵심이 이직처럼 더욱 실질적인 욕망의 문제인 경우에는 자연 세계로 향한다. 숲이나 바다로, 소리와 냄새와 촉감을 통해 강박과 불안의 목소리를 누그러뜨릴 수 있는 곳으로, 물리적 평온이 그 퍼즐의 실체를 명료히 보여주고 영혼과 진실의 목소리를 더 잘 들을 수 있게 하는 곳으로 가는 것이다.

내가 내털리라고 부를 또 다른 이는 오랜 세월 불임 때문에 힘겨운 시간을 보내고 이어 이혼까지 한 후 입양으로 자기 딸이 된 중국인 아기에게서 희망—과 포만—을 발견했다. 내털리는 딸을 데리고 중국에서 돌아온 지 1년이 지났을 때 나에게 전화를 걸어, 여름 내내 나에 대해, 식욕이라는 문제 전체에 대해, 그것들이 어디에서 오며 충족되지 못할 때 어디로 가는지에 대해 생각했다고 말했다. "정말이지 평생 내가 그 모든 것에서 진정으로 자유로워졌다고 느낀 건 이번이 처음이에요." 내털리는 항상 음식에 관해 걱정했고, 음식을 사랑하면서 또한 과용했으며, 오랫동안 다른 허기들을 채우기 위해 음식에 의지했다. 그런데 입양 이후 그 모든 걱정거리—무엇을 언제 얼마나 먹을지, 어느 만큼이 너무 많은 것인지—가 떨어져나갔다고 한다. 마치 그냥 허물을 벗고 거기서 조심스럽게 빠져나온 것처럼. 물론 부분적으로 이는 다른 쪽으로 너무 쏠려 있기 때문이기도 했다. 엄마로서 새내기일 뿐 아니라 독신모이기도 한 내털리는 음식에 대해 생각하거나 걱정할 시간이 없었고 음식을 먹을 시간 자체가 부족했다. 음식에 붙어 있던 그 다양한 의미들이 떨어져나갔고 음식은 그냥 음식 자체, 몸이 제대로 작동하는 데 필요한 연료이자 영양이 되었다. "어느 날 냉장고 앞에 서서 '아이고, 나 뭐 좀 먹어야겠다' 하고 생각했던 게 기억나요. 그리고 냉장고 안에서 아이스크림 샌드위치 두 개를 꺼내서 바로 꿀꺽 해치웠죠. 그러지 않으면 실신할 것 같은 느낌이었거든요. 생명 유지를 위해 기본적으로 필요한 음식, 그걸 처음으로 경험한 거예요."

내털리의 다른 욕구들과 그 욕구들로 힘들었던 일들 역시 비슷한 변화를 거쳤다. 일? 수년간 그를 괴롭히던 야망에 대한 걱정과 혼란, 충분히 인정받는 일에 관한 불안은, 뭐랄까, 그냥 떨어져나갔다. 쇼핑? 섹스? 그럴 에너지가 있나? 알 게 뭐야. 아기를 안고 소파에 누워 가슴과 목에 느껴지는 말랑하고 따뜻한 체중을 느낄 때면 내털리는 완전히 채워진 느낌과 완전한 평화로움을 느꼈다. 마치 한때 일상을 지배했던 온갖 욕구와 갈망이 (새 남자가, 새 몸이, 새 소파가, 새 직업이 필요했다) 아주 작게 축소되어 별로 안 중요함이라고 표시된 선반에 정리돼 놓인 것처럼.

우리가 원하는 것, 중요함이라고 표시된 선반에 들어 있는 것은 물론 연결이고 사랑이다. 인간 허기의 가장 깊은 근원에 이름이 있다면 바로 그것일 것이다. 너무나 많은 여자들이 들어가 살고 있는 억제의 상자들을 조각조각 박살 낼 수 있는 도구는, 공허함을 산산조각 내고 그 밑에 묻혀 있는 희망을 드러낼 수 있는 커다란 망치는 바로 그것일 것이다. 사랑—사랑하고 사랑받고자 하는, 안고 안기고자 하는, 사랑받아야 하는 입장에서 당신이 한 경험이 훼손되었거나 불완전했더라도 사랑을 주고자 하는 욕망—은 모든 허기에 항상 붙어 있는 상수이며, 거식증 환자들과 다양한 방식으로 다이어트하는 사람들을 잇는 연결고리이고, 음식을, 섹스를, 무언가를 붙잡으려는 노력 뒤에 자리한 필요와 간절함의 끊임없는 박동이다. 우리는 이 광막한 느낌을 어머니의 사랑에 대한 묻혀 있던 갈망으로 이해할 수도 있고, 피할 수 없는 인간 조건의 한 부분으로 받아들일 수도 있으며, 일종의 영적 갈망의 한 형태로 볼 수도 있고, 풀 수 없는 수수께끼로 치부할 수도 있지만, 결국 이해는 이해에 그칠 뿐이다. 밤이면 몸을 동그랗게 말고 이해를 끌어안을 수도 없고, 이해를 먹을 수도, 이해의 손을 잡을 수도,

이해에게 당신의 비밀을 털어놓을 수도 없다. 허기를 이해하는 것과 허기를 만족시키는 것은 다르다. 그래서 우리 다수에게 허기는 끈질기게 지속된다. 허기는 열망의 어떤 내적인 회로로 들어가거나 이 길 혹은 저 길로 노선을 정해 수많은 다양한 형태로 모습을 드러낸다. 다이어트의 형태, 로맨스의 형태, 중독의 형태, 모든 걸 밀어내고 제일 중요한 자리를 차지하는 이 물건 혹은 저 직장, 이 관계 혹은 저 관계에 대한 갈망. 허기는 원래 만족시킬 수 없는 것인지도 모르고 그 깊이를 알 수 없을지도 모르지만, 허기를 채우려는 우리의 의지, 허기에 직면했을 때 우리가 흔히 보이는 맹목적인 집요함은 엄청날 수 있다. 우리는 열망하면서, 저 안전한 뭍을 목표로 삼고, 오직 희망이라는 작디작은 튜브에 매달린 채 물에 계속 떠 있다. 때때로, 아주 운이 좋다면 (적어도 한동안은) 거의 세포 수준에서 일어나는 것처럼 느껴질 만큼 깊고 진정한 방식으로 허기를 채워줄 적합한 형태, 적합한 종류의 만족을 발견하기도 한다. 욕구에 도장을 받고 마침내 충족되는 것이다. 기도를 마무리하며 마거릿은 바로 이거야라고 느낀다. 내털리는 아이를 안고서 바로 이거야라고, '여기가 내 집이야'라고 생각한다.

물론 여기서 어려운 부분은 사랑을 찾아내는 것이며, 그런 다음 사랑이라는 커다란 망치를 집어 들고 그 억제의 상자를 깨고 나오는 것, 다 깰 때까지 그 망치를 꼭 붙들고 놓지 않는 것이다. 이는 그 자체로 만만치 않은 위업이다. 그 일을 해내려면 욕망에 이름을 붙여야 하고, 무엇이 그 욕망의 성취를 방해하고 있는지 이해해야 하며, 어떤 결과가 나올지 개의치 않은 채 억제를 부수고 나갈 힘과 용기와 자기 수용을 이끌어내야 한다. 열쇠—그 해안으로 건너가는 다리—는 행위 주체성, 즉 권리 의식과 힘이 결합되는 (거의 언제나 힘들게만 얻어지는) 감정이다. '나는 충족될 자격이 있다'가 '나는 충족될 수 있다. 내가 그렇게 만들 수 있다'가 되는 것이다. 마거릿은 수년간 자신의 굶주린 영혼에 음식을 먹이로 주었고, 내털리는 최소한 아이는 갖게 해주리라는 희망에 수년간 불행한 결혼을 붙잡고 있었다. 어느 시점에선가 두 사람 다 그냥 멈췄고 이제 할 만큼 했다고, 이 길은 아무 소용 없고 참을 수 없이 고통스럽다고, 나는 다른 걸 원한다고, 이보다 나은 무언가가 필요하다고 말했다. 그러고는 믿음이라는 장비만을 갖춘 채 방향을 바꾸었고 조류를 거슬러 헤엄치기 시작했다. 그 결과가 그들이 묘사한 포만감이다. 그들은 그것을 위해 싸웠고 마침내 얻어냈으며 깊은 성취감을 얻었다.

나는 정신분석가의 딸로서 프로이트의 복음을 들으며 성장했다. 그러니 믿음과 희망에 대한 나의 감정이 치료사의 상담실에서 감정을 50분씩 폭발적으로 쏟아내는 와중에 (모호하게나마) 형성된 것은 전혀 놀라운 일이 아니다. 너 자신을 알라. 분석하시는 우리 아버지, 이름을 거룩하게 하시며. 어떤 아버지들은 자기 딸에게 행복한 결혼이나 직업적 성공을 바라거나 건강한 아기를 갖는 걸 원하지만, 나의 아버지는 성공적인 전이를 꿈꾸었다. 아버지의 관점에서 평화와 만족을 막는 가장 큰 걸림돌은 해결되지 않은 갈등이었고, 그 출구는 자기 인식이었다. 나는 이런 신조에 따라, 문제를 분석하는 것이 문제를 해결해주리라는 믿음, 감정에 관해 말하는 것이 그 감정들을 제거해주리라는 믿음을 마음 깊이 품고 자랐다.

내가 결국 만난 치료사가 자기검토를 상당히 모호한 목표라고, 아니면 적어도 불완전한 목표라고 보면서 '재미'와 '기쁨'이라는 기이한 개념들에 아주 집요하게 파고드는 사람이었던 것은 내게 대단한 행운이었다. 물론 그가 무슨 말을 하는 건지 내가 이해하기까지는 여러 해가 걸렸지만 말이다. 재미라고? 좋은 기분이라고? 여러 해 동안 나를 감정과 열정에 연결하는 (유일한 고리는 아니라도) 기본적인 고리는 먹는 것(또는 먹지 않는 것)이었고, 따라서 '환희'니 '기쁨'이니 하는 단어들은 전적으로 무관하게 여겨진 건 아니라도 수수께끼 같고 상당히 낯설었다. 나는 '재미'있고 싶지 않았고, 심지어 재미에 관해 말하고 싶지도 않았다. 내가 원한 건 (최악으로는) 마른 몸을 유지하는 것과 (최선으로는) 마른 몸을 유지하는 것에 대해 더 이상 걱정하지 않는 것이었으므로, 그가 즐거움의 세계에 고집스럽게 초점을 맞추는 것은 마치 다른 환자에 관한 이야기처럼 혹은 무슨 방언을 하는 것처럼 나에게는 전혀 이치에 닿지 않아 보였다. 그는 무척 목표 지향적이고 행동의 힘을 믿는 치료사였는데, 이 점 역시 당혹스러웠다. 감정의 모든 뉘앙스와 근원을 이해하려는 본능을 억누르세요, 하고 그는 다그쳤다. 실험을 해요! 새로운 뭔가를 시도해보라고요. 나는 멍한 얼굴로 그를 바라보았다. 뭐라는 거야?

그때의 나는 모든 집착에 따라붙는 전형적인 착각, 즉 욕망의 대상을 문제가 아닌 해결책으로 여기는 착각에 빠져 있었던 것 같다. 내가 체중과 먹는 일을 통제할 수 있게 된다면 나머지는 따라서 해결될 것이며 평화로운 상태를 찾게 될 것이고 엄밀히 말해 내가 음식을 '먹지는' 않더라도 최소한 먹어도 되는 자유는 느끼게 될 거라는 착각. 그리고 그다음에는… 내게 딱 맞는 남자가 나를 사랑하게 할 수만 있다면, 그렇게만 된다면 평화를 찾게 될 거라는 착각. 내가 세련되고 성숙하고 침착하게 보일 수 있다면, 그러면 나는 세련되고 성숙하고 침착한 사람이 될 거라는 착각. 내 인생을 정상적으로 여겨지는 형태와 형식에 끼워 맞출 수 있다면, 그러면 나도 정상적으로 느껴질 것이고 문제들은 해결될 거라는 착각. 이런 착각의 잡탕에다 음주까지 더하니 명료한 정신과 변화의 가능성은 모두 최소한도로 줄어들었고, 내가 얻은 건 망상의 회전목마, 끝없이 맴도는 서글픈 악순환의 세월이었다.

나의 딱한 치료사는 시시포스처럼 헛된 노력을 반복해야 했다. 그는 매주 똑같은 바위를 똑같은 가파른 언덕으로 밀어올렸다. 그의 바위란 꿈쩍도 하지 않는 나의 외현화된 초점이었고, 언덕이란 현실 그 자체와 현실의 피할 수 없는 고통, 평화의 순간들, 한계들, 핵심적 신비였다. 나는 단조로운 말투로 계속 웅얼거렸다. 체중, 남자들, 일, 웅얼, 웅얼, 웅얼. 나는 주기적으로 음주에 관한 걱정도 토로했지만, 음주 문제를 해결하는 일은 고사하고 그 문제의 엄청난 심각성을 줄여보려는 의지조차 전혀 보이지 않았다. 그 대신 까탈을 부리고 불평을 늘어놓았다. 만약 이것만 된다면, 만약 저것만 된다면. 그래도 그는 바위를 조금씩 쪼아나갔다. 그는 나의 몸부림이 음식에 관한 것이 아니라고 말하곤 했다. 남자 친구에 관한 것도 아니고, 그 주의 골칫거리에 관한 것도, 그 주의 백일몽에 관한 것도 아니며, 그건 모두 딴청을 부리려는 핑계와 가짜 희망들에 불과하다고 했다. 해결책은 외현적 형태로, 즉 새 남자나 새 직업이나 샤르도네 와인으로 나타나지 않을 거라고 했다. 진짜 몸부림은 나에 관한 것이라고.(탁, 탁, 탁, 망치 소리.) 나는 진짜 현실 세계에서 살아가는 법을 배워야 하고, 내 몸 안에 존재해야 하며, 내 마음을 알아야 하고, 내 인생이 시작되기를 기다리기만 하는 걸 그만둬야 한다고. 바로 내가.

그는 쪼고 또 쪼았다. 바위는 차츰 작아졌는데, 이는 눈이 멀 것 같은 통찰이나 계시의 순간들에 일어난 일이 아니라 그보다 훨씬 더 점진적이고 훨씬 덜 극적인 방식으로 이루어졌다. 걸음마하면서 이 방향 혹은 저 방향으로 나아가는 작은 움직임들로, 너무 사소하고 작아서 승리라고 주장하기에도 부끄러운 실험들로 이루어지는 일이다. 치료사는 나를 계속 못살게 굴고 옆구리를 찔러댔다. 멀쩡한 식사 한 끼를 남기지 말고 다 먹어봐요. 그럼 이제 한 번 더 그렇게 먹어봐요. 그러면 어떤 느낌이 드는지 지켜보고, 통제력의 일부를 포기하면 얼마나 무서워지는지, 어떤 감정이 올라오는지 지켜보라는 것이다. 헤어진 남자 친구한테 전화하지 말아요. 그러면 그건 또 어떤 느낌이 드는지 지켜보고 그 모든 욕구 아래 있는 걸 느껴보라고 했다. 반려동물 들이는 일에 대해 생각해본 적 있어요? 내가 상담 치료를 시작한 지 5년쯤 되었을 때 그가 이 질문을 했고, 나는 머리 두 개 달린 괴물이라도 되는 양 그를 쳐다보았다. 반려동물? 이게 뭐야, 놀이 치료야? 이 사람 어쩜 이렇게까지 아둔할 수 있는 거지?

작은 걸음마들은 아무리 자신 없어 망설이는 것처럼 보이고 요점을 벗어난 것처럼 보여도, 변화로는 아니라도 최소한 정보로는 이끌어준다. 걸음마를 내딛는 것은 고통스럽다. 멀쩡한 한 끼를 다 먹으면 당신이 얼룩처럼, 암소처럼 무가치하고 역겹게 느껴지지만, 동시에 당신에게는 들여다볼 무언가가, 단순한 공포가 아니라 검토해야 할 감정들이 남겨진다. 헤어진 남자 친구에게 전화를 걸지 않는다. 그러면 집에 혼자 앉아 갈망과 공포로 자포자기하는 심정이 되지만, 그래도 당신이 그 불편한 감정을 참아낼 수 있다는 것, 그 또한 지나간다는 것을 배우게 된다.

이런저런 시도들을 하다 보면 일부는 역효과를 내고 일부는 아무 차이도 만들지 않지만 일부는 당신을 더 강하게 만든다. 금주는 확실히 내게 아주 강력한 조치였고, 나를 내리누르고 있던 망상과 부인과 왜곡된 관점의 바위를 쪼아서 무거운 돌 조각을 여러 개 떼내주었다. 세상일이 다 그렇듯 변화의 속도는 빙하의 움직임처럼 느릿느릿하고, 극적인 효과가 나는 일은 매우 드물다. 운이 좋아 충분한 지원을 받고 있는 사람이라면 당신은 점차 조금씩 다른 영토로, 손톱만큼씩이라도 나아갈 때마다 조금씩 덜 가혹해지는 풍경으로 옮겨갈 것이다.

내 생각에 열쇠는 통찰보다는 기꺼이 해보겠다는 마음과 더 깊은 관계가 있고, 통찰은 기꺼이 하려는 마음에 비해 상대적으로 쓸모가 없다. 내 식대로 하도록 내버려두었다면 나는 아흔 살이 되어서도 상담 치료를 받고 있었을 것이고, 그때까지도 가족과 과거에 관해 한탄조로 불만을 토로하고 있었을 것이다. 만족시켜야 할 이 필요와 인정받아야 할 저 필요, 이 작은 상처와 저 작은 실망, 누구, 무엇, 어디, 언제, 왜, 왜 나야. 기꺼이 할 마음—기꺼이 실험하고, 기꺼이 위험을 감수하고, 기꺼이 끌을 집어 들고 바위와 저항을 쪼아나가는 일에 동참하려는 마음—이 없는 상태에서 그런 이야기는 상당히 공허할 수 있으며, 그런 서사에는 행위가 없고 갈등도 별로 없으며 극도로 희미하게 남은 플롯의 윤곽만 있다. 기꺼이 하려는 마음은 통찰의 맷돌에 넣고 돌릴 곡물이다. 이 마음은 당신을 소파에서 일어나게 만들고 당신 자신의 머릿속에서 빠져나오게 만들고 집착의 마비에서 벗어나게 한다. 그런 변화가 충분히 길게 이어진다면 당신 자신을 다른 관점에서 볼 수 있게 되고 저 서사의 빈틈을 채우거나 서사를 새로운 방향으로 이끌어갈 수 있게 된다. 기꺼이 하려는 마음은 막막함에 대한 해독제이기도 하며 그 자체로 믿음의 난알이다. 당신은 아기처럼 작은 한 걸음을 떼고, 또 한 걸음을 옮긴다. 이 작은 벼랑에서 뛰어내리고 저 작은 벼랑에서 뛰어내린다. 그 일을 충분히 오랫동안 지속하면 그러는 사이 어디쯤에선가 자신이 공허함과 절망의 순간들을 지나 살아남을 수 있음을, 고통을 기쁨으로 상쇄할 수 있음을, 공포 대신 안전함을 느낄 수 있음을 이해하기 시작한다. 이 믿음을 영적인 것으로 정의하든 아니든, 갓 생겨나기 시작한 이 믿음을 자신에 대한 믿음이라고 하든 호의적인 우주나 어떤 더 높은 힘이나 신에 대한 믿음이라고 하든 그건 그리 중요하지 않다. 어떤 이름으로 부르든 믿음이란 당신이 힘든 밤들을 견디게 도와주고 좋은 밤들을 음미하게 도와주는 신비로운 감정의 저수지를 의미한다. 이것이 있으면 허기가 나를 죽이지 않으리라는 걸, 나에게 필요한 도움과 영양을 실제로 내가 찾아낼 수 있다는 걸, 내가 괜찮으리라는 걸 마음속에서부터 믿을 수 있다.

치료 초반에 내가 가장 두려워했던 것은 그와 반대되는 믿음, 즉 내가 만약 거식증의 감옥을 탈출해서 식욕에 대해 힘겹게 얻어낸 그 모든 통제를 정말로 놓아버리게 될 경우 다음

두 가지 일이 일어나리라는 믿음과 연결되어 있었다. 하나는 욕구와 욕망에 완전히 집어삼켜져 먹는 걸 절대 멈출 수 없게 되리라는 생각, 그리고 그런 일이 벌어질까 봐 너무 무서워서 나 자신을 다시 감옥에, 그것도 이번에는 경비가 가장 삼엄하고 훨씬 더 가혹한 간수가 딸린 감옥에 감금시키리라는 생각이었다. 요즘도 때때로 유난히 비관적이거나 암울한 기분이 들 때면 여전히 그런 이미지를 떠올린다. 그러고는 치료사에게, 사실 그동안 내가 한 일은 조금 더 예쁜 물건들을 갖춘 더 넓은 감방을 지은 것뿐이라고, 똑같은 내부 구조를 더 멋진 가구로 겉치장한 것일 뿐이라고 투덜댄다. 이 말에도 일말의 진실은 있다. 나는 여전히 고립의 시간에 잘 빠져들고, 여전히 내가 원하는 정도보다 바깥세상을 더 두려워하고 쾌락과 위험을 더 기피한다. 여전히 욕구를 한껏 만족시키는 방향보다는 통제하고 최소화하는 방향에 더 많은 에너지를 쏟는다. 나는 내가 아는 사람들 중 가장 자발성이 떨어지는 축에 든다. 하지만 풍경은 실제로 과거보다 덜 황량해졌고 때로는 진정으로 푸르게 우거진 느낌이 든다. 그 풍경 안에는 사람들도 있다. 내 인생을 믿고 맡길 수 있는 한 남자, 소중한 가족 몇 사람, 나를 잘 알고 있다고 느껴지는 가까운 친구 몇 명, 치료사. 거기에는 음식도 있다. 함께 먹고 기쁨을 나누는 식사, 불안감 없이 마음껏 즐기는 디저트. 그 풍경에는 동물도 있다. 다른 존재를 무조건적으로 사랑한다는 것의 의미에 관해 나에게 많은 걸 가르쳐준 개 한 마리. 산책할 숲도 있고, 수영과 스컬을 할 길고 평탄하며 아름다운 물이 흐르는 강이 있으며, 그런 활동들은 나를 순수한 육체성의 리듬과 아름다움 속에서 자신을 잊고 몰입할 수 있게 해준다. 그리고 마음과 정신을 쓰게 하는, 또 이따금이나마 나의 나날에 목적의식을 불어넣어주는 직업도 있다.

나는 더 이상 거식증의 감옥에 다시 빨려들어갈까 봐 두려워하지는 않지만, 그 모든 것이 얼마나 고된 일인지, 한 여자가 욕구에 관해 일정 정도의 균형 잡힌 태도를 갖게 되기까지, 스스로 잘 먹일 줄 알게 되기까지, 몸을 이해하고 존중하게 되기까지, 유인용 미끼들 말고 진정으로 자신을 떠받쳐주는 것들을 갈망하게 되기까지 얼마나 오랜 시간이 걸릴 수 있는지 생각하면 꽤 얼떨떨하고 조금은 서글프다. 잔인하게 뒤틀린 아이러니이지만, 육체적 욕구가 줄어든 것은 그 욕구에 대한 감정을 자유롭게 해줄 수 있는 적어도 두 가지, 즉 항우울제와 노화의 부산물인 것 같다. 세상을 탐색할 만큼 우울에서 자유롭게 해주는 졸로프트는 성욕을 없앨 수도 있다. 허기에 관해 이해하도록 도와줄 수 있는 시시포스식 심리 치료 기간은 완경기를 지나서까지 계속될 수도 있다. 그리하여 감옥에 대한 공포는 째깍거리는 시계에 대한 공포에 밀려난다. 내가 제대로 된 감정적 균형—인간의 엄청나게 다양한 각종 허기들에 관한 기쁨과 권리 의식의 적절한 조합—을 얻게 될 때면 동시에 내 몸도 모든 흥미를 잃어버리기 시작하는 건 아닐까? 내가 진정으로 내게 먹을 권리가 충분하다고 느끼게 되었을 때 정신을 차리고 보면 양로원에서 앞에 놓인 오트밀 사발을 들여다보고 있는 게 아닐까?

솔직히 이런 건 다소 연령 차별적인 두려움이며, 나를 밤마다 깨어 있게 만드는 두려움은 사실 아니다. 육체적 욕구들이란 항상 감정적 맥락 안에 존재한다는 점을 감안하면, 나는 시간이 욕망을 죽이기보다는 부추기는 역할을 더 많이 할 거라고 믿고 싶다. 적어도 나의 가까운 미래에는 말이다. 나를 더욱 안달하게 하는 문제는 우선 '제대로 해내는 것'의 문제다. 이런 걸 보면 나는 허기와 만족 사이에 성취할 수 있는 어느 수준의 균형이 존재한다고, 어디선가 그 분투가 마침내 끝나고 전투에서 승리하고 이제 그만하면 충분하다고 여길 수 있는 어떤 평정의 장소가 존재한다고 믿는 모양이다.

충분하다. 자, 이제 당신을 밤새 잠 못 들게 할 수 있는 단어가 나왔다. 그러니까 도대체, 충분하다는 건 무엇일까? 상태가 나쁜 날 나에게 이 질문을 한다면 아마 나는 어깨를 으쓱하고 말 것이다. 어쩌면 내가 창조한 이 작은 풍경은 충분하지 않을지도 모르고, 결코 충분해지지 않을지도, 어쩌면 충분한 것 따위는 존재하지 않는지도 모른다. 언젠가 나는 한 칼럼에서 여자를 진정으로 행복하게 하는 요소가 세 가지라면 우리 대부분은 결코 그 세 가지를 동시에 다 갖지는 못한다고, 두 가지는 언제나 빠져 있을 운명이라고 주장했다. 나는 그때 반쯤 농담을 섞어 행복의 세 요소—좋은 정비공, 좋은 부인과 의사, 좋은 심리 치료사—를 꼽았고 몇 년간 그 공식을 요리조리 만지작거리다 답을 좋은 직업, 좋은 남자 친구, 좋은 아파트라고 수정했지만, 이 역시 다 갖추기 힘든 조합이다. 장난스러운 면이 있기는 하지만, 나는 두 공식 모두에 어느 정도 진실이 있다고 생각한다. 정비공은 자유와 기동성을, 부인과 의사는 육체적 건강을, 치료사는 정서적 안녕을 대표하는데, 모두 건강하고 자유롭게 표현되는 욕구의 핵심 특징이다. 직업과 남자 친구와 아파트의 조합도 구성은 비슷하다. 세 가지를 모두 확보하기 위해서는 자기 결단, 자기 인식, 행운의 아주 드문 조합이 필요하다. 그리고 두 경우 다 세 요소 모두를 확보하는 것은 비통할 정도로 어려운 일 같다. 감정적으로는 자유로워도 건강이 나쁠 수 있다. 직업은 끝내주지만 남자 친구가 실망스러울 수 있다. 연애 전망은 밝아도 진짜 가정의 느낌은 가질 수 없을지도 모른다. 상태가 나쁜 날, 상태가 최악인 날이면 나는 어느 영역에서나 빠져 있는 부분을 의식할 수 있다. 남자 친구가 신경을 긁는다든가, 말이 자연스럽게 흘러나오지 않는다든가, 정신의 벽에 발린 페인트 조각들이 벗겨져 떨어진다든가. 하지만 그런 주기적 절망의 안개 속에서도 나는 시선을 살짝 돌릴 수 있다. 어느 정도의 공허함과 불만족은 삶의 불가피한 부분일 뿐 아니라 유용한 부분이기도 하다는 것을 이해할 수 있을 만큼은 시선을 지그시 다른 데로 돌릴 수 있다. 허기는 비록 불편하기는 해도 연료와 비슷하다. 우리가 계속 무언가를 추구하게 만들며, 그 작은 걸음마를 계속하게 힘을 주며, 잊고 있다가 문득 생각난 듯 새로운 영토로 우리를 떠밀어 주는 것이다.

그래서 이대로 충분한가? 상태가 비교적 괜찮은 날, 더없이 괜찮은 날 나에게 그렇게 묻는다면 나는 내게 주어진 축복을 하나하나 꼽아볼 것이고, 힘들게 얻어낸 친밀한 관계들에 관해, 두려움을 상대로 한 작은 승리들에 관해, 친구들과 개와 숲과 일에 관해 말할 테지만, 그래도 완전한 확신을 갖고 대답하지는 못할 것이다. 완전히 확신하는 답, 최종적인 휴식의 장소는 존재하지 않기 때문이다. 마침내 모든 욕구를 이해하고 충족하는 일, 가장 높은 봉우리에 도달하는 일이란 가능하지 않기 때문이다. 그 대신 흡족함의 순간들, 별안간 몸과 마음과 정신이 나란히 연결되는 순간들이 있고, 마치 우주가 보낸 선물처럼 기대하지 않고 있을 때 찾아오는, 내가 잘 먹여지고 있다는 느낌이 드는 순간들이 있다. 이런 순간들은 더없이 소박하게 포장되어 도착한다. 내 개가 보내는 사랑의 시선으로, 친구와 나누는 농담으로, 여기서 느끼는 애정의 불씨, 저기서 느끼는 이해로. 그 순간들은 내가 막 노를 젓기 시작할 때 수면을 비추는 아침 햇빛 속에서, 완벽한 한 끼 식사, 완벽한 한 문장, 어떤 손길, 어떤 눈빛 속에서 온다. 마침내 이 삶에서 얻는 가장 좋은 것일지도 모를 순간들이 있다. 섬광처럼 스치는 만족감, 얼핏얼핏 희미하게 반짝이는 희망의 빛과 맛, 파이처럼 깊이 음미하며 완전히 누려야 할, 금세 지나가는 순간들이.

에필로그

출산 장면만큼 여성 신체에 관한 우리의 인식을 뒤흔드는 것은 별로 없다. 작년 12월 내 쌍둥이 언니는 마흔한 살의 나이에 브래들리 분만법이라는 자연 출산 방식으로 딸을 낳았다. 언니는 출산하는 동안 주로 의자에 앉아 있었고 언니의 남편 짐과 나는 의자 양옆에 서 있었다. 진통이 오자 언니는 몸을 뒤로 기대고 눈을 감고 몸을 최대한 이완하는 데 집중했다. 아주 깊고 고르게 호흡했으며, 언니가 묘사한 바로는 통증에서 달아나는 게 아니라 통증 속으로 뛰어들려고 노력했다. 요는 자신이 자신을 방해하지만 않으면—근육의 긴장을 풀고, 저항하려는 충동을 참는다면—자궁이 제 할 일을 하리라는 것이었다.

정말로 자궁은 제 할 일을 아주 훌륭하게 해냈다. 언니는 그날 오후와 저녁 시간 대부분을 집에서 진통했고, 진통은 약한 정도와 다소 강한 정도 사이를 오갔다. 그 후 밤 아홉 시경 병원에 도착했고 진통은 더 강해지고 더 주기적으로 왔으며 자궁 경부가 6센티미터 정도로 절반 넘게 열렸다. 거의 3분마다 진통이 오고 있던 10시 30분경 언니는 분만실로 옮겨졌고 진통은 더욱 강해졌다. 언니는 짐과 내게 이완된 상태를 유지할 수 있도록 자기가 제일 좋아하는 마서스비니어드 섬 해변의 광경을 떠올리게 해달라고 했다. 진통이 오면 우리는 언니 배에 부착한 전극으로 아기의 심장박동과 산모의 복부 긴장을 기록하는 모니터를 표지 삼아 진통을 파도에 비유해 상상했다. 진통과 진통 사이 긴장 수치는 8, 9, 11로 아주 낮게 유지되었다. 그 수가 28, 54, 82로 치솟기 시작했을 때 언니가 눈을 감고 몸을 뒤로 젖히며 고통을 맞이할 채비를 하는 것을 보고, 우리는 파도가 점점 커지는 모습으로 묘사했다. 이제 반은 왔어. 이번 파도는 아주 큰데, 언니는 파도의 거의 꼭대기에 있어… 진통은 127쯤에서 최고 강도에 도달한 것 같았고 그런 다음 서서히 완화되어갔다. 우리는 말했다. 됐어. 이제 언니는 내려가고 있어, 파도의 4분의 1지점까지 내려왔어. 절반까지 내려왔어. 이제 끝났어. 그러면 언니는 숨을 내쉬고 살짝 한숨을 쉬고 됐어 하고 말했다. 사이사이 언니는 자신의 몸이 하고 있는 일에 대해, 자궁 근육 자체의 그 엄청난 힘과 자궁이 지닌 것 같은 그 독립적인 추진력에 대해 경외와 경이의 어조로 말했다. 자기가 뇌사 상태였어도 문제없었을 거라고 했다. 의식이 전혀 없었더라도 자기 몸이 이 일을 해냈을 거라고, 자체의 도구들을 장착하고 자체의 시간표에 따라 움직이는 이 기적과 같은 선천적 시스템이 차고 들어와 소매를 걷어붙이고 제 할 일을 시작했을 거라고 말이다.

곁에서 보기에도 경이로운 광경이었다. 11시 35분경 진통이 더 자주 더 큰 강도로 오자 언니는 의자에서 침대로 옮겨졌다. 그때까지 비교적 조용하고 어두웠던 방에 활기가 돌았다. 분위기가 긴급해졌고 산과 의사와 의대생, 간호사 들이 갑자기 나타났으며 방 안에 밝은 조명이 쏟아졌다. 언니는 이 시점부터 힘을 주기 시작했고, 아기는 막상 나올 때가 되자 아주 빠른 속도로 나왔다. 진통은 다섯 차례 왔고 그때마다 언니는 열심히 힘을 주었으며 산과 의사의 격려가—그거예요, 잘하고 있어요—쏟아졌고 그러자 경이롭게도 작은 사람이, 추상에서 갑자기 구체적인 형태를 띠게 된 특별한 존재가 나타났다. 나는 언니의 왼쪽 무릎 옆에 서서 언니가 내 손바닥을 밀며 힘을 줄 수 있도록 언니의 왼발을 잡고 있었다. 마지막 진통과 밀어내기를 하는 동안 나는 아래를 보고 있었는데 그때, 그 몇 초 사이에 작고 둥근 아기 머리통의 곡선이 나타났고, 그런 다음 갑자기 어깨가 나타났고, 그런 다음 아주 작은 몸 전체가 아직도 태아 자세로 말린 채 작디작은 주먹을 작디작은 가슴에 꼭 붙인 채 나타났다. 한 명의 인간이, 겨우 몇 초 더 탯줄로 엄마와 붙어 있다가 이내 탯줄이 잘리며 분리되고 스스로 숨을 쉬게 되자 입을 열어 최초의 숨 가쁜 흐느낌을 뱉어냈다.

나중에 나는 친구들에게 이 경험을 두고 숨 막히게 감격적인 기적과 드라마 〈엑스파일〉의 한 에피소드를 섞어놓은 것 같았다고 묘사했다. 글자 그대로 그렇게 밀어내는 일과 그렇게 피를 보는 일, 그리고 분홍빛이 돌기 전까지는 섬뜩한 회색빛을 띠던 아기의 피부에는 거의 원초적으로 영화적인 뭔가가 있었다. 자연 세계와 멀찌감치 거리를 두고 사는 우리에게 이런 종류의 일은 대부분 공포 영화나 텔레비전에서나 볼 수 있는 일이고, 실제 분만이 진행되는 동안 잠시 나는 마치 영화를 볼 때처럼 내가 그 장면에 속해 있지 않은 듯한 어떤 분리의 감각을 느꼈고, 온몸을 때리는 충격과 함께 일순 도저히 믿을 수 없다는 생각도 스쳤다. 마치 동네 멀티플렉스 극장에서 놀라운 특수 효과를 사용한 대단한 영화를 보고 있는 것만 같았다. 그 느낌을 나는 큰 소리로 우와아라고, 참 유창하게도 표현했다.

그러나 바로 다음 몇 초야말로 내가 정말로 기억하고 싶은 순간이다. 탄생이란 정말로 자연의 가장 특별한 위업이기 때문이고, 내가 여성의 몸에 대해 그때만큼 깊은 존경심이나 경외감을 느낀 적이 별로 없었기 때문이다. 몸을 창조하는 몸. 생명을 창조하고, 그런 다음 그 생명을 자신의 생명줄과 수액으로 된 망으로 품고 보호하고 영양을 공급하고, 이어서 세상으로 내보내 인간의 삶 자체를 생성하는 데 필요한 정교한 지식과 기가 막힌 능력을 갖추고 있는 여자의 몸. 나의 언니가 대단한 집중력과 우아함으로 이 존재를 세상에 내어놓는 모습을 지켜보는 일, 그리고 자궁을 벗어난 최초의 순간의 아기—작지만 완벽한 모양을 갖춘 귀와 손톱과 발가락, 그 완벽하게 복제된 존재—를 지켜보는 일. 그리고 바로 그 순간 이 새로운 생명의 약동하는 힘과 잠재력을 느끼고, 인류 자체의 잠재력을, 세상에 나가 암 치료법을 개발하거나 100미터 달리기 신기록을 세우거나 아니면 한 인간으로서 기쁨과 슬픔과 내밀한 고군분투의 삶을 살아갈 잠재력을 느끼는 일. 우리 각자가 수많은 타인들의 삶에 닿아 그들의 삶을 돌이킬 수 없이 형성하는 일이야말로 진정한 기적이 아닐까 하는 깨달음. 그리고 이 기적이 모두 한 여자의 몸 안에서 시작되어 한 여자의 몸에서 솟아나는 일이라는, 숨 막히게 감동적인 사실.

이 탄생의 순간순간은 특히 당시 여성과 여성의 몸과 욕구에 깊이 몰두하고 있던 나에게 더욱 특별한 의미를 안겨주었지만 그와 더불어 특별한 아이러니도 안겨주었다. 미디어와 이미지를 공기처럼 들이마시고 사는 우리가 얼마나 뿌리 깊은 문화의 피조물인지를 비뚤어진 방식으로 증언하기라도 하듯 병원 안 어디에나 텔레비전이 있었다. 대합실 벽에도, 산모 전용 구역의 벽에도, 심지어 분만실 벽에도 텔레비전이 설치되어 있었다. 시끄럽게 소리를 키워놓은 것도 있었고 소리를 꺼놓은 것도 있었지만 어쨌든 모두 켜져 있었다. 분만이 끝나고 상황이 정리된 후 간호사들이 아기의 체중과 치수를 재고 포대기로 싸느라 바삐 움직이고 있을 때, 어쩌다 내 시선이 언니의 침대 위에 있는 텔레비전 화면에 가 닿았는데 마침 PBS 방송에서 전날 밤 처음 방송된 거식증에 관한 다큐멘터리를 재방송하고 있었다.[1] 첫 장면에서는 패션모델의 이미지와 그들의 전형적으로 멋지고 무섭고 유혹적인 아름다움을 보여주더니 이어 거식증에 걸린 여자들의 이미지를 보여주었다. 강제수용소 희생자처럼 뼈만 남은 10대 소녀, 마라톤에서 37킬로미터 지점을 달리고 있을 때 언제 헬스장에 갈 수 있을지 걱정하는 자신을 보고 문제가 있음을 깨달았다는 강박적으로 달리는 여자, 수십 년 동안 거식증을 앓아온 50대의 은퇴한 발레리나가 70대만큼 부러지기 쉬운 약한 뼈 때문에 보행기에 의지해 절뚝거리며 길을 건너는 모습.

이렇게 이 아이의 탄생에는 흡사 벽에 그려진 불길한 예언처럼 신체 혐오와 자기 경멸의 이미지며 징조가 사이사이 끼어들었다. 나는 이 부조화의 느낌에 어안이 벙벙해져 한동안 화면을 응시했다. 그 방의 한쪽에는 충격적일 만큼 익숙한 것이 있었다. 차갑고 앙상한 이상과 그에 따라 몸을 깎아내고 줄이고 핵심을 공격해야 한다는 압박감이었다. 그리고 방의 다른 쪽에는 빛나는 진실이, 생명을 낳는 어머니의 몸이 있었다.

그날 밤 늦게 차를 몰아 집으로 돌아가면서 나는 새로 태어난 아기가 막 들어선 세계, 내게는 불완전하고 부분적인 축복들로만 이루어진 곳으로 보이는 이 세계에 관해 생각했다. 아기가 태어나기 몇 달 전 어느 저녁, 나는 2학년부터 졸업반까지 고등학생 열한 명을 만났다. 욕구에 관해 이들이 갖고 있는 느낌은 앞으로 다가올 일들을, 밝은 전망과 위험한 전망의 기이한 조합을 암시하는 듯했다. 밝은 전망은 그들이 살고 있는 풍경에서 온다. 그동안 세상은 엄청나게 달라져서 여자아이에게도 남자아이만큼 모든 기회에 대한 자격이 있고, 부모는 자녀 양육의 책임을 나눠 지며, 여자아이에게 자신감과 목소리와 권리 의식은 예전만큼 붙잡기 어렵거나 드문 것이 아니다. 이 소녀들이 사춘기였을 때 가족의료휴가법이 통과되었고 페미니스트가 연방대법관으로 임명되었으며* 여성이 미 국무부의 수장이 되었고** 이 학생들이 '페미니즘'이라는 명칭을 그리 좋아하지 않는다고 해도 이들은 분명 페미니즘의 원칙들을 공유하고 있고 페미니즘의 가치로부터 확실히 혜택을 입었다. 그들은 자신을 지지해주는 가족의 산물이자 자유주의적이고 친여성적인 공동체의 산물, 그리고 여자아이들을 대담하게 기

---

* 루스 베이더 긴즈버그(Ruth Bader Ginsburg). 1993년 8월 10일부터 사망한 2020년 9월 18일까지 연방대법관을 역임했다.

** 매들린 올브라이트(Madeleine Korbel Albright). 1997년 1월 23일부터 2001년 1월 20일까지 국무부장관을 역임했다.

르는 일에 특별히 공을 들이는 보스턴 교외 학교 제도의 산물이다.

이 모든 일은 좋은 소식이고 그 효과는 명백하다. 이들은 자신감이 넘쳤고, 나는 그들의 목소리에서 진정한 행위 주체성—미디어와 문화에 대한 비판적 사고력, 선택에 대한 인식, 자신의 지성에 대한 기본적인 수용—을 느낄 수 있었다. 하지만 그들의 목소리에도 불안과 긴장의 익숙한 저음이 깔려 있었다. 체중과 지방과 통제력에 대한 걱정, 외모와 자존감의 깊은 관계에 대한 인식, 폭식증에 걸린 이 친구와 거식증에 걸린 저 친구에 관련된 일화(모두 그런 친구를 한 명 이상은 알고 있는 것 같았다), 실제로 그럴 준비가 되기 훨씬 전부터 성적으로 성숙한 것처럼 행동하고 느껴야 한다는 (내가 그 나이였을 때 이후 상당히 더 고조된) 압박의 낌새들이. 내가 뚱뚱해지면 그 애가 날 미워할까? 내가 같이 자주지 않으면 나를 차버릴까? 이런 질문은 고도로 성애화되고 고도로 시각화된 우리 문화에서 오히려 더 큰 폭압을 행사하게 된 것 같고, 섹시함과 신체 형태에 대한 명령들은 더욱 엄격해지고 더욱더 위험해졌다. 여러 면에서 가장 뛰어나고 가장 똑똑하고 가장 세상사에 밝은 이 아이들조차 그러한 명령들에서 전혀 자유롭지 않았고, 그들이 제시하는 밝고 유망한 미래상도 비교적 외부와 잘 차단되어 있는 이 아이들의 지역을 벗어나면 훨씬 더 어두운 그림으로 바뀌기 시작한다.

1999년 3월 〈차일드 디벨롭먼트〉라는 저널에 실린 연구에 따르면, 남자아이들은 여자아이들보다 자신의 학습 능력을 여전히 더 높이 추정하고 있는 반면, 여자아이들은 자신의 성취를 과소평가할 뿐 아니라 많은 여자아이들이 낮은 자존감과 불안, 우울감으로 힘들어한다.[2] 식사장애에 관한 통계 수치도 계속 증가하고 있고, 이 분야의 전문가들이 치료하는 여자아이들의 나이는 점점 더 어려지고 있다. 한 연구에서는 1~3학년 여아 중 42퍼센트가 더 날씬해지고 싶다고 대답했고[3] 또 다른 연구에서는 5~8학년 여아 중 39퍼센트가 다이어트를 하고 있다고 대답했으며 그중 13퍼센트는 이미 폭식과 게워내기를 한 경험이 있었다.[4] 열 살 여아의 31퍼센트가 뚱뚱해질까봐 두렵다고 말했고[5] 청소년기 여아의 50퍼센트 이상이 자신이 과체중이라고 생각했다.[6] 여자 청소년의 섹슈얼리티는 개인적 만족으로 이어지는 경우보다 매우 위험한 행동과 상처로 이어지는 경우가 훨씬 많은 것 같다. 여자아이가 성행위를 일찍 시작할수록 피임을 할 가능성은 낮아지며[7] 미국의 15세 이하 여아는 다른 산업국가들의 또래 여아에 비해 출산을 할 가능성이 최소 다섯 배다.[8] 성의 세계는 일부는 자유롭게 들어가는 이들이 있다고 하더라도 다른 다수에게는 아주 위험한 곳이고, 현재의 통계를 미래에도 적용할 수 있다면 여자아이 다섯 명 중 거의 두 명은 살아가는 동안 육체적 폭행이나 성폭행을 당하게 될 것이다.[9] 또한 자유롭고 건강한 욕구를 지닌 여자아이가 한 명 있다면, 다이어트를 하고 있는 아이가 한 명, 유리 조각으로 자기 몸을 긋는 아이가 한 명, 술에 취해 무방비 상태로 섹스하는 아이가 한 명 있다. 자신이 강하고 권리가 있다고 마땅히 느끼는 여자아이들을 길러내기 위한 투쟁은 결코 승리했다고 할 수 없다.

나의 조카는 저널리스트 페기 오렌스타인이 "절반만 바뀐 세계"[10]라고 부른 곳에 들어선 것이다. 욕구들이 육체적으로는 자유로워졌을지 모르지만 사회적으로나 제도적으로 뒷받침되지는 못하며, 첫 절반의 변화에 연료를 공급했던 사회운동은 1980년대에 처음 시작된 수면 상태와 망각의 안개 속에 아직 머물러 있다. 페미니즘의 추진력은 밀물과 썰물처럼 몰려왔다 빠져나가기를 반복하며 약 30년 주기로 최고조에 달했다가 가라앉았다가 하는 경향이 있는데, 이는 페미니즘의 부흥기가 곧 오리라는 뜻인지도 모른다. 하지만 나는 바로 그 건망증이 걱정스럽다. 그 건망증이 너무나 끈덕진 것 같아서이기도 하고, 진보가 여성의 인식 수준 및 우리에게 할당된 운명의 개선이나 악화 정도에 우리 자신의 정치·역사의식과 그만큼 밀접하게 얽혀 있기 때문이기도 하다. 이 새로운 아이, 나의 조카는 여자들이 피로에 지친 세상, 혹은 절반의 변화에 너무 익숙하게 길들어 계속 잠들어 있기를 선택하는 세상에서 자라나게 될까? 아니면 새로운 동요의 물결을 목격하게 될까? 어쩌면 그 물결에 참여도 하게 될까? 내 조카는 페미니스트 역사가들이 "열린 순간"[11]이라고 부르는 시기, 여자들이 앞으로 돌진할 수도 가만히 멈춰 서 있을 수도 있는 시기, 절반만 바뀐 세상이 불충분하다고 판단하거나 그 세상의 제약 안에서 살아가는 법을 배울 수도 있는 시기의 한복판에서 태어났다. 그 선택은 내 조카의 통제를 훌쩍 벗어난 것이지만, 그 선택의 결과가 내 조카의 인생—자신에 대한 시각, 자기 몸과 맺는 관계, 선택할 수 있는 역량—을 돌이킬 수 없이 형성할 것이다.

여성의 몸은 페미니즘이 가장 덜 건드린 미개척지 중 하나일 수도 있고 어쩌면 최후의 미개척지 중 하나인지도 모른다. 여자의 욕구, 그리고 자유와 권리 의식과 기쁨을 품고 자기 욕구를 마음껏 채울 수 있는 여자의 능력은 진보의 표지인 동시에 진보에 대한 은유다. 우리는 얼마나 허기져 있는가? 얼마나 채워져 있는가? 얼마나 갈등하고 있는가? 집으로 향하는 동안 나는 이런 생각도 했다. 자신의 몸으로 방금 새로운 생명을 낳았고 이제 그 생명을 먹이고 어를 준비를 하고 있는 나의 쌍둥이 언니에 관해, 모든 여자들과 그들의 몸에 관해, 우리 중 얼마나 많은 이들이 몸을 축복이나 선물이 아니라 적이자 수치의 장소로 여기고 있는지에 관해, 우리 중 너무나 많은 이들이 문득 자신의 엉덩이와 허벅지와 가슴을 느끼고 볼 때마다 느끼게 되는 절망과 질색하는 마음에 관해, 그 몸들이 과소평가되고 망각되고 무시되고 가장 잔인한 멸시의 원천이 되고 마는 경악스러운 가능성의 강도에 관해.

새벽 두 시. 내 앞의 길은 텅 비어 있었고, 하늘은 검지만 별들이 빛나고 있었다. 나는 그 작은 아기가 자신을 창조하고 안식처가 되어주었으며 이제부터는 자신을 더 넓은 세상으로 안내해줄 몸에서 고픈 배를 채우려 젖을 빠는 모습을 떠올렸고, 아기를 위한 기도를 읊조렸고, 변화를 위해 기도했다. 나는 우주에게 속삭였다. 이 아기가 가득 채워지게 해달라고.

미주

프롤로그

1 Götz Adriani, *Renoir* (Cologne: DuMont Buchverlag, 1996; distributed by Yale University Press), 270쪽.

서론

1 Harry Flood, "Manufacturing Desire," *Adbusters: Journal of the Mental Environment*, no. 28, Winter 2000, 20쪽.

2 James B. Twitchell, *AdCult USA: The Triumph of Advertising in American Culture* (New York: Columbia University Press, 1996), 2쪽.

3 "Feeling Fat in a Thin Society," survey by Drs. Susan and Wayne Wooley, University of Cincinnati College of Medicine, *Glamour*, February 1984.

4 Sheryl Gay Stolberg, "The Fat Get Fatter: Overweight Was Bad Enough," *The New York Times*, Ideas and Trends, May 2, 1999, 4쪽.

5 Greg Critser, "Let Them Eat Fat: The Heavy Truths About American Obesity," *Harper's*, March 2000, 42쪽.

6 같은 책, 41~47쪽. David Barboza, "Rampant Obesity, a Debilitating Reality for the Urban Poor," *The New York Times*, December 26, 2000, D5쪽도 참조.

7 National Institutes of Mental Health, *Eating Disorders*, NIIH1 Publication No. 943477, Rockland, Md., 1994. "Dying to Be Thin: Desperate for a Better Body, More and More Americans Are Taking Bigger Risks—and Paying with Their Lives," *People*, October 30, 2000, 109쪽; Jane E. Brody, "Exposing the Perils of Eating Disorders," *The New York Times*, December 12, 2000, D8쪽 참조. 두 기사 모두 그 수치를 약 700만 명으로 잡았다.

8 C. Steiner-Adair and M. Purcell, "Approaches to Mainstreaming Eating Disorders Prevention," *Eating Disorders*, vol. 4, no. 4, Winter 1996, 294~299쪽.

9 Edward O. Laumann, Ph.D., Anthony Paik, M.A., and Raymond C. Rosen, Ph.D., "Sexual Dysfunction in the United States: Prevalence and Predictors," *Journal of the American Medical Association*, vol. 281, February 10, 1999, 537쪽.

10 Juliet Schor, *The Overspent American: Upscaling, Downshifting, and the New Consumer* (New York: Basic Books, 1998), 159쪽.

1장 케이크 더하기, 자존감 빼기

1 Steiner-Adair and Purcell, "Approaches to Mainstreaming Eating Disorders Prevention," 296쪽.

2 L. B. Mintz and N. E. Betz, "Prevalence and Correlates of Eating Disordered Behaviors Among Undergraduate Women," *Journal of Counseling Psychology*, vol. 354, 1988, 463~471쪽.

3 Brody, "Exposing the Perils of Eating Disorders."

4 Terry Poulton, *No Fat Chicks: How Big Business Profits by Making Women Hate Their Bodies — And How to Fight Back* (Secaucus, N.J.: Birch Lane Press, 1997), 13쪽.

5 같은 책, 47쪽.

6 같은 곳.

7 "The Food Giants See the 'Light,'" *Business Week*, June 1, 1981, 112쪽.

8 Rosalind Coward, *Female Desires: How They Are Sought, Bought and Packaged* (New York: Grove Weidenfeld, 1985), 60쪽.

9 Carey Goldberg, "Fighting the Stigma: Citing Intolerance, Obese People Take Steps to Press Cause," *The New York Times*, November 5, 2000, A1쪽.

10 Tamala M. Edwards, "Flying Solo: More Women Are Deciding That Marriage Is Not Inevitable," *Time*, August 28, 2000.

11 Susan Estrich, *Sex and Power* (New York: Riverhead Books, 2000), 24쪽.

12 Edwards, "Flying Solo."

13 "Who Needs Men? Addressing the Prospect of a Matrilinear Millennium,"

Barbara Ehrenreich and Lionel Tiger, *Harper's*, June 1999, 33~46쪽.

14 Steiner-Adair and Purcell, "Approaches to Mainstreaming Eating Disorders Prevention," 298쪽; Deborah Pike, "Mental Makeover," *Vogue*, May 1995, 219쪽; "Searching for the Perfect Body," *People*, August 25, 2000 참조.

15 "Mission Impossible: Deluged by Images from TV, Movies, and Magazines, Teenage Girls to Battle with an Increasingly Unrealistic Standard of Beauty—and Pay a Price," *People*, June 3, 1996.

16 같은 책.

17 같은 책.

18 같은 책.

19 Estrich, *Sex and Power*, 8쪽.

20 같은 책, 12쪽.

21 같은 책, 8쪽.

22 같은 곳.

23 Naomi Wolf, "The Future Is Ours to Lose," *The New York Times Magazine*, May 16, 1999, 134쪽.

24 "Ask a Working Woman," AFL-CIO Working Women Survey, 2000.

25 Estrich, *Sex and Power*, 104쪽.

26 같은 책, 93쪽.

27 Carol Gilligan, "Women's Psychological Development: Implications for Psychotherapy," in Carol Gilligan, Annie G. Rogers, and Deborah L. Tolman, ed., *Women, Girls and Psychotherapy: Reframing Resistance* (New York: Harrington Park Press, 1991), 12~13쪽; Mary Pipher, *Reviving Ophelia: Saving the Selves of Adolescent Girls* (New York: Ballantine, 1994); Dana Crowley Jack, *Silencing the Self: Women and Depression* (Cambridge, Mass.: Harvard University Press, 1991) 참조.

28 Pipher, *Reviving Ophelia*, 22쪽.

29 Erica Goode, "In Weird Math of Choices, 6 Choices Can Beat 600," *The New York Times*, January 9, 2001, Al쪽 참조.

2장 어머니와의 관계

1 Betty Friedan, *The Feminine Mystique* (New York: W. W. Norton, new edition, 2001). [베티 프리단, 『여성성의 신화』, 김현우 옮김, 갈라파고스, 2018.]

2 Jessica Benjamin, *The Bonds of Love: Psychoanalysis, Feminism, and the Problem of Domination* (New York: Pantheon, 1988), 24쪽.

3 Ellen Goodman, "Feminism Hits Home for the Women on MIT's Faculty," *The Boston Globe*, April 11, 1999, D7쪽.

4 Kim Chernin, *The Hungry Self: Women, Eating, and Identity* (New York: Harper Perennial, 1985), 91쪽.

5 Louise J. Kaplan, *Female Perversions: The Temptations of Emma Bovary* (Northvale, N.J.: Jason Aronson, 1991), 230쪽.

6 같은 곳.

7 Vivian Gornick, *The End of the Novel of Love* (Boston: Beacon Press, 1997), 73쪽.

3장 내 배가 싫어, 내 허벅지가 싫어

1 Sandra Lee Bartky, "Foucault, Femininity and the Modernization of Patriarchal Power," in *Writing on the Body: Female Embodiment and Feminist Theory*, K. Conboy, N. Medina, and S. Stanbury, eds. (New York: Columbia University Press, 1997), 148쪽.

2 같은 책, 140쪽.

3 Jean Kilbourne, *Deadly Persuasion: Why Women and Girls Must Fight The Addictive Power of Advertising* (New York: The Free Press, 1999), 261~262쪽.

4 David D. Gilmore, *Misogyny: The Male Malady* (Philadelphia: University of Pennsylvania Press, 2001), 1~9쪽.

5 같은 책, 14~15쪽.

6 Kilbourne, *Deadly Persuasion*, 33쪽.

7 Gilligan, "Women's Psychological Development," 26쪽.

8 *Writing on the Body*에 실린 에세이들; Susan Bordo, *Unbearable Weight: Feminism, Western Culture, and the Body* (Berkeley: University of California Press, 1995[수전 보르도, 『참을 수 없는 몸의 무거움』, 박오복 옮김, 또하나의

문화, 2003.]; Susan Suleiman, ed., *The Female Body in Western Culture* (Cambridge, Mass.: Harvard University Press, 1986) 참조.

9 Anne Barnard, "When Plastic Surgeons Should Just Say 'No'", *The Boston Globe*, September 12, 2000, E1쪽.

10 Elizabeth Grosz, *Volatile Bodies: Toward a Corporeal Feminism* (Bloomington: Indiana University Press, 1994), 191쪽. [엘리자베스 그로스, 『몸 페미니즘을 향해 ─ 무한히 변화하는 몸』, 임옥희, 채세진 옮김, 꿈꾼문고, 2019.]

11 같은 책, 204쪽.

12 Marilyn Wann, *Fat!So?: Because You Don't Have to Apologize for Your Size* (Berkeley, California: Ten Speed Press, 1999).

4장 브라 태우기에서 폭풍 쇼핑으로

1 M. Fine, "Sexuality, Schooling and Adolescent Females: The Missing Discourse of Desire," *Harvard Educational Review*, vol. 58, no. 1, 29~53쪽; Deborah L. Tolman, "Doing Desire: Adolescent Girls' Struggles for/with Sexuality," in *Gender and Society*, vol. 8, no. 3, September 1994, 324~342쪽; Deborah L. Tolman, "Adolescent Girls, Women and Sexuality: Discerning Dilemmas of Desire," in *Women, Girls and Psychotherapy* 참조.

2 Michel Foucault, *The History of Sexuality, Vol. I: An Introduction* (New York: Pantheon, 1978), 69쪽. [미셸 푸코, 『성의 역사』 1, 이규현 옮김, 나남출판, 2020년.]

3 Deborah L. Tolman, "Adolescent Girls, Women and Sexuality: Discerning Dilemmas of Desire," in *Women, Girls and Psychotherapy*, 57쪽.

4 같은 책, 65쪽.

5 J. H. Gagnon, "Scripts and the Coordination of Sexual Conduct," *Nebraska Symposium on Motivation*, no. 21, 1973, 27~60쪽; M. Jackson, "Sexology and the Universalization of Male Sexuality (from Ellis to Kinsey and Masters and Johnson)," in L. Coveney, M. Jackson, S. Jeffreys, L. Kaye, and P. Mahony, eds., *The Sexuality Papers* (London: Hutchinson Press, 1984); Gina Ogden, *Women Who Love Sex* (New York: Pocket Books, 1994), 9~13쪽; Lenore Tiefer, *Sex*

Is Not A Natural Act and Other Essays (Boulder, Colo.: Westview Press, 1995), 97~102쪽.

6 Lenore Tiefer, *Sex Is Not A Natural Act and Other Essays*, 102쪽.

7 Barbara Kantrowitz and Pat Wingert, "The Truth About Tweens," *Newsweek*, October 18, 1999, 62쪽. Richard Saltus, "Growing Up Too Soon? Ready or Not, Sexual Maturity Comes Earlier Than Ever for Today's Girls," *The Boston Globe*, October 10, 2000, El쪽; Paul B. Kaplowitz, Sharon E. Oberfield, and the Drug and Therapeutics and Executive Committees of the Lawsun Kilkins Pediatric Endocrine Society, "Reexamination of the Age Limit for Defining When Puberty Is Precocious in Girls in the US: Implications for Evaluation and Treatment," *Pediatrics*, vol. 104, no. 4, October 1999, 936~941쪽 참조.

8 Lynn Ponton, M.D., *The Sex Lives of Teenagers: Revealing the Secret World of Adolescent Boys and Girls* (New York: Dutton, 2000), 257쪽.

9 Joan Jacobs Brumberg, *The Body Project: An Intimate History of American Girls* (New York: Random House, 1997), 200쪽. 괄호로 보충한 말은 저자의 것이다.

10 "Sex Education in America: A Series of National Surveys of Students, Parents, Teachers, and Principals," Henry J. Kaiser Family Foundation, September, 2000. Leora Tanenbaum, *Slut: Growing Up Female With a Bad Reputation* (New York: Harper Perennial, 2000), 216쪽. 자제만을 강조하는 성교육 커리큘럼에 대한 통계 수치 참조.

11 Laumann, Paik, and Rosen, "Sexual Dysfunction in the United States: Prevalence and Predictors," 537쪽.

12 Juliet Schor, *The Overspent American: Upscaling, Downshifting, and the New Consumer* (New York: Basic Books, 1998), 107쪽.

13 John Cassidy, "No Satisfaction: The Trials of the Shopping Nation," *The New Yorker*, January 25, 1999, 88쪽.

14 Robert H. Frank, *Luxury Fever: Why Money Fails to Satisfy in an Era of Excess* (New York: The Free Press, 1999), 46쪽.

15 Schor, *The Overspent American*, 107쪽.

16 Frank, *Luxury Fever*, 46쪽.

17 같은 책, 44쪽. 로버트 프랭크의 승자 독식 시장에 대한 논의; *The Overspent American*, 9~24쪽. 1970~1980년대에 사회 변화가 상대적 소비의 성격에 일으킨 변화에 관한 줄리엣 쇼어의 논의 참조.

18 Naomi Wolf, "The Future Is Ours to Lose," *The New York Times Magazine*, May 16, 1999.

19 Susan Estrich, *Sex and Power* (New York: Riverhead Books, 2000), 228쪽.

20 같은 곳.

21 Karl Marx, *Economic and Philosophical Manuscripts*, Third Manuscript, "Need, Production, and Division of Labor," Gregor Benton translation, 1974. [칼 마르크스, 『경제학-철학 수고』, 강유원 옮김, 이론과실천, 2006.]

22 Janet Evans and Richard F. Kelly, Bureau of Consumer Protection, Division of Advertising Practices, "Self Regulation in the Alcohol Industry: A Review of Industry Efforts to Avoid Promoting Alcohol to Underage Consumers," *Federal Trade Commission report*, Appendix B, September 1999.

23 Laura Q. Hughes, "Print Rolling out Heavy Artillery," *Advertising Age*, July 30, 2001, 2쪽.

24 "A Man's Place: A Panel of Experts Looks at Women's Economic Power," *The New York Times Magazine*, May 16, 1999, 48쪽.

25 *Women's Voices 2000*, Center for Policy Alternatives /Lifetime TV poll, September 29, 2000.

26 AFL-CIO Working Women Survey, 2000.

5장 목소리가 된 몸

1 Judith Butler, "Critical Terms for Literary Study," *Desire*, Frank Lentricchia and Thomas McLaughlin, eds. (Chicago: University of Chicago Press, 1995), 369~386쪽에서 재인용.

2 프로이트 이후 유아의 삶 및 엄마-아기의 관계에 관한 개념에서 이러한 사고 전환을 훌륭하게 정리한 글을 찾는다면 다음을 보라. Jessica Benjamin, *The Bonds of Love: Psychoanalysis, Feminism, and the Problem of Domination* (New York: Pantheon Books, 1988), Chapter 1, "The First Bond," 11~50쪽.

3 Polly Young-Eisendrath, *Women and Desire: Beyond Wanting to Be Wanted* (New York: Harmony Books, 1999), 20쪽.

4 Elizabeth Grosz, *Jacques Lacan: A Feminist Introduction* (London: Routledge Press, 1990), 61~62쪽.

5 크리스토퍼 라이든이 진행한 저메인 그리어 인터뷰. WBUR's "The Connection," June 11, 1999; 이 주제에 관한 더 자세한 논의는 다음 책에서 볼 수 있다. Germaine Greer, *The Whole Woman* (New York: Knopf, 1999), 181~190쪽. [저메인 그리어, 『완전한 여성』, 박여진 옮김, 텍스트, 2017.]

6장 희망을 향해 헤엄치기

1 Margaret Bullitt-Jonas, *Holy Hunger: A Memoir of Desire* (New York: Knopf, 1998).

2 Rebecca Mead, "Slim for Him: God Is Watching What You're Eating," *The New Yorker*, January 15, 2000, 48쪽.

3 Diego Rihadeneria, "Recipe for Weight Loss: Pass the Prayer, Please," *The Boston Sunday Globe*, March 14, 1999, 1쪽.

에필로그

1 "Dying to Be Thin," by Larkin McPhee 각본, 감독, 제작; 2000년 12월 12일 첫 방송.

2 John O'Neil, "He Thinks He Can, He Thinks He Can," *The New York Times*, April 6, 1999, D7쪽.

3 M. E. Collins, "Body Figure Perceptions and Preferences among Preadolescent Children," *International Journal of Eating Disorders*, vol. 10, no. 2, 1991, 199~208쪽.

4 Kantrowitz and Wingert, "The Truth About Tweens," 62쪽.

5 Steiner-Adair and Purcell, "Approaches to Mainstreaming Eating Disorders Prevention," 297쪽.

6 같은 곳.

7 Joan Jacobs Brumberg, *The Body Project: An Intimate History of American Girls*

(New York: Random House, 1997), 204쪽.

8 같은 책, 201쪽.

9 Commonwealth Fund Survey of Women's Health, Associated Press report, *The Boston Globe*, May 6, 1999, A25쪽.

10 Peggy Orenstein, *Flux: Women on Sex, Work, Love, Kids, and Life in a Half-Changed World* (New York: Doubleday, 2000).

11 Naomi Wolf, "The Future Is Ours to Lose," *The New York Times Magazine*, May 16, 1999.

참고 문헌

Brumberg, Joan Jacobs. *The Body Project: An Intimate History of American Girls.* New York: Random House, 1997.

Bullitt-Jonas, Margaret. *Holy Hunger: A Memoir of Desire.* New York: Knopf, 1998.

Chernin, Kim. *The Hungry Self: Women, Eating, and Identity.* New York: Harper Perennial, 1994.

Coward, Rosalind. *Female Desires: How They Are Sought, Bought and Packaged.* New York: Grove Weidenfeld, 1985.

Gilligan, Carol. *In a Different Voice.* Cambridge, Mass.: Harvard University Press, 1994. [캐롤 길리건, 『침묵에서 말하기로』, 이경미 옮김, 심심, 2020년.]

Gornick, Vivian. *The End of the Novel of Love.* Boston: Beacon Press, 1997.

Grosz, Elizabeth. *Volatile Bodies: Toward a Corporeal Feminism.* Bloomington: Indiana University Press, 1994. [엘리자베스 그로스, 『몸 페미니즘을 향해 — 무한히 변화하는 몸』, 임옥희, 채세진 옮김, 꿈꾼문고, 2019.]

Marx, Patricia and Sistrom, Susan. *The Skinny: What Every Skinny Woman Knows About Dieting (and Won't Tell You!).* New York: Dell, 1999.

Orenstein, Peggy. *Schoolgirls: Young Women, Self-Esteem, and the Confidence Gap.* New York: Anchor Books, 1995.

Tiefer, Leonore. *Sex Is Not a Natural Act and Other Essays.* Boulder, Colo.: Westview Press, 1995.

Young-Eisendrath, Polly. *Gender and Desire: Uncursing Pandora.* College Station: Texas A & M University Press, 1997.

______. *Women and Desire: Beyond Wanting to Be Wanted.* New York: Harmony Books, 1999.

옮긴이의 말

캐럴라인 냅이 세상을 떠난 지 20년이 다 되어간다. 하지만 내게 냅은 아직 너무 새롭고 생생하게 살아 있는 사람이어서 그가 이 세상에 없다는 사실이 새삼 먹먹하다. 모든 감정을 뿌리 끝까지 파고들어 묻혀 있는 진실을 캐내는 사람. 그런 냅의 예리하고 정교한 문장들을 매만지며 몇 달을 보내는 동안, 이 사람이 내 속에 짙게 스며들었다. 마치 내 앞에 앉아서 이 이야기들을 조곤조곤, 그러나 열정적으로 들려준 것처럼.

전작 『드링킹, 그 치명적 유혹』에서 냅은 알코올의존증에 관한 이야기를 적나라할 정도로 솔직하고 치열하게 담아냈다. 『욕구들』을 먼저 읽은 나에게 『드링킹, 그 치명적 유혹』은 좀 더, 무서울 정도로 솔직하다는 느낌을 주었다. 『드링킹, 그 치명적 유혹』이 중독 속에 있는 자신(과 다른 중독자들)을 근접 거리에서 더없이 솔직히 그야말로 '폭로'했다면, 이후 몇 년에 걸쳐 쓴 『욕구들』은 한층 더 깊이 들어가 욕구에 얽힌 모든 문제와 원인을 철저하게 규명한다. 시선은 더 깊어지고 시각은 더 넓어졌다. 그 시선 아래서 거식증(을 비롯해 폭식증, 쇼핑 중독, 자학과 자해, 자기 파괴적 연애, 도벽 등 욕구와 얽힌 온갖 문제들)은 한 개인만의 괴로움이 아니라 이 사회에서 여자로 살아가는 모든 이가 피할 수 없는 괴로움을 표출하는 저마다의 방식으로, 이 사회와 세상은 그 괴로움의 근원으로 드러난다. 여자의 욕구와 페미니즘의 관계, 그리고 여자와 사회가, 사람이 세상과 만나는 곳에서 생겨나는 불안, 두려움, 죄책감, 수치심, 슬픔 같은 깊고 넓은 '감정의 바다'에 관해 냅만큼 잘 설명해줄 사람은 없을 것 같다.

이것은 냅이 자기 인생이라는 불안의 바다에서 오랫동안 허우적대며 헤엄치는 법을 배우는 과정에서 힘겹게 찾아낸 답들이자, 여자들의 더 큰 대양에서 발견한 슬픔과 고통의 조각들을 맞춰 완성한 퍼즐이다. 아주 오랜 시간이 걸렸지만 냅은 욕구의 문제들을 더 건강하게 처리할 수 있는 힘을 찾아냈던 것 같고, 그만하면 충분한, 소박한 행복을 발견했던 것 같다. 그런데 그러고 얼마 지나지 않아 냅은 암이 몰고 온 죽음을 만났고, 몇 년에 걸쳐 쓴 책이 나오기도 전에 세상을 떠났다. 작은 희망을 말하는 책의 말미는 그래서 더 안타깝고 애처롭다. 책의 뒷부분으로 갈수록 냅이 자신의 병을 알고서 쓴 것일까 하는 궁금증이 생겼다. 자신이 찾아낸 답을 세상에 남을 사람들에게, 우리에게 전하려고 그렇게 집요하게 책을 쓴 건 아닐까. 그러나 게일 콜드웰의 글을 보고, 원고를 완성한 뒤 암 진단을 받았다는 것을 알게 되었다. 알고 보니 원고는 2월에 완성했고, 4월에 암 진단을 받았고, 6월에 세상을 떠났다고 한다. 너무 빠른 진단, 너무 빠른 죽음… 암세포들이 마치 원고가 완성될 때까지 가만히 참고 기다리고 있었던 것처럼. 병을 알았든 몰랐든 냅이 온 힘을 다해 자기가 찾아낸 답을 알리려 한 것은 분명해 보인다. 그것이 자신의 가장 중요한 유산이 될 것임을 무의식적으로 알고 있었던 것처럼.

나는 이 책 곳곳에서 냅의 통찰에 많은 빚을 졌다. 아니 빚이라는 말은 틀렸고 덕이라고 해야 옳다. 내가 선택하는지도 모르면서 선택한 내 인생의 몇몇 결정들과 존재하는지도 몰랐던 이유들을 알게 되었고, 누군가의 이해할 수 없었던 상처와 슬픔을 이해할 수 있게 되었으며, 알고 있었지만 깊이 생각하지 않고 지나갔던 사실들도 재확인했다. 거식증은 나와는 전혀 무관한 일이라던 내 생각이 얼마나 안이한 건지도 알게 되었다. 이 책은 단순히 거식증에 관한 책이 아니라, 모든 여자의, 아니 어쩌면 모든 사람의 삶에 숨어들어 불안, 죄책감, 수치심, 슬픔을 일으키는 것들의 정체를 폭로하는 책이다. 모든 책은 독자 개개인과 만나서 비로소 완성된다. 이 책이 많은 사람들에게 자신의 문제를, 그리고 이 사회의 문제를 이해하고 해결하는 데 도움을 줄 수 있을 거라고 생각한다. 그랬으면 좋겠다. 캐럴라인 냅도 그러기를 바라며 자신을 다 쏟아부어 이 책을 썼을 거라고 믿기 때문이다.

정지인

옮긴이 정지인

번역하는 사람. 『물고기는 존재하지 않는다』 『관계의 불안은 우리를 어떻게 성장시키는가』 『불행은 어떻게 질병으로 이어지는가』 『우울할 땐 뇌과학』 『내 아들은 조현병입니다』 『공부의 고전』 『혐오사회』 『무신론자의 시대』 등의 책을 번역했다.

욕구들

1판 1쇄 2021년 5월 17일
1판 6쇄 2024년 12월 17일

지은이 캐럴라인 냅
옮긴이 정지인
펴낸이 김정순
편집 허정은 허영수 오윤성
디자인 이강효
마케팅 이보민 양혜림 손아영

펴낸곳 (주)북하우스 퍼블리셔스
출판등록 1997년 9월 23일 제406-2003-055호
주소 04043 서울시 마포구 양화로 12길 16-9(서교동 북앤빌딩)
전자우편 editor@bookhouse.co.kr
홈페이지 www.bookhouse.co.kr
전화번호 02-3144-3123
팩스 02-3144-3121

ISBN 979-11-6405-106-9 03840